Colette

La jeunesse de « Claudine »

Colette par
Colette
La jeunesse de « Claudine »

Préface de Claude Mauriac

Hachette

© Librairie Hachette, 1976.
© Librairie Hachette 1960, 1961, pour *La Maison de Claudine*, *Sido* et *Les Vrilles de la Vigne*.
© J. Ferenczi et fils 1936, pour *Mes Apprentissages*.

Tous droits de reproduction, de traduction et d'adaptation
réservés pour tous pays.

SOMMAIRE

La maison de Claudine

Sido

Les vrilles de la vigne

Mes apprentissages

Préface

Ainsi réunis, et dans l'ordre que voici, qui n'est pas toujours celui de leur publication, ces textes nous donnent les *Mémoires* que Mme Colette n'a pas écrits. Ceux de son enfance, de sa jeunesse, de sa conquête de Paris auprès de l'homme étrange qu'elle avait épousé, Henri Gauthier-Villars, dont elle a sauvé de l'oubli le pseudonyme alors célèbre, Willy. Ceux des origines, de la formation et de l'explosion de son talent singulier, d'abord à elle-même inconnu, exploité par ce chroniqueur qui signait beaucoup de livres et n'en écrivait aucun. Treize ans de mariage auprès de cet homme chauve, ventru, viveur. « Pire que mûr », devait-elle noter plus tard dans *Mes Apprentissages*. « Fille de village », de son village bourguignon, elle sera entraînée et roulée dans les eaux boueuses de cette belle et laide époque comme une indestructible pierre.

Les mémoires des commencements d'une vie, donc. Du Jardin-du-Haut et du Jardin-du-Bas de la maison familiale, aux hauts et bas de la vie parisienne. Mais des mémoires d'une sorte particulière, car Colette, au mitan, à la mi-temps, comme aux derniers jours glorieux de son existence, vit au présent ce que pour elle-même, plus encore que pour nous, elle raconte en s'en enchantant avant de nous enchanter.

La voix de Sido, sa maman, l'appelle, aux premières pages de *La Maison de Claudine* comme aux premières de *Mes Apprentissages*. Ces œuvres datent de 1922 et de 1936. Colette a dépassé la cinquantaine. Mais c'est toujours et à jamais la petite Sidonie-

Gabrielle qui entend sans lui répondre sa maman crier son nom. Elle a huit ans, elle demeure dans sa cachette avec ses frères...

« Six heures et demie! Où sont les enfants?... »

Il nous semble percevoir cette question murmurée, puis ces cris, ces appels. « La jolie voix, et comme je pleurerais de plaisir à l'entendre... » Mais elle l'entend, nous l'entendons. Elle revit, nous revivons au présent ce qu'elle feint de raconter au passé. « Notre seul péché, notre méfait unique était le silence, et une sorte d'évanouissement miraculeux. » (*La Maison de Claudine.*) C'était [j'étais...] une petite fille très douce, mais qui en savait déjà trop, comme vous le voyez, sur les manières de se donner terriblement du plaisir. Elle finissait par sortir de sa cachette, imitait l'essoufflement et se jetait en courant dans les bras de sa mère...

C'est, hors du temps, une petite fille très douce. Hors du temps, une maman qui a fini de s'inquiéter pour sa couvée dispersée. « Depuis le mariage de ma sœur, elle n'avait plus son compte d'enfants... » La petite fille, devenue une grande dame des Lettres, répond enfin à sa maman, en 1922, dans *La Maison de Claudine :* « Où sont les enfants? Deux reposent. Les autres jour par jour vieillissent. S'il est un lieu où l'on attend après la vie, celle qui nous attendit tremble encore, à cause des deux vivants... » Elle ne tremble plus. Ses enfants ont rejoint Sido et se sont groupés autour d'elle, comme autour de Blanche ceux qu'a évoqués François Mauriac à la fin du *Mystère Frontenac.* Le mystère Colette comme le mystère Frontenac « échappait à la destruction, car il était le rayon de l'éternel amour réfracté à travers une race ». Eternel amour qu'a pressenti peut-être Colette, sans le connaître ni le reconnaître, et dont il lui arriva de parler avec François Mauriac.

François Mauriac admirait et aimait Colette, mais son éducation janséniste l'avait rendu sévère à sa vie, pour lui touchée par le Mal, alors qu'elle l'avait approché sans en être souillée. Aussi peu salie que par la boue des chemins les genoux d'une petite fille.

François Mauriac n'était pas le seul à juger Colette, malgré l'affection qu'il lui portait. Même André Gide, tout en l'admirant, la condamnait : « J'ai côtoyé, frôlé sans cesse cette société que peint Colette et que je reconnais [...] factice, frelatée, hideuse [...]. Il ne me paraît point que Colette, malgré sa supériorité, n'en ait pas été quelque peu contaminée. » Et Jean Cocteau avait une façon de la défendre qui n'en révélait que mieux les mêmes arrière-pensées : « J'insiste bien, et n'insisterai jamais assez, sur ceci, que la grandeur de Mme Colette vient de ce qu'une inaptitude à départir le bien et le mal la situait dans un état d'innocence auquel il serait indigne de substituer une pureté volontaire, artificielle, conventionnelle, sans le moindre rapport avec l'effrayante pureté de la nature que l'homme abîme par le désordre de son ordre et par les verdicts absurdes de son tribunal. » Nous ne pouvons être d'accord sur cette prétendue inaptitude, chez Colette, à départir le bien et le mal. Les pages que nous avons réunies prouvent que Colette, contrairement aux lieux communs que l'on répète à son sujet, se considérait avec rigueur et, lorsqu'elle croyait le devoir, était à elle-même sévère.

Qui a relu les textes que voici, découvre, en effet, une Colette méconnue. Frustrée, certes, jeune, jolie et maladroite auprès de cet homme à femmes dont elle était la femme. « ... Moi qui n'avais — pour cause — jamais touché amoureusement une chevelure d'homme [...] Cette virile jeunesse inconnue, j'aimais sa rencontre et m'y blessais sans m'en plaindre... » Ce qui lui demeurait ignoré, elle l'évoque dans *Mes Apprentissages* : « L'amour dans sa jeunesse et sa brutalité... » Toutes les audaces sont permises à ce style. Filtre purifiant. On n'écrit plus comme cela, aujourd'hui. Mais le style c'est la femme, c'est cette femme : petite villageoise dépaysée, pas bégueule, ah! certes pas, mais n'en étant pas moins exigeante avec elle-même. Et c'est ici qu'apparaît cette Colette ignorée.

Parlant à ce double déformé d'elle-même, Claudine, qui l'a rendue célèbre, elle se confie, dans une page des *Vrilles de la vigne*. Nous sommes en 1908, elle a trente-cinq ans. A Bruxelles et à Lyon, elle joue *Claudine à Paris*; elle est séparée de Willy depuis deux ans; elle a encore sa mère pour quatre ans... A Claudine donc, Colette dit : « Vous n'imaginez pas quelle reine de la terre j'étais à douze ans [...]. Ah! que vous m'auriez aimée à douze ans, et comme je me regrette! » Elle sait pourtant qu'elle n'a pas vraiment changé : « Le même cœur obscur et pudique, le même goût passionné pour tout ce qui respire à l'air libre et loin de l'homme — arbre, fleur, animal peureux et doux, eau furtive des sources inutiles [...], la même gravité vite muée en exaltation sans cause... Tout cela, c'est moi enfant et moi à présent... » Elle n'a perdu, ajoute-t-elle, que son bel orgueil.

Et c'est bien une femme humiliée, blessée que nous découvrent ces presque mémoires, faits sans elle avec ce qu'elle a fait, elle (et ce qu'elle a fait d'elle, qu'elle avoue). Ouvrière en chambre à peine privilégiée de « l'atelier » où travaillent les nègres de Willy. Enfermée par lui pour écrire dès qu'il est prouvé que, grâce à Claudine, les affaires marchent bien. Exhibée par cet homme sans noblesse avec l'autre Claudine, celle de la scène, Polaire, dans des robes exactement semblables, jumelles voulues équivoques. Elle se sentait, se savait, « vaguement déshonorée ». Et n'en souffrait que confusément encore, attentive à ce qu'elle avait « d'insolite, de désolé, de secret et d'attrayant ». Mais Polaire, « l'étrange Polaire, si séduisante, avec ses yeux de gazelle amoureuse », alors qu'ils entrent tous les trois dans une loge, un soir, et que « l'attention du public se fixe sur eux d'une manière si pesante, si muette et si unanime » qu'il semble à Colette que les antennes de son amie frémissent, Polaire s'écrie : « Non... non, Jeu ne veux pas... Jeu vous en prie... J'entends ce qu'*ils* pensent, c'est laid, c'est haffreux... »

Regardant, en 1936, des images d'elle de ce temps-là, de *Claudine à l'école* (1900) et des romans qui suivront, d'année en année, *Claudine à Paris* (1901), *Claudine en ménage* (1902), *Claudine s'en va* (1903), Colette ne s'attendrit pas sur elle-même : « Sur une très grande toile de Pascau, M. Willy debout domine une Colette assise, et sur mes traits on lit, comme sur la plupart de mes photographies de la même époque, une expression tout ensemble soumise, fermée, mi-gentille, mi-condamnée, dont j'ai plutôt honte... »

Les points de suspension, qui sont de Colette elle-même, n'ouvrent pas sur tout ce qu'elle nous tait de sa vie mais qu'il nous est facile d'imaginer (d'inventer?). Et qui n'a aucun intérêt, sans doute même, de soi à soi, dans cette seule morale, personnelle, qui compte : aucune gravité. En revanche, il est pour un écrivain des fautes qu'il se pardonne difficilement, celles, dont il est seul juge, qui concernent son œuvre créatrice — qu'il est vrai, Colette, ne soupçonnait pas telle lors de ses premiers écrits. Evoquant ses « apprentissages » littéraires aussi bien que sentimentaux, elle écrit : « Avec le temps, je n'ai guère changé d'avis, et je juge assez sévèrement toutes les *Claudine*. Elles font l'enfant et la follette sans discrétion. La jeunesse, certes, y éclate, quand elle ne ferait que se marquer par le manque de métier... » Ce qu'elle se reproche, ce n'est pas tellement cela (elle apprit vite son métier, son art) que sa souplesse à faire ce que Willy attendait d'elle et qui ne correspondait pas à ses exigences profondes. Vint le temps où elle se reprit : « Je m'éveillai vaguement à un devoir envers moi-même, celui d'écrire autre chose que les *Claudine*. Et, goutte à goutte, j'exsudais les *Dialogues de bêtes,* où je me donnais le plaisir, non point vif mais honorable, de ne pas parler de l'amour [...]. Mais je ne me suis reprise à mettre l'amour en romans, et à m'y plaire, que lorsque j'eus recouvré de l'estime pour lui — et pour moi. »

Quel bel aveu, et courageux! Colette, comme toutes les âmes bien nées, se juge sans complaisance. Elle n'essaie pas de se faire passer pour autre qu'elle n'est — ou plutôt, qu'elle n'apparaît; car son être profond a gardé la pureté des sources de l'enfance.

Le seul *Claudine* que l'on trouvera ici est le seul digne de figurer dans de vrais *Mémoires : La Maison de Claudine.* Au titre près, c'est de Sidonie-Gabrielle Colette qu'il s'agit et non de Claudine. André Parinaud a pu écrire : « Si Claudine est, par quelques côtés, une image de Colette, ne nous y trompons pas, la valeur autobiographique de cette œuvre est assez mince. » En revanche, ajoute-t-il, « *La Maison de Claudine* et *Sido,* œuvres écrites à une époque où l'enfance était pour Mme Colette la source même de son génie, nous apportent de remarquables confidences ». Confidences que nous trouverons dans le présent volume. C'est à Saint-Sauveur-en-Puisaye qu'est née la Colette que nous aimons. Celle pour qui sa Puisaye natale a conservé ses pouvoirs. Colette poète, c'est d'abord par les odeurs qu'elle vit et qu'elle revit : « Ma mère fleurait la cretonne lavée, le fer à repasser chauffé sur la braise du peuplier, la feuille de verveine citronnelle qu'elle roulait dans ses mains ou froissait dans sa poche. Au soir tombant, je croyais qu'elle exhalait la senteur des laitues arrosées... » Animaux et végétaux, fleurs et feuillages, usages et visages de sa campagne, tel est son « bouquet de Puisaye » : « ... C'est la bruyère rouge, rose, blanche, qui croît dans une terre aussi légère que la cendre du bouleau. C'est la massette du marais à fourrure de ragondin et, pour lier le tout, la couleuvre qui traverse à la nage les étangs, son petit menton à ras de l'eau... » Sans oublier « la châtaigne d'eau à quatre cornes, sa farine à goût de lentille et de tanche... ». Saveurs, odeurs, couleurs, merveilles des enfances campagnardes. Et un style qui en est né, une langue drue et odorante, savoureuse, dont elle usera aussi bien lorsqu'il s'agira pour elle de chanter d'autres amours que celles des verts paradis enfantins.

Dans ces mémoires imaginaires, et pourtant bien réels de Colette, deux orientations. L'une qui échappe au temps : l'enfance et ses amours, puis les amours d'après l'enfance. La seconde qui est dans le temps, un temps précis, pour nous prestigieux alors même qu'il nous arrive de le condamner : la fin du siècle, le début de l'autre à Paris. Le Paris de la belle Otero mûrissante et de la jeune Polaire triomphante. Nous allions dire : le Paris d'Odette de Crécy, encore... « Tendus aux murs, tombant des baldaquins, drapant en festons des baies vitrées (...) Le style étouffant n'étant pas près de sa fin et l'on suffoquait de meubles. » (*Mes Apprentissages.*) Avec d'ininventables détails d'époque : « Mon amie qui se tient assise devant moi, les yeux grands et secs, couronnée de cheveux et de plumes, avec la grâce raide des jeunes femmes qui portent un corset trop long. » (*Les Vrilles de la vigne.*) Si bien que telle actrice refusait de s'asseoir en scène et qu'il fallait lui écrire des textes en conséquence.

Nous allons donc de la petite fille sauvage aux allures garçonnières de *La Maison de Claudine* à la Colette Willy déjà célèbre, qui fait du music-hall et joue des pantomimes pour vivre lorsque Willy l'a quittée. Nous allons d'une enfant de neuf ans, Sidonie-Gabrielle, à une enfant de neuf ans, sa fille Bel-Gazou, née en 1913, de son second mariage avec Henry de Jouvenel. Colette passe dans *La Maison de Claudine* d'une petite fille à l'autre, d'elle petite fille à sa petite fille, de nouveau hors du temps, dans le temps immobile des familles qui s'aiment et qui glissent vers la mort, lentement, si lentement que rien ne semble bouger. « A quoi penses-tu, Bel-Gazou? — A rien, maman... C'est bien répondu. Je ne répondais pas autrement quand j'avais son âge, et que je m'appelais, comme s'appelle ma fille dans l'intimité, Bel-Gazou. » Et que l'appelait sa maman, à qui elle ne répondait pas. Eternel retour, chutes au néant de l'amour. Et du plus secret, du plus sacré de tous : celui qui lie parents et enfants. Bel-Gazou... « D'où vient ce nom, et pourquoi mon père me le donna-t-il autrefois? » Son père, « le Capitaine », amputé d'une jambe à la suite d'une blessure de guerre (Melegnago, 1859), percepteur à Saint-Sauveur-en-Puisaye, qu'elle a mal aimé de son vivant et découvert alors qu'il était trop tard. Sido avait pris toute la place. La maison dut être vendue par autorité de justice. A trente kilomètres de là, Châtillon-sur-Loing (devenu depuis Châtillon-Coligny) accueillit la famille dans une maison « si petite et si modeste — si différente de la large maison natale de Saint-Sauveur ». Plus tard, elle y retrouvera le goût de vivre, le goût de rire, aux côtés de son frère le médecin et de Sido à qui elle cachait qu'elle n'était pas heureuse auprès de ce malheureux personnage, Willy. Sido devait ignorer les bassesses de son gendre et l'humiliation de sa fille : « Je n'ai pas réussi complètement à la tromper, car elle voyait à travers les murailles [...]. Je résistais à la terrible envie de retourner à elle, de revenir tout écorchée, obscure et sans argent, peser sur la fin de sa vie. Et quand je pense à la personne que je fus pendant ces longs jours d'obstination, de fourberie filiale, allons, allons, je ne me trouve pas si mal que ça! » *(Mes apprentissages.)*

Dans ces aller et retour dans les deux sens du temps, dans ces temps brassés, retrouvés et perdus, demeure la constante de cette exigence morale, de cette rigueur profonde. Et nous ne mêlons ici les temps que parce que Colette les a mêlés là...

Nous ne savons ce qui nous intéresse et nous émeut le plus, à la fin, dans ce livre fait de textes si divers et si pareils, de l'indestructible enfance retrouvée dans cette enfant Colette, que seule la mort, dans un grand âge, a détruite; ou de cette fausse Claudine, cette vraie Colette mêlée à la vie demi-mondaine d'une frivole, charmante et féroce époque. Où, si charmante elle-même, elle sut être grave, bonne et pure — de cette pureté vraie qui est celle de l'âme.

Nous ne la verrons pas souffrir, mais nous devinerons ses souffrances. Souffrances d'amour si discrètement évoquées dans *Les Vrilles de la vigne,* avec le surgissement de la guérison, un beau, si beau jour, un jour si cruel : « Croyez-moi! cela viendra, je ne sais quand. Une journée douce de printemps, ou bien un matin mouillé d'automne, peut-être une nuit de lune, vous sentirez en votre cœur une chose inexprimable et vivante s'étirer voluptueusement — une couleuvre heureuse qui se fait longue, longue — une chenille de velours déroulée — un desserrement, une déchirure soyeuse et bienfaisante comme celle de l'iris qui éclôt... » Cruel, parce que cet amour-là s'il est devenu indolore ne sera pas remplacé. Ne fut peut-être pas remplacé pour Colette. Car il y a, à la fin de ce même texte, *La Guérison,* ce cri : « Oui, mon enfant, oui. Vous, vous aurez un autre amour... Je vous le promets. » Quelle confidence dans ce *vous*...

Nous ne la verrons pas non plus vieillir, mais nous la verrons mûrir. Donc, là encore souffrir. Il y a de belles pages au commencement de *Mes Apprentissages* sur « l'arrogant déclin » de la belle Otero. Et les dernières lignes du même ouvrage évoquent d'autres confidences possibles, celles d'un autre temps : « Si j'écrivais quelque jour mes souvenirs de *l'autre versant...* » Mais ici, dans ce livre-ci, nous sommes sur le versant ensoleillé. L'autre soleil, le soleil de la mort est de l'autre côté. Ce furent d'autres livres, où nous trouverions sans doute la matière d'autres mémoires aussi réels que ceux-ci. En 1928, Mme Colette devait avouer dans *La Naissance du jour :* « Aucune crainte, même celle du ridicule, ne m'arrêtera d'écrire ces lignes, qui seront, j'en cours le risque, publiées. Pourquoi suspendre la course de ma main sur ce papier qui recueille, depuis tant d'années, ce que je sais de moi, ce que j'essaie d'en cacher, ce que j'en invente et ce que j'en devine? » Tant d'années, dont toutes celles que nous revivons dans ce volume-ci, avec elle, et où elle n'invente ou cache beaucoup moins sur elle-même qu'elle ne devine, avoue et confie.

CLAUDE MAURIAC.

LA MAISON DE CLAUDINE

Publié en 1922 chez Ferenczi, c'est pour des raisons publicitaires et à la demande, semble-t-il, de l'éditeur que le nom, célèbre mais ici trompeur, de Claudine fut donné à ce livre pudique et tendre. Colette y évoque les plus chers de ses souvenirs, les plus purs. Sido la mère, Bel-Gazou la fille, ouvrent et ferment cet écrin où reposent des petits textes précieux. Ils avaient d'abord été publiés par fragments dans des périodiques, ce qui explique leur brièveté. Espaces et temps mêlés, les maisons de campagne où vécut Colette sont là, de Saint-Sauveur-en-Puisaye et Châtillon-Coligny à sa maison bretonne proche de Cancale.

Le plus récent biographe de l'auteur, Louis Perche, a pu écrire : « La vie affective heureuse et douloureuse à la fois de Colette est bien entière dans ce livre. Il ne s'agit pas de Mémoires, *mais d'une volonté de réanimation, par la force du souvenir, d'un passé qui demeure un fragment vivant de la durée. »*

C. M.

Où sont les enfants?

La maison était grande, coiffée d'un grenier haut. La pente raide de la rue obligeait les écuries et les remises, les poulaillers, la buanderie, la laiterie, à se blottir en contrebas tout autour d'une cour fermée.

Accoudée au mur du jardin, je pouvais gratter du doigt le toit du poulailler. Le Jardin-du-Haut commandait un Jardin-du-Bas, potager resserré et chaud, consacré à l'aubergine et au piment, où l'odeur du feuillage de la tomate se mêlait, en juillet, au parfum de l'abricot mûri sur espaliers. Dans le Jardin-du-Haut, deux sapins jumeaux, un noyer dont l'ombre intolérante tuait les fleurs, des roses, des gazons négligés, une tonnelle disloquée... Une forte grille de clôture, au fond, en bordure de la rue des Vignes, eût dû défendre les deux jardins; mais je n'ai jamais connu cette grille que tordue, arrachée au ciment de son mur, emportée et brandie en l'air par les bras invincibles d'une glycine centenaire...

La façade principale, sur la rue de l'Hospice, était une façade à perron double, noircie, à grandes fenêtres et sans grâces, une maison bourgeoise de vieux village, mais la roide pente de la rue bousculait un peu sa gravité, et son perron boitait, quatre marches d'un côté, six de l'autre.

Grande maison grave, revêche avec sa porte à clochette d'orphelinat, son entrée cochère à gros verrou de geôle ancienne, maison qui ne souriait que d'un côté. Son revers, invisible au passant, doré par le soleil, portait manteau de glycine et de bignonier mêlés, lourds à l'armature de fer fatiguée, creusée en son milieu comme un hamac, qui ombrageait une petite terrasse dallée et le seuil du salon... Le reste vaut-il que je le peigne, à l'aide de pauvres mots? Je n'aiderai personne à contempler ce qui s'attache de splendeur, dans mon souvenir, aux cordons rouges d'une vigne d'automne que ruinait son propre poids, cramponnée, au cours de sa chute, à quelque bras de pin. Ces lilas massifs dont la fleur compacte, bleue dans l'ombre, pourpre au soleil, pourrissait tôt, étouffée par sa propre exubérance, ces lilas morts depuis longtemps ne remonteront pas grâce à moi vers la lumière, ni le terrifiant clair de lune, — argent, plomb gris, mercure, facettes d'améthystes coupantes, blessants saphirs aigus, — qui dépendait de certaine vitre bleue, dans le kiosque au fond du jardin.

Maison et jardin vivent encore, je le sais, mais qu'importe si la magie les a quittés, si le secret est perdu qui ouvrait, — lumière, odeurs, harmonie d'arbres et d'oiseaux, murmure de voix humaines qu'a déjà suspendu la mort, — un monde dont j'ai cessé d'être digne?...

Il arrivait qu'un livre, ouvert sur le dallage de la terrasse ou sur l'herbe, une corde à sauter serpentant dans une allée, ou un minuscule jardin bordé de cailloux, planté de têtes de fleurs, révélassent autrefois, dans le temps où cette maison et ce jardin abritaient une famille, la présence des enfants, et leurs âges différents. Mais ces signes ne s'accompagnaient presque jamais du cri, du rire enfantins, et le logis, chaud et plein, ressemblait bizarrement à ces maisons qu'une fin de vacances vide, en un moment, de toute sa joie. Le silence, le vent contenu du jardin clos, les pages du livre rebroussées sous le pouce invisible d'un sylphe, tout semblait demander : « Où sont les enfants? »

C'est alors que paraissait, sous l'arceau de fer ancien que la glycine versait à gauche, ma mère, ronde et petite en ce temps où l'âge ne l'avait pas encore décharnée. Elle scrutait la verdure massive, levait la tête et jetait par les airs son appel : « Les enfants! Où sont les enfants? »

Où? nulle part. L'appel traversait le jardin, heurtait le grand mur de la remise à foin, et revenait, en écho très faible et comme épuisé : « Hou... enfants... »

Nulle part. Ma mère renversait la tête vers les nuées, comme si elle eût attendu qu'un vol d'enfants ailés s'abattît. Au bout d'un moment, elle jetait le même cri, puis se lassait d'interroger le ciel, cassait de l'ongle le grelot sec d'un pavot, grattait un rosier emperlé de pucerons verts, cachait dans sa poche les premières noix, hochait le front en songeant aux enfants disparus, et rentrait. Cependant au-dessus d'elle, parmi le feuillage du noyer, brillait le visage triangulaire et penché d'un enfant allongé, comme un matou, sur une grosse branche, et qui se taisait. Une mère moins myope eût deviné, dans les révérences précipitées qu'échangeaient les cimes jumelles des deux sapins, une impulsion étrangère à celle des brusques bourrasques d'octobre... Et dans la lucarne carrée, au-dessous de la poulie à fourrage, n'eût-elle pas aperçu, en clignant les yeux, ces deux taches pâles dans le foin : le visage d'un jeune garçon et son livre? Mais elle avait renoncé à nous découvrir, et désespéré de nous atteindre. Notre turbulence étrange ne s'accompagnait d'aucun cri. Je ne crois pas qu'on ait vu enfants plus remuants et plus silencieux. C'est maintenant que je m'en étonne. Personne n'avait requis de nous ce mutisme allègre, ni cette sociabilité limitée. Celui de mes frères qui avait dix-neuf ans et construisait des appareils d'hydrothérapie en boudins de toile, fil de fer et chalumeaux de verre n'empêchait pas le cadet, à quatorze ans, de démonter une montre, ni de réduire au piano, sans faute, une mélodie, un morceau symphonique entendu au chef-lieu; ni même de prendre un plaisir impénétrable à émailler le jardin de petites pierres tombales découpées dans du carton, chacune portant, sous sa croix, les noms, l'épitaphe et la généalogie d'un défunt supposé... Ma sœur aux trop longs cheveux pouvait lire sans fin ni repos : les deux garçons passaient, frôlant comme sans la voir cette jeune fille assise, enchantée, absente, et ne la troublaient pas. J'avais, petite, le loisir de suivre, en courant presque, le grand pas des garçons, lancés dans les bois à la poursuite du Grand Sylvain, du Flambé, du Mars farouche, ou chassant la couleuvre, ou bottelant la haute digitale de juillet au fond des bois clairsemés, rougis de flaques de bruyères... Mais je suivais silencieuse, et je glanais la mûre, la merise, ou la fleur, je battais les taillis et les prés gorgés d'eau en chien indépendant qui ne rend pas de comptes...

« Où sont les enfants? » Elle surgissait, essoufflée par sa quête constante de mère-chienne trop tendre, tête levée et flairant le vent. Ses bras emmanchés de toile blanche disaient qu'elle venait de pétrir la pâte à galette, ou le pudding saucé d'un brûlant velours de rhum et de confitures. Un grand tablier bleu la ceignait, si elle avait lavé la havanaise, et quelquefois elle agitait un étendard de papier jaune craquant, le papier de la boucherie; c'est qu'elle espérait rassembler, en même temps que ses enfants égaillés, ses chattes vagabondes, affamées de viande crue...

Au cri traditionnel s'ajoutait, sur le même ton d'urgence et de supplication, le rappel de l'heure : « Quatre heures! ils ne sont pas venus goûter! Où sont les enfants?... » « Six heures et demie! Rentreront-ils dîner? Où sont les enfants?... » La jolie voix, et comme je pleurerais de plaisir à l'entendre... Notre seul péché, notre méfait unique était le silence, et une sorte d'évanouissement miraculeux. Pour des desseins innocents, pour une liberté qu'on ne nous refusait pas, nous sautions la grille, quittions les chaussures, empruntant pour le retour une échelle inutile, le mur bas d'un voisin. Le flair subtil de la mère inquiète découvrait sur nous l'ail sauvage d'un ravin lointain ou la menthe des marais masqués d'herbe. La poche mouillée d'un des garçons cachait le caleçon qu'il avait emporté aux étangs fiévreux, et la « petite », fendue au genou, pelée au coude, saignait tranquillement sous des emplâtres de toiles d'araignées et de poivre moulu, liés d'herbes rubannées...

— Demain, je vous enferme! Tous, vous entendez, tous!

Demain... Demain l'aîné, glissant sur le toit d'ardoises où il installait un réservoir d'eau, se cassait la clavicule et demeurait muet, courtois, en demi-syncope, au pied du mur, attendant qu'on vînt l'y ramasser. Demain, le cadet recevait sans mot dire, en plein front, une échelle de six mètres, et rapportait avec modestie un œuf violacé entre les deux yeux...

— Où sont les enfants?

Deux reposent. Les autres jour par jour vieillissent. S'il est un lieu où l'on attend après la vie, celle qui nous attendit tremble encore, à cause des deux vivants. Pour l'aînée de nous tous elle a du moins fini de regarder le noir de la vitre, le soir : « Ah! je sens que cette enfant n'est pas heureuse... Ah! je sens qu'elle souffre... »

Pour l'aîné des garçons elle n'écoute plus, palpitante, le roulement d'un cabriolet de médecin sur la neige, dans la nuit, ni le pas de la jument grise. Mais je sais que pour les deux qui restent elle erre et quête encore, invisible, tourmentée de n'être pas assez tutélaire : « Où sont, où sont les enfants?... »

Le Sauvage

Quand il l'enleva, vers 1853, à sa famille, qui comptait seulement deux frères, journalistes français mariés en Belgique, à ses amis — des peintres, des musiciens et des poètes, toute une jeune bohème d'artistes français et belges —, elle avait dix-huit ans. Une fille blonde, pas très jolie et charmante, à grande bouche et à menton fin, les yeux gris et gais, portant sur la nuque un chignon bas de cheveux glissants, qui coulaient entre les épingles, — une jeune fille libre, habituée à vivre honnêtement avec des garçons, frères et camarades. Une jeune fille sans dot, trousseau ni bijoux, dont le buste mince, au-dessus de la jupe épanouie, pliait gracieusement : une jeune fille à taille plate et épaules rondes, petite et robuste.

Le Sauvage la vit, un jour qu'elle était venue, de Belgique en France, passer quelques semaines d'été chez sa nourrice paysanne, et qu'il visitait à cheval ses terres voisines. Accoutumé à ses servantes sitôt quittées que conquises, il rêva de cette jeune fille désinvolte, qui l'avait regardé sans baisser les yeux et sans lui sourire. La barbe noire du passant, son cheval rouge comme guigne, sa pâleur de vampire distingué ne déplurent pas à la jeune fille, mais elle l'oubliait au moment où il s'enquit d'elle. Il apprit son nom et qu'on l'appelait « Sido », pour abréger Sidonie. Formaliste comme beaucoup de « sauvages », il fit mouvoir notaire et parents, et l'on connut, en Belgique, que ce fils de gentilshommes verriers possédait des fermes, des bois, une belle maison à perron et jardin, de l'argent comptant... Effarée, muette, Sido écoutait, en roulant sur ses doigts ses « anglaises » blondes. Mais une jeune fille sans fortune et sans métier, qui vit à la charge de ses frères, n'a qu'à se taire, à accepter sa chance et à remercier Dieu.

Elle quitta donc la chaude maison belge, la cuisine-de-cave qui sentait le gaz, le pain chaud et le café; elle quitta le piano, le violon, le grand Salvator Rosa légué par son père, le pot à tabac et les fines pipes de terre à long tuyau, les grilles à coke, les livres ouverts et les journaux froissés, pour entrer, jeune mariée, dans la maison à perron que le dur hiver des pays forestiers entourait.

Elle y trouva un inattendu salon blanc et or au rez-de-chaussée, mais un premier étage à peine crépi, abandonné comme un grenier. Deux bons chevaux, deux vaches, à l'écurie, se gorgeaient de fourrage et d'avoine; on barattait le beurre et pressait les fromages dans les communs, mais les chambres à coucher, glacées, ne parlaient ni d'amour ni de doux sommeil.

L'argenterie, timbrée d'une chèvre debout sur ses sabots de derrière, la cristallerie et le vin abondaient. Des vieilles femmes ténébreuses filaient à la chandelle dans la cuisine, le soir, teillaient et dévidaient le chanvre des propriétés, pour fournir les lits et l'office de toile lourde, inusable et froide. Un âpre caquet de cuisinières agressives s'élevait et s'abaissait, selon que le maître approchait ou s'éloignait de la maison; des fées barbues projetaient dans un regard, sur la nouvelle épouse, le mauvais sort, et quelque belle lavandière délaissée du maître pleurait férocement, accotée à la fontaine, en l'absence du Sauvage qui chassait.

Ce Sauvage, homme de bonnes façons le plus souvent, traita bien, d'abord, sa petite civilisée. Mais Sido, qui cherchait des amis, une sociabilité innocente et gaie, ne rencontra dans sa propre demeure que des serviteurs, des fermiers cauteleux, des gardes-chasse poissés de vin et de sang de lièvre, que suivait une odeur de loup. Le Sauvage leur parlait peu, de haut. D'une noblesse oubliée, il gardait le dédain, la politesse, la brutalité, le goût des inférieurs; son surnom ne visait que sa manière de chevaucher seul, de chasser sans chien ni compagnon, de demeurer muet. Sido aimait la conversation, la moquerie, le mouvement, la bonté despotique et dévouée, la douceur. Elle fleurit la grande maison, fit blanchir la cuisine sombre, surveilla elle-même des plats flamands, pétrit des gâteaux aux raisins et espéra son premier enfant. Le Sauvage lui souriait entre deux randonnées et repartait. Il retournait à ses vignes, à ses bois spongieux, s'attardait aux auberges de carrefours où tout est noir autour d'une longue chandelle : les solives, les murs enfumés, le pain de seigle et le vin dans les gobelets de fer...

A bout de recettes gourmandes, de patience et d'encaustique, Sido, maigrie d'isolement, pleura, et le Sauvage aperçut la trace des larmes qu'elle niait. Il comprit confusément qu'elle s'ennuyait, qu'une certaine espèce de confort et de luxe, étrangère à toute sa mélancolie de Sauvage, manquait. Mais quoi?...

Il partit un matin à cheval, trotta jusqu'au chef-lieu — quarante kilomètres — battit la ville et revint la nuit d'après, rapportant, avec un grand air de gaucherie fastueuse, deux objets étonnants, dont la convoitise d'une jeune femme pût se trouver ravie : un petit mortier à piler les amandes et les pâtes, en marbre lumachelle très rare, et un cachemire de l'Inde.

Dans le mortier dépoli, ébréché, je pourrais encore piler les amandes, mêlées au sucre et au zeste de citron. Mais je me reproche de découper en coussins et en sacs à main le cachemire à fond cerise. Car ma mère, qui fut la Sido sans amour et sans reproche de son premier mari hypocondre, soignait châle et mortier avec des mains sentimentales.

— Tu vois, me disait-elle, il me les a apportés, ce Sauvage qui ne savait pas donner. Il me les a pourtant apportés à grand-peine, attachés sur sa jument Mustapha. Il se tenait devant moi, les bras chargés, aussi fier et aussi maladroit qu'un très grand chien qui porte dans sa gueule une petite pantoufle. Et j'ai bien compris que, pour lui, ses cadeaux n'avaient figure de mortier ni de châle. C'étaient des « cadeaux », des objets rares et coûteux qu'il était allé chercher loin; c'était son premier geste désintéressé — hélas! et le dernier — pour divertir et consoler une jeune femme exilée et qui pleurait...

Amour

— Il n'y a rien pour le dîner, ce soir... Ce matin, Tricotet n'avait pas encore tué... Il devait tuer à midi. Je vais moi-même à la boucherie, comme je suis. Quel ennui! Ah! pourquoi mange-t-on? Qu'allons-nous manger ce soir?

Ma mère est debout, découragée, devant la fenêtre. Elle porte sa « robe de maison » en satinette à pois, sa broche d'argent qui représente deux anges penchés sur un portrait d'enfant, ses lunettes au bout d'une chaîne et son lorgnon au bout d'un cordonnet de soie noire, accroché à toutes les clefs de porte, rompu à toutes les poignées de tiroir et renoué vingt fois. Elle nous regarde, tour à tour, sans espoir. Elle sait qu'aucun de nous ne lui donnera un avis utile. Consulté, papa répondra :

— Des tomates crues avec beaucoup de poivre.

— Des choux rouges au vinaigre, dit Achille, l'aîné de mes frères, que sa thèse de doctorat retient à Paris.

— Un grand bol de chocolat! postulera Léo, le second.

Et je réclamerai, en sautant en l'air parce que j'oublie souvent que j'ai quinze ans passés :

— Des pommes de terre frites! Des pommes de terre frites! Et des noix avec du fromage!

Mais il paraît que frites, chocolat, tomates et choux rouges ne « font pas un dîner »...

— Pourquoi, maman?

— Ne pose donc pas de questions stupides...

Elle est toute à son souci. Elle a déjà empoigné le panier

fermé, en rotin noir, et s'en va, comme elle est. Elle garde son chapeau de jardin roussi par trois étés, à grands bords, à petit fond cravaté d'une ruche marron, et son tablier de jardinière, dont le bec busqué du sécateur a percé une poche. Des graines sèches de nigelles, dans leur sachet de papier, font, au rythme de son pas, un bruit de pluie et de soie égratignée au creux de l'autre poche. Coquette pour elle, je lui crie :

— Maman! ôte ton tablier!

Elle tourne en marchant sa figure à bandeaux qui porte, chagrine, ses cinquante-cinq ans, et trente lorsqu'elle est gaie.

— Pourquoi donc? Je ne vais que dans la rue de la Roche.

— Laisse donc ta mère tranquille, gronde mon père dans sa barbe. Où va-t-elle, au fait?

— Chez Léonore, pour le dîner.

— Tu ne vas pas avec elle?

— Non. Je n'ai pas envie aujourd'hui.

Il y a des jours où la boucherie de Léonore, ses couteaux, sa hachette, ses poumons de bœuf gonflés que le courant d'air irise et balance, roses comme la pulpe du bégonia, me plaisent à l'égal d'une confiserie. Léonore y tranche pour moi un ruban de lard salé qu'elle me tend, transparent, du bout de ses doigts froids. Dans le jardin de la boucherie, Marie Tricotet, qui est pourtant née le même jour que moi, s'amuse encore à percer d'une épingle des vessies de porc ou de veau non vidées, qu'elle presse sous le pied « pour faire jet d'eau ». Le son affreux de la peau qu'on arrache à la chair fraîche, la rondeur des rognons, fruits bruns dans leur capitonnage immaculé de « panne » rosée, m'émeuvent d'une répugnance compliquée, que je recherche et que je dissimule. Mais la graisse fine qui demeure au creux du petit sabot fourchu, lorsque le feu fait éclater les pieds du cochon mort, je la mange comme une friandise saine... N'importe. Aujourd'hui, je n'ai guère envie de suivre maman.

Mon père n'insiste pas, se dresse agilement sur sa jambe unique, empoigne sa béquille et sa canne et monte à la bibliothèque. Avant de monter, il plie méticuleusement le journal *Le Temps*, le cache sous le coussin de sa bergère, enfouit dans une poche de son long paletot *La Nature* en robe d'azur. Son petit œil cosaque, étincelant sous un sourcil de chanvre gris, rafle sur les tables toute provende imprimée, qui prendra le chemin de la bibliothèque et ne reverra plus la lumière... Mais, bien dressés à cette chasse, nous ne lui avons rien laissé...

— Tu n'as pas vu le *Mercure de France?*
— Non, papa.
— Ni la *Revue Bleue?*
— Non, papa.

Il darde sur ses enfants un œil de tortionnaire.

— Je voudrais bien savoir qui, dans cette maison...

Il s'épanche en sombres et impersonnelles conjectures, émaillées de démonstratifs venimeux. Sa maison est devenue *cette* maison, où règne *ce* désordre, où *ces enfants* « de basse extraction » professent le mépris du panier imprimé, encouragés d'ailleurs par *cette* femme...

— ... Au fait, où est cette femme?
— Mais, papa, elle est chez Léonore!
— Encore!
— Elle vient de partir...

Il tire sa montre, la remonte comme s'il allait se coucher, agrippe, faute de mieux, l'*Office de Publicité* d'avant-hier, et monte à la bibliothèque. Sa main droite étreint fortement le barreau d'une béquille qui étaie l'aisselle droite de mon père. L'autre main se sert seulement d'une canne. J'écoute s'éloigner, ferme, égal, ce rythme de deux bâtons et d'un seul pied qui a bercé toute ma jeunesse. Mais voilà qu'un malaise neuf me trouble aujourd'hui, parce que je viens de remarquer, soudain, les veines saillantes et les rides sur les mains si blanches de mon père, et combien cette frange de cheveux drus, sur sa nuque, a perdu sa couleur depuis peu... C'est donc possible qu'il ait bientôt soixante ans?...

Il fait frais et triste, sur le perron où j'attends le retour de ma mère. Son petit pas élégant sonne enfin dans la rue de la Roche et je m'étonne de me sentir si contente... Elle tourne le coin de la rue, elle descend vers moi. L'infâme-Patasson — le chien —, la précède, et elle se hâte.

— Laisse-moi, chérie, si je ne donne pas l'épaule de mouton

tout de suite à Henriette pour la mettre au feu, nous mangerons de la semelle de bottes. Où est ton père?

Je la suis, vaguement choquée, pour la première fois, qu'elle s'inquiète de papa. Puisqu'elle l'a quitté il y a une demi-heure et qu'il ne sort presque jamais... Elle le sait bien, où est mon père... Ce qui pressait davantage, c'était de me dire, par exemple : « Minet-Chéri, tu es pâlotte... Minet-Chéri, qu'est-ce que tu as? »

Sans répondre, je la regarde jeter loin d'elle son chapeau de jardin, d'un geste jeune qui découvre des cheveux gris et un visage au frais coloris, mais marqué ici et là de plis ineffaçables. C'est donc possible — mais oui, je suis la dernière née des quatre — c'est donc possible que ma mère ait bientôt cinquante-quatre ans?... Je n'y pense jamais. Je voudrais l'oublier.

Le voici, celui qu'elle réclamait. Le voici hérissé, la barbe en bataille. Il a guetté le claquement de la porte d'entrée, il est descendu de son aire...

— Te voilà? Tu y as mis le temps.

Elle se retourne, rapide comme une chatte :

— Le temps? C'est une plaisanterie, je n'ai fait qu'aller et revenir.

— Revenir d'où? de chez Léonore?

— Ah! non, il fallait aussi que je passe chez Corneau, pour...

— Pour sa tête de crétin? et ses considérations sur la température?

— Tu m'ennuies! J'ai été aussi chercher la feuille de cassis chez Cholet.

Le petit œil cosaque jette un trait aigu :

— Ah! ah! chez Cholet!

Mon père rejette la tête en arrière, passe une main dans ses cheveux épais, presque blancs :

— Ah! ah! chez Cholet! As-tu remarqué seulement que ses cheveux tombent, à Cholet, et qu'on lui voit le caillou?

— Non, je n'ai pas remarqué.

— Tu n'as pas remarqué? Mais non, tu n'as pas remarqué! Tu étais bien trop occupée à faire la belle pour les *godelureaux* du mastroquet d'en face et les deux fils Mabilat!

— Oh! c'est trop fort! Moi, moi, pour les deux fils Mabilat!

Ecoute, vraiment, je ne conçois pas comment tu oses... Je t'affirme que je n'ai pas même tourné la tête du côté de chez Mabilat! Et la preuve, c'est que...

Ma mère croise avec feu, sur sa gorge que hausse un corset à goussets, ses jolies mains, fanées par l'âge et le grand air. Rougissante entre ses bandeaux qui grisonnent, soulevée d'une indignation qui fait trembler son menton détendu, elle est plaisante, cette petite dame âgée, quand elle se défend, sans rire, contre un jaloux sexagénaire. Il ne rit pas non plus, lui, qui l'accuse à présent de « courir le guilledou ». Mais je ris encore, moi, de leurs querelles, parce que je n'ai que quinze ans, et que je n'ai pas encore deviné, sous un sourcil de vieillard, la férocité de l'amour, et sur des joues flétries de femme la rougeur de l'adolescence.

La petite

 Une odeur de gazon écrasé traîne sur la pelouse, non fauchée, épaisse, que les jeux, comme une lourde grêle, ont versée en tous sens. Des petit talons furieux ont fouillé les allées, rejeté le gravier sur les plates-bandes; une corde à sauter pend au bras de la pompe; les assiettes d'un ménage de poupée, grandes comme des marguerites, étoilent l'herbe; un long miaulement ennuyé annonce la fin du jour, l'éveil des chats, l'approche du dîner.
 Elles viennent de partir, les compagnes de jeu de la Petite. Dédaignant la porte, elles ont sauté la grille du jardin, jeté à la rue des Vignes, déserte, leurs derniers cris de possédées, leurs jurons enfantins proférés à tue-tête, avec des gestes grossiers des épaules, des jambes écartées, des grimaces de crapauds, des strabismes volontaires, des langues tirées tachées d'encre violette. Pardessus le mur, la Petite — on dit aussi Minet-Chéri — a versé sur leur fuite ce qui lui restait de gros rire, de moquerie lourde et de mots patois. Elles avaient le verbe rauque, des pommettes et des yeux de fillettes qu'on a saoulées. Elles partent harassées, comme avilies par un après-midi entier de jeux. Ni l'oisiveté ni l'ennui n'ont ennobli ce trop long et dégradant plaisir, dont la Petite demeure écœurée et enlaidie.
 Les dimanches sont des jours parfois rêveurs et vides; le soulier blanc, la robe empesée préservent de certaines frénésies. Mais le jeudi, chômage encanaillé, grève en tablier noir et bottines à clous, permet tout. Pendant près de cinq heures, ces enfants ont goûté les licences du jeudi. L'une fit la malade, l'autre vendit du

café à une troisième, maquignonne, qui lui céda ensuite une vache : « Trente pistoles, bonté! Cochon qui s'en dédit! » Jeanne emprunta au père Gruel son âme de tripier et de préparateur de peaux de lapin. Yvonne incarna la fille de Gruel, une maigre créature torturée et dissolue. Scire et sa femme, les voisins de Gruel, parurent sous les traits de Gabrielle et de Sandrine, et par six bouches enfantines s'épancha la boue d'une ruelle pauvre. D'affreux ragots de friponnerie et de basses amours tordirent mainte lèvre, teinte du sang de la cerise, où brillait encore le miel du goûter... Un jeu de cartes sortit d'une poche et les cris montèrent. Trois petites filles sur six ne savaient-elles pas déjà tricher, mouiller le pouce comme au cabaret, assener l'atout sur la table : « Et ratatout! Et t'as biché le cul de la bouteille; t'as pas marqué un point! »

Tout ce qui traîne dans les rues d'un village, elles l'ont crié, mimé avec passion.

Ce jeudi fut un de ceux que fuit la mère de Minet-Chéri, retirée dans la maison et craintive comme devant l'envahisseur.

A présent, tout est silence au jardin. Un chat, deux chats s'étirent, bâillent, tâtent le gravier sans confiance : ainsi font-ils après l'orage. Ils vont vers la maison, et la Petite, qui marchait à leur suite, s'arrête; elle ne s'en sent pas digne. Elle attendra que se lève lentement, sur son visage chauffé, noir d'excitation, cette pâleur, cette aube intérieure qui fête le départ des bas démons. Elle ouvre, pour un dernier cri, une grande bouche aux incisives neuves. Elle écarquille les yeux, remonte la peau de son front, souffle « pouh! » de fatigue et s'essuie le nez d'un revers de main.

Un tablier d'école l'ensache du col aux genoux, et elle est coiffée en enfant de pauvre, de deux nattes cordées derrière les oreilles. Que seront les mains, où la ronce et le chat marquèrent leurs griffes, les pieds, lacés dans du veau jaune écorché? Il y a des jours où on dit que la Petite sera jolie. Aujourd'hui, elle est laide, et sent sur son visage la laideur provisoire que lui composent sa sueur, des traces terreuses de doigts sur une joue, et surtout des ressemblances successives, mimétiques, qui l'apparentent à Jeanne, à Sandrine, à Aline la couturière en journées, à la dame du pharmacien et à la demoiselle de la poste. Car elles ont joué longuement, pour finir, les petites, au jeu de « qu'est-ce-qu'on-sera ».

— Moi, quante je serai grande...

Habiles à singer, elles manquent d'imagination. Une sorte de sagesse résignée, une terreur villageoise de l'aventure et de l'étranger retiennent d'avance la petite horlogère, la fille de l'épicier, du boucher et de la repasseuse, captives dans la boutique maternelle. Il y a bien Jeanne qui a déclaré :

— Moi, je serai cocotte!

« Mais ça », pense dédaigneusement Minet-Chéri, « c'est de l'enfantillage... ».

A court de souhait, elle leur a jeté, son tour venu, sur un ton de mépris :

— Moi, je serai marin! parce qu'elle rêve parfois d'être garçon et de porter culotte et béret bleus. La mer qu'ignore Minet-Chéri, le vaisseau debout sur une crête de vague, l'île d'or et les fruits lumineux, tout cela n'a surgi, après, que pour servir de fond au blouson bleu, au béret à pompon.

— Moi, je serai marin, et dans mes voyages...

Assise dans l'herbe, elle se repose et pense peu. Le voyage? L'aventure?... Pour une enfant qui franchit deux fois l'an les limites de son canton, au moment des grandes provisions d'hiver et de printemps et gagne le chef-lieu en victoria, ces mots-là sont sans force et sans vertu. Ils n'évoquent que des pages imprimées, des images en couleur. La Petite, fatiguée, se répète machinalement :

« Quand je ferai le tour du monde... » comme elle dirait : « Quand j'irai gauler des châtaignes... »

Un point rouge s'allume dans la maison, derrière les vitres du salon, et la Petite tressaille. Tout ce qui, l'instant d'avant, était verdure, devient bleu, autour de cette rouge flamme immobile. La main de l'enfant, traînante, perçoit dans l'herbe l'humidité du soir. C'est l'heure des lampes. Un clapotis d'eau courante mêle les feuilles, la porte du fenil se met à battre le mur comme en hiver par la bourrasque. Le jardin, tout à coup ennemi, rebrousse, autour d'une petite fille dégrisée, ses feuilles froides de laurier, dresse ses sabres de yucca et ses chenilles d'araucaria barbelées. Une grande voix marine gémit du côté de Moutiers où le vent, sans obstacle, court en risées sur la houle des bois. La Petite, dans l'herbe, tient ses yeux fixés sur la lampe, qu'une brève éclipse vient de voiler : une main a passé devant la flamme, une main qu'un dé brillant coiffait. C'est cette main dont le geste a suffi pour que la Petite, à présent, soit debout, pâlie, adoucie, un peu tremblante comme l'est une enfant qui cesse, pour la première fois, d'être le gai petit vampire qui épuise, inconscient, le cœur maternel; un peu tremblante de ressentir et d'avouer que cette main et cette flamme, et la tête penchée, soucieuse, auprès de la lampe, sont le centre et le secret d'où naissent et se propagent, — en zones de moins en moins sensibles, en cercles qu'atteint de moins en moins la lumière et la vibration essentielles, — le salon tiède, sa flore de branches coupées et sa faune d'animaux paisibles; la maison sonore sèche, craquante comme un pain chaud; le jardin, le village... Au-delà, tout est danger, tout est solitude...

Le « marin », à petits pas, éprouve la terre ferme, et gagne la maison en se détournant d'une lune jaune, énorme, qui monte. L'aventure? Le voyage? L'orgueil qui fait les émigrants?... Les yeux attachés au dé brillant, à la main qui passe et repasse devant la lampe, Minet-Chéri goûte la condition délicieuse d'être — pareille à la petite horlogère, à la fillette de la lingère et du boulanger, — une enfant de son village, hostile au colon comme au barbare, une de celles qui limitent leur univers à la borne d'un champ, au portillon d'une boutique, au cirque de clarté épanoui sous une lampe et que traverse, tirant un fil, une main bien-aimée, coiffée d'un dé d'argent.

L'enlèvement

— Je ne peux plus vivre comme ça, me dit ma mère. J'ai encore rêvé qu'on t'enlevait cette nuit. Trois fois je suis montée jusqu'à ta porte. Et je n'ai pas dormi.

Je la regardai avec commisération, car elle avait l'air fatigué et inquiet. Et je me tus, car je ne connaissais pas de remède à son souci.

— C'est tout ce que ça te fait, petite monstresse?

— Dame, maman... Qu'est-ce que tu veux que je dise? Tu as l'air de m'en vouloir que ce ne soit qu'un rêve.

Elle leva les bras au ciel, courut vers la poste, accrocha en passant le cordon de son pince-nez à une clef de tiroir, puis le jaseron de son face-à-main au loquet de la porte, entraîna dans les mailles de son fichu le dossier pointu et gothique d'une chaise Second Empire, retint la moitié d'une imprécation et disparut après un regard indigné, en murmurant :

— Neuf ans!... Et me répondre de cette façon quand je parle de choses graves!

Le mariage de ma demi-sœur venait de me livrer sa chambre, la chambre du premier étage, étoilée de bleuets sur un fond blanc gris.

Quittant ma tanière enfantine — une ancienne logette de portier à grosses poutres, carrelée, suspendue au-dessus de l'entrée cochère et commandée par la chambre à coucher de ma mère — je dormais, depuis un mois, dans ce lit que je n'avais osé convoiter, ce lit dont les rosaces de fonte argentée retenaient dans leur chute des rideaux de guipure blanche, doublés d'un bleu impitoyable. Ce placard-cabinet de toilette m'appartenait, et j'accoudais à l'une ou l'autre fenêtre une mélancolie, un dédain tous deux feints, à l'heure où les petits Blancvillain et les Trinitet passaient, mordant leur tartine de quatre heures, épaissie de haricots rouges figés dans une sauce au vin. Je disais, à tout propos :

— Je monte à ma chambre... Céline a laissé les persiennes de ma chambre ouvertes...

Bonheur menacé : ma mère, inquiète, rôdait. Depuis le mariage de ma sœur, elle n'avait plus son compte d'enfants. Et puis, je ne sais quelle histoire de jeune fille enlevée, séquestrée, illustrait la première page des journaux. Un chemineau, éconduit à la nuit tombante par notre cuisinière, refusait de s'éloigner, glissait son gourdin entre les battants de la porte d'entrée, jusqu'à l'arrivée de mon père... Enfin, des romanichels, rencontrés sur la route, m'avaient offert, avec d'étincelants sourires et des regards de haine, de m'acheter mes cheveux, et M. Demange, ce vieux monsieur qui ne parlait à personne, s'était permis de m'offrir des bonbons dans sa tabatière.

— Tout ça n'est pas bien grave, assurait mon père.

— Oh! toi... Pourvu qu'on ne trouble pas ta cigarette d'après-déjeuner et ta partie de dominos... Tu ne songes même pas qu'à présent la petite couche en haut, et qu'un étage, la salle à manger, le corridor, le salon, la séparent de ma chambre. J'en ai assez de trembler tout le temps pour mes filles. Déjà l'aînée qui est partie avec ce monsieur...

— Comment, partie?

— Oui, enfin, mariée. Mariée ou pas mariée, elle est tout de même partie avec un monsieur qu'elle connaît à peine.

Elle regardait mon père avec une suspicion tendre.

— Car, enfin, toi, qu'est-ce que tu es pour moi? Tu n'es même pas mon parent...

Je me délectais, aux repas, de récits à mots couverts, de ce langage, employé par les parents, où le vocable hermétique remplace le terme vulgaire, où la moue significative et le « hum! » théâtral appellent et soutiennent l'attention des enfants.

— A Gand, dans ma jeunesse, racontait mère, une de mes

amies, qui n'avait que seize ans, a été enlevée... Mais parfaitement! Et dans une voiture à deux chevaux encore. Le lendemain... hum!... Naturellement. Il ne pouvait plus être question de la rendre à sa famille. Il y a des... comment dirais-je? des effractions que... Enfin ils se sont mariés. Il fallait bien en venir là.

« Il fallait bien en venir là! »

Imprudente parole... Une petite gravure ancienne, dans l'ombre du corridor, m'intéressa soudain. Elle représentait une chaise de poste, attelée de deux chevaux étranges à cous de chimères. Devant la portière béante, un jeune homme habillé de taffetas portait, d'un seul bras, avec la plus grande facilité, une jeune fille renversée dont la petite bouche ouverte en O, les jupes en corolle chiffonnée autour de deux jambes aimables, s'efforçaient d'exprimer l'épouvante. « *L'Enlèvement!* » Ma songerie, innocente, caressa le mot et l'image...

Une nuit de vent, pendant que battaient les portillons mal attachés de la basse-cour, que ronflait au-dessus de moi le grenier, balayé d'ouest en est par les rafales qui, courant sous les bords des ardoises mal jointes, jouaient des airs cristallins d'harmonica, je dormais, bien rompue par un jeudi passé aux champs à gauler les châtaignes et fêter le cidre nouveau. Rêvai-je que ma porte grinçait? Tant de gonds, tant de girouettes gémissaient alentour... Deux bras, singulièrement experts à soulever un corps endormi, ceignirent ici mes reins, ici ma nuque, pressant en même temps autour de moi la couverture et le drap. Ma joue perçut l'air plus froid de l'escalier; un pas assourdi, lourd, descendit lentement, et chaque pas me berçait d'une secousse molle. M'éveillai-je tout à fait? J'en doute. Le songe seul peut, emportant d'un coup d'aile une petite fille par-delà son enfance, la déposer, ni surprise, ni révoltée, en pleine adolescence hypocrite et aventureuse. Le songe seul épanouit dans une enfant tendre l'ingrate qu'elle sera demain, la fourbe complice du passant, l'oublieuse qui quittera la maison maternelle sans tourner la tête... Telle je partais, pour le pays où la chaise de poste, sonnante de grelots de bronze, arrête devant l'église un jeune homme de taffetas et une jeune fille pareille, dans le désordre de ses jupes, à une rose au pillage... Je ne criai pas. Les deux bras m'étaient si doux, soucieux de m'étreindre assez, de garer, au passage des portes, mes pieds ballants... Un rythme familier, vraiment, m'endormait entre ces bras ravisseurs.

Au jour levé, je ne reconnus pas ma soupente ancienne, encombrée maintenant d'échelles et de meubles boiteux, où ma mère en peine m'avait portée, nuitamment, comme une mère chatte qui déplace en secret le gîte de son petit. Fatiguée, elle dormait, et ne s'éveilla que quand je jetai, aux murs de ma logette oubliée, mon cri perçant :

— Maman! viens vite! Je suis enlevée!

Le curé sur le mur

— A quoi penses-tu, Bel-Gazou?
— A rien, maman.

C'est bien répondu. Je ne répondais pas autrement quand j'avais son âge, et que je m'appelais, comme s'appelle ma fille dans l'intimité, Bel-Gazou. D'où vient ce nom, et pourquoi mon père me le donna-t-il autrefois? Il est sans doute patois et provençal — beau gazouillis, beau langage — mais il ne déparerait pas le héros ou l'héroïne d'un conte persan...

« A rien, maman. » Il n'est pas mauvais que les enfants remettent de temps en temps, avec politesse, les parents à leur place. Tout temple est sacré. Comme je dois lui paraître indiscrète et lourde, à ma Bel-Gazou d'à-présent! Ma question tombe comme un caillou et fêle le miroir magique qui reflète, entourée de ses fantômes favoris, une image d'enfant que je ne connaîtrai jamais. Je sais que pour son père, ma fille est une sorte de petit paladin femelle qui règne sur sa terre, brandit une lance de noisetier, pourfend les meules de paille et pousse devant elle le troupeau comme si elle le menait en croisade. Je sais qu'un sourire d'elle l'enchante, et que lorsqu'il dit tout bas : « Elle est ravissante en ce moment », c'est que ce moment-là pose, sur un tendre visage de petite fille, le double saisissant d'un visage d'homme...

Je sais que pour sa nurse fidèle, ma Bel-Gazou est tour à tour le centre du monde, un chef-d'œuvre accompli, le monstre possédé d'où il faut à chaque heure extirper le démon, une championne à la course, un vertigineux abîme de perversité, une *dear little one*, et un petit lapin... Mais qui me dira ce qu'est ma fille devant elle-même?

A son âge — pas tout à fait huit ans — j'étais curé sur un mur. Le mur, épais et haut, qui séparait le jardin de la basse-cour, et dont le faîte, large comme un trottoir, dallé à plat, me servait de piste et de terrasse, inaccessible au commun des mortels. Eh oui, curé sur un mur. Qu'y a-t-il d'incroyable? J'étais curé sans obligation liturgique ni prêche, sans travestissement irrévérencieux, mais, à l'insu de tous, curé. Curé comme vous êtes chauve, monsieur, ou vous, madame, arthritique.

Le mot « presbytère » venait de tomber, cette année-là, dans mon oreille sensible, et d'y faire des ravages.

« C'est certainement le presbytère le plus gai que je connaisse... » avait dit quelqu'un.

Loin de moi l'idée de demander à l'un de mes parents : « Qu'est-ce que c'est, un presbytère? » J'avais recueilli en moi le mot mystérieux, comme brodé d'un relief rêche en son commencement, achevé en une longue et rêveuse syllabe... Enrichie d'un secret et d'un doute, je dormais avec le *mot* et je l'emportais sur mon mur. « Presbytère! » Je le jetais, par-dessus le toit du poulailler et le jardin de Miton, vers l'horizon toujours brumeux de Moutiers. Du haut de mon mur, le mot sonnait en anathème : « Allez! vous êtes tous des presbytères! » criais-je à des bannis invisibles.

Un peu plus tard, le mot perdit de son venin, et je m'avisai que « presbytère » pouvait bien être le nom scientifique du petit escargot rayé jaune et noir... Une imprudence perdit tout, pendant une de ces minutes où une enfant, si grave, si chimérique qu'elle soit, ressemble passagèrement à l'idée que s'en font les grandes personnes...

— Maman! regarde le joli petit presbytère que j'ai trouvé!

— Le joli petit... quoi?

— Le joli petit presb...

Je me tus, trop tard. Il me fallut apprendre — « Je me demande si cette enfant a tout son bon sens... » — ce que je tenais tant à ignorer, et appeler « les choses par leur nom... ».

— Un presbytère, voyons, c'est la maison du curé.

— La maison du curé... Alors, M. le curé Millot habite dans un presbytère?

— Naturellement... Ferme ta bouche, respire par le nez... Naturellement, voyons...

J'essayai encore de réagir... Je luttai contre l'effraction, je serrai contre moi les lambeaux de mon extravagance, je voulus obliger M. Millot à habiter, le temps qu'il me plairait, dans la coquille vide du petit escargot nommé « presbytère »...

— Veux-tu prendre l'habitude de fermer la bouche quand tu ne parles pas? A quoi penses-tu?

— A rien, maman...

... Et puis je cédai... Je fus lâche, et je composai avec ma déception. Rejetant le débris du petit escargot écrasé, je ramassai le beau mot, je remontai jusqu'à mon étroite terrasse ombragée de vieux lilas, décorée de cailloux polis et de verroteries comme le nid d'une pie voleuse, je la baptisai « Presbytère », et je me fis curé sur le mur.

Ma mère et les livres

La lampe, par l'ouverture supérieure de l'abat-jour, éclairait une paroi cannelée de dos de livres, reliés. Le mur opposé était jaune, du jaune sale des dos de livres brochés, lus, relus, haillonneux. Quelques « traduits de l'anglais » — un franc vingt-cinq — rehaussaient de rouge le rayon du bas.

A mi-hauteur, Musset, Voltaire, et les Quatre Evangiles brillaient sous la basane feuille-morte. Littré, Larousse et Becquerel bombaient des dos de tortues noires. D'Orbigny, déchiqueté par le culte irrévérencieux de quatre enfants, effeuillait ses pages blasonnées de dahlias, de perroquets, de méduses à chevelures roses et d'ornithorynques...

Camille Flammarion, bleu, étoilé d'or, contenait les planètes jaunes, les cratères froids et crayeux de la lune, Saturne qui roule, perle irisée, libre dans son anneau...

Deux solides volets couleur de glèbe reliaient Elisée Reclus, Voltaire jaspés, Balzac noir et Shakespeare olive...

Je n'ai qu'à fermer les yeux pour revoir, après tant d'années, cette pièce maçonnée de livres. Autrefois, je les distinguais aussi dans le noir. Je ne prenais pas de lampe pour choisir l'un d'eux, le soir, il me suffisait de pianoter le long des rayons. Détruits, perdus et volés, je les dénombre encore. Presque tous m'avaient vue naître.

Il y eut un temps où, avant de savoir lire, je me logeais en boule entre deux tomes du Larousse comme un chien dans sa niche.

Labiche et Daudet se sont insinués, tôt dans mon enfance heureuse, maîtres condescendants qui jouent avec un élève familier. Mérimée vint en même temps, séduisant et dur, et qui éblouit parfois mes huit ans d'une lumière inintelligible. *Les Misérables* aussi, oui, *Les Misérables,* malgré Gavroche; mais je parle là d'une passion raisonneuse qui connut des froideurs et de longs détachements. Point d'amour entre Dumas et moi, sauf que le *Collier de la Reine* rutila, quelques nuits, dans mes songes, au col condamné de Jeanne de la Motte. Ni l'enthousiasme fraternel, ni l'étonnement désapprobateur de mes parents n'obtinrent que je prisse de l'intérêt aux Mousquetaires...

De livres enfantins, il n'en fut jamais question. Amoureuse de la Princesse en son char, rêveuse sous un si long croissant de lune, et de la Belle qui dormait au bois, entre ses pages prostrée; éprise du Seigneur Chat botté d'entonnoirs, j'essayai de retrouver dans le texte de Perrault les noirs de velours, l'éclat d'argent, les ruines, les cavaliers, les chevaux aux petits pieds de Gustave Doré; au bout de deux pages, je retournais, déçue, à Doré. Je n'ai lu l'aventure de la Biche, de la Belle, que dans les fraîches images de Walter Crane. Les gros caractères du texte couraient de l'un à l'autre tableau comme le réseau de tulle uni qui porte les médaillons espacés d'une dentelle. Pas un mot n'a franchi le seuil que je lui barrais. Où s'en vont, plus tard, cette volonté énorme d'ignorer, cette force tranquille employée à bannir et à s'écarter?...

Des livres, des livres, des livres... Ce n'est pas que je lusse beaucoup. Je lisais et relisais les mêmes. Mais tous m'étaient nécessaires. Leur présence, leur odeur, les lettres de leurs titres et le grain de leur cuir... Les plus hermétiques ne m'étaient-ils pas les plus chers? Voilà longtemps que j'ai oublié l'auteur d'une Encyclopédie habillée de rouge, mais les références alphabétiques indiquées sur chaque tome composent indélébilement un mot magique: *Aphbicécladiggalhymaroidphorebstevanzv.* Que j'aimai ce Guizot, de vert et d'or paré, jamais déclos! Et ce *Voyage d'Anacharsis* inviolé! Si l'*Histoire du Consulat et de l'Empire* échoua un jour sur les quais, je gage qu'une pancarte mentionna fièrement son « état de neuf »...

Les dix-huit volumes de Saint-Simon se relayaient au chevet

de ma mère, la nuit; elle y trouvait des plaisirs renaissants, et s'étonnait qu'à huit ans je ne les partageasse pas tous.

— Pourquoi ne lis-tu pas Saint-Simon? me demandait-elle. C'est curieux de voir le temps qu'il faut à des enfants pour adopter des livres intéressants!

Beaux livres que je lisais, beaux livres que je ne lisais pas, chaud revêtement des murs du logis natal, tapisserie dont mes yeux initiés flattaient la bigarrure cachée... J'y connus, bien avant l'âge de l'amour, que l'amour est compliqué et tyrannique et même encombrant, puisque ma mère lui chicanait sa place.

— C'est beaucoup d'embarras, tant d'amour, dans ces livres, disait-elle. Mon pauvre Minet-Chéri, les gens ont d'autres chats à fouetter, dans la vie. Tous ces amoureux que tu vois dans les livres, ils n'ont donc jamais ni enfants à élever, ni jardin à soigner? Minet-Chéri, je te fais juge : est-ce que vous n'avez jamais, toi et tes frères, entendue rabâcher autour de l'amour comme ces gens font dans les livres? Et pourtant je pourrais réclamer voix au chapitre, je pense; j'ai eu deux maris et quatre enfants!

Les tentants abîmes de la peur, ouverts dans maint roman, grouillaient suffisamment, si je m'y penchais, de fantômes classiquement blancs, de sorciers, d'ombres, d'animaux maléfiques, mais cet au-delà ne s'agrippait pas, pour monter jusqu'à moi, à mes tresses pendantes, contenus qu'ils étaient par quelques mots conjurateurs...

— Tu as lu cette histoire de fantôme, Minet-Chéri? Comme c'est joli, n'est-ce pas. Y a-t-il quelque chose de plus joli que cette page où le fantôme se promène à minuit, sous la lune, dans le cimetière? Quand l'auteur dit, tu sais, que la lumière de la lune passait au travers du fantôme et qu'il ne faisait pas d'ombre sur l'herbe... Ce doit être ravissant, un fantôme. Je voudrais bien en voir un, je t'appellerais. Malheureusement ils n'existent pas. Si je pouvais me faire fantôme après ma vie, je n'y manquerais pas, pour ton plaisir et pour le mien. Tu as lu aussi cette stupide histoire d'une morte qui se venge? Se venger, je vous demande un peu! Ce ne serait pas la peine de mourir, si on ne devenait pas plus raisonnable qu'avant. Les morts, va, c'est un bien tranquille voisinage. Je n'ai pas de tracas avec mes voisins vivants, je me charge de n'en avoir jamais avec mes voisins morts!

Je ne sais quelle froideur littéraire, saine à tout prendre, me garda du délire romanesque, et me porta — un peu plus tard, quand j'affrontai tels livres dont le pouvoir éprouvé semblait infaillible — à raisonner quand je n'aurais dû être qu'une victime enivrée. Imitais-je encore en cela ma mère, qu'une candeur particulière inclinait à nier le mal, cependant que sa curiosité le cherchait et le contemplait, pêle-mêle avec le bien, d'un œil émerveillé?

— Celui-ci? Celui-ci n'est pas un mauvais livre, Minet-Chéri, me disait-elle. Oui, je sais bien, il y a cette scène, ce chapitre... Mais c'est du roman. Ils sont à court d'inventions, tu comprends, les écrivains, depuis le temps. Tu aurais pu attendre un an ou deux, avant de le lire... Que veux-tu! débrouille-toi là-dedans, Minet-Chéri. Tu es assez intelligente pour garder pour toi ce que tu comprendras trop... Et peut-être n'y a-t-il pas de mauvais livres...

Il y avait pourtant ceux que mon père enfermait dans son secrétaire en bois de thuya. Mais il enfermait surtout le nom de l'auteur.

— Je ne vois pas d'utilité à ce que les enfants lisent Zola.

Zola l'ennuyait, et plutôt que d'y chercher une raison de nous le permettre ou de nous le défendre, il mettait à l'index un Zola intégral, massif, accru périodiquement d'alluvions jaunes.

— Maman, pourquoi est-ce que je ne peux pas lire Zola?

Les yeux gris, si malhabiles à mentir, me montraient leur perplexité :

— J'aime mieux, évidemment, que tu ne lises pas certains Zola...

— Alors, donne-moi ceux qui ne sont pas « certains »?

Elle me donna *La Faute de l'abbé Mouret* et *Le Docteur Pascal*, et *Germinal*. Mais je voulus, blessée qu'on verrouillât, en défiance de moi, un coin de cette maison où les portes battaient, où les chats entraient la nuit, où la cave et le pot à beurre se vidaient mystérieusement, — je voulus les autres. Je les eus. Si elle en garde, après, de la honte, une fille de quatorze ans n'a ni peine ni mérite à tromper des parents au cœur pur. Je m'en allai au jardin, avec mon premier livre dérobé. Une assez douceâtre histoire d'hérédité l'emplissait, mon Dieu, comme plusieurs autres Zola. La cousine robuste et bonne cédait son cousin aimé à une malingre amie, et tout se fût passé comme sous Ohnet, ma foi, si la chétive épouse n'avait connu la joie de mettre un enfant au monde. Elle lui donnait le jour soudain, avec un luxe brusque et cru de détails, une minutie anatomique, une complaisance dans la couleur, l'attitude, le cri, où je ne reconnus rien de ma tranquille compétence de jeune fille des champs. Je me sentis crédule, effarée, menacée dans mon destin de petite femelle... Amours des bêtes paissantes, chats coiffant les chattes comme des fauves leur proie, précision paysanne, presque austère, des fermières parlant de leur taure vierge ou de leur fille en mal d'enfant, je vous appelai à mon aide. Mais j'appelai surtout la voix conjuratrice :

— Quand je t'ai mise au monde, toi la dernière, Minet-Chéri, j'ai souffert trois jours et deux nuits. Pendant que je te portais, j'étais grosse comme une tour. Trois jours, ça paraît long... Les bêtes nous font honte, à nous autres femmes qui ne savons plus enfanter joyeusement. Mais je n'ai jamais regretté ma peine : on dit que les enfants, portés comme toi si haut, et lents à descendre vers la lumière, sont toujours des enfants très chéris, parce qu'ils ont voulu se loger tout près du cœur de leur mère, et ne la quitter qu'à regret...

En vain je voulais que les mots doux de l'exorcisme, rassemblés à la hâte, chantassent à mes oreilles : un bourdonnement argentin m'assourdissait. D'autres mots, sous mes yeux, peignaient la chair écartelée, l'excrément, le sang souillé... Je réussis à lever la tête, et vis qu'un jardin bleuâtre, des murs couleur de fumée vacillaient étrangement sous un ciel devenu jaune... Le gazon me reçut, étendue et molle comme un de ces petits lièvres que les braconniers apportaient, frais tués, dans la cuisine.

Quand je repris conscience, le ciel avait recouvré son azur, et je respirais, le nez frotté d'eau de Cologne, aux pieds de ma mère.

— Tu vas mieux, Minet-Chéri?

— Oui... je ne sais pas ce que j'ai eu...

Les yeux gris, par degrés rassurés, s'attachaient aux miens.

— Je le sais, moi... Un bon petit coup de doigt-de-Dieu sur la tête, bien appliqué...

Je restais pâle et chagrine, et ma mère se trompa :
— Laisse donc, laisse donc... Ce n'est pas si terrible, va, c'est loin d'être terrible, l'arrivée d'un enfant. Et c'est beaucoup plus beau dans la réalité. La peine qu'on y prend s'oublie si vite, tu verras!... La preuve que toutes les femmes l'oublient, c'est qu'il n'y a jamais que les hommes — est-ce que ça le regardait, voyons, ce Zola? — qui en font des histoires...

Propagande

Quand j'eus huit, neuf, dix ans, mon père songea à la politique. Né pour plaire et pour combattre, improvisateur et conteur d'anecdotes, j'ai pensé plus tard qu'il eût pu réussir et séduire une Chambre, comme il charmait une femme. Mais, de même que sa générosité sans borne nous ruina tous, sa confiance enfantine l'aveugla. Il crut à la sincérité de ses partisans, à la loyauté de son adversaire, en l'espèce M. Merlou. C'est M. Pierre Merlou, ministre éphémère plus tard, qui évinça mon père du conseil général et d'une candidature à la députation; grâces soient rendues à Sa défunte Excellence!

Une petite perception de l'Yonne ne pouvait suffire à maintenir, dans le repos et la sagesse, un capitaine de zouaves amputé de la jambe, vif comme la poudre et affligé de philanthropie. Dès que le mot « politique » obséda son oreille d'un pernicieux cliquetis, il songea :

« Je conquerrai le peuple en l'instruisant; j'évangéliserai la jeunesse et l'enfance aux noms sacrés de l'histoire naturelle, de la physique et de la chimie élémentaires, je m'en irai brandissant la lanterne à projections et le microscope, et distribuant dans les écoles des villages les instructifs et divertissants tableaux coloriés où le charançon, grossi vingt fois, humilie le vautour réduit à la taille d'une abeille... Je ferai des conférences populaires contre l'alcoolisme d'où le Poyaudin et le Forterrat, à leur habitude buveurs endurcis, sortiront convertis et lavés dans leurs larmes!... »

Il le fit comme il le pensait. La victoria défraîchie et la

jument noire âgée chargèrent, les temps venus, lanterne à projections, cartes peintes, éprouvettes, tubes coudés, le futur candidat, ses béquilles, et moi : un automne froid et calme pâlissait le ciel sans nuages, la jument prenait le pas à chaque côte et je sautais à terre, pour cueillir aux haies la prunelle bleue, le bonnet-carré couleur de corail, et ramasser le champignon blanc, rosé dans sa conque comme un coquillage. Des bois amaigris que nous longions sortait un parfum de truffe fraîche et de feuille macérée.

Une belle vie commençait pour moi. Dans les villages, la salle d'école, vidée l'heure d'avant, offrait aux auditeurs ses bancs usés; j'y reconnaissais le tableau noir, les poids et mesures, et la triste odeur d'enfants sales. Une lampe à pétrole, oscillant au bout de sa chaîne, éclairait les visages de ceux qui y venaient, défiants et sans sourire, recueillir la bonne parole. L'effort d'écouter plissait des fronts, entrouvrait des bouches de martyrs. Mais distante, occupée sur l'estrade à de graves fonctions, je savourais l'orgueil qui gonfle le comparse enfant chargé de présenter au jongleur les œufs de plâtre, le foulard de soie et les poignards à lame bleue.

Une torpeur consternée, puis des applaudissements timides saluaient la fin de la « causerie instructive ». Un maire chaussé de sabots félicitait mon père comme s'il venait d'échapper à une condamnation infamante. Au seuil de la salle vide, des enfants attendaient le passage du « monsieur qui n'a qu'une jambe ». L'air froid et nocturne se plaquait à mon visage échauffé comme un mouchoir humide, imbibé d'une forte odeur de labour fumant, d'étable et d'écorce de chêne. La jument attelée, noire dans le noir, hennissait vers nous, et dans le halo d'une des lanternes tournait l'ombre cornue de sa tête... Mais mon père, magnifique, ne quittait pas ses mornes évangélisés sans offrir à boire, tout au moins, au conseil municipal. Au « débit de boisson » le plus proche, le vin chaud bouillait sur un feu de braise, soulevant sur sa houle empourprée des bouées de citron et des épaves de cannelle. La capiteuse vapeur, quand j'y pense, mouille encore mes narines... Mon père n'acceptait, en bon Méridional, que de la « gazeuse », tandis que sa fille...

— Cette petite demoiselle va se réchauffer avec un doigt de vin chaud!

Un doigt ? Le verre tendu, si le cafetier relevait trop tôt le pichet à bec, je savais commander : « Bord à bord ! » et ajouter : « A la vôtre ! », trinquer et lever le coude, et taper sur la table de mon verre vide, et torcher d'un revers de main mes moustaches de petit bourgogne sucré, et dire, en poussant mon verre du côté du pichet : « Ça fait du bien par où ça passe ! » Je connaissais les bonnes manières.

Ma courtoisie rurale déridait les buveurs, qui entrevoyaient soudain en mon père un homme pareil à eux — sauf la jambe coupée — et « bien causant, peut-être un peu timbré »... La pénible séance finissait en rires, en tapes sur l'épaule, en histoires énormes, hurlées par des voix comme en ont les chiens de berger qui couchent dehors toute l'année... Je m'endormais, parfaitement ivre, la tête sur la table, bercée par un tumulte bienveillant. De durs bras de laboureurs, enfin, m'enlevaient et me déposaient au fond de la voiture, tendrement, bien roulée dans le châle tartan rouge qui sentait l'iris et maman...

Dix kilomètres, parfois quinze, un vrai voyage sous les étoiles haletantes du ciel d'hiver, au trot de la jument bourrée d'avoine... Y a-t-il des gens qui restent froids, au lieu d'avoir dans la gorge le nœud d'un sanglot enfantin, quand ils entendent, sur une route sèche de gel, le trot d'un cheval, le glapissement d'un renard qui chasse, le rire d'une chouette blessée au passage par le feu des lanternes ?...

Les premières fois, au retour, ma prostration béate étonna ma mère, qui me coucha vite, en reprochant à mon père ma fatigue. Puis elle découvrit un soir dans mon regard une gaieté un peu bien bourguignonne, et dans mon haleine le secret de ma goguenardise, hélas !...

La victoria repartit sans moi le lendemain, revint le soir et ne repartit plus.

— Tu as renoncé à tes conférences ? demanda, quelques jours après, ma mère à mon père.

Il glissa vers moi un coup d'œil mélancolique et flatteur, leva l'épaule :

— Parbleu ! Tu m'as enlevé mon meilleur agent électoral...

Papa et Madame Bruneau

Neuf heures, l'été, un jardin que le soir agrandit, le repos avant le sommeil. Des pas pressés écrasent le gravier, entre la terrasse et la pompe, entre la pompe et la cuisine. Assise près de terre sur un petit « banc de pied » dur au séant, j'appuie ma tête, comme tous les soirs, contre les genoux de ma mère, et je devine, les yeux fermés : « C'est le gros pas de Morin qui revient d'arroser les tomates... C'est le pas de Mélie qui va vider les épluchures... Un petit pas à talons : voilà Mme Bruneau qui vient causer avec maman... » Une jolie voix tombe de haut, sur moi :

— Minet-Chéri, si tu disais bonsoir gentiment à Mme Bruneau?

— Elle dort à moitié, laissez-la, cette petite...

— Minet-Chéri, si tu dors, il faut aller te coucher.

— Encore un peu, maman, encore un peu? Je n'ai pas sommeil...

Une main fine, dont je chéris les trois petits durillons qu'elle doit au râteau, au sécateur et au plantoir, lisse mes cheveux, pince mon oreille :

— Je sais, je sais que les enfants de huit ans n'ont jamais sommeil.

Je reste, dans le noir, contre les genoux de maman. Je ferme, sans dormir, mes yeux inutiles. La robe de toile que je presse de ma joue sent le gros savon, la cire dont on lustre les fers à repasser, et la violette. Si je m'écarte un peu de cette fraîche robe de jardinière, ma tête plonge tout de suite dans une zone de parfum qui nous baigne comme une onde sans plis : le tabac blanc ouvre à la nuit ses tubes étroits de parfum et ses corolles en étoile. Un rayon, en touchant le noyer, l'éveille : il clapote, remué jusqu'aux basses branches par une mince rame de lune. Le vent superpose, à l'odeur du tabac blanc, l'odeur amère et froide des petites noix véreuses qui choient sur le gazon.

Le rayon de lune descend jusqu'à la terrasse dallée, y suscite une voix veloutée de baryton, celle de mon père. Elle chante *Page, écuyer, capitaine*. Elle chantera sans doute après :

> *Je pense à toi, je te vois, je t'adore*
> *A tout instant, à toute heure, en tous lieux...*

à moins qu'elle n'entonne, puisque Mme Bruneau aime la musique triste :

> *Las de combattre, ainsi chantait un jour,*
> *Aux bords glacés du fatal Borysthène...*

Mais, ce soir, elle est nuancée, et agile, et basse à faire frémir, pour regretter le temps

> *Où la belle reine oubliait*
> *Son front couronné pour son page,*
> *Qu'elle adorait!*

— Le capitaine a vraiment une voix pour le théâtre, soupire Mme Bruneau.

— S'il avait voulu... dit maman orgueilleuse. Il est doué pour tout.

Le rayon de la lune, qui monte, atteint une raide silhouette d'homme debout sur la terrasse, une main, verte à force d'être blanche, qui étreint un barreau de la grille. La béquille et la canne dédaignées s'accotent au mur. Mon père se repose comme un héron, sur sa jambe unique, et chante.

— Ah! soupire encore Mme Bruneau, chaque fois que j'écoute chanter le capitaine, je deviens triste. Vous ne vous ren-

dez pas compte de ce que c'est qu'une vie comme la mienne...
Vieillir près d'un mari comme mon pauvre mari... Me dire que
je n'aurai pas connu l'amour...

— Madame Bruneau, interrompt la voix émouvante, vous
savez que je maintiens ma proposition?

J'entends dans l'ombre le sursaut de Mme Bruneau, et son
piétinement sur le gravier :

— Le vilain homme! Le vilain homme! Capitaine, vous me
ferez fuir!

— Quarante sous et un paquet de tabac, dit la belle voix imperturbable, parce que c'est vous. Quarante sous et un paquet de tabac pour vous faire connaître l'amour, vous trouvez que c'est trop cher? Madame Bruneau, pas de lésinerie. Quand j'aurai augmenté mes prix, vous regretterez mes conditions actuelles : quarante sous et un paquet de tabac...

J'entends les cris pudiques de Mme Bruneau, sa fuite de petite femme boulotte et molle, aux tempes déjà grises, j'entends le blâme indulgent de ma mère, qui nomme toujours mon père par notre nom de famille :

— Oh! Colette... Colette...

La voix de mon père lance vers la lune un couplet de romance; et je cesse peu à peu de l'entendre, et j'oublie, endormie contre des genoux soigneux de mon repos, Mme Bruneau, et les gauloises taquineries qu'elle vient ici chercher, les soirs de beau temps...

Mais le lendemain, mais tous les jours qui suivent, notre voisine, Mme Bruneau, a beau guetter, tendre la tête et s'élancer pour traverser la rue, comme sous une averse, elle n'échappe pas à son ennemi, à son idole.

Debout et fier sur une patte, ou assis et roulant d'une seule main sa cigarette, ou bastionné traîtreusement par le journal *Le Temps,* déployé, il est là. Qu'elle coure, tenant des deux mains sa jupe comme à la contredanse, qu'elle rase sans bruit les maisons, abritée sous son en-cas violet, il lui criera, engageant et léger :

— Quarante sous et un paquet de tabac!

Il y a des âmes capables de cacher longtemps leur blessure, et leur tremblante complaisance pour l'idée du péché. C'est ce que fit Mme Bruneau. Elle supporta, tant qu'elle le put, avec l'air d'en rire, l'offre scandaleuse et la cynique œillade. Puis un jour, laissant là sa petite maison, emportant ses meubles et son mari dérisoire, elle déménagea et s'en fut habiter très loin de nous, tout là-haut, à Bel-Air.

Ma mère et les bêtes

Une série de bruits brutaux, le train, les fiacres, les omnibus, c'est tout ce que relate ma mémoire, d'un bref passage à Paris quand j'avais six ans. Cinq ans plus tard, je ne retrouve d'une semaine parisienne qu'un souvenir de chaleur sèche, de soif haletante, de fiévreuse fatigue, et de puces dans une chambre d'hôtel, rue Saint-Roch. Je me souviens aussi que je levais constamment la tête, vaguement oppressée par la hauteur des maisons, et qu'un photographe me conquit en me nommant, comme il nommait, je pense, tous les enfants, « merveille ». Cinq années provinciales s'écoulent encore, et je ne pense guère à Paris.

Mais à seize ans, revenant en Puisaye après une quinzaine de théâtres, de musées, de magasins, je rapporte, parmi des souvenirs de coquetterie, de gourmandise, mêlés à des regrets, à des espoirs, à des mépris aussi fougueux, aussi candides et dégingandés que moi-même, l'étonnement, l'aversion mélancolique de ce que je nommais les maisons sans bêtes. Ces cubes sans jardins, ces logis sans fleurs où nul chat ne miaule derrière la porte de la salle à manger, où l'on n'écrase pas, devant la cheminée, un coin du chien traînant comme un tapis, ces appartements privés d'esprits familiers, où la main, en quête de cordiale caresse, se heurte au bois, au velours inanimés, je les quittai avec des sens affamés, le besoin véhément de toucher, vivantes, des toisons ou des feuilles, des plumes tièdes, l'émouvante humidité des fleurs...

Comme si je les découvrais ensemble, je saluai, inséparables, ma mère, le jardin et la ronde des bêtes. L'heure de mon retour était justement celle de l'arrosage, et je chéris encore cette sixième heure du soir, l'arrosoir vert qui mouillait la robe de satinette bleue, la vigoureuse odeur de l'humus, la lumière déclinante qui s'attachait, rose, à la page blanche d'un livre oublié, aux blanches corolles du tabac blanc, aux taches blanches de la chatte dans une corbeille.

Nonoche aux trois couleurs avait enfanté l'avant-veille, Bijou, sa fille, la nuit d'après; quant à Musette, la havanaise, intarissable en bâtards...

— Va voir, Minet-Chéri, le nourrisson de Musette!

Je m'en fus à la cuisine où Musette nourrissait, en effet, un monstre à robe cendrée, encore presque aveugle, presque aussi gros qu'elle, un fils de chien de chasse qui tirait comme un veau sur les tétines délicates, d'un rose de fraise dans le poil d'argent, et foulait rythmiquement, de ses pattes onglées, un ventre soyeux qu'il eût déchiré, si... si ma mère n'eût taillé et cousu pour lui, dans une ancienne paire de gants blancs, des mitaines de daim qui lui montaient jusqu'au coude. Je n'ai jamais vu un chiot de dix jours ressembler autant à un gendarme.

Que de trésors éclos en mon absence! Je courus à la grande corbeille débordante de chats indistincts. Cette oreille orange était de Nonoche. Mais à qui ce panache de queue noire, angora? A la seule Bijou, sa fille, intolérante comme une jolie femme. Une longue patte sèche et fine, comme une patte de lapin noir, menaçait le ciel; un tout petit chat tavelé comme une genette et qui dormait, repu, le ventre en l'air sur ce désordre, semblait assassiné... Je démêlais, heureuse, ces nourrices et ces nourrissons bien léchés, qui fleuraient le foin et le lait frais, la fourrure soignée, et je découvrais que Bijou, en trois ans quatre fois mère, qui portait à ses mamelles un chapelet de nouveau-nés, suçait elle-même, avec un bruit maladroit de sa langue trop large et un ronron de feu de cheminée, le lait de la vieille Nonoche inerte d'aise, une patte sur les yeux.

L'oreille penchée, j'écoutais, celui-ci grave, celui-là argentin, le double ronron, mystérieux privilège du félin, rumeur d'usine lointaine, bourdonnement de coléoptère prisonnier, moulin délicat dont le sommeil profond arrête la meule. Je n'étais pas surprise de cette chaîne de chattes s'allaitant l'une à l'autre. A qui vit aux champs et se sert de ses yeux, tout devient miraculeux et simple. Il y a beau temps que nous trouvions naturel qu'une lice nourrît un jeune chat, qu'une chatte choisît, pour dormir, le dessus de la cage où chantaient des serins verts confiants et qui parfois tiraient du bec, au profit de leur nid, quelques poils soyeux de la dormeuse.

Une année de mon enfance se dévoua à capturer, dans la cuisine ou dans l'écurie à la vache, les rares mouches d'hiver, pour la pâture de deux hirondelles, couvée d'octobre jetée bas par le vent. Ne fallait-il pas sauver ces insatiables au bec large, qui dédaignaient toute proie morte? C'est grâce à elles que je sais combien l'hirondelle apprivoisée passe, en sociabilité insolente, le chien le plus gâté. Les deux nôtres vivaient perchées sur l'épaule, sur la tête, nichées dans la corbeille à ouvrage, courant sous la table comme des poules et piquant du bec le chien interloqué, piaillant au nez du chat qui perdait contenance... Elles venaient à l'école au fond de ma poche, et retournaient à la maison par les airs. Quand la faux luisante de leurs ailes grandit et s'affûta, elles disparurent à toute heure dans le haut du ciel printanier, mais un seul appel aigu : « Petî-î-î-tes »! les rabattait fendant le vent comme deux flèches, et elles atterrissaient dans mes cheveux, cramponnées de toutes leurs serres courbes, couleur d'acier noir.

Que tout était féerique et simple, parmi cette faune de la maison natale... Vous ne pensiez pas qu'un chat mangeât des fraises? Mais je sais bien, pour l'avoir vu tant de fois, que ce Satan noir, Babou, interminable et sinueux comme une anguille, choisissait en gourmet, dans le potager de Mme Pomié, les plus mûres des « caprons blancs » et des « belles-de-juin ». C'est le même qui respirait, poétique, absorbé, des violettes épanouies. On vous a conté que l'araignée de Pellisson fut mélomane? Ce n'est pas moi qui m'en ébahirai. Mais je verserai ma mince contribution au trésor des connaissances humaines, en mentionnant l'araignée que ma mère avait — comme disait papa — dans son plafond, cette même année qui fêta mon seizième printemps. Une belle araignée des jardins, ma foi, le ventre en gousse d'ail, barré d'une croix historiée. Elle dormait ou chassait, le jour, sur sa toile tendue au plafond de la chambre à coucher. La nuit, vers trois heures, au moment où l'insomnie quotidienne rallumait la lampe, rouvrait le livre au chevet de ma mère, la grosse araignée s'éveillait aussi, prenait ses mesures d'arpenteur et quittait le plafond au bout d'un fil, droit au-dessus de la veilleuse à huile où tiédissait, toute la nuit, un bol de chocolat. Elle descendait, lente, balancée mollement comme une grosse perle, empoignait de ses huit pattes le bord de la tasse, se penchait tête première, et buvait jusqu'à satiété. Puis elle remontait, lourde de chocolat crémeux, avec les haltes, les méditations qu'imposent un ventre trop chargé, et reprenait sa place au centre de son gréement de soie...

Couverte encore d'un manteau de voyage, je rêvais, lasse, enchantée, reconquise, au milieu de mon royaume.

— Où est ton araignée, maman?

Les yeux gris de ma mère, agrandis par les lunettes, s'attristèrent :

— Tu reviens de Paris pour me demander des nouvelles de l'araignée, ingrate fille?

Je baissai le nez, maladroite à aimer, honteuse de ce que j'avais de plus pur :

— Je pensais quelquefois, la nuit, à l'heure de l'araignée, quand je ne dormais pas...

— Minet-Chéri, tu ne dormais pas? On t'avait donc mal couchée?... L'araignée est dans sa toile, je suppose. Mais viens voir si ma chenille est endormie... Je crois bien qu'elle va devenir chrysalide, je lui ai mis une petite caisse de sable sec. Une chenille de paon-de-nuit, qu'un oiseau avait dû blesser au ventre, mais elle est guérie...

La chenille dormait peut-être, moulée selon la courbe d'une branche de lyciet. Son ravage, autour d'elle, attestait sa force. Il n'y avait que lambeaux de feuilles, pédoncules rongés, surgeons dénudés. Dodue, grosse comme un pouce, longue de plus d'un décimètre, elle gonflait ses bourrelets d'un vert de chou, cloutés de turquoises saillantes et poilues. Je la détachai doucement et elle se tordit, coléreuse, montrant son ventre plus clair et toutes les petites pattes griffues, qui se collèrent comme des ventouses à la branche où je la reposai.

— Maman, elle a tout dévoré!

Les yeux gris, derrière les lunettes, allaient du lyciet tondu à la chenille, de la chenille à moi, perplexes :

— Eh! qu'est-ce que j'y peux faire? D'ailleurs, le lyciet qu'elle mange, tu sais, c'est lui qui étouffe le chèvrefeuille...

— Mais la chenille mangera aussi le chèvrefeuille...

— Je ne sais pas... Mais que veux-tu que j'y fasse? Je ne peux pourtant pas la tuer, cette bête...

Tout est encore devant mes yeux, le jardin aux murs chauds, les dernières cerises sombres pendues à l'arbre, le ciel palmé de longues nuées roses, — tout est sous mes doigts : révolte vigoureuse de la chenille, cuir épais et mouillé des feuilles d'hortensia, — et la petite main durcie de ma mère. Le vent, si je le souhaite, froisse le raide papier du faux bambou et chante, en mille ruisseaux d'air divisés par les peignes de l'if, pour accompagner dignement la voix qui a dit ce jour-là, et tous les autres jours jusqu'au silence de la fin, des paroles qui se ressemblaient :

— Il faut soigner cet enfant... Ne peut-on sauver cette femme? Est-ce que ces gens ont à manger chez eux? Je ne peux pourtant pas tuer cette bête...

Épitaphes

— Qu'est-ce qu'il était, quand il était vivant, Astoniphronque Bonscop?

Mon frère renversa la tête, noua ses mains autour de son genou, et cligna des yeux pour détailler, dans un lointain inaccessible à la grossière vue humaine, les traits oubliés d'Astoniphronque Bonscop.

— Il était tambour de ville. Mais, dans sa maison, il rempaillait les chaises. C'était un gros type... peuh... pas bien intéressant. Il buvait et il battait sa femme.

— Alors, pourquoi lui as-tu mis « bon père, bon époux » sur son épitaphe?

— Parce que ça se met quand les gens sont mariés.

— Qui est-ce qui est encore mort depuis hier?

— Mme Egrémimy Pulitien.

— Qui c'était, Mme Egrémimy?...

— Egrémimy, avec un *y* à la fin. Une dame, comme ça, toujours en noir. Elle portait des gants de fil...

Et mon frère se tut, en sifflant entre ses dents agacées par l'idée des gants de fil frottant sur le bout des ongles.

Il avait treize ans, et moi sept. Il ressemblait, les cheveux noirs taillés à la malcontent et les yeux d'un bleu pâle, à un jeune modèle italien. Il était d'une douceur extrême, et totalement irréductible.

— A propos, reprit-il, tiens-toi prête demain, à dix heures. Il y a un service.

— Quel service?

— Un service pour le repos de l'âme de Lugustu Trutrumèque.

— Le père ou le fils?

— Le père.

— A dix heures, je ne peux pas, je suis à l'école.

— Tant pis pour toi, tu ne verras pas le service. Laisse-moi seul, il faut que je pense à l'épitaphe de Mme Egrémimy Pulitien.

Malgré cet avertissement qui sonnait comme un ordre, je suivis mon frère au grenier. Sur un tréteau, il coupait et collait des feuilles de carton blanc en forme de dalles plates, de stèles arrondies par le haut, de mausolées rectangulaires sommés d'une croix. Puis, en capitales ornées, il y peignait à l'encre de Chine des épitaphes, brèves ou longues, qui perpétuaient, en pur style « marbrier », les regrets des vivants et les vertus d'un gisant supposé.

« *Ici repose Astoniphronque Bonscop, décédé le 22 juin 1884, à l'âge de cinquante-sept ans. Bon père, bon époux, le ciel l'attendait, la terre le regrette. Passant, priez pour lui!* »

Ces quelques lignes barraient de noir une jolie pierre tombale en forme de porte romane, avec saillies simulées à l'aquarelle. Un étai, pareil à celui qui assure l'équilibre des cadres-chevalet, l'inclinait gracieusement en arrière.

— C'est un peu sec, dit mon frère. Mais, un tambour de ville... Je me rattraperai sur Mme Egrémimy.

Il consentit à me lire une esquisse :

— « *O! toi le modèle des épouses chrétiennes! Tu meurs à dix-huit ans, quatre fois mère! Ils ne t'ont pas retenue, les gémissements de tes enfants en pleurs! Ton commerce périclite, ton mari cherche en vain l'oubli!...* » J'en suis là.

— Ça commence bien. Elle avait quatre enfants, à dix-huit ans?

— Puisque je te le dis.

— Et son commerce périclique? Qu'est-ce que c'est, un commerce périclique?

Mon frère haussa les épaules.

— Tu ne peux pas comprendre, tu n'as que sept ans. Mets la colle forte au bain-marie. Et prépare-moi deux petites couronnes de perles bleues, pour la tombe des jumeaux Azioume, qui sont nés et morts le même jour.

— Oh!... Ils étaient gentils?

— Très gentils, dit mon frère. Deux garçons, blonds, tout pareils. Je leur fais un truc nouveau, deux colonnes tronquées en rouleaux de carton, j'imite le marbre dessus, et j'y enfile les couronnes de perles. Ah! ma vieille...

Il siffla d'admiration et travailla sans parler. Autour de lui, le grenier se fleurissait de petites tombes blanches, un cimetière pour grandes poupées. Sa manie ne comportait aucune parodie irrévérencieuse, aucun faste macabre. Il n'avait jamais noué sous son menton les cordons d'un tablier de cuisine, pour simuler la chasuble, en chantant *Dies iræ*. Mais il aimait les champs de repos comme d'autres chérissent les jardins à la française, les pièces d'eau ou les potagers. Il partait de son pas léger, et visitait, à quinze kilomètres à la ronde, tous les cimetières villageois, qu'il me racontait en explorateur.

— A Escamps, ma vieille, c'est chic, il y a un notaire, enterré dans une chapelle grande comme la cabane du jardinier, avec une porte vitrée, par où on voit un autel, des fleurs, un coussin par terre et une chaise en tapisserie.

— Une chaise! Pour qui?

— Pour le mort, je pense, quand il revient la nuit.

Il avait conservé, de la très petite enfance, cette aberration douce, cette paisible sauvagerie qui garde l'enfant tout jeune contre la peur de la mort et du sang. A treize ans, il ne faisait pas beaucoup de différence entre un vivant et un mort.

Pendant que mes jeux suscitaient devant moi, transparents et visibles, des personnages imaginés que je saluais, à qui je demandais des nouvelles de leurs proches, mon frère, inventant des morts, les traitait en toute cordialité, et les parait de son mieux, l'un coiffé d'une croix à branches de rayons, l'autre couché sous une ogive gothique, et celui-là couvert de la seule épitaphe qui louait sa vie terrestre...

Un jour vint où le plancher râpeux du grenier ne suffit plus. Mon frère voulut, pour honorer ses blanches tombes, la terre molle et odorante, le gazon véridique, le lierre, le cyprès... Dans le fond du jardin, derrière le bosquet de thuyas, il emménagea ses défunts aux noms sonores, dont la foule débordait la pelouse, semée de têtes de soucis et de petites couronnes de perles. Le diligent fossoyeur clignait son œil d'artiste.

— Comme ça fait bien!

Au bout d'une semaine, ma mère passa par là, s'arrêta, saisie, regarda de tous ses yeux — un binocle, un face-à-main, des lunettes pour le lointain — cria d'horreur, en violant du pied toutes les sépultures...

— Cet enfant finira dans un cabanon! C'est du délire, c'est du sadisme, c'est du vampirisme, c'est du sacrilège, c'est... je ne sais même pas ce que c'est!...

Elle contemplait le coupable, par-dessus l'abîme qui sépare une grande personne d'un enfant. Elle cueillit, d'un râteau irrité, dalles, couronnes et colonnes tronquées. Mon frère souffrit sans protestations qu'on traînât son œuvre aux gémonies, et, devant la pelouse nue, devant la haie de thuyas qui versait son ombre à la terre fraîchement remuée, il me prit à témoin, avec une mélancolie de poète :

— Crois-tu que c'est triste, un jardin sans tombeaux?

La « fille de mon père »

Quand j'eus quatorze, quinze ans — des bras longs, le dos plat, le menton trop petit, des yeux pers que le sourire rendait obliques — ma mère se mit à me considérer, comme on dit, d'un drôle d'air. Elle laissait parfois tomber sur ses genoux son livre ou son aiguille, et m'envoyait par-dessus ses lunettes un regard gris-bleu étonné, quasi soupçonneux.

— Qu'est-ce que j'ai encore fait, maman?
— Eh... tu ressembles à la fille de mon père.

Puis elle fronçait les sourcils et reprenait l'aiguille ou le livre. Un jour, elle ajouta, à cette réponse devenue traditionnelle :

— Tu sais qui est la fille de mon père?
— Mais c'est toi, naturellement!
— Non, mademoiselle, ce n'est pas moi.
— Oh!... Tu n'es pas la fille de ton père?

Elle rit, point scandalisée d'une liberté de langage qu'elle encourageait :

— Mon Dieu, si! Moi comme les autres, va. Il en a eu... qui sait combien? Moi-même je n'en ai pas connu la moitié. Irma, Eugène et Paul, et moi, tout ça venait de la même mère, que j'ai si peu connue. Mais toi, tu ressembles à la fille de mon père, cette fille qu'il nous apporta un jour à la maison, nouvelle-née, sans seulement prendre la peine de nous dire d'où elle venait, ma foi. Ah! ce Gorille... Tu vois comme il était laid, Minet-Chéri? Eh bien, les femmes se pendaient toutes à lui...

Elle leva son dé vers le daguerréotype accroché au mur, le

daguerréotype que j'enferme maintenant dans un tiroir, et qui recèle, sous son tain d'argent, le portrait en buste d'un « homme de couleur » — quarteron, je crois, — haut cravaté de blanc, l'œil pâle et méprisant, le nez long au-dessus de la lippe nègre qui lui valut son surnom.

— Laid, mais bien fait, poursuivit ma mère. Et séduisant, je t'en réponds, malgré ses ongles violets. Je lui en veux seulement de m'avoir donné sa vilaine bouche.

Une grande bouche, c'est vrai, mais bonne et vermeille. Je protestai :

— Oh! non. Tu es jolie, toi.

— Je sais ce que je dis. Du moins, elle s'arrête à moi, cette lippe... La fille de mon père nous vint quand j'avais huit ans. Le Gorille me dit : « Elevez-la. C'est votre sœur. » Il nous disait *vous*. A huit ans, je ne me trouvai pas embarrassée, car je ne connaissais rien aux enfants. Une nourrice, heureusement, accompagnait la fille de mon père. Mais j'eus le temps, comme je la tenais sur mes bras, de constater que ses doigts ne semblaient pas assez fuselés. Mon père aimait tant les belles mains... Et je modelai séance tenante, avec la cruauté des enfants, ces petits doigts mous qui fondaient entre les miens... La fille de mon père débuta dans la vie par dix petits abcès en boule, cinq à chaque main, au bord de ses jolis ongles bien ciselés. Oui... tu vois comme ta mère est méchante... Une si belle nouvelle-née... Elle criait. Le médecin disait : « Je ne comprends rien à cette inflammation digitale... » et je tremblais. Mais je n'ai rien avoué. Le mensonge est tellement fort chez les enfants... Cela passe généralement, plus tard... Deviens-tu un peu moins menteuse, toi qui grandis, Minet-Chéri?

C'était la première fois que ma mère m'accusait de mensonge chronique. Tout ce qu'une adolescente porte en elle de dissimulation perverse ou délicate chancela brusquement sous un profond regard gris, divinateur, désabusé... Mais déjà la main posée sur mon front se retirait, légère, et le regard gris, retrouvant sa douceur, son scrupule, quittait généreusement le mien :

— Je l'ai bien soignée après, tu sais, la fille de mon père... J'ai appris. Elle est devenue jolie, grande, plus blonde que toi, et tu lui ressembles, tu lui ressembles... Je crois qu'elle s'est mariée très jeune... Ce n'est pas sûr. Je ne sais rien de plus, parce que mon père l'a emmenée, plus tard, comme il l'avait apportée, sans daigner nous rien dire. Elle a seulement vécu ses premières années avec nous, Eugène, Paul, Irma et moi, et avec Jean le grand singe, dans la maison où mon père fabriquait du chocolat. Le chocolat, dans ce temps-là, ça se faisait avec du cacao, du sucre et de la vanille. En haut de la maison, les briques de chocholat séchaient, posées toutes molles sur la terrasse. Et, chaque matin, des plaques de chocolat révélaient, imprimé en fleurs creuses à cinq pétales, le passage nocturne des chats... Je l'ai regrettée, la fille de mon père, et figure-toi, Minet-Chéri...

La suite de cet entretien manque à ma mémoire. La coupure est aussi brutale que si je fusse, à ce moment, devenue sourde. C'est qu'indifférente à la Fille-de-mon-père, je laissai ma mère tirer de l'oubli les morts qu'elle aimait, et je restai rêveusement suspendue à un parfum, à une image suscités : l'odeur du chocolat en briques molles, la fleur creuse éclose sous les pattes du chat errant.

La noce

Henriette Boisson ne se mariera pas, je n'ai pas à compter sur elle. Elle pousse devant elle un rond petit ventre de sept mois, qui ne l'empêche ni de laver le carrelage de sa cuisine, ni d'étendre la lessive sur les cordes et sur la haie de fusains. Ce n'est pas avec un ventre comme celui-là qu'on se marie dans mon pays. Mme Pomié et Mme Léger ont dit vingt fois à ma mère : « Je ne comprends pas que vous gardiez, auprès d'une grande fille comme la vôtre, une domestique qui... une domestique que... »

Mais ma mère a répondu vertement qu'elle se ferait plutôt « montrer au doigt » que de mettre sur le pavé une mère et son petit.

Donc Henriette Boisson ne se mariera pas. Mais Adrienne Septmance, qui tient chez nous l'emploi de femme de chambre, est jolie, vive, et elle chante beaucoup depuis un mois. Elle chante en cousant, épingle à son cou un nœud où le satin s'enlace à la dentelle, autour d'un motif de plomb qui imite la marcassite. Elle plante un peigne à bord de perles dans ses cheveux noirs, et tire, sur son busc inflexible, les plis de sa blouse en vichy, chaque fois qu'elle passe devant un miroir. Ces symptômes ne trompent pas mon expérience. J'ai treize ans et demi et je sais ce que c'est qu'une femme de chambre qui a un amoureux. Adrienne Septmance se mariera-t-elle? Là est la question.

Chez les Septmance, elles sont quatre filles, trois garçons, des cousins, le tout abrité sous un chaume ancien et fleuri, au bord d'une route.

La jolie noce que j'aurai là! Ma mère s'en lamentera huit jours, parlera de mes « fréquentations », de mes « mauvaises manières », menacera de m'accompagner, y renoncera par fatigue et par sauvagerie naturelle...

J'épie Adrienne Septmance. Elle chante, bouscule son travail, court dans la rue, rit haut, sur un ton factice.

Je respire autour d'elle ce parfum commun, qu'on achète ici chez Maumond, le coupeur de cheveux, ce parfum qu'on respire, semble-t-il, avec les amygdales et qui fait penser à l'urine sucrée des chevaux, séchant sur les routes...

— Adrienne, vous sentez le patchouli! décrète ma mère, qui n'a jamais su ce qu'était le patchouli...

Enfin je rencontre, dans la cuisine, un jeune gars noir sous son chapeau de paille blanche, assis contre le mur et silencieux comme un garçon qui est là pour le bon motif. J'exulte, et ma mère s'assombrit.

— Qui aurons-nous après celle-là? demanda-t-elle en dînant à mon père.

Mais mon père s'est-il aperçu seulement qu'Adrienne Septmance succédait à Marie Bardin?

— Ils nous ont invités, ajoute ma mère. Naturellement, je n'irai pas. Adrienne m'a demandé la petite comme demoiselle d'honneur... C'est bien gênant.

« La petite » est debout et dégoise sa tirade préparée :

— Maman, j'irai avec Julie David et toutes les Follet. Tu comprends bien qu'avec toutes les Follet tu n'as pas besoin de te tourmenter, c'est la charrette de Mme Follet qui nous emmène et qui nous ramène et elle a dit que ses filles ne danseraient pas plus tard que dix heures et...

Je rougis et je m'arrête, car ma mère, au lieu de se lamenter, me couvre d'un mépris extrêmement narquois :

— J'ai eu treize ans et demi, dit-elle. Tu n'as pas besoin de te fatiguer davantage. Dis donc simplement : « J'adore les noces de domestiques. »

Ma robe blanche à ceinture pourpre, mes cheveux libres qui me tiennent chaud, mes souliers mordorés — trop courts, trop courts — et mes bas blancs, tout était prêt depuis la veille, car mes cheveux eux-mêmes, tressés pour l'ondulation, m'ont tiré les tempes pendant quarante-huit heures.

Il fait beau, il fait torride, un temps de noce aux champs; la messe n'a pas été trop longue. Le fils Follet m'a donné le bras au cortège, mais après le cortège, que voulez-vous qu'il fasse d'une cavalière de treize ans?... Mme Follet conduit la charrette qui déborde de nous, de nos rires, de ses quatre filles pareilles en bleu, de Julie David en mohair changeant mauve et rose. Les charrettes dansent sur la route et voici proche l'instant que j'aime le mieux...

D'où me vient ce goût violent du repas des noces campagnardes? Quel ancêtre me légua, à travers des parents si frugaux, cette sorte de religion du lapin sauté, du gigot à l'ail, de l'œuf mollet au vin rouge, le tout servi entre des murs de grange nappés de draps écrus où la rose rouge de juin, épinglée, resplendit? Je n'ai que treize ans, et le menu familier de ces repas de quatre heures ne m'effraie pas. Des compotiers de verre, emplis de sucre en morceaux, jalonnent la table : chacun sait qu'ils sont là pour qu'on suce, entre les plats, le sucre trempé dans du vin, qui délie la langue et renouvelle l'appétit. Bouilloux et Labbé, curiosités gargantuesques, font assaut de gueule, chez les Septmance comme partout où l'on se marie. Labbé boit le vin blanc dans un seau à traire les vaches, Bouilloux se voit apporter un gigot entier dont il ne cède rien à personne, que l'os dépouillé.

Chansons, mangeaille, beuverie, la noce d'Adrienne est une bien jolie noce. Cinq plats de viande, trois entremets et le nougat monté où tremble une rose en plâtre. Depuis quatre heures, le portail béant de la grange encadre la mare verte, son abri d'ormes, un pan de ciel où monte lentement le rose du soir. Adrienne Septmance, noire et changée dans son nuage de tulle, accable de sa langueur l'épaule de son mari et essuie son visage où la sueur brille. Un long paysan osseux beugle des couplets patriotiques : « Sauvons Paris! Sauvons Paris! » et on le regarde avec crainte, car sa voix est grande et triste, et lui-même vient de loin : « Pensez! un homme qui est de Dampierre-sous-Bouhy! au moins trente kilomètres d'ici! » Les hirondelles chassent et crient au-dessus du bétail qui boit. La mère de la mariée pleure inexplicablement. Julie David a taché sa robe; les quatre Follet, en bleu, dans l'ombre grandissante, sont d'un bleu de phosphore. On n'allumera les chandelles que pour le bal... Un bonheur en dehors de mon âge, un bonheur subtil de gourmand repu me tient là, douce, emplie de sauce de lapin, de poulet au blanc et de vin sucré...

L'aigre violon de Rouillard pique aux jarrets, soudain, toutes les Follet, et Julie, et la mariée, et les jeunes fermières à bonnet tuyauté. « En place pour le quadrille! » On traîne dehors, avec les tréteaux et les bancs, Labbé et Bouilloux désormais inutiles. Le long crépuscule de juin exalte le fumet de l'étable à porcs et du clapier proches. Je suis sans désirs, lourde pour danser, dégoûtée et supérieure comme quelqu'un qui a mangé plus que son saoul. Je crois bien que la bombance — la mienne — est finie...

— Viens nous promener, me dit Julie David.

C'est dans le potager de la ferme qu'elle m'entraîne. L'oseille froissée, la sauge, le vert poireau encensent nos pas, et ma compagne jase. Elle a perdu sa frisure de mouton, préparée par tant d'épingles doubles, et sa peau de fillette blonde miroite sur les joues comme une pomme frottée.

— Le fils Caillon m'a embrassée... J'ai entendu tout ce que le jeune marié vient de dire à sa jeune mariée... Il lui a dit: « Encore une scottish et on leur brûle la politesse... » Armandine Follet a tout rendu devant le monde...

J'ai chaud. Un bras moite de fillette colle au mien, que je dégage. Je n'aime pas la peau des autres... Une fenêtre, au revers de la maison de ferme, est ouverte, éclairée; la ronde des moustiques et des sphinx tournoie autour d'une lampe Pigeon qui file.

— C'est la chambre des jeunes mariés! souffle Julie.

La chambre des jeunes mariés... Une armoire de poirier noir, énorme, opprime cette chambre basse aux murs blancs, écrase entre elle et le lit une chaise de paille. Deux très gros bouquets de roses et de camomilles, cordés comme des fagots, se fanent sur la cheminée, dans les vases de verre bleu, et jusqu'au jardin dilatent le parfum fort et flétri qui suit les enterrements... Sous ses rideaux d'andrinople, le lit étroit et haut, le lit bourré de plume, bouffi d'oreillers en duvet d'oie, le lit où aboutit cette journée toute fumante de sueur, d'encens, d'haleine de bétail, de vapeur de sauces...

L'aile d'un phalène grésille sur la flamme de la lampe et l'éteint presque. Accoudée à la fenêtre basse, je respire l'odeur humaine, aggravée de fleur morte et de pétrole, qui offense le jardin. Tout à l'heure, les jeunes mariés vont venir ici. Je n'y avais pas pensé. Ils plongeront dans cette plume profonde. On fermera sur eux les contrevents massifs, la porte, toutes les issues de ce petit tombeau étouffant. Il y aura entre eux cette lutte obscure sur laquelle la candeur hardie de ma mère et la vie des bêtes m'ont appris trop et trop peu... Et puis?... J'ai peur de cette chambre, de ce lit auquel je n'avais pas pensé. Ma compagne rit et bavarde...

— Dis, tu as vu que le fils Follet a mis à sa boutonnière la rose que je lui ai donnée? Dis, tu as vu que Nana Bouilloux a un chignon? A treize ans, vrai!... Moi, quand je me marierai, je ne me gênerai pas pour dire à maman... Mais où tu vas? où tu vas?

Je cours, foulant les salades et les tumulus de la fosse d'asperges.

— Mais attends-moi! Mais qu'est-ce que tu as?

Julie ne me rejoint qu'à la barrière du potager, sous le halo rouge de poussière qui baigne les lampes du bal, près de la grange ronflante de trombone, de rires et de roulements de pieds, la grange rassurante où son impatience reçoit enfin la plus inattendue des réponses, bêlée parmi des larmes de petite fille égarée :

— Je veux aller voir maman...

Ma sœur aux longs cheveux

J'avais douze ans, le langage et les manières d'un garçon intelligent, un peu bourru, mais la dégaine n'était point garçonnière, à cause d'un corps déjà façonné fémininement, et surtout de deux longues tresses, sifflantes comme des fouets autour de moi. Elles me servaient de cordes à passer dans l'anse du panier à goûter, de pinceaux à tremper dans l'encre ou la couleur, de lanières à corriger le chien, de ruban à faire jouer le chat. Ma mère gémissait de me voir massacrer ces étrivières d'or châtain, qui me valaient, chaque matin, de me lever une demi-heure plus tôt que mes camarades d'école. Les noirs matins d'hiver, à sept heures, je me rendormais assise, devant le feu de bois, sous la lumière de la lampe, pendant que ma mère brossait et peignait ma tête ballante. C'est par ces matins-là que m'est venue, tenace, l'aversion des longs cheveux... On trouvait de longs cheveux pris aux basses branches des arbres dans le jardin, de longs cheveux accrochés au portique où pendaient le trapèze et la balançoire. Un poussin de la basse-cour passa pour estropié de naissance, jusqu'à ce que nous eussions découvert qu'un long cheveu, recouvert de chair bourgeonnante, ligotait étroitement l'une de ses pattes et l'atrophiait...

Cheveux longs, barbare parure, toison où se réfugie l'odeur de la bête, vous qu'on choie en secret et pour le secret, vous qu'on montre tordus et roulés, mais que l'on cache épars, qui se baigne à votre flot, déployé jusqu'aux reins? Une femme surprise à sa coiffure fuit comme si elle était nue. L'amour et l'alcôve ne vous voient guère plus que le passant. Libre, vous peuplez le lit de rets dont s'accommode mal l'épiderme irritable, d'herbes où se débat la main errante. Il y a bien un instant, le soir, quand les épingles tombent et que le visage brille, sauvage, entre des ondes mêlées, — il y a un autre instant pareil, le matin... Et à cause de ces deux instants-là, ce que je viens d'écrire contre vous, longs cheveux, ne signifie plus rien.

Nattée à l'alsacienne, deux petits rubans voletant au bout de mes deux tresses, la raie au milieu de la tête, bien enlaidie avec mes tempes découvertes et mes oreilles trop loin du nez, je montais parfois chez ma sœur aux longs cheveux. A midi, elle lisait déjà, le grand déjeuner finissant à onze heures. Le matin, couchée, elle lisait encore. Elle détournait à peine, au bruit de la porte, ses yeux noirs mongols, distraits, voilés de roman tendre ou de sanglante aventure. Une bougie consumée témoignait de sa longue veille. Le papier de la chambre, gris de perle à bleuets, portait les traces, près du lit, des allumettes qu'y frottait, la nuit, avec une brutalité insouciante, ma sœur aux longs cheveux. Sa chemise de nuit chaste, manches longues et petit col rabattu, ne laissait voir qu'une tête singulière, d'une laideur attrayante, à pommettes hautes, à bouche sarcastique de jolie Kalmoucke. Les épais sourcils mobiles remuaient comme deux chenilles soyeuses, et le front réduit, la nuque, les oreilles, tout ce qui était chair blanche, un peu anémique, semblait condamné d'avance à l'envahissement des cheveux.

Ils étaient si anormaux en longueur, en force et en nombre, les cheveux de Juliette, que je ne les ai jamais vus inspirer, comme ils le méritaient pourtant, l'admiration ni la jalousie. Ma mère parlait d'eux comme d'un mal inguérissable. « Ah! mon Dieu, il faut que j'aille peigner Juliette », soupirait-elle. Les jours de congé, à dix heures, je voyais ma mère descendre, fatiguée, du premier étage, jeter là l'attirail des peignes et des brosses : « Je n'en peux plus... J'ai mal à ma jambe gauche... Je viens de peigner Juliette. »

Noirs, mêlés de fils roux, mollement ondés, les cheveux de **Juliette**, défaits, la couvraient exactement tout entière. Un rideau noir, à mesure que ma mère défaisait les tresses, cachait le dos; les épaules, le visage et la jupe disparaissaient à leur tour, et l'on n'avait plus sous les yeux qu'une étrange tente conique, faite d'une soie sombre à grandes ondes parallèles, fendue un moment sur un visage asiatique, remuée par deux petites mains qui maniaient à tâtons l'étoffe de la tente.

L'abri se repliait en quatre tresses, quatre câbles aussi épais qu'un poignet robuste, brillants comme des couleuvres d'eau. Deux naissaient à la hauteur des tempes, deux autres au-dessus de la nuque, de part et d'autre d'un sillon de peau bleutée. Une sorte de diadème ridicule couronnait ensuite le jeune front, un autre gâteau de tresses chargeait plus bas la nuque humiliée. Les portraits jaunis de Juliette en font foi : il n'y eut jamais de jeune fille plus mal coiffée.

— La petite malheureuse! disait Mme Pomié en joignant les mains.

— Tu ne peux donc pas mettre ton chapeau droit? demandait à Juliette Mme Donnot, en sortant de la messe. C'est vrai qu'avec tes cheveux... Ah! on peut dire que ce n'est pas une vie, des cheveux comme les tiens...

Le jeudi matin, vers dix heures, il n'était donc pas rare que je trouvasse, encore couchée et lisant, ma sœur aux longs cheveux. Toujours pâle, absorbée, elle lisait avec un air dur, à côté d'une tasse de chocolat refroidi. A mon entrée, elle ne détournait guère plus la tête qu'aux appels : « Juliette, lève-toi! » montant du rez-de-chaussée. Elle lisait, enroulant machinalement à son poignet l'un de ses serpents de cheveux, et laissait parfois errer vers moi, sans me voir, le regard des monomanes, ce regard qui n'a ni âge ni sexe, chargé d'une défiance obscure et d'une ironie que nous ne pénétrons pas.

Je goûtais dans cette chambre de jeune fille un ennui distingué dont j'étais fière. Le secrétaire en bois de rose regorgeait de merveilles inaccessibles; ma sœur aux longs cheveux ne badinait pas avec la boîte de pastels, l'étui à compas et certaine demi-lune en corne blanche transparente, gravée de centimètres et de millimètres, dont le souvenir mouille parfois mon palais comme un citron coupé. Le papier à décalquer les broderies, gras, d'un bleu nocturne, le poinçon à percer les « roues » dans la broderie anglaise, les navettes à frivolité, les navettes d'ivoire, d'un blanc d'amande, et les bobines de soie couleur de paon, et l'oiseau chinois, peint sur riz, que ma sœur copiait au « passé » sur un panneau de velours... Et les tablettes de bal à feuillets de nacre, attachées à l'inutile éventail d'une jeune fille qui ne va jamais au bal.

Ma convoitise domptée, je m'ennuyais. Pourtant, par la fenêtre, je plongeais dans le jardin d'En-Face, où notre chatte Zoé rossait quelque matou. Pourtant chez Mme Saint-Alban, dans le jardin contigu, la rare clématite — celle qui montrait sous la pulpe blanche de sa fleur, comme un sang faible courant sous une peau fine, des veinules mauves — ouvrait une cascade lumineuse d'étoiles à six pointes...

Pourtant, à gauche, au coin de l'étroite rue des Sœurs, Tatave, le fou que l'on disait inoffensif, poussait une clameur horrible sans qu'un trait de sa figure bougeât... N'importe, je m'ennuyais.

— Qu'est-ce que tu lis, Juliette?... Dis, Juliette, qu'est-ce que tu lis?... Juliette!...

La réponse tardait, tardait à venir, comme si des lieues d'espace et de silence nous eussent séparées.

— *Fromont jeune et Risler aîné.*

Ou bien :

— *La Chartreuse de Parme.*

La Chartreuse de Parme, Le Vicomte de Bragelonne, Monsieur de Camors, Le Vicaire de Wakefield, La Chronique de Charles IX, La Terre, Lorenzaccio, Les Monstres parisiens, Grande Maguet, Les Misérables... Des vers aussi, moins souvent. Des feuilletons du *Temps,* coupés et cousus; la collection de la *Revue des Deux Mondes,* celle de la *Revue Bleue,* celle du *Journal des Dames et des Demoiselles,* Voltaire et Ponson du Terrail... Des romans bourraient les coussins, enflaient la corbeille à ouvrage, fondaient au jardin, oubliés sous la pluie. Ma sœur aux longs cheveux ne parlait plus, mangeait à peine, nous rencontrait avec surprise dans la maison, s'éveillait en sursaut si l'on sonnait.

Ma mère se fâcha, veilla la nuit pour éteindre la lampe et confisquer les bougies : ma sœur aux longs cheveux, enrhumée, réclama dans sa chambre une veilleuse pour la tisane chaude, et lut à la flamme de la veilleuse. Après la veilleuse, il y eut les boîtes d'allumettes et le clair de lune... Après le clair de lune, ma sœur aux longs cheveux, épuisée de romanesque insomnie, eut la fièvre, et la fièvre ne céda ni aux compresses, ni à l'eau purgative.

— C'est une typhoïde, dit un matin le docteur Pomié.

— Une typhoïde? oh! voyons, docteur... Pourquoi? Ce n'est pas votre dernier mot?

Ma mère s'étonnait, vaguement scandalisée, pas encore inquiète. Je me souviens qu'elle se tenait sur le perron, agitant gaiement, comme un mouchoir, l'ordonnance du docteur Pomié.

— Au revoir, docteur!... A bientôt!... Oui, oui, c'est ça, revenez demain!

Son embonpoint agile occupait tout le perron, et elle grondait le chien qui ne voulait pas rentrer. L'ordonnance aux doigts, elle alla, avec une moue de doute, retrouver ma sœur, que nous avions laissée endormie et murmurante dans la fièvre. Juliette ne dormait plus; les yeux mongols, les quatre tresses luisaient, noirs, sur le lit blanc.

— Tu ne te lèveras pas aujourd'hui, ma chérie, dit ma mère. Le docteur Pomié a bien recommandé... Veux-tu boire de la citronnade fraîche? Veux-tu que je refasse un peu ton lit?

Ma sœur aux longs cheveux ne répondit pas tout de suite. Pourtant, ses yeux obliques nous couvraient d'un regard actif, où errait un sourire nouveau, un sourire apprêté pour plaire. Au bout d'un court moment :

— C'est vous, Catulle? demanda-t-elle d'une voix légère.

Ma mère tressaillit, avança d'un pas.

— Catulle? Qui, Catulle?

— Mais Catulle Mendès, répliqua la voix légère. C'est vous? Vous voyez, je suis venue. J'ai mis vos cheveux blonds dans le médaillon ovale. Octave Feuillet est venu ce matin, mais quelle différence!... Rien que d'après la photographie, j'avais jugé... J'ai horreur des favoris. D'ailleurs, je n'aime que les blonds. Est-ce que je vous ai dit que j'avais mis un peu de pastel rouge sur votre photographie, à l'endroit de la bouche? C'est à cause de vos vers... Ce doit être ce petit point rouge qui me fait mal dans la tête, depuis... Non, nous ne rencontrerons personne... Je ne connais d'ailleurs personne dans ce pays. C'est à cause de ce petit point rouge... et du baiser... Catulle... Je ne connais personne ici. Devant tous, je le déclare bien haut, c'est vous seul, Catulle...

Ma sœur cessa de parler, se plaignit d'une manière aigre et intolérante, se tourna vers le mur et continua de se plaindre beaucoup plus bas, comme de très loin. Une de ses tresses barrait son visage, brillante, ronde, gorgée de vie. Ma mère, immobile, avait penché la tête pour mieux entendre et regardait, avec une sorte d'horreur, cette étrangère qui n'appelait à elle, dans son délire, que des inconnus. Puis elle regarda autour d'elle, m'aperçut, m'ordonna précipitamment :

— Va-t'en, en bas...

Et, comme saisie de honte, elle cacha son visage dans ses deux mains.

Maternité

Sitôt mariée, ma sœur aux longs cheveux céda aux suggestions de son mari, de sa belle-famille, et cessa de nous voir, tandis que s'ébranlait l'appareil redoutable des notaires et des avoués. J'avais onze, douze ans, et ne comprenais rien à des mots comme « tutelle imprévoyante, prodigalité inexcusable », qui visaient mon père. Une rupture suivit entre le jeune ménage et mes parents. Pour mes frères et moi, elle ne fit pas grand changement. Que ma demi-sœur — cette fille gracieuse et bien faite, kalmoucke de visage, accablée de cheveux, chargée de ses tresses comme d'autant de chaînes — s'enfermât dans sa chambre tout le jour ou s'exilât avec un mari dans une maison voisine, nous n'y voyions ni différence ni inconvénient. D'ailleurs, mes frères, éloignés, ressentirent seulement les secousses affaiblies d'un drame qui tenait attentif tout notre village. Une tragédie familiale, dans une grande ville, évolue discrètement, et ses héros peuvent sans bruit se meurtrir. Mais le village qui vit toute l'année dans l'inanition et la paix, qui trompe sa faim avec de maigres ragots de braconnage et de galanterie, le village n'a pas de pitié et personne n'y détourne la tête, par délicatesse charitable, sur le passage d'une femme que des plaies d'argent ont, en moins d'un jour, appauvrie d'une enfant.

On ne parla que de nous. On fit queue le matin à la boucherie de Léonore pour y rencontrer ma mère et la contraindre à livrer un peu d'elle-même. Des créatures qui, la veille, n'étaient pourtant pas sanguinaires, se partageaient quelques-uns de ses précieux pleurs, quelques plaintes arrachées à son indignation maternelle. Elle revenait épuisée, avec le souffle précipité d'une bête poursuivie. Elle reprenait courage dans sa maison, entre mon père et moi, taillait le pain pour les poules, arrosait le rôti embroché, clouait, de toute la force de ses petites mains emmanchées de beaux bras, une caisse pour la chatte près de mettre bas, lavait mes cheveux au jaune d'œuf et au rhum. Elle mettait, à dompter son chagrin, une sorte d'art cruel, et parfois je l'entendis chanter. Mais, le soir, elle montait fermer elle-même les persiennes du premier étage, pour regarder — séparés de notre jardin d'En-Face par un mur mitoyen — le jardin, la maison qu'habitait ma sœur. Elle voyait des planches de fraisiers, des pommiers en cordons et des touffes de phlox, trois marches qui menaient à un perron-terrasse meublé d'orangers en caisses et de sièges d'osier. Un soir — j'étais derrière elle — nous reconnûmes sur l'un des sièges un châle violet et or, qui datait de la dernière convalescence de ma sœur aux longs cheveux. Je m'écriai : « Ah! tu vois, le châle de Juliette? » et ne reçus pas de réponse. Un bruit saccadé et bizarre, comme un rire qu'on étouffe, décrut avec les pas de ma mère dans le corridor, quand elle eut fermé toutes les persiennes.

Des mois passèrent, et rien ne changea. La fille ingrate demeurait sous son toit, passait raide devant notre seuil, mais il lui arriva, apercevant ma mère à l'improviste, de fuir comme une fillette qui craint la gifle. Je la rencontrais sans émoi, étonnée devant cette étrangère qui portait des chapeaux inconnus et des robes nouvelles.

Le bruit courut, un jour, qu'elle allait mettre un enfant au monde. Mais je ne pensais plus guère à elle, et je ne fis pas attention que, dans ce moment-là justement, ma mère souffrit de demi-syncopes nerveuses, de vertiges d'estomac, de palpitations. Je me souviens seulement que l'aspect de ma sœur déformée, alourdie, me remplit de confusion et de scandale...

Des semaines encore passèrent... Ma mère, toujours vive, active, employa son activité d'une manière un peu incohérente. Elle sucra un jour la tarte aux fraises avec du sel, et au lieu de s'en désoler, elle accueillit les reproches de mon père avec un visage fermé et ironique qui me bouleversa.

Un soir d'été, comme nous finissions de dîner tous les trois, une voisine entra tête nue, nous souhaita le bonsoir d'un air apprêté, glissa dans l'oreille de ma mère deux mots mystérieux, et repartit aussitôt. Ma mère soupira : « Ah! mon Dieu... » et resta debout, les mains appuyées sur la table.

— Qu'est-ce qu'il y a? demanda mon père.

Elle cessa avec effort de contempler fixement la flamme de la lampe et répondit :

— C'est commencé... là-bas...

Je compris vaguement et je gagnai, plus tôt que d'habitude, ma chambre, l'une des trois chambres qui donnaient sur le jardin d'En-Face. Ayant éteint ma lampe, j'ouvris ma fenêtre pour guetter, au bout d'un jardin violacé de lune, la maison mystérieuse qui tenait clos tous ses volets. J'écoutai, comprimant mon cœur battant contre l'appui de la fenêtre. La nuit villageoise imposait son silence et je n'entendis que l'aboiement d'un chien, les griffes d'un chat qui lacéraient l'écorce d'un arbre. Puis une ombre en peignoir blanc — ma mère — traversa la rue, entra dans le jardin d'En-Face. Je la vis lever la tête, mesurer du regard le mur mitoyen comme si elle espérait le franchir. Puis elle alla et vint dans la courte allée du milieu, cassa machinalement un petit rameau de laurier odorant qu'elle froissa. Sous la lumière froide de la pleine lune, aucun de ses gestes ne m'échappait. Immobile, la face vers le ciel, elle écoutait, elle attendait. Un cri long, aérien, affaibli par la distance et les clôtures, lui parvint en même temps qu'à moi, et elle jeta avec violence ses mains croisées sur sa poitrine. Un second cri, soutenu sur la même note comme le début d'une mélodie, flotta dans l'air, et un troisième... Alors je vis ma mère serrer à pleines mains ses propres flancs, et tourner sur elle-même, et battre la terre de ses pieds, et elle commença d'aider, de doubler, par un gémissement bas, par l'oscillation de son corps tourmenté et l'étreinte de ses bras inutiles, par toute sa douleur et sa force maternelles, la douleur et la force de la fille ingrate qui, si loin d'elle, enfantait.

« Mode de Paris »

« *Vingt sous les premières, dix sous les secondes, cinq sous les enfants et les personnes debout.* » Tel était autrefois le tarif de nos divertissements artistiques quand une troupe de comédiens ambulants s'arrêtait, pour un soir, dans mon village natal. L'appariteur, chargé d'avertir les treize cents âmes du chef-lieu de canton, annonçait l'événement le matin, vers dix heures, au son du tambour. La ville prenait feu sur son passage. Des enfants, comme moi, sautaient sur place avec des cris aigus. Des jeunes filles, encornées de bigoudis, se tenaient immobiles un moment et frappées de stupeur heureuse, puis couraient comme sous la grêle. Et ma mère se plaignait, non sans mauvaise foi : « Grands dieux! Minet-Chéri, tu ne vas pas me traîner au *Supplice d'une femme?* C'est si ennuyeux! La femme au supplice, ce sera moi... » Cependant, elle préparait les cisailles et les madeleines pour gaufrer elle-même son plus joli « devant » de lingerie fine...

Lampes fumeuses à réflecteurs de fer-blanc, banquettes plus dures que les bancs de l'école, décor de toile peinte écaillée, acteurs aussi mornes que les animaux captifs, de quelle tristesse vous ennoblissiez mon plaisir d'un soir... Car les drames m'imprégnaient d'une horreur froide, et je n'ai jamais pu m'égayer, toute petite, à des vaudevilles en loques, ni faire écho à des rires de comique souffreteux.

Quel hasard amena un jour chez nous, pourvue de décors, de costumes, une vraie troupe de comédiens nomades, tous gens vêtus proprement, point trop maigres, gouvernés par une sorte d'écuyer botté, à plastron de piqué blanc? Nous n'hésitâmes pas à verser trois francs par personne pour entendre *La Tour de Nesle*, mon père, ma mère et moi. Mais le nouveau tarif épouvanta notre village parcimonieux, et, dès le lendemain, la troupe nous quittait pour planter ses tentes à X..., petite ville voisine, aristocratique et coquette, tapie au pied de son château, prosternée devant ses châtelains titrés. *La Tour de Nesle* y fit salle comble, et la châtelaine félicita publiquement, après le spectacle, M. Marcel d'Avricourt, grand premier rôle, un long jeune homme agréable, qui maniait l'épée comme une badine et voilait, sous des cils touffus, de beaux yeux d'antilope. Il n'en fallait pas tant pour qu'on s'étouffât, le lendemain soir, à *Denise*. Le surlendemain, un dimanche, M. d'Avricourt assistait, en jaquette, à la messe d'onze heures, offrait l'eau bénite à deux jeunes filles rougissantes, et s'éloignait sans lever les yeux sur leur émoi — discrétion que le Tout-X... louait encore, quelques heures plus tard, à la matinée d'*Hernani,* où l'on refusa du monde.

La femme du jeune notaire d'X... n'avait pas froid aux yeux. Elle se permettait les décisions brusques et gamines d'une femme qui copiait les robes de « ces dames du château », chantait en s'accompagnant elle-même et portait les cheveux à la chien. Le jour d'après, au petit matin, elle s'en alla commander un vol-au-vent à l'hôtel de la Poste, où logeait M. d'Avricourt, et écouta le bavardage de la patronne :

— Pour huit personnes, mesdames? Samedi sept heures, sans faute! Je verse le lait chaud de M. d'Avricourt et j'inscris la commande... Oui, madame, il loge ici... Ah! madame, on ne dirait jamais un comédien! Une voix comme une jeune fille... Et sitôt sa promenade faite, après le déjeuner, il rentre dans sa chambre et il prend son ouvrage.

— Son ouvrage?

— Il brode, madame! Une vraie fée! Il finit un dessus de piano au passé, on l'exposerait! Ma fille a relevé le dessin...

La femme du jeune notaire guetta le jour même M. d'Avricourt, rêveur sous les tilleuls, l'aborda, et s'enquit d'un certain dessus de piano dont le dessin et l'exécution... M. d'Avricourt rougit, voila d'une main ses yeux de gazelle, fit deux ou trois petits cris bizarres et jeta quelques mots embarrassés :

— Enfantillages!... Enfantillages que la mode de Paris encourage...

Un geste de chasse-mouches, d'une afféterie gracieuse, termina la phrase. A quoi la notairesse répliqua par une invitation à prendre le thé.

— Oh! un petit thé intime où chacun peut apporter son ouvrage...

Dans la semaine, *Le Gendre de M. Poirier* allait aux nues, en compagnie d'*Hernani,* du *Bossu* et des *Deux Timides,* portés par l'enthousiasme d'un public jamais las. Chez la receveuse de l'enregistrement, chez la pharmacienne et la perceptrice, M. d'Avricourt imposait la couleur de ses cravates, sa manière de marcher, de saluer, de pousser, parmi les éclats cristallins de son rire, de petits gloussements aigus, d'appuyer une main sur sa hanche comme sur une garde d'épée — et de broder. L'écuyer botté, gouverneur de la troupe, connaissait de douces heures, envoyait des mandats au Crédit Lyonnais et s'attablait l'après-midi au café de la Perle, en compagnie du père noble, du comique au grand nez et de la coquette un peu camuse.

Ce fut le moment que choisit le châtelain, absent depuis une quinzaine, pour revenir de Paris et quérir les bons avis du notaire de X.. Il trouva la notairesse qui servait le thé. Près d'elle, le premier clerc de l'étude, un géant osseux et ambitieux, comptait ses points sur l'étamine bien tendue d'un tambour. Le fils du pharmacien, petit noceur à figure de cocher, entrelaçait des initiales sur un napperon, et le gros Glaume, veuf à marier, remplissait de laine alternativement magenta et vieil or les quadrillages d'une pantoufle. Jusqu'au vieux M. Demange, tout tremblotant, qui s'essayait sur un gros canevas... Debout, M. d'Avricourt récitait des vers, encensé par les soupirs des femmes oisives, et son regard oriental ne s'abaissait point sur elles.

Je n'ai jamais su au juste par quelles brèves paroles, ou par quel silence plus sévère, le châtelain flétrit la « dernière mode de Paris » et éclaira l'aveuglement étrange de ces braves gens qui le regardaient, l'aiguille en l'air.

Mais j'entendis maintes fois raconter que le lendemain matin la troupe levait le camp, et qu'à l'hôtel de la Poste il ne restait rien de Lagardère, d'Hernani, du gendre impertinent de M. Poirier — rien, qu'un écheveau de soie et un dé oubliés.

La petite Bouilloux

Cette petite Bouilloux était si jolie que nous nous en apercevions. Il n'est pas ordinaire que des fillettes reconnaissent en l'une d'elles la beauté et lui rendent hommage. Mais l'incontestée petite Bouilloux nous désarmait. Quand ma mère la rencontrait dans la rue, elle arrêtait la petite Bouilloux et se penchait sur elle, comme elle faisait pour sa rose safranée, pour son cactus à fleur pourpre, pour son papillon du pin, endormi et confiant sur l'écorce écailleuse. Elle touchait les cheveux frisés, dorés comme la châtaigne mi-mûre, la joue transparente et rose de la petite Bouilloux, regardait battre les cils démesurés sur l'humide et vaste prunelle sombre, les dents briller sous une lèvre sans pareille, et laissait partir l'enfant, qu'elle suivait des yeux, en soupirant :

— C'est prodigieux!...

Quelques années passèrent, ajoutant des grâces à la petite Bouilloux. Il y eut des dates que notre admiration commémorait : une distribution de prix où la petite Bouilloux, timide et récitant tout bas une fable inintelligible, resplendit sous ses larmes comme une pêche sous l'averse... La première communion de la petite Bouilloux fit scandale : elle alla boire chopine après les vêpres, avec son père, le scieur de long, au café du Commerce, et dansa le soir, féminine déjà et coquette, balancée sur ses souliers blancs, au bal public.

D'un air orgueilleux, auquel elle nous avait habituées, elle nous avertit après, à l'école, qu'elle entrait en apprentissage.

— Ah!... Chez qui?

— Chez Mme Adolphe.
— Ah!... Tu vas gagner tout de suite?
— Non, je n'ai que treize ans, je gagnerai l'an prochain.

Elle nous quitta sans effusion et nous la laissâmes froidement aller. Déjà sa beauté l'isolait, et elle ne comptait point d'amies dans l'école, où elle apprenait peu. Ses dimanches et ses jeudis, au lieu de la rapprocher de nous, appartenaient à une famille « mal vue », à des cousines de dix-huit ans, effrontées sur le pas de la porte, à des frères, apprentis charrons, qui « portaient cravate » à quatorze ans et fumaient, leur sœur au bras, entre le « Tir parisien » de la foire et le gai « Débit » que la veuve à Pimelle achalandait si bien.

Dès le lendemain matin, je vis la petite Bouilloux, car elle montait vers son atelier de couture, et je descendais vers l'école. De stupeur, d'admiration jalouse, je restai plantée, du côté de la rue des Sœurs, regardant Nana Bouilloux qui s'éloignait. Elle avait troqué son sarrau noir, sa courte robe de petite fille contre une jupe longue, contre un corsage de satinette rose à plis plats. Un tablier de mohair noir parait le devant de sa jupe, et ses bondissants cheveux, disciplinés, tordus en « huit », casquaient étroitement la forme charmante et nouvelle d'une tête ronde, impérieuse, qui n'avait plus d'enfantin que sa fraîcheur et son impudence, pas encore mesurée, de petite dévergondée villageoise.

Le cours supérieur bourdonna, ce matin-là.

— J'ai vu Nana Bouilloux! En «long», ma chère, en long qu'elle est habillée! En chignon! Et une paire de ciseaux pendante!

Je rentrai, haletante, à midi, pressée de crier :

— Maman! j'ai vu Nana Bouilloux! Elle passait devant la porte! En long, maman, en long, qu'elle est habillée! Et en chignon! Et des talons hauts, et une paire de...

— Mange, Minet-Chéri, mange, ta côtelette sera froide.

— Et un tablier, maman, oh! un si joli tablier en mohair, comme de la soie!... Est-ce que je ne pourrais pas...

— Non, Minet-Chéri, tu ne pourrais pas.

— Mais puisque Nana Bouilloux peut bien...

— Oui, elle peut, et même elle doit, à treize ans, porter chignon, tablier court, jupe longue, — c'est l'uniforme de toutes

les petites Bouilloux du monde, à treize ans, — malheureusement.
— Mais...
— Oui, tu voudrais un uniforme complet de petite Bouilloux. Ça se compose de tout ce que tu as vu, plus : une lettre bien cachée dans la poche du tablier, un amoureux qui sent le vin et le cigare à un sou; deux amoureux, trois amoureux... et un peu plus tard... beaucoup de larmes... un enfant malingre et caché que le busc du corset a écrasé pendant des mois... C'est ça, Minet-Chéri, l'uniforme complet des petites Bouilloux. Tu le veux?
— Mais non, maman... Je voulais essayer si le chignon...
Ma mère secouait la tête avec une malice grave.
— Ah! non. Tu ne peux pas avoir le chignon sans le tablier, le tablier sans la lettre, la lettre sans les souliers à talons, ni les souliers sans... le reste! C'est à choisir!

Ma convoitise se lassa vite. La radieuse petite Bouilloux ne fut plus qu'une passante quotidienne, que je regardais à peine. Tête nue l'hiver et l'été, elle changeait chaque semaine la couleur vive de ses blouses. Par grand froid, elle serrait sur ses minces épaules élégantes un petit fichu inutile. Droite, éclatante comme une rose épineuse, les cils abattus sur la joue ou dévoilant l'œil humide et sombre, elle méritait, chaque jour davantage, de régner sur des foules, d'être contemplée, parée, chargée de joyaux. La crépelure domptée de ses cheveux châtains se révélait, quand même, en petites ondes qui accrochaient la lumière, en vapeur dorée sur la nuque et près des oreilles. Elle avait un air toujours vaguement offensé, des narines courtes et veloutées qui faisaient penser à une biche.

Elle eut quinze ans, seize ans, — moi aussi. Sauf qu'elle riait beaucoup le dimanche, au bras de ses cousines et de ses frères, pour montrer ses dents, Nana Bouilloux se tenait assez bien.
— Pour une petite Bouilloux, ma foi, il n'y a rien à dire! reconnaissait la voix publique.

Elle eut dix-sept ans, dix-huit ans, un teint comme un fruit abrité du vent, des yeux qui faisaient baisser les regards, une démarche apprise on ne sait où. Elle se mit à fréquenter les « parquets » aux foires et aux fêtes, à danser furieusement, à se promener très tard, dans le chemin de ronde, un bras d'homme autour de la taille. Toujours méchante, mais rieuse, et poussant à la hardiesse ceux qui se seraient contentés de l'aimer.

Un soir de Saint-Jean, elle dansait au « parquet » installé place du Grand-Jeu, sous la triste lumière et l'odeur des lampes à pétrole. Les souliers à clous levaient la poussière de la place, entre les planches du « parquet ». Tous les garçons gardaient en dansant le chapeau sur la tête, comme il se doit. Des filles blondes devenaient lie-de-vin dans leurs corsages collés, des brunes, venues des champs et brûlées, semblaient noires. Mais dans une bande d'ouvrières dédaigneuses, Nana Bouilloux, en robe d'été à petites fleurs, buvait de la limonade au vin rouge quand les Parisiens entrèrent dans le bal.

Deux Parisiens comme on en voit l'été à la campagne, des amis d'un châtelain voisin, qui s'ennuyaient; des Parisiens en serge blanche et en tussor qui venaient se moquer, un moment, d'une Saint-Jean de village... Ils cessèrent de rire en apercevant Nana Bouilloux et s'assirent à la buvette pour la voir de plus près. Ils échangèrent, à mi-voix, des paroles qu'elle feignait de ne pas entendre. Car sa fierté de belle créature lui défendit de tourner les yeux vers eux, et de pouffer comme ses compagnes. Elle entendit : « Cygne parmi les oies... Un Greuze!... crime de laisser s'enterrer ici une merveille... » Quand le Parisien en serge blanc invita la petite Bouilloux à valser, elle se leva sans étonnement, et dansa muette, sérieuse; ses cils plus beaux qu'un regard touchaient, parfois, le pinceau d'une moustache blonde.

Après la valse, les Parisiens s'en allèrent, et Nana Bouilloux s'assit à la buvette en s'éventant. Le fils Leriche l'y vint chercher, et Houette, et même Honce, le pharmacien, et même Possy, l'ébéniste, grisonnant, mais fin danseur. A tous, elle répondit : « Merci bien, je suis fatiguée », et elle quitta le bal à dix heures et demie.

Et puis, il n'arriva plus rien à la petite Bouilloux. Les Parisiens ne revinrent pas, ni ceux-là, ni d'autres. Houette, Honce, le fils Leriche, les commis voyageurs au ventre barré d'or, les soldats permissionnaires et les clercs d'huissier gravirent en vain notre rue escarpée, aux heures où descendait l'ouvrière bien coiffée, qui passait raide avec un signe de tête. Ils l'espérèrent aux bals, où

elle but de la limonade d'un air distingué et répondit à tous :
« Merci bien, je ne danse pas, je suis fatiguée. » Blessés, ils ricanaient, après quelques jours : « Elle a attrapé une fatigue de trente-six semaines, oui! » et ils épièrent sa taille... Mais rien n'arriva à la petite Bouilloux, ni cela ni autre chose. Elle attendait, simplement. Elle attendait, touchée d'une foi orgueilleuse, consciente de ce que lui devait un hasard qui l'avait trop bien armée. Elle attendait... ce Parisien de serge blanche? Non. L'étranger, le ravisseur. L'attente orgueilleuse la fit pure, silencieuse, elle dédaigna, avec un petit sourire étonné, Honce, qui voulut l'élever au rang de pharmacienne légitime, et le premier clerc de l'huissier. Sans plus déchoir, et reprenant en une fois ce qu'elle avait jeté — rires, regards, duvet lumineux de sa joue, courte lèvre enfantine et rouge, gorge qu'une ombre bleue divise à peine — à des manants, elle attendit son règne, et le prince qui n'avait pas de nom.

Je n'ai pas revu, en passant une fois dans mon pays natal, l'ombre de celle qui me refusa si tendrement ce qu'elle appelait « l'uniforme des petites Bouilloux ». Mais comme l'automobile qui m'emmenait montait lentement — pas assez lentement, jamais assez lentement — une rue où je n'ai plus de raison de m'arrêter, une passante se rangea pour éviter la roue. Une femme mince, bien coiffée, les cheveux en casque à la mode d'autrefois, des ciseaux de couturière pendus à une « châtelaine » d'acier, sur son tablier noir. De grands yeux vindicatifs, une bouche serrée qui devait se taire longuement, la joue et la tempe jaunies de celles qui travaillent à la lampe; une femme de quarante-cinq à... Mais non, mais non; une femme de trente-huit ans, une femme de mon âge, exactement de mon âge, je n'en pouvais pas douter... Dès que la voiture lui laissa le passage, la « petite Bouilloux » descendit la rue, droite, indifférente, après qu'un coup d'œil, âpre et anxieux, lui eut révélé que la voiture s'en allait, vide du ravisseur attendu.

La Toutouque

Large et basse comme un porcelet de quatre mois, jaune et rase de poil, masquée largement de noir, elle ressemblait plutôt à un petit mastiff qu'à un bouledogue. Des ignares avaient taillé en pointe ses oreilles coquillardes, et sa queue au ras du derrière. Mais jamais chienne ou femme au monde ne reçut, pour sa part de beauté, des yeux comparables à ceux de la Toutouque. Quand mon frère aîné, volontaire au chef-lieu, la sauva, en l'amenant chez nous, d'un règlement imbécile qui condamnait à mort les chiens de la caserne, et qu'elle posa sur nous son regard couleur de vieux madère, à peine inquiet, divinateur, étincelant d'une humidité pareille à celle des larmes humaines, nous fûmes tous conquis, et nous donnâmes à la Toutouque sa large place devant le feu de bois. Nous appréciâmes tous — et surtout moi, petite fille — sa cordialité de nourrice, son humeur égale. Elle aboyait peu, d'une voix grasse et assourdie de dogue, mais parlait d'autre manière, donnant son avis d'un sourire à lèvres noires et à dents blanches, baissant, d'un air complice, ses paupières charbonnées sur ses yeux de mulâtresse.

Elle apprit nos noms, cent paroles nouvelles, les noms des chattes, aussi vite que l'eût fait un enfant intelligent. Elle nous adopta tous dans son cœur, suivit ma mère à la boucherie, me fit un bout de conduite quotidienne sur le chemin de l'école. Mais elle n'appartenait qu'à ce frère aîné qui l'avait sauvée de la corde ou du coup de revolver. Elle l'aimait au point de perdre contenance devant lui. Pour lui elle devenait sotte, courbait le front et ne savait plus que courir au-devant des tourments qu'elle espérait comme des récompenses. Elle se couchait sur le dos, offrait son ventre, clouté de tétines violacées, sur lesquelles mon frère pianotait, en les pinçant à tour de rôle, l'air du *Menuet* de Boccherini. Le rite commandait qu'à chaque pinçon la Toutouque jetât — elle n'y manquait point — un petit glapissement, et mon frère s'écriait, sévère : « Toutouque! vous chantez faux! Recommencez! » Il n'y mettait aucune cruauté, un effleurement arrachait, à la Toutouque chatouilleuse, une série de cris musicaux et variés. Le jeu fini, elle demeurait gisante et réclamait : « Encore! »

Mon frère lui rendait tendresse pour tendresse, et composa pour elle ces chansons qui s'échappent de nous dans des moments de puérilité sauvage, ces enfants étranges du rythme, du mot répété, épanouis dans le vide innocent de l'esprit. Un refrain louait la Toutouque d'être :

> *Jaune, jaune, jaune,*
> *Excessivement jaune,*
> *A la limite du jaune...*

Un autre célébrait ses formes massives, et l'appelait, par trois fois, « cylindre sympathique », sur une excellente cadence de marche militaire. Alors la Toutouque riait aux éclats, c'est-à-dire qu'elle découvrait les dents de sa mâchoire grignarde, couchait le restant émondé de ses oreilles et hochait, en place de sa queue absente, son gros train postérieur. Dormît-elle au jardin, s'occupât-elle gravement à la cuisine, l'air du « cylindre », chanté par mon frère, ramenait la Toutouque à ses pieds, captivée par l'harmonie familière.

Un jour que la Toutouque cuisait, après le repas, sur le marbre brûlant du foyer, mon frère, au piano, sertit sans paroles, dans l'ouverture qu'il déchiffrait, l'air du « cylindre ». Les premières notes effleurèrent, comme des mouches importunes, le sommeil de la bête endormie. Son pelage ras de vache blonde tressaillit ici et là, et son oreille... La reprise énergique — piano *solo* — entrouvrit les yeux, pleins d'humain égarement, de la Toutouque musicienne, qui se leva et m'interrogea clairement : « Est-ce que je n'ai pas

Le manteau de spahi

Le manteau de spahi, le burnous noir lamé d'or, la chechia, la « parure » composée de trois miniatures ovales — un médaillon, deux boucles d'oreilles — entourées d'une guirlande de petites pierres fines, le morceau de « véritable peau d'Espagne » indélébilement parfumé... Autant de trésors auxquels s'attachait autrefois ma révérence, en quoi je ne faisais qu'imiter ma mère.

— Ce ne sont pas des jouets, déclarait-elle gravement, et d'un tel air que je pensais justement à des jouets, mais pour les grandes personnes...

Elle s'amusait, parfois, à draper sur moi le burnous noir léger, rayé de lames d'or, à me coiffer du capuchon à gland; alors elle s'applaudissait de m'avoir mise au monde.

— Tu le garderas pour sortir du bal, quand tu seras mariée, disait-elle. Rien n'est plus seyant, et au moins c'est un vêtement qui ne passe pas de mode. Ton père l'a rapporté de sa campagne d'Afrique, avec le manteau de spahi.

Le manteau de spahi, rouge, et de drap fin, dormait plié dans un drap usé, et ma mère avait glissé dans ses plis un cigare coupé en quatre et une pipe d'écume culottée, « contre les mites ». Les mites se blasèrent-elles, ou le culot de pipe perdit-il, en vieillissant, sa vertu insecticide? Au cours d'une de ces débâcles ménagères qu'on nomme nettoyages à fond, et qui rompent dans les armoires, comme les fleuves leurs glaces, les scellés de linge, de papier et de ficelles, ma mère, en dépliant le manteau de spahi, jeta le cri lamentable :

— Il est mangé!

Comme autour d'une desserte d'anthropophages, la famille accourut, se pencha sur le manteau où le jour brillait par cent trous, aussi ronds que si l'on eût mitraillé, à la cendrée, le drap fin.

— Mangé! répéta ma mère. Et ma fourrure de renard doré, à côté, intacte.

— Mangé! dit mon père avec calme. Eh bien, voilà, il est mangé.

Ma mère se dressa devant lui comme une furie économe.

— Tu en prends bien vite ton parti!

— Oh! oui, dit mon père. J'y suis déjà habitué.

— D'abord, les hommes...

— Je sais. Que voulais-tu donc faire de ce manteau?

Elle perdit d'un coup son assurance et montra une perplexité de chatte à qui l'on verse du lait dans une bouteille au goulot étroit.

— Mais... je le conservais! Depuis quinze ans il est dans le même drap. Deux fois par an je le dépliais, je le secouais et je le repliais...

— Te voilà délivrée de ce souci. Reporte-le sur le tartan vert, puisqu'il est entendu que ta famille a le droit de se servir du tartan rouge à carreaux blancs, mais que personne ne doit toucher au tartan vert à carreaux bleus et jaunes.

— Le tartan vert, je le mets sur les jambes de la petite quand elle est malade.

— Ce n'est pas vrai.

— Comment? à qui parles-tu?

— Ce n'est pas vrai, puisqu'elle n'est jamais malade.

Une main rapide couvrit ma tête comme si les tuiles allaient tomber du toit.

— Ne déplace pas la question. Que vais-je faire de ce manteau mangé? Un si grand manteau! Cinq mètres au moins!

— Mon Dieu, ma chère âme, si tu en as tant d'ennuis, replie-le, épingle sur lui son petit linceul, et remets-le dans l'armoire — comme s'il n'était pas mangé!

Le sang prompt de ma mère fleurit ses joues encore si fraîches.

— Oh! tu n'y penses pas! Ce n'est pas la même chose! Je ne pourrais pas. Il y a là presque une question de...

— Alors, ma chère âme, donne-moi ce manteau. J'ai une idée.

— Qu'en vas-tu faire?

— Laisse. Puisque j'ai une idée.

Elle lui donna le manteau, avec toute sa confiance, lisible dans ses yeux gris. Ne lui avait-il pas affirmé successivement qu'il savait la manière de faire certains caramels au chocolat, d'économiser la moitié des bouchons au moment de la mise en bouteille d'une pièce de bordeaux, et de tuer les courtilières qui dévastaient nos laitues? Que le vin mal bouché se fût gâté en six mois, que la confection des caramels eût entraîné l'incendie d'un mètre de parquet et la cristallisation, dans le sucre bouillant, d'un vêtement entier; que les laitues, intoxiquées d'acide mystérieux, eussent précédé dans la tombe les courtilières, cela ne signifiait pas que mon père se fût trompé...

Elle lui donna le manteau de spahi, qu'il jeta sur son épaule, et qu'il emporta dans son antre, nommé aussi bibliothèque. Je suivis dans l'escalier son pas rapide d'amputé, ce saut de corbeau qui le hissait de marche en marche. Mais dans la bibliothèque il s'assit, réclama brièvement que je misse à sa portée la règle à calcul, la colle, les grands ciseaux, le compas, les épingles, m'envoya promener et s'enferma au verrou.

— Qu'est-ce qu'il fait? Va voir un peu ce qu'il fait! demandait ma mère.

Mais nous n'en sûmes rien jusqu'au soir. Enfin, le vigoureux appel de mon père retentit jusqu'en bas et nous montâmes.

— Eh bien, dit ma mère en entrant, tu as réussi?

— Regarde!

Triomphant, il lui offrait sur le plat de la main — découpé en dents de loup, feuilleté comme une galette et pas plus grand qu'une rose — tout ce qui restait du manteau de spahi: un ravissant essuie-plume.

L'ami

Le jour où l'Opéra-Comique brûla, mon frère aîné, accompagné d'un autre étudiant, son ami préféré, voulait louer deux places. Mais d'autres mélomanes pauvres, habitués des places à trois francs, n'avaient rien laissé. Les deux étudiants déçus dînèrent à la terrasse d'un petit restaurant du quartier : une heure plus tard, à deux cents mètres d'eux, l'Opéra-Comique brûlait. Avant de courir l'un au télégraphe pour rassurer ma mère, l'autre à sa famille parisienne, ils se serrèrent la main et se regardèrent, avec cet embarras, cette mauvaise grâce sous laquelle les très jeunes hommes déguisent leurs émotions pures. Aucun d'eux ne parla de hasard providentiel, ni de la protection mystérieuse étendue sur leurs deux têtes. Mais quand vinrent les grandes vacances, pour la première fois Maurice — admettez qu'il s'appelait Maurice — accompagna mon frère et vint passer deux mois chez nous.

J'étais alors une petite fille assez grande, treize ans environ.

Il vint donc, ce Maurice que j'admirais en aveugle, sur la foi de l'amitié que lui portait mon frère. En deux ans, j'avais appris que Maurice faisait son droit — pour moi, c'était un peu comme si on m'eût dit qu'il « faisait le beau » debout sur ses pattes de derrière —, qu'il adorait, autant que mon frère, la musique, qu'il ressemblait au baryton Taskin avec ses moustaches et une très petite barbe en pointe, que ses riches parents vendaient en gros des produits chimiques et ne gagnaient pas moins de cinquante mille francs par an — on voit que je parle d'un temps lointain.

Il vint, et ma mère s'écria tout de suite qu'il était « de cent mille pics » supérieur à ses photographies, et même à tout ce que mon frère vantait de lui depuis deux ans : fin, l'œil velouté, la main belle, la moustache comme roussie au feu, et l'aisance caressante d'un fils qui a peu quitté sa mère. Moi, je ne dis rien, justement parce que je partageais l'enthousiasme maternel.

Il arrivait vêtu de bleu, coiffé d'un panama à ruban rayé, m'apportant des bonbons, des singes en chenille de soie grenat, vieil-or, vert-paon, qu'une mode agaçante accrochait partout — les rintintins de l'époque —, un petit porte-monnaie en peluche turquoise. Mais que valaient les cadeaux au prix des larcins ? Je leur dérobais, à lui et à mon frère, tout ce qui tombait sous ma petite serre de pie sentimentale : des journaux illustrés libertins, des cigarettes d'Orient, des pastilles contre la toux, un crayon dont l'extrémité portait des traces de dents — et surtout les boîtes d'allumettes vides, les nouvelles boîtes blasonnées de photographies d'actrices que je ne fus pas longue à connaître toutes, et à nommer sans faute : Théo, Sybil Sanderson, Van Zandt... Elles appartenaient à une race inconnue, admirable, que la nature avait dotée invariablement d'yeux très grands, de cils très noirs, de cheveux frisés en éponge sur le front, et d'un lé de tulle sur une seule épaule, l'autre demeurant nue... A les entendre nommer négligemment par Maurice, je les réunis en un harem sur lequel il étendait une royauté indolente, et j'essayais, le soir, en me couchant, l'effet d'une voilette de maman sur mon épaule. Je fus, huit jours durant, revêche, jalouse, pâle, rougissante — en un mot amoureuse.

Et puis, comme j'étais en somme une fort raisonnable petite fille, cette période d'exaltation passa et je goûtai pleinement l'amitié, l'humeur gaie de Maurice, les causeries libres des deux amis. Une coquetterie plus intelligente régit tous mes gestes, et je fus, avec une apparence parfaite de simplicité, telle que je devais être pour plaire : une longue enfant aux longues tresses, la taille bien serrée dans un ruban à boucle, blottie sous son grand chapeau de paille comme un chat guetteur. On me revit à la cuisine et les mains dans la pâte à galettes, au jardin le pied sur la bêche, et je courus en promenade, autour des deux amis bras sur bras, ainsi qu'une gardienne gracieuse et fidèle. Quelles chaudes vacances, si émues et si pures...

C'est en écoutant causer les deux jeunes gens que j'appris le mariage, encore assez lointain, de Maurice. Un jour que nous étions seuls au jardin, je m'enhardis jusqu'à lui demander le portrait de sa fiancée. Il me le tendit : une jeune fille souriante, jolie, extrêmement coiffée, enguirlandée de mille ruches de dentelle.

— Oh! dis-je maladroitement, la belle robe!

Il rit si franchement que je ne m'excusai pas.

— Et qu'allez-vous faire, quand vous serez marié?

Il cessa de rire et me regarda.

— Comment, ce que je vais faire? Mais je suis déjà presque avocat, tu sais!

— Je sais. Et elle, votre fiancée, que fera-t-elle pendant que vous serez avocat?

— Que tu es drôle! Elle sera ma femme, voyons.

— Elle mettra d'autres robes avec beaucoup de petites ruches?

— Elle s'occupera de notre maison, elle recevra... Tu te moques de moi? Tu sais très bien comment on vit quand on est marié.

— Non, pas très bien. Mais je sais comment nous vivons depuis un mois et demi.

— Qui donc, « nous »?

— Vous, mon frère et moi. Vous êtes bien, ici? Etiez-vous heureux? Vous nous aimez?

Il leva ses yeux noirs vers le toit d'ardoises brodé de jaune, vers la glycine en sa seconde floraison, les arrêta un moment sur moi et répondit comme à lui-même :

— Mais oui...

— Après, quand vous serez marié, vous ne pourrez plus, sans doute, revenir ici, passer les vacances? Vous ne pourrez plus jamais vous promener à côté de mon frère, en tenant mes deux nattes par le bout, comme des rênes?

Je tremblais de tout mon corps, mais je ne le quittais pas des yeux. Quelque chose changea dans son visage. Il regarda tout autour de lui, puis il parut mesurer, de la tête aux pieds, la fillette qui s'appuyait à un arbre et qui levait la tête en lui parlant, parce qu'elle n'avait pas encore assez grandi. Je me souviens qu'il ébaucha une sorte de sourire contraint, puis il haussa les épaules, répondit assez sottement :

— Dame, non, ça va de soi...

Il s'éloigna vers la maison sans ajouter un mot et je mêlai pour la première fois, au grand regret enfantin que j'avais de perdre bientôt Maurice, un petit chagrin victorieux de femme.

Ybanez est mort

J'ai oublié son nom. Pourquoi sa triste figure émerge-t-elle encore, quelquefois, des songes qui me ramènent, la nuit, au temps et au pays où je fus une enfant? Sa triste figure erre-t-elle au lieu où sont les morts sans amis, après qu'il eut erré, sans amis, parmi les vivants?

Il s'appelait à peu près Goussard, Voussard, ou peut-être Gaumeau. Il entra, comme expéditionnaire, chez M° Defert, notaire, et il y resta des années, des années... Mais mon village, qui n'avait pas vu naître Voussard — ou Gaumeau —, ne voulut pas l'adopter. Même à l'ancienneté, Voussard ne gagna point son grade d'« enfant du pays ». Grand, gris, sec, étroit, il ne quêta nulle sympathie et le cœur même de Rouillard, ce cœur expansif de cafetier-violoniste, attendri à force de mener en musique les cortèges de noces au long des routes, ne s'ouvrit jamais pour lui.

Voussard « mangeait » chez Patasson. « Manger chez un tel », cela signifie, chez nous, qu'on y loge aussi. Soixante francs par mois pour la pension complète : Voussard ne risquait pas d'y gâter sa taille, qu'il garda maigre, sanglée d'une jaquette vernisée et d'un gilet jaune, recousu de gros fil noir. Oui, recousu de gros fil... au-dessus de la pochette à montre... je le vois... Si je peignais, je pourrais faire de Voussard, vingt-cinq ans après qu'il a disparu, un portrait incompréhensiblement ressemblant. Pourquoi? Je ne sais. Ce gilet, la couture de fil noir, le col en papier-carton blanc, la cravate, une loque à dessin cachemire. Au-dessus, la figure, grise le matin comme une vitre sale, parce que Voussard partait à jeun, marbrée d'un rouge pauvre après le repas de midi. La figure longue, toujours sans barbe, mais toujours mal rasée. Une grande bouche, nouée serré, laide. Un nez long, un nez avide, plus gras que tout le visage, et des yeux... Je ne les ai vus qu'une fois, car ils regardaient d'habitude la terre et s'abritaient en outre sous un canotier de paille noire, trop petit pour le crâne de Voussard et posé en avant sur son front comme les chapeaux que portaient les femmes sous le Second Empire, pendant la mode du chignon Benoiton.

A l'heure du pousse-café et de la cigarette, Voussard, qui se passait de tabac et de café, prenait l'air à deux pas de son étude, sur un des deux bancs de pierre qui doivent flanquer encore la maison de Mme Lachassagne. Il y revenait vers quatre heures, à l'heure où le reste du village goûtait. Le banc de gauche usait les culottes des deux clercs de M° Defert. Le banc de droite branlait, par beau temps, aux mêmes heures, sous une brochette de petites filles déjà grandes, serrées et remuantes comme des passereaux sur la tuile d'une cheminée chaude : Odile, Yvonne, Marie, Colette... Nous avions treize, quatorze ans, l'âge du chignon prématuré, de la ceinture de cuir bouclée au dernier cran, du soulier qui blesse, des cheveux à la chien qu'on a coupés — « tant pis! maman dira ce qu'elle voudra! » — à l'école, pendant la leçon de couture, d'un coup de ciseaux à broder. Nous étions minces, hâlées, maniérées et brutales, maladroites comme des garçons, impudentes, empourprées de timidité au son seul de notre voix, aigres, pleines de grâce, insupportables...

Pendant quelques minutes, sur le banc, avant la classe, nous faisions les belles pour tout ce qui descendait, sur deux pieds, du haut de Bel-Air; mais nous ne regardions jamais Voussard, penché sur un journal plié en huit. Nos mères le craignaient vaguement :

— Tu n'as pas encore été t'asseoir sur ce banc, si près de cet individu?

— Quel individu, maman?

— Cet individu de chez Defert... Ah! je n'aime pas cela!

— Pourquoi, maman?

— Je me comprends...

Elles avaient de lui l'horreur qu'on a pour le satyre, ou le fou silencieux tout à coup assassin. Mais Voussard semblait ignorer notre présence et nous n'avions guère l'idée qu'il fût vivant.

Il mâchait une petite branche de tilleul en guise de dessert, croisait l'un sur l'autre, avec une désinvolture de squelette frivole, ses tibias sans chair, et il lisait, sous son auvent de paille noire poussiéreuse. A midi et demi, le petit Ménétreau, galopin d'école l'an dernier, promu récemment saute-ruisseau chez Defert, s'asseyait à côté de Voussard, et finissait son pain du déjeuner à grands coups de dents, comme un fox qui déchire une pantoufle. Le mur fleuri de Mme Lachassagne égrenait sur eux et sur nous des glycines, des cytises, le parfum du tilleul, une corolle plate et tournoyante de clématite, des fruits rouges d'if... Odile feignait le fou rire pour frapper d'admiration un commis voyageur qui passait; Yvonne attendait que le nouvel instituteur adjoint parût à la fenêtre du cours supérieur; je projetais de désaccorder mon piano pour que l'accordeur du chef-lieu, celui qui portait lorgnon d'or... Voussard, comme inanimé, lisait.

Un jour vint que le petit Ménétreau s'assit le premier sur le banc de gauche, mordant son reste de pain et gobant des cerises.

Voussard arriva en retard, au coup de cloche de l'école. Il marchait vite et gauchement, comme quelqu'un qui se hâte dans l'obscurité. Un journal ouvert qu'il tenait à la main balayait la rue. Il posa une main sur l'épaule du petit Ménétreau, se pencha et lui dit d'une voix profonde et précipitée :

— Ybanez est mort. Ils l'ont assassiné.

Le petit Ménétreau ouvrit une bouche pleine de pain mâché et bégaya :

— C'est pas vrai?

— Si. Les soldats du roi. Regarde.

Et il déploya tragiquement, sous le nez du saute-ruisseau, le feuilleton du journal qui tremblait entre ses doigts.

— Eh ben!... soupira le petit Ménétreau... Qu'est-ce qui va arriver?

— Ah!... Est-ce que je sais!...

Les grands bras de Voussard se levèrent, retombèrent :

— C'est un coup du cardinal de Richelieu, ajouta-t-il avec un rire amer.

Puis il ôta son chapeau pour s'essuyer le front et demeura un moment immobile, laissant errer sur la vallée ses yeux que nous ne connaissions pas, les yeux jaunes d'un conquérant d'îles, les yeux cruels et sans bornes d'un pirate aux aguets sous son pavillon noir, les yeux désespérés du loyal compagnon d'Ybanez, assassiné lâchement par les soldats du Roy.

Ma mère et le curé

Ma mère, mécréante, permit cependant que je suivisse le catéchisme, quand j'eus onze ou douze ans. Elle n'y mit jamais d'autre obstacle que des réflexions désobligeantes, exprimées vertement chaque fois qu'un humble petit livre, cartonné de bleu, lui tombait sous la main. Elle ouvrait mon catéchisme au hasard et se fâchait tout de suite :

— Ah! que je n'aime pas cette manière de poser des questions! Qu'est-ce que Dieu? qu'est-ce que ceci? qu'est-ce que cela? Ces points d'interrogation, cette manie de l'enquête et de l'inquisition, je trouve ça incroyablement indiscret! Et ces commandements, je vous demande un peu! Qui a traduit les commandements en un pareil charabia? Ah! je n'aime pas voir ce livre dans les mains d'un enfant, il est rempli de choses si audacieuses et si compliquées...

— Enlève-le des mains de ta fille, disait mon père, c'est bien simple.

— Non, ce n'est pas bien simple. S'il n'y avait encore que le catéchisme! Mais il y a la confession. Ça, vraiment... ça, c'est le comble! Je ne peux pas en parler sans que le rouge de l'indignation... Regarde comme je suis rouge!

— N'en parle pas.

— Oh! toi... C'est ta morale qui est « bien simple ». Les choses ennuyeuses, on n'en parle pas, et alors elles cessent d'exister, hein?

— Je ne dirais pas mieux.

— Plaisanter n'est pas répondre. Je ne peux pas m'habituer aux questions qu'on pose à cette enfant.

— ! ! !

— Quand tu lèveras les bras au ciel! Révéler, avouer, et encore avouer, et exhiber tout ce qu'on fait de mal!... Le taire, s'en punir au fond de soi, voilà qui est mieux. Voilà ce qu'on devrait enseigner. Mais la confession rend l'enfant enclin à un flux de paroles, à un épluchage intime, où il entre bientôt plus de plaisir vaniteux que d'humilité... Je t'assure! Je suis très mécontente. Et je m'en vais de ce pas en parler au curé!

Elle jetait sur ses épaules sa « visite » en cachemire noir brodée de jais, coiffait sa petite capote à grappes de lilas foncés, et s'en allait, de ce pas en effet, ce pas inimitable et dansant — la pointe du pied en dehors, le talon effleurant à peine la terre — sonner à la porte de M. le curé Millot, à cent mètres de là. J'entendais, de chez nous, la sonnette triste et cristalline, et j'imaginais, troublée, un entretien dramatique, des menaces, des invectives, entre ma mère et le curé-doyen... Au claquement de la porte d'entrée, mon cœur romanesque d'enfant répondait par un bond pénible. Ma mère reparaissait rayonnante, et mon père abaissait devant son visage, barbu comme un paysage forestier, le journal *Le Temps :*

— Eh bien?

— Ça y est! s'écriait ma mère. Je l'ai!

— Le curé?

— Non, voyons! La bouture du pélargonium qu'il gardait si jalousement, tu sais, celui dont les fleurs ont deux pétales pourpre foncé et trois pétales roses? La voilà, je cours l'empoter...

— Tu lui as bien savonné la tête au sujet de la petite?

Ma mère tournait vivement, sur le seuil de la terrasse, un charmant visage, étonné, coloré :

— Oh! non, quelle idée! Tu n'as aucun tact! Un homme qui non seulement m'a donné la bouture de son pélargonium, mais qui encore m'a promis son chèvrefeuille d'Espagne, à petites feuilles panachées de blanc, celui dont on sent d'ici l'odeur, tu sais, quand le vent vient d'ouest...

Elle était déjà hors de vue, mais sa voix nous arrivait encore, un soprano nuancé, vacillant pour la moindre émotion, agile, sa voix qui propageait jusqu'à nous et plus loin que nous les nouvelles des plantes soignées, des greffes, de la pluie, des éclosions, comme la voix d'un oiseau invisible qui prédit le temps...

Le dimanche, elle manquait rarement la messe. L'hiver, elle y menait sa chaufferette, l'été son ombrelle; en toutes saisons un gros paroissien noir et son chien Domino, qui fut tour à tour un bâtard de loulou et de fox, noir et blanc, puis un barbet jaune.

Le vieux curé Millot, quasi subjugué par la voix, la bonté impérieuse, la scandaleuse sincérité de ma mère, lui remontra pourtant que la messe ne se disait pas pour les chiens.

Elle se hérissa comme une poule batailleuse :

— Mon chien! Mettre mon chien à la porte de l'église! Qu'est-ce que vous craignez donc qu'il y apprenne?

— Il n'est pas question de...

— Un chien qui est un modèle de tenue! Un chien qui se lève et s'assied en même temps que tous vos fidèles!

— Ma chère madame, tout cela est vrai. N'empêche que dimanche dernier il a grondé pendant l'élévation!

— Mais certainement, il a grondé pendant l'élévation! Je voudrais bien voir qu'il n'ait pas grondé pendant l'élévation! Un chien que j'ai dressé moi-même pour la garde et qui doit aboyer dès qu'il entend une sonnette!

La grande affaire du chien à l'église, coupée de trêves, traversée de crises aiguës, dura longtemps, mais la victoire revint à ma mère. Flanquée de son chien, d'ailleurs très sage, elle s'enfermait à onze heures dans le « banc » familial, juste au-dessous de la chaire, avec la gravité un peu forcée et puérile qu'elle revêtait comme une parure dominicale. L'eau bénite, le signe de croix, elle n'oubliait rien, pas même les génuflexions rituelles.

— Qu'en savez-vous, monsieur le curé, si je prie ou non? Je ne sais pas le *Pater,* c'est vrai. Ce n'est pas long à apprendre? Ni à oublier, j'aurais bientôt fait... Mais j'ai à la messe, quand vous vous obligez à nous mettre à genoux, deux ou trois moments bien tranquilles, pour songer à mes affaires... Je me dis que la petite n'a pas bonne mine, que je lui ferai monter une bouteille de Château-Larose pour qu'elle ne prenne pas les pâles couleurs...

Que chez les malheureux Pluvier un enfant va encore venir au monde sans langes, ni brassières, si je ne m'en mêle pas... Que demain c'est la lessive à la maison et que je dois me lever à quatre heures...

Il l'arrêtait en étendant sa main tannée de jardinier :

— Ça me suffit bien, ça me suffit bien... Je vous compte le tout pour une oraison.

Pendant la messe, elle lisait dans un livre de cuir noir, frappé d'une croix sur les deux plats; elle s'y absorbait même avec une piété qui semblait étrange aux amis de ma très chère mécréante; ils ne pouvaient pas deviner que le livre à figure de paroissien enfermait, en texte serré, le théâtre de Corneille...

Mais le moment du sermon faisait de ma mère une diablesse. Les cuirs, les « velours », les naïvetés chrétiennes d'un vieux curé paysan, rien ne la désarmait. Les bâillements nerveux sortaient d'elle comme des flammes; et elle me confiait à voix basse les mille maux soudains qui l'assaillaient :

— J'ai des vertiges d'estomac... Ça y est, je sens venir une crise de palpitations... Je suis rouge, n'est-ce pas? Je crois que je vais me trouver mal... Il faudra que je défende à M. Millot de prêcher plus de dix minutes...

Elle lui communiqua son dernier ukase, et il l'envoya, cette fois, promener. Mais le dimanche d'après, elle inventa pendant le prône, les dix minutes écoulées, de toussoter, de balancer sa montre ostensiblement au bout de sa chaîne...

M. le curé lutta d'abord, puis perdit la tête avec le fil de son discours. Bégayant, il jeta un *Amen* qui ne rimait à rien et descendit, bénissant d'un *geste* égaré ses ouailles, toutes ses ouailles, sans excepter celle dont le visage, à ses pieds, riait et brillait de l'insolence des réprouvés.

Ma mère et la morale

Vers l'âge de treize ou quatorze ans, je n'avais pas l'humeur mondaine. Mon demi-frère aîné, étudiant en médecine, m'enseignait, quand il venait en vacances, sa sauvagerie méthodique, tranquille, qui ne connaissait pas plus de trêves que la vigilance des bêtes farouches. Un coup de sonnette à la porte du perron le projetait, d'un saut silencieux, dans le jardin, et la vaste maison, par mauvais temps, offrait maint refuge aux délices de sa solitude. Imitation ou instinct, je savais franchir la fenêtre de la cuisine, passer les pointes de la grille sur la rue des Vignes, fondre dans l'ombre des greniers, dès que j'entendais, après le coup de sonnette, d'aimables voix féminines, chantant selon l'accent de notre province. Pourtant, j'aimais les visites de Mme Saint-Alban, une femme encore belle, crêpue de frisures naturelles qu'elle coiffait en bandeaux, tôt ébouriffés. Elle ressemblait à George Sand, et portait en tous ses mouvements une majesté romanichelle. Ses chaleureux yeux jaunes miraient le soleil et les plantes vertes, et j'avais goûté, nourrissonne, au lait de sa gorge abondante et bistrée, un jour que par jeu ma mère tendait son sein blanc à un petit Saint-Alban de mon âge.

Mme Saint-Alban quittait, pour venir voir ma mère, sa maison du coin de la rue, son étroit jardin où les clématites pâlissaient dans l'ombre des thuyas. Ou bien elle entrait en revenant de promenade, riche de chèvrefeuille sylvestre, de bruyères rouges, de menthe des marécages et de roseaux fleuris, veloutaux, bruns et rudes comme des dos d'oursons. Sa broche ovale lui servait souvent à agrafer, l'un sur l'autre, les bords d'un accroc dans sa robe de taffetas noir, et son petit doigt s'ornait d'un cœur de cornaline rosée, où flambaient les mots *ie brusle, ie brusle*, — une bague ancienne trouvée en plein champ.

Je crois que j'aimais surtout, en Mme Saint-Alban, tout ce qui l'opposait à ma mère, et je respirais, avec une sensualité réfléchie, le mélange de leurs parfums. Mme Saint-Alban déplaçait une nue lourde d'odeur brune, l'encens de ses cheveux crépus et de ses bras dorés. Ma mère fleurait la cretonne lavée, le fer à repasser chauffé sur la braise du peuplier, la feuille de verveine citronnelle qu'elle roulait dans ses mains ou froissait dans sa poche. Au soir tombant, je croyais qu'elle exhalait la senteur des laitues arrosées, car la fraîche senteur se levait sur ses pas, au bruit perlé de la pluie d'arrosage, dans une galerie de poudre d'eau et de poussière arable.

J'aimais aussi entendre la chronique communale rapportée par Mme Saint-Alban. Ses récits suspendaient, à chaque nom familier, une sorte d'écusson désastreux, un feuillet météorologique où s'annonçaient l'adultère de demain, la ruine de la semaine prochaine, la maladie inexorable... Un feu généreux allumait alors ses yeux jaunes, une malignité enthousiaste et sans objet la soulevait, et je me retenais de crier : « Encore! encore! »

Elle baissait parfois la voix en ma présence. Plus beau de n'être qu'à demi compris, le potin mystérieux durait plusieurs jours, attisé savamment, puis étouffé d'un coup. Je me souviens particulièrement de « l'histoire Bonnarjaud »...

Barons de fantaisie ou noblesse campagnarde, M. et Mme de Bonnarjaud habitaient pauvrement un petit château autour duquel les terres domaniales, vendues lopin à lopin, se réduisaient au parc, clos de murs. Pas de fortune et trois filles à marier. « Ces demoiselles de Bonnarjaud » montraient à la messe des robes révélatrices. Marierait-on jamais ces demoiselles de Bonnarjaud?...

— Sido? devine ce qui arrive! s'écria un jour Mme Saint-Alban. La seconde Bonnarjaud se marie!

Elle revenait des fermes éparpillées autour du petit château, rapportant son butin de nouvelles et des javelles d'avoine verte, des coquelicots et des nielles, les premières digitales des ravins pierreux. Une chenille filandière, couleur de jade, transparente, pendait à un fil soyeux, sous l'oreille de Mme Saint-Alban; le duvet des peupliers collait une barbe d'argent à son menton cuivré, moite de sueur.

— Assieds-toi, Adrienne. Tu vas boire un verre de mon sirop de groseilles. Tu vois, j'attache mes capucines. La seconde des Bonnarjaud? Celle qui a une jambe un peu faible? Je flaire encore là-dessous une manigance pas bien belle... Mais la vie de ces trois filles est d'une tristesse et d'un vide qui frappent le cœur. L'ennui, c'est une telle dépravation! Quelle morale tient contre l'ennui?

— Oh! toi, si tu te mets à parler morale, où nous emmèneras-tu? D'ailleurs il ne s'agit pas d'un mariage ridicule. Elle épouse... je te donne en cent... Gaillard du Gougier!

Point éblouie, ma mère pinça la bouche :

— Gaillard du Gougier! Vraiment! Joli parti, parlons-en!

— Le plus beau garçon de la région! Toutes les filles à marier sont folles de lui.

— Pourquoi « de lui »? Tu n'avais qu'à dire : « Toutes les filles à marier sont folles. » Enfin... c'est pour quand?

— Ah! Voilà!...

— Je pensais bien qu'il y avait un « Ah! voilà! »...

— Les Bonnarjaud attendent à mourir une grand-tante dont toute la fortune va aux jeunes filles. Si la tante meurt, ils viseront plus haut que le Gougier, tu conçois! Les choses en sont là...

La semaine suivante, nous sûmes que les Gougier et les Bonnarjaud « se battaient froid ». Un mois après, la grand-tante morte, le baron de Bonnarjaud jetait le Gougier à la porte « comme un laquais ». Enfin, au déclin de l'été, Mme Saint-Alban, pareille à quelque Pomone de Bohême, traînant des guirlandes de vigne rouge et des bouquets de colchiques, s'en vint, agitée, et versa dans l'oreille de ma mère quelques mots que je n'entendis pas.

— Non? se récria ma mère.

Puis elle rougit d'indignation.

— Que vont-ils faire? demanda-t-elle après un silence.

Mme Saint-Alban haussa ses belles épaules où la viorne courait en bandoulière.

— Comment, ce qu'ils vont faire? Les marier en cinq sec, naturellement! Que feraient-ils d'autre, ces braves Bonnarjaud? La chose daterait déjà de trois mois, dit-on. Il paraît que Gaillard du Gougier retrouvait la petite le soir, tout contre la maison, dans le pavillon qui...

— Et Mme de Bonnarjaud lui donne sa fille?

Mme Saint-Alban rit comme une bacchante :

— Dame! voyons! Et encore bien contente, je suppose! Qu'est-ce que tu ferais donc, à sa place?

Les yeux gris de ma mère me cherchèrent, me couvèrent âprement :

— Ce que je ferais? Je dirais à ma fille : « Emporte ton faix, ma fille, non pas loin de moi, mais loin de cet homme, et ne le revois plus! Ou bien, si la vilaine envie t'en tient encore, retrouve-le la nuit, dans le pavillon. Cache-le, ton plaisir honteux. Mais ne laisse pas cet homme, au grand jour, passer le seuil de la maison, car il a été capable de te prendre dans l'ombre, sous les fenêtres de tes parents endormis. Pécher et t'en mordre les doigts, pécher, puis chasser l'indigne, ce n'est pas la honte irréparable. Ton malheur commence au moment où tu acceptes d'être la femme d'un malhonnête homme, ta faute est d'espérer qu'il peut te rendre un foyer, l'homme qui t'a détournée du tien. »

Le rire

Elle riait volontiers, d'un rire jeune et aigu qui mouillait ses yeux de larmes, et qu'elle se reprochait après comme un manquement à la dignité d'une mère chargée de quatre enfants et de soucis d'argent. Elle maîtrisait les cascades de son rire, se gourmandait sévèrement : « Allons! voyons!... » puis cédait à une rechute de rire qui faisait trembler son pince-nez.

Nous nous montrions jaloux de déchaîner son rire, surtout quand nous prîmes assez d'âge pour voir grandir d'année en année, sur son visage, le souci du lendemain, une sorte de détresse qui l'assombrissait, lorsqu'elle songeait à notre destin d'enfants sans fortune, à sa santé menacée, à la vieillesse qui ralentissait les pas — une seule jambe et deux béquilles — de son compagnon chéri. Muette, ma mère ressemblait à toutes les mères épouvantées devant la pauvreté et la mort. Mais la parole rallumait sur son visage une jeunesse invincible. Elle put maigrir de chagrin et ne parla jamais tristement. Elle échappait, comme d'un bond, à une rêverie tragique, en s'écriant, l'aiguille à tricot dardée vers son mari :

— Oui? Eh bien, essaie de mourir avant moi, et tu verras!
— Je l'essaierai, ma chère âme, répondait-il.

Elle le regardait aussi férocement que s'il eût, par distraction, écrasé une bouture de pélargonium ou cassé la petite théière chinoise niellée d'or :

— Je te reconnais bien là! Tout l'égoïsme des Funel et des Colette est en toi! Ah! pourquoi t'ai-je épousé?

— Ma chère âme, parce que je t'ai menacée, si tu t'y refusais, d'une balle dans la tête.

— C'est vrai. Déjà à cette époque-là, tu vois? tu ne pensais qu'à toi. Et maintenant, tu ne parles de rien de moins que de mourir avant moi. Va, va, essaie seulement!...

Il essaya, et réussit du premier coup. Il mourut dans sa soixante-quatorzième année, tenant les mains de sa bien-aimée et rivant à des yeux en pleurs un regard qui perdait sa couleur, devenait d'un bleu vague et laiteux, pâlissait comme un ciel envahi par la brume. Il eut les plus belles funérailles dans un cimetière villageois, un cercueil de bois jaune, nu sous une vieille tunique percée de blessures, — sa tunique de capitaine au 1er zouaves — et ma mère l'accompagna sans chanceler au bord de la tombe, toute petite et résolue sous ses voiles, et murmurant tout bas, pour lui seul, des paroles d'amour.

Nous la ramenâmes à la maison, où elle s'emporta contre son deuil neuf, son crêpe encombrant qu'elle accrochait à toutes les clefs de tiroirs et de portes, sa robe de cachemire qui l'étouffait.

Elle se reposa dans le salon, près du grand fauteuil vert où mon père ne s'assoirait plus et que le chien déjà envahissait avec délices. Elle était fiévreuse, rouge de teint, et disait, sans pleurs :

— Ah! quelle chaleur! Dieu, que ce noir tient chaud! Tu ne crois pas que maintenant je puis remettre ma robe de satinette bleue?

— Mais...

— Quoi? c'est à cause de mon deuil? J'ai horreur de ce noir! D'abord c'est triste. Pourquoi veux-tu que j'offre, à ceux que je rencontre, un spectacle triste et déplaisant? Quel rapport y a-t-il entre ce cachemire et ce crêpe et mes propres sentiments? Que je te voie jamais porter mon deuil! Tu sais très bien que je n'aime pour toi que le rose, et certains bleus...

Elle se leva brusquement, fit quelques pas vers une chambre vide et s'arrêta :

— Ah! c'est vrai...

Elle revint s'asseoir, avouant, d'un geste humble et simple, qu'elle venait, pour la première fois de la journée, d'oublier qu'*il* était mort.

— Veux-tu que je te donne à boire, maman? Tu ne voudrais pas te coucher?

— Eh non! Pourquoi? Je ne suis pas malade!

Elle se rassit, et commença d'apprendre la patience, en regardant sur le parquet, de la porte du salon à la porte de la chambre vide, un chemin poudreux marqué par de gros souliers pesants.

Un petit chat entra, circonspect et naïf, un ordinaire et irrésistible chaton de quatre à cinq mois. Il se jouait à lui-même une comédie majestueuse, mesurait son pas et portait la queue en cierge, à l'imitation des seigneurs matous. Mais un saut périlleux en avant, que rien n'annonçait, le jeta séant par-dessus tête à nos pieds, où il prit peur de sa propre extravagance, se roula en turban, se mit debout sur ses pattes de derrière, dansa de biais, enfla le dos, se changea en toupie...

— Regarde-le, regarde-le, Minet-Chéri! Mon Dieu, qu'il est drôle!

Et elle riait, ma mère en deuil, elle riait de son rire aigu de jeune fille, et frappait dans ses mains devant le petit chat... Le souvenir fulgurant tarit cette cascade brillante, sécha dans les yeux de ma mère les larmes du rire. Pourtant, elle ne s'excusa pas d'avoir ri, ni ce jour-là, ni ceux qui suivirent, car elle nous fit cette grâce, ayant perdu celui qu'elle aimait d'amour, de demeurer parmi nous toute pareille à elle-même, acceptant sa douleur ainsi qu'elle eût accepté l'avènement d'une saison lugubre et longue, mais recevant de toutes parts la bénédiction passagère de la joie, — elle vécut balayée d'ombre et de lumière, courbée sous des tourmentes, résignée, changeante et généreuse, parée d'enfants, de fleurs et d'animaux comme un domaine nourricier.

Ma mère et la maladie

— Quelle heure est-il? Déjà onze heures! Tu vois! Il va venir. Donne-moi l'eau de Cologne, et la serviette-éponge. Donne-moi aussi le petit flacon de violette. Et quand je dis de violette... Il n'y a plus de vraie odeur de violette. Ils la font avec de l'iris. Et encore, la font-ils avec de l'iris? Mais tu t'en moques, toi, Minet-Chéri, tu n'aimes pas l'essence de violette. Qu'ont donc nos filles à ne plus aimer l'essence de violette?

« Autrefois, une femme vraiment distinguée ne se parfumait qu'à la violette. Ce parfum dont tu t'inondes n'est pas une odeur convenable. Il te sert à donner le change. Oui, oui, à donner le change! Tes cheveux courts, le bleu que tu mets à tes yeux, ces excentricités que tu te permets sur la scène, tout ça, c'est comme ton parfum, pour donner le change; mais oui, pour que les gens croient que tu es une personne originale et affranchie de tous les préjugés... Pauvre Minet-Chéri! Moi, je ne donne pas dans le panneau... Défais mes deux misérables petites nattes, je les ai bien serrées hier soir pour être ondulée ce matin. Sais-tu à quoi je ressemble? A un poète sans talent, âgé et dans le besoin. On a bien du mal à conserver les caractéristiques d'un sexe, passé un certain âge. Deux choses me désolent, dans ma déchéance : ne plus pouvoir laver moi-même ma petite casserole bleue à bouillir le lait, et regarder ma main sur le drap. Tu comprendras plus tard que jusqu'à la tombe on oublie, à tout instant, la vieillesse.

« La maladie même ne vous contraint pas à cette mémoire-là. Je me dis, à chaque heure : « J'ai mal dans le dos. J'ai mal affreusement à la nuque. Je n'ai pas faim. La digitale m'enivre et me donne la nausée! Je vais mourir, ce soir, demain, n'importe... » Mais je ne pense pas toujours au changement que m'a apporté l'âge. Et c'est en regardant ma main que je mesure ce changement. Je suis tout étonnée de ne pas trouver, sous mes yeux, ma petite main de vingt ans... Chut! Tais-toi un peu que j'écoute, on chante... Ah! c'est l'enterrement de la vieille Mme Lœuvrier. Quelle chance, on l'enterre enfin! Mais non, je ne suis pas féroce! Je dis « quelle chance! » parce qu'elle n'embêtera plus sa pauvre idiote de fille, qui a cinquante-cinq ans et qui n'a jamais osé se marier par peur de sa mère. Ah! les parents! Je dis « quelle chance! » quelle chance qu'il y ait une vieille dame de moins sur la terre...

« Non, décidément, je ne m'habitue pas à la vieillesse, pas plus à la mienne qu'à celle des autres. Et comme j'ai soixante et onze ans, il vaut mieux que j'y renonce, je ne m'y habituerai jamais. Sois gentille, Minet-Chéri, pousse mon lit près de la fenêtre, que je voie passer la vieille Mme Lœuvrier. J'adore voir passer les enterrements, on y apprend toujours quelque chose. Que de monde! C'est à cause du beau temps. Ça leur fait une jolie promenade. S'il pleuvait, elle aurait eu trois chats pour l'accompagner, et M. Miroux ne mouillerait pas cette belle chape noir et argent. Et tant de fleurs! ah! les vandales! tout le rosier soufre du jardin Lœuvrier y a péri. Pour une si vieille dame, ce massacre de jeunes fleurs...

« Et regarde, regarde la grande idiote de fille, j'en étais sûre, elle pleure toutes les larmes de son corps. Mais oui, c'est logique : elle a perdu son bourreau, son tourment, le toxique quotidien dont la privation va peut-être la tuer. Derrière elle, c'est ce que j'appelle les gueules d'héritiers. Oh! ces figures! Il y a des jours où je me félicite de ne pas vous laisser un sou. L'idée que je pourrais être suivie jusqu'à ma demeure dernière par un gars roux comme celui-là, le neveu, tu vois, celui qui ne va plus penser qu'à la mort de la fille... brrr!...

« Vous autres, au moins, je vous connais, vous me regretterez. A qui écriras-tu deux fois par semaine, mon pauvre Minet-Chéri? Et toi, ce n'est rien encore, tu t'es évadée, tu as fait ton nid loin de moi. Mais ton frère aîné, quand il sera forcé de passer raide devant ma petite maison en rentrant de ses tournées, qu'il n'y trouvera plus son verre de sirop de groseilles et la rose qu'il emporte entre ses dents? Oui, oui, tu m'aimes, mais tu es une fille, une bête femelle, ma pareille et ma rivale. Lui, j'ai toujours été sans rivale dans son cœur. Suis-je bien coiffée? Non, pas de bonnet, rien que ma pointe de dentelle espagnole, il va venir. Toute cette foule noire a levé la poussière, je respire mal.

« Il est près de midi, n'est-ce pas? Si on ne l'a pas détourné en route, ton frère doit être à moins d'une lieue d'ici. Ouvre à la chatte, elle sait aussi que midi approche. Tous les jours, elle a peur, après sa promenade matinale, de me retrouver guérie. Dormir sur mon lit, la nuit et le jour, quelle vie de Cocagne pour elle!... Ton frère devait aller ce matin à Arnedon, à Coulefeuilles, et revenir par Saint-André. Je n'oublie jamais ses itinéraires. Je le suis, tu comprends. A Arnedon, il soigne le petit de la belle Arthémise. Ces enfants de filles, ils souffrent du corset de leurs mères, qui cachent et écrasent leur petit sous un busc. Hélas! ce n'est pourtant pas un si outrageant spectacle, qu'une belle fille impénitente avec son ventre tout chargé...

« Ecoute, écoute... C'est la voiture en haut de la côte! Minet-Chéri, ne dis pas à ton frère que j'ai eu trois crises cette nuit. D'abord, je te le défends. Et si tu ne le lui dis pas, je te donnerai le bracelet avec les trois turquoises... Tu m'ennuies, avec tes raisons. Il s'agit bien d'honnêteté! D'abord, je sais mieux que toi ce que c'est que l'honnêteté. Mais, à mon âge, il n'y a plus qu'une vertu : ne pas faire de peine. Vite, le second oreiller dans mon dos, que je me tienne droite à son entrée. Les deux roses, là, dans le verre... Ça ne sent pas la vieille femme enfermée, ici? Je suis rouge? Il va me trouver moins bien qu'hier, je n'aurais pas dû parler si longtemps, c'est vrai... Tire un peu la persienne, et puis écoute, Minet-Chéri, prête-moi ta houppe à poudre...

Ma mère et le fruit défendu

Vint un temps où ses forces l'abandonnèrent. Elle en était dans un étonnement sans bornes, et n'y voulait pas croire. Quand je venais de Paris la voir, elle avait toujours, quand nous demeurions seules l'après-midi dans sa petite maison, quelque péché à m'avouer. Une fois, elle retroussa le bord de sa robe, baissa son bas sur son tibia, montrant une meurtrissure violette, la peau presque fendue.

— Regarde-moi ça!
— Qu'est-ce que tu t'es encore fait, maman?

Elle ouvrait de grands yeux, pleins d'innocence et de confusion.

— Tu ne le croirais pas : je suis tombée dans l'escalier!
— Comment, tombée?
— Mais justement, comme rien! Je descendais l'escalier et je suis tombée. C'est inexplicable.
— Tu descendais trop vite?...
— Trop vite? Qu'appelles-tu trop vite? Je descendais vite. Ai-je le temps de descendre un escalier à l'allure du Roi-Soleil? Et si c'était tout... Mais regarde!

Sur son joli bras, si frais encore auprès de la main fanée, une brûlure enflait sa cloque d'eau.

— Oh! qu'est-ce que c'est encore?
— Ma bouillotte chaude.
— La vieille bouilloire en cuivre rouge? Celle qui tient cinq litres?

— Elle-même. A qui se fier? Elle qui me connaît depuis quarante ans! Je ne sais pas ce qui lui a pris, elle bouillait à gros bouillons, j'ai voulu la retirer du feu, crac, quelque chose m'a tourné dans le poignet... Encore heureux que je n'aie que cette cloque... Mais quelle histoire! Aussi j'ai laissé l'armoire tranquille...

Elle rougit vivement et n'acheva pas.

— Quelle armoire? demandai-je d'un ton sévère.

Ma mère se débattit, secouant la tête comme si je voulais la mettre en laisse.

— Rien! aucune armoire!

— Maman! Je vais me fâcher!

— Puisque je dis : « J'ai laissé l'armoire tranquille », fais-en autant pour moi. Elle n'a pas bougé de sa place, l'armoire, n'est-ce pas? Fichez-moi tous la paix, donc!

L'armoire... un édifice de vieux noyer, presque aussi large que haut, sans autre ciselure que la trace toute ronde d'une balle prussienne, entrée par le battant de droite et sortie par le panneau du fond... Hum!...

— Tu voudrais qu'on la mît ailleurs que sur le palier, maman?

Elle eut un regard de jeune chatte, faux et brillant dans sa figure ridée :

— Moi? je la trouve bien là : qu'elle y reste!

Nous convînmes quand même, mon frère le médecin et moi, qu'il fallait se méfier. Il voyait ma mère, chaque jour, puisqu'elle l'avait suivi et habitait le même village; il la soignait avec une passion dissimulée. Elle luttait contre tous ses maux avec une élasticité surprenante, les oubliait, les déjouait, remportait sur eux des victoires passagères et éclatantes, rappelait à elle, pour des jours entiers, ses forces évanouies, et le bruit de ses combats, quand je passais quelques jours chez elle, s'entendait dans toute la petite maison, où je songeais alors au fox réduisant le rat...

A cinq heures du matin, en face de ma chambre, le son de cloche du seau plein posé sur l'évier de la cuisine m'éveillait...

— Que fais-tu avec le seau, maman? Tu ne peux pas attendre que Joséphine arrive?

Et j'accourais. Mais le feu flambait déjà, nourri de fagot sec.

Le lait bouillait, sur le fourneau à braise pavé de faïence bleue. D'autre part fondait, dans un doigt d'eau, une tablette de chocolat pour mon déjeuner. Carrée dans son fauteuil de paille, ma mère moulait le café embaumé, qu'elle torréfiait elle-même. Les heures du matin lui furent toujours clémentes; elle portait sur ses joues leurs couleurs vermeilles. Fardée d'un bref regain de santé, face au soleil levant, elle se réjouissait, tandis que tintait à l'église la première messe, d'avoir déjà goûté, pendant que nous dormions, à tant de fruits défendus.

Les fruits défendus, c'étaient le seau trop lourd tiré du puits, le fagot débité à la serpette sur une bille de chêne, la bêche, la pioche, et surtout l'échelle double, accotée à la lucarne du bûcher. C'étaient la treille grimpante dont elle rattachait les sarments à la lucarne du grenier, les hampes fleuries du lilas trop haut, la chatte prise de vertige et qu'il fallait cueillir sur le faîte du toit... Tous les complices de sa vie de petite femme rondelette et vigoureuse, toutes les rustiques divinités subalternes qui lui obéissaient et la rendaient si glorieuse de se passer de serviteurs prenaient maintenant figure et position d'adversaires. Mais ils comptaient sans le plaisir de lutter, qui ne devait quitter ma mère qu'avec la vie. A soixante et onze ans, l'aube la vit encore triomphante, non sans dommages. Brûlée au feu, coupée à la serpette, trempée de neige fondue ou d'eau renversée, elle trouvait le moyen d'avoir déjà vécu son meilleur temps d'indépendance avant que les plus matineux aient poussé leurs persiennes, et pouvait nous conter l'éveil des chats, le travail des nids, les nouvelles que lui laissaient, avec la mesure de lait et le rouleau de pain chaud, la laitière et la porteuse de pain, la chronique enfin de la naissance du jour.

C'est seulement une fois que je vis, un matin, la cuisine froide, la casserole d'émail bleu pendue au mur, que je sentis proche la fin de ma mère. Son mal connut maintes rémissions, pendant lesquelles la flamme de nouveau jaillit de l'âtre, et l'odeur de pain frais et de chocolat fondu passa sous la porte avec la patte impatiente de la chatte. Ces rémissions furent le temps d'alertes inattendues. On trouva ma mère et la grosse armoire de noyer chues toutes deux en bas de l'escalier, celle-là ayant prétendu transférer celle-ci, en secret, de l'unique étage au rez-de-chaussée.

Sur quoi mon frère aîné exigea que ma mère se tînt en repos et qu'une vieille domestique couchât dans la petite maison. Mais que pouvait une vieille servante contre une force de vie jeune et malicieuse, telle qu'elle parvenait à séduire et entraîner un corps déjà à demi enchaîné par la mort? Mon frère, revenant avant le soleil d'assister un malade dans la campagne, surprit un jour ma mère en flagrant délit de perversité. Vêtue pour la nuit, mais chaussée de gros sabots de jardinier, sa petite natte grise de septuagénaire retroussée en queue de scorpion sur sa nuque, un pied sur l'X de hêtre, le dos bombé dans l'attitude du tâcheron exercé, rajeunie par un air de délectation et de culpabilité indicibles, ma mère, au mépris de tous ses serments et de l'aiguail glacé, sciait des bûches dans sa cour.

La « Merveille »

— C'est une merveille! U-ne mer-veille!
— Je le sais bien. Elle s'arrange pour ça. Elle le fait exprès!

Cette réplique me vaut de la part de la dame-que-je-connais-un-peu un regard indigné. Elle caresse encore une fois, avant de s'éloigner, la tête ronde de Pati-Pati, et soupire : « Amour, va! » sur l'air de « pauvre martyr incompris... ». Ma brabançonne lui dédie, en adieu, un coup d'œil sentimental et oblique — beaucoup de blanc, très peu de marron — et s'occupe immédiatement, pour faire rire un inconnu qui l'admire, d'imiter l'aboiement du chien. Pour imiter l'aboiement du chien, Pati-Pati gonfle ses joues de poisson-lune, pousse ses yeux hors des orbites, élargit son poitrail en bouclier, et profère à demi-voix quelque chose comme :

— Gou-gou-gou...

Puis elle rengorge son cou de lutteur, sourit, attend les applaudissements, et ajoute, modeste :

— Oa.

Si l'auditoire pâme, Pati-Pati, dédaignant le *bis,* le comble en modulant une série de sons où chacun peut reconnaître le coryza du phoque, la grenouille roucoulant sous l'averse d'été, parfois le klaxon, mais jamais l'aboiement du chien.

A présent, elle échange, avec un dîneur inconnu, une mimique de Célimène :

— Viens, dit l'inconnu, sans paroles.

— Pour qui me prenez-vous? réplique Pati-Pati. Causons, si vous voulez. Je n'irai pas plus loin.

— J'ai du sucre dans ma soucoupe.

— Croyez-vous que je ne l'ai pas vu? Le sucre est une chose, la fidélité en est une autre. Contentez-vous que je fasse miroiter, pour vous, cet œil droit, tout doré, prêt à tomber, et cet œil gauche, pareil à une bille d'aventurine... Voyez mon œil droit... Et mon œil gauche... Et encore mon œil droit...

J'interromps sévèrement le dialogue muet :

— Pati-Pati, c'est fini, ce dévergondage?

Elle s'élance, corps et âme, vers moi :

— Certes, c'est fini! Dès que tu le désires, c'est fini! Cet inconnu a de bonnes façons... Mais tu as parlé : C'est fini! Que veux-tu?

— Nous partons. Descends, Pati-Pati.

Adroite et véhémente, elle saute sur le tapis. Debout, elle est pareille — large du rein, bien pourvue en fesse, le poitrail en portique — à un minuscule cob bai. Le masque noir rit, le tronçon de queue propage jusqu'à la nuque son frétillement, et les oreilles conjurent, tendues en cornes vers le ciel, une éventuelle jettatura. Telle s'offre, à l'enthousiasme populaire, ma brabançonne à poil ras, que les éleveurs estiment « un sujet bien typé », les dames sensibles « merveille », qui s'appelle officiellement Pati-Pati, plus connue dans mon entourage sous le nom de « démon familier ».

Elle a deux ans, la gaieté d'un négrillon, l'endurance d'un champion pédestre. Au bois, Pati-Pati devance la bicyclette; elle se range, à la campagne, dans l'ombre de la charrette, tout le long d'un bon nombre de kilomètres.

Au retour, elle traque encore le lézard sur la dalle chaude...

— Mais tu n'es donc jamais fatiguée, Pati-Pati?

Elle rit comme une tabatière :

— Jamais! Mais quand je dors, c'est pour une nuit entière, couchée sur le même flanc. Je n'ai jamais été malade, je n'ai jamais sali un tapis, je n'ai jamais vomi, je suis légère, libre de tout péché, nette comme un lis...

C'est vrai. Elle meurt de faim ponctuellement à l'heure des repas. Elle délire d'enthousiasme à l'heure de la promenade. Elle ne se trompe pas de chaise à table, chérit le poisson, prise la viande, se contente d'une croûte de pain, gobe en connaisseuse la fraise et la mandarine. Si je la laisse à la maison, le mot « non! » lui suffit; elle s'assoit sur le palier d'un air sage et cache un pleur. En métro, elle fond sous ma cape, en chemin de fer elle fait son lit elle-même, brassant une couverture et la moulant en gros plis. Dès la tombée du jour, elle surveille la grille du jardin et aboie contre tout suspect.

— Tais-toi, Pati-Pati.

— Je me tais, répond diligemment Pati-Pati. Mais je fais le fauve, à la lisière des six mètres de jardin. Je passe ma tête entre les barreaux, je terrorise le mauvais passant, et le chat qui attend la nuit pour herser les bégonias, le chien qui lève la patte contre le géranium-lierre...

— Assez de vigilance, rentrons, Pati-Pati.

— Rentrons! s'écrie-t-elle de tout son corps. Nons sans que j'aie, ici, médité une minute, dans l'attitude de la grenouille du jeu de tonneau, et là, un peu plus longtemps, contractée, le dos bombé en colimaçon... Voilà qui est fait. Rentrons! Tu as bien fermé la porte? Attention! Tu oublies une des chattes qui se cache sous le rideau et prétend passer la nuit dans la salle à manger... Je te la houspille et je te la déloge et je te l'envoie dans son panier. Hop! ça y est. A notre tour. Qu'est-ce que j'entends du côté de la cave? Non, rien. Ma corbeille... mon pan de molleton sur la tête... et, plus urgente, ta caresse... Merci. Je t'aime. A demain.

Demain, si elle s'éveille avant huit heures, elle attendra en silence, les pattes au bord du panier, les yeux fixés sur le lit. La promenade d'onze heures la trouve prête, et toujours impeccable. Si c'est le jour de bicyclette, Pati-Pati arque son dos pour que je la saisisse par la peau et que je l'installe en avant du guidon, toute ronde dans un panier à fraises. Dans les allées désertes du Bois, elle saute à terre : « A droite, Pati-Pati, à droite! » En deux jours, elle a distingué sa droite — pardon, ma droite — de sa gauche. Elle comprend cent mots de notre langue, sait l'heure sans montre, nous connaît par nos noms, attend l'ascenseur au lieu de monter l'escalier, offre d'elle-même, après le bain, son ventre et son dos au séchoir électrique.

Si j'étale, au moment du travail, les cahiers de papier teinté sur le bureau, elle se couche, soigne ses ongles sans bruit et rêve, déférente, immobile. Le jour qu'un éclat de verre la blessa, elle tendit d'elle-même sa patte, détourna la tête pendant le pansement, de sorte que je ne savais plus si je soignais une bête, ou bien un enfant courageux... Quand la prendrais-je en faute? Quel accident mit, sous un crâne rond de chien minuscule, tant de complicité humaine? On la nomme « merveille ». Je cherche ce que je pourrais bien lui reprocher...

Ainsi crût, en vertu comme en beauté, Pati-Pati, fleur du Brabant. Dans le XVIe arrondissement, son renom se répandit tellement que je consentis, pour elle, à un mariage. Son fiancé, quand il l'approcha, ressemblait à un hanneton furieux, dont il avait la couleur, le dos robuste, et ses petites pattes de conquérant piaffaient et griffaient le dallage. Pati-Pati l'aperçut à peine, et la brève entrevue où elle se montra si distraite n'eut point de lendemain.

Cependant, tout le long de soixante-cinq jours, Pati-Pati enfla, prit la forme d'un lézard des sables, ventru latéralement, puis celle d'un melon un peu écrasé, puis...

Deux Pati-Pati d'un âge tendre et d'un modèle extrêmement réduit vaguent maintenant dans une corbeille. Préservés de toute mutilation traditionnelle, ils portent la queue en trompe de chasse et les oreilles en feuilles de salade.

Ils tètent un lait abondant, mais qu'il leur faut acheter par des acrobaties au-dessus de leur âge. Pati-Pati n'a rien de ces lices vautrées, tout en ventre et en tétines, qui s'absorbent, béates, en leur tâche auguste. Elle allaite assise, contraignant ses chiots à l'attitude du mécanicien aplati sous le tacot en panne. Elle allaite couchée en sphinx et le nez sur les pattes — « Tant pis! qu'ils s'arrangent! » et s'en va, si le téléphone sonne, du côté de l'appareil, remorquant deux nourrissons ventousés à ses mamelles. Ils tètent, oubliés, vivaces, ils tètent au petit bonheur, et prospèrent malgré leur mère et son humain souci — trop humain — de toutes choses humaines.

— Qui a téléphoné? J'entends la voiture... Où est mon collier? Ton sac et tes gants sont sur la table, nous allons sortir, n'est-ce pas? On a sonné! Tu m'emmènes au *Matin*? Je sens qu'il est l'heure... Qu'est-ce qui traîne sous moi? encore ce petit chien! je le rencontre partout... Et cet autre, donc... On ne voit que lui dans la maison. Ils sont gentils? Peuh!... oui, gentils. Partons, partons, dépêche-toi... Je ne te perds pas de l'œil, si tu allais sortir sans moi...

Pati-Pati, mes amis vous nommeront toujours, sans que je proteste, « merveille des merveilles », et « perfection ». Mais je sais maintenant ce qui vous manque : vous n'aimez pas les animaux.

Bâ-Tou

Je l'avais capturée au quai d'Orsay, dans un grand bureau dont elle était, avec une broderie chinoise, le plus magnifique ornement. Lorsque son maître éphémère, embarrassé d'un aussi beau don, m'appela par le téléphone, je la trouvai assise sur une table ancienne, le derrière sur des documents diplomatiques, et affairée à sa toilette intime. Elle rapprocha ses sourcils à ma vue, sauta à terre et commença sa promenade de fauve, de la porte à la fenêtre, de la fenêtre à la porte, avec cette manière de tourner et de changer de pied contre l'obstacle, qui appartient à elle et à tous ses frères. Mais son maître lui jeta une boule de papier froissé et elle se mit à rire, avec un bond démesuré, une dépense de sa force inemployée, qui la montrèrent dans toute sa splendeur. Elle était grande comme un chien épagneul, les cuisses longues et musclées attachées à un rein large, l'avant-train plus étroit, la tête assez petite, coiffée d'oreilles fourrées de blanc, peintes, au-dehors, de dessins noirs et gris rappelant ceux qui décorent les ailes des papillons crépusculaires. Une mâchoire petite et dédaigneuse, des moustaches raides comme l'herbe sèche des dunes, et des yeux d'ambre enchâssés de noir, des yeux au regard aussi pur que leur couleur, des yeux qui ne faiblissent jamais devant le regard humain, des yeux qui n'ont jamais menti... Un jour, j'ai voulu compter les taches noires qui brodaient sa robe, couleur de blé sur le dos et la tête, blanc d'ivoire sur le ventre; je n'ai pas pu.

— Elle vient du Tchad, me dit son maître. Elle pourrait

venir aussi de l'Asie. C'est une once, sans doute. Elle s'appelle Bâ-Tou, ce qui veut dire « le chat », et elle a vingt mois.

Je l'emportai; cependant, elle mordait sa caisse de voyage et glissait, entre les lattes de la prise d'air, une patte tantôt épanouie et tantôt refermée, comme une sensible fleur marine.

Je n'avais jamais possédé, dans ma maison, une créature aussi naturelle. La vie quotidienne me la révéla intacte, préservée encore de toute atteinte civilisatrice. Le chien gâté calcule et ment, le chat dissimule et simule. Bâ-Tou ne cachait rien. Toute saine et fleurant bon, l'haleine fraîche, je pourrais écrire qu'elle se comportait en enfant candide, s'il y avait des enfants candides. La première fois qu'elle se mit à jouer avec moi, elle me saisit fortement la jambe pour me renverser. Je l'interpellai avec rudesse, elle me lâcha, attendit, et recommença. Je m'assis par terre et lui envoyai mon poing sur son beau nez velouté. Surprise, elle m'interrogea du regard, je lui souris et lui grattai la tête. Elle s'effondra sur le flanc, sonore d'un ronron sourd, et m'offrit son ventre sans défense. Une pelote de laine qu'elle reçut en récompense l'affola : de combien d'agneaux, enlevés aux maigres pâtures africaines, reconnaissait-elle, lointaine et refroidie, l'odeur?...

Elle coucha dans un panier, se confia au bassin de sciure comme un chat bien appris, et quand je m'étendis dans l'eau tiède, sa tête rieuse et terrible parut, avec deux pattes, au rebord de la baignoire...

Elle aimait l'eau. Je lui donnais souvent, le matin, une cuvette d'eau, qu'elle vidait à grands jeux de pattes. Toute mouillée, heureuse, elle ronronnait. Elle se promenait, grave, une pantoufle volée entre les dents. Elle précipitait et remontait vingt fois sa boule de bois dans le petit escalier. Elle accourait à son nom : « Bâ-Tou » avec un cri charmant et doux, et demeurait rêvant, les yeux ouverts, nonchalante, aux pieds de la femme de chambre qui cousait. Elle mangeait sans hâte et cueillait délicatement la viande au bout des doigts. Tous les matins, je pus lui donner ma tête, qu'elle étreignait des quatre pattes et dont elle râpait, d'une langue bien armée, les cheveux coupés. Un matin, elle étreignit trop fort mon bras nu, et je la châtiai. Offensée, elle sauta sur moi, et j'eus sur les épaules le poids déconcertant d'un fauve, ses dents, ses griffes... J'employai toutes mes forces et jetai Bâ-Tou contre un mur. Elle éclata en miaulements terribles, en rugissements, elle fit entendre son langage de bataille, et sauta de nouveau. J'usai de son collier pour la rejeter contre le mur, et la frappai au centre du visage. A ce moment, elle pouvait, certes, me blesser gravement Elle n'en fit rien, se contint, me regarda en face et réfléchit... Je jure bien que ce n'est pas la crainte que je lus dans ses yeux. Elle *choisit,* à ce moment décisif, elle opta pour la paix, l'amitié, la loyale entente; elle se coucha et lécha son nez chaud...

Quand je vous regrette, Bâ-Tou, j'ajoute à mon regret la mortification d'avoir chassé de chez moi une amie, une amie qui n'avait, Dieu merci, rien d'humain. C'est en vous voyant debout sur le mur du jardin — un mur de quatre mètres, sur le faîte duquel vous vous posiez, d'un bond — occupée à maudire quelques chats épouvantés, que j'ai commencé à trembler. Et puis, une autre fois, vous vous êtes approchée de la petite chienne que je tenais sur mes genoux, vous avez mesuré, sous son oreille, la place exacte d'une fontaine mystérieuse que vous avez léchée, léchée, léchée, avant de la tâter des dents, lente et les yeux fermés... J'ai compris, et je vous ai seulement dit tout bas, avec chagrin : « Oh! Bâ-Tou!... » et vous avez tressailli tout entière, de honte et d'avidité refrénées.

Hélas! Bâ-Tou, que la vie simple, que la fauve tendresse sont difficiles, sous notre climat... Le ciel romain vous abrite à présent; un fossé, trop large pour votre élan, vous sépare de ceux qui vont, au jardin zoologique, narguer les félins; et j'espère que vous m'avez oubliée, moi qui, vous sachant innocente de tout, sauf de votre race, souffris qu'on fît de vous une bête captive.

Bellaude

— Madame, Bellaude s'est sauvée.
— Depuis quand?
— De ce matin, dès que j'ai ouvert. Il y avait un blanc et noir qui l'attendait à la porte.
— Ah! mon Dieu! Espérons qu'elle va rentrer ce soir...

La voilà donc partie. Sauf que ce mois est marqué pour les amours canines, rien ne faisait prévoir sa fuite; elle nous suivait sans faute et sans distraction, belle dans sa robe noire et feu de bas-rouge, son amble nonchalant agitant à ses pattes de derrière, comme des pendeloques, ses doubles ergots. Elle flairait l'herbe, broutait, évitait avec mépris la frénésie circulaire des brabançonnes. Et puis, un jour, elle tomba en arrêt, pointa joyeusement les oreilles, visa un point lointain, sourit, et tout son corps s'écria, en clair langage de chienne :

— Ah! le voilà!

Le temps de lui demander : « Qui donc? » elle était à deux cents mètres, car elle l'avait vu, lui, *Lui*, — quelque très petit roquet jaune...

Elle recherche — elle, longue et légère comme une biche, elle, haute et d'encolure orgueilleuse — les nains, les bâtards de fox et de basset, les faux terriers, les loulous trépidants et minuscules. Elle aime entre tous un caniche blanc, enfoui depuis des hivers sous une neige terreuse que ne fond nul été. Il entoure ma bas-rouge d'une assiduité résignée de vieux lettré. Il la contemple d'en bas, comme par-dessus des lunettes, à travers sa chevelure blanche mal soignée. Il l'escorte, sans plus, et va derrière elle d'un petit trot traquenardeur qui secoue tous ses écheveaux de poils blanc sale.

La voilà partie. Où? Pour combien de temps? Je ne crains pas qu'on l'écrase ni qu'on la vole; elle a, quand une main étrangère se tend vers elle, une manière serpentine de détourner le col, de montrer la dent qui déconcerte les plus résolus. Mais il y a le lasso, la fourrière...

Un jour passe.

— Madame, Bellaude n'est pas rentrée.

Il a plu cette nuit, une pluie douce déjà printanière. Où erre la dévergondée? Elle jeûne; mais elle peut boire : les ruisseaux coulent, le bois miroite de flaques.

Un petit chien mouillé monte la garde devant ma porte, à la grille du jardinet. Lui aussi, il attend Bellaude... Au Bois, je demande à mon ami le garde s'il n'a pas vu la grande chienne noire qui a du feu aux pattes, aux sourcils et aux joues... Il secoue la tête :

— Je n'ai rien vu de pareil. Qu'est-ce que j'ai donc vu aujourd'hui? Pas grand-chose. Moins que rien. Une dame qui n'était pas d'accord avec son mari, et un monsieur en souliers vernis qui m'a demandé si je ne connaîtrais pas deux pièces à louer dans une des maisons de gardes, vu qu'il était sans domicile... Vous voyez, rien d'extraordinaire.

Un jour passe encore.

— Bellaude n'est toujours pas rentrée, madame...

Je pars pour la promenade d'onze heures et demie, résolue à battre les futaies d'Auteuil. Un printemps caché y frémit jusque dans le vent, aigre s'il s'accélère, mol et doux quand il s'attarde. Point de chienne noire et feu, mais voici les cornes des futures jacinthes et la feuille déjà large de l'arum pied-de-veau. Voici l'abeille égarée, affamée, qui titube sur la mousse humide et qu'on peut réchauffer dans la main sans risque de piqûre. Sur les sureaux fuse, à chaque aisselle de branche, une houppe neuve de verdure tendre. Et six années m'ont appris à reconnaître, dans le trille rauque, dans la courte gamme chromatique descendante que jette, dès février, un gosier d'oiseau, la voix du grand chanteur, un rossignol d'Auteuil fidèle à son bosquet, un rossignol dont la voix, au printemps, illumine les nuits. Au-dessus de ma tête, il étudie ce matin le chant qu'il oublie tous les ans. Il recommence et recommence sa gamme chromatique imparfaite, l'interrompt avec une sorte de rire enroué, mais déjà dans quelques notes tinte le cristal d'une nuit de mai, et, si je ferme les yeux, j'appelle malgré moi, sous ce chant, le parfum qui descend lourdement des acacias en fleur...

Mais où est ma chienne? Je longe une palissade en lattes de châtaignier, je franchis des fils de fer tendus à ras de terre, puis je butte contre une clôture de châtaignier, au bout de laquelle m'attend un fil de fer tendu à ras de terre. Quelle sollicitude perverse multiplie, pour décourager l'amateur de paysage et rompre les os du promeneur, palissades et fils, les uns et les autres nuisibles? Je rebrousse chemin, lasse de longer, après des fortifications, une palissade de châtaignier qui défend, je le jure, une seconde palissade, servant elle-même de rempart, un peu plus loin, à un grillage de bois peint en vert... Et l'on accuse la Ville de négliger le Bois!

Quelque chose remue derrière une de ces vaines clôtures... Quelque chose de noir... de feu... de blanc... de jaune... Ma chienne! c'est ma chienne!

Edilité bénie! Tutélaires barricades! Enclos providentiels! C'est non seulement ma chienne, à l'abri des voitures, c'est, en outre, — un, deux, trois, quatre, cinq — cinq chiens autour d'elle, boueux, quelques-uns saignants de batailles, tous haletants, fourbus, le plus grand n'atteint pas trente centimètres au garrot...

— Bellaude!

Elle ne m'avait pas entendue venir, elle jouait Célimène. Vertueuse malgré elle, inaccessible par hasard, elle perd contenance à mon cri et d'un coup se prosterne, rappelée à la servilité...

— Oh! Bellaude!...

Elle rampe, elle m'implore. Mais je ne veux pas pardonner encore et je lui désigne seulement, d'un geste théâtral, par-dessus les fortifications abolies, le chemin du devoir, le gîte... Elle n'hésite pas, elle saute la palissade et distance aisément, en quelques foulées, la meute des pygmées qui suit, langues flottantes...

Qu'ai-je fait là? Si Bellaude allait rencontrer, sur sa route, un séducteur de belle stature...

— Madame, Bellaude s'est sauvée.
— Avec cinq petits chiens?
— Non, madame, avec un grand.
— Ah! mon Dieu! Où est-il?
— Là, madame, sur le talus.

Oui, il est là, et je me souviens, avec un soupir de soulagement, que la chanson dit : « Il faut des époux assortis... » Celui qui attend Bellaude est un dogue d'Ulm, au regard obtus, passif sous son collier et sa muselière de cuir vert, et aussi lourd, aussi large, aussi haut — le hasard soit loué! — qu'un veau.

Les deux chattes

Il n'est qu'un jeune chat, fruit des amours — et de la mésalliance — de Moune, chatte persane bleue, avec n'importe quel rayé anonyme. Dieu sait si le rayé abonde, dans les jardins d'Auteuil! Par les jours de printemps précoce, aux heures du jour où la terre, dégelée, fume sous le soleil et embaume, certains massifs, certaines plates-bandes ameublies qui attendent les semis et les repiquages, semblent jonchés de couleuvres : les seigneurs rayés, ivres d'encens végétal, tordent leurs reins, rampent sur le ventre, fouettent de la queue et râpent délicatement sur le sol leur joue droite, leur joue gauche, pour l'imprégner de l'odeur prometteuse de printemps, — ainsi une femme touche, de son doigt mouillé de parfum, ce coin secret, sous l'oreille.

Il n'est qu'un jeune chat, fils d'un de ces rayés. Il porte sur son pelage les raies de la race, les vieilles marques de l'ancêtre sauvage. Mais le sang de sa mère a jeté, sur ces rayures, un voile floconneux et bleuâtre de poils longs, impalpables comme une transparente gaze de Perse. Il sera donc beau, il est déjà ravissant, et nous essayons de le nommer Kamaralzaman — en vain, car la cuisinière et la femme de chambre, qui sont des personnes raisonnables, traduisent Kamaralzaman par Moumou.

Il est un jeune chat, gracieux à toute heure. La boule de papier l'intéresse, l'odeur de la viande le change en dragon rugissant et minuscule, les passereaux volent trop vite pour qu'il puisse les suivre de l'œil, mais il devient cataleptique, derrière la vitre, quand ils picorent sur la fenêtre. Il fait beaucoup de bruit en tétant, parce que ses dents poussent... C'est un petit chat, innocent au milieu d'un drame.

La tragédie commença, un jour que Noire du Voisin — dirait-on pas un nom de noblesse paysanne? — pleurait, sur le mur mitoyen, la perte de ses enfants, noyés le matin. Elle pleurait à la manière terrible de toutes les mères privées de leur fruit, sans arrêt, sur le même ton, respirant à peine entre chaque cri, exhalant une plainte après l'autre plainte pareille. Le tout petit chat Kamaralzaman, en bas, la regardait. Il levait sa figure bleuâtre, ses yeux couleur d'eau savonneuse aveuglés de lumière, et n'osait plus jouer à cause de ce grand cri... Noire du Voisin le vit et descendit comme une folle. Elle le flaira, connut l'odeur étrangère, râla « khhh... » de dégoût, gifla le petit chat, le flaira encore, lui lécha le front, recula d'horreur, revint, lui dit : « Rrrrou... » tendrement — enfin manifesta de toutes manières son égarement. Le temps lui manqua pour prendre un parti. Pareille à un lambeau de nuée, Moune, aussi bleue qu'un orage, et plus rapide, arrivait... Rappelée à sa douleur et au respect des territoires, Noire du Voisin disparut, et son appel, plus lointain, endeuilla toute cette journée...

Elle revint le lendemain, prudente, calculatrice comme une bête de la jungle. Plus de cris : une hardiesse et une patience muettes. Elle attendit l'instant où, Moune repue, Kamaralzaman évadé chancelait, pattes molles, sur les graviers ronds du jardin. Elle vint avec un ventre lourd de lait, des tétines tendues qui crevaient sa toison noire, des roucoulements assourdis, des invites mystérieuses de nourrice... Et pendant que le petit chat, en tétant, la foulait à temps égaux, je la voyais fermer les yeux et palpiter des narines comme un être humain qui se retient de pleurer.

C'est alors que la vraie mère parut, le poil tout droit sur le dos. Elle ne s'élança pas tout de suite, mais dit quelque chose d'une voix rauque. Noire du Voisin, éveillée en sursaut de son illusion maternelle, debout, ne répondit que par un long grondement bas, en soufflant, par intervalles, d'une gueule empourprée. Une injure impérieuse, déchirante de Moune, l'interrompit, et elle recula d'un pas; mais elle jeta, elle aussi, une parole menaçante. Le petit chat effaré gisait entre elles, hérissé, bleuâtre, pareil à la houppe du chardon. J'admirais qu'il pût y avoir, au lieu du pugilat immédiat, de la mêlée féline où les flocons de poils volent, une explication, une revendication presque intelligibles pour moi. Mais soudain, sur une insinuation aiguë de Noire du Voisin, Moune eut un bond, un cri, un « Ah! je ne peux pas supporter cela! » qui la jeta sur sa rivale. Noire rompit, atteignit le tilleul, s'y suspendit et franchit le mur, — et la mère lava son petit, souillé par l'étrangère.

Quelques jours passèrent, pendant lesquels je n'observai rien d'insolite. Moune, inquiète, veillait trop et mangeait mal. Chaude de fièvre, elle avait le nez sec, se couchait sur une console de marbre, et son lait diminuait. Pourtant, Kamaralzaman, dodu, roulait sur les tapis, aussi large que long. Un matin que je déjeunais auprès de Moune, et que je la tentais avec du lait sucré et de la mie de croissant, elle tressaillit, coucha les oreilles, sauta à terre et me demanda la porte d'une manière si urgente que je la suivis. Elle ne se trompait pas : l'impudente Noire et Kamaralzaman, l'un tétant l'autre, mêlés, heureux, gisaient sur la première marche, dans l'ombre, au bas de l'escalier où se précipita Moune — et où je la reçus dans mes bras, molle, privée de sentiment, évanouie comme une femme...

C'est ainsi que Moune, chatte de Perse, perdit son lait, résigna ses droits de mère et de nourrice, et contracta sa mélancolie errante, son indifférence aux intempéries et sa haine des chattes noires. Elle a maudit tout ce qui porte toison ténébreuse, mouche blanche au poitrail, et rien ne paraît plus de sa douleur sur son visage. Seulement, lorsque Kamaralzaman vient jouer trop près d'elle, elle replie ses pattes sous ses mamelles taries, feint le sommeil et ferme les yeux.

Chats

Ils sont cinq autour d'elle, tous les cinq issus de la même souche et rayés à l'image de leur ancêtre, le chat sauvage. L'un porte ses rayures noires sur un fond rosé comme le plumage de la tourterelle, l'autre n'est, des oreilles à la queue, que zébrures pain brûlé sur champ marron très clair, comme une fleur de giroflée. Un troisième paraît jaune, à côté du quatrième, tout ceinturés de velours noir, colliers, bracelets, sur un dessous gris argent d'une grande élégance. Mais le cinquième, énorme, resplendit dans sa fourrure fauve à mille bandes. Il a les yeux vert de menthe, et la large joue velue qu'on voit au tigre.

Elle, mon Dieu, c'est la Noire. Une Noire pareille à cent autres Noires, mince, bien vernissée, la mouche blanche au poitrail et la prunelle en or pur. Nous l'avons nommée la Noire parce qu'elle est noire, de même que la grise s'appelle Chatte-Grise et la plus jeune des bleues de Perse Jeune-Bleue. Nous n'avons pas risqué la méningite.

Janvier, mois des amours félines, pare les chats d'Auteuil de leur plus belle robe et racole, pour nos trois chattes, une trentaine de matous. Le jardin s'emplit de leurs palabres interminables, de leurs batailles et de leur odeur de buis vert. La Noire seule marque qu'ils l'intéressent. C'est trop tôt pour Jeune-Bleue et Chatte-Grise, qui contemplent de haut la démence des mâles. La Noire, pour l'heure, se tient mal, et ne va pas plus loin. Elle choisit longuement dans le jardin une branche taillée en biseau, élaguée de l'an dernier, pour s'en servir en guise de brosse à dents d'abord, puis de gratte-oreilles, enfin de gratte-flancs. Elle s'y râpe, elle s'y écorche, en donnant tous les signes de la satisfaction. Une danse horizontale suit, au cours de laquelle elle imite l'anguille hors de l'eau. Elle se roule, chemine sur le dos et le ventre, souille sa robe, et les cinq matous avec elle avancent, reculent, comme un seul matou. Souvent, le doyen magnifique, n'y tenant plus, s'élance, et porte sur la tentatrice une patte pesante... Tout aussitôt, la chorégraphe voluptueuse se redresse, gifle l'impudent et s'accroupit, pattes rentrées sous le ventre, avec un aigre et revêche visage de vieille dévote. En vain le puissant chat rayé, pour montrer sa soumission et rendre hommage à la Noire, feint-il de choir les quatre pattes en l'air, défaillant et soumis. Elle le relègue parmi le quintette anonyme, et gifle équitablement n'importe quel rayé, s'il manque à l'étiquette et la salue de trop près.

Ce ballet de chats dure depuis ce matin, sous mes fenêtres. Aucun cri, sauf le « rrr... » dur et harmonieux qui roule par moments dans la gorge des matous. La Noire, muette et lascive, provoque, puis châtie, et savoure sa toute-puissance éphémère. Dans huit jours, le même mâle qui tremble devant elle, qui patiente et perd le boire et le manger, la tiendra solidement par la nuque... Jusque-là, il plie.

Un sixième rayé vient d'apparaître. Mais aucun des matous n'a daigné le toiser en rival. Gras, velouté, candide, il a perdu dès son jeune âge tout souci des jeux de l'amour, et les nuits tragiques de janvier, les clairs de lune de juin ont cessé pour lui, à jamais, d'être fatidiques. Ce matin, il se sent las de manger, fatigué de dormir. Il promène, sous le petit soleil d'argent, sa robe lustrée, et la fatuité sans malice qui lui valut son nom de Beau-Garçon. Il sourit au temps clair, aux passereaux confiants. Il sourit à la Noire, à sa frémissante escorte. Il taquine d'une patte molle un vieil oignon de tulipe qu'il délaisse pour un gravier rond. La queue de la Noire fouette et se tord comme un serpent coupé : il s'élance, la capture, la mordille, et reçoit une demi-douzaine de mornifles, sèches et griffues, à le défigurer... Mais Beau-Garçon, déchu du rang de mâle, ignore tout du protocole amoureux, et redescend à l'équité pure. Injustement battu, il ne prend que le temps de gonfler ses poumons et de reculer d'un pas, avant d'administrer à la Noire une correction telle qu'elle en suffoque, râle de rage et saute le mur pour cacher sa honte dans le jardin voisin.

Et comme j'allais courir, craignant la fureur des matous, au secours de Beau-Garçon, je vis qu'il faisait retraite avec lenteur, majesté et inconscience, parmi les rayés immobiles, silencieux et pour la première fois déférents devant l'eunuque qui avait osé battre la reine.

Le veilleur

Dimanche. — Les enfants ont, ce matin, une drôle de figure. Je leur ai déjà vu cette figure-là, au moment où ils organisaient, dans le grenier, une représentation, avec costumes, masques, linceuls et chaînes traînantes, de leur drame, *Le Revenant de la Commanderie*, élucubration à laquelle ils ont dû une semaine de fièvre, peurs nocturnes et langue crayeuse, intoxiqués qu'ils étaient de leurs propres fantômes. Mais c'est une vieille histoire. Bertrand a maintenant dix-huit ans, et projette de réformer, comme il sied à son âge, le régime financier de l'Europe; Renaud, qui passe quatorze ans, ne songe qu'à monter et démonter des moteurs, et Bel-Gazou me pose cette année des questions d'une banalité désolante : « Est-ce qu'à Paris je pourrai bientôt porter des bas? Est-ce qu'à Paris je pourrai avoir un chapeau? Est-ce qu'à Paris tu me feras friser le dimanche? »

N'importe, je les trouve tous trois singuliers et disposés à parler bas dans les coins.

Lundi. — Les enfants n'ont pas bonne mine ce matin.

— Qu'est-ce que vous avez donc, les enfants?

— Rien du tout, tante Colette! s'écrient mes beaux-fils.

— Rien du tout, maman! s'écrie Bel-Gazou.

Quel bel ensemble! Voilà un mensonge bien agencé. Ça devient sérieux, d'autant plus sérieux que j'ai surpris, à la brune, ce bout de dialogue entre les deux garçons, derrière le tennis :

— Mon vieux, il n'a pas arrêté de minuit à trois heures.

— A qui le dis-tu, mon petit! De minuit à quatre heures,

oui! Je n'ai pas fermé l'œil. Il faisait : « pom... pom... pom... » comme ça, lentement... Comme avec des pieds nus, mais lourds, lourds...

Ils m'aperçurent et fondirent sur moi comme deux tiercelets, avec des rires, des balles blanches et rouges, une étourderie apprêtée et bavarde... Je ne saurai rien aujourd'hui.

MERCREDI. — Quand j'ai traversé, hier soir, vers onze heures, la chambre de Bel-Gazou pour gagner la mienne, elle ne dormait pas encore. Elle gisait sur le dos, les bras au long d'elle, et ses prunelles sombres bougeaient sous la frange des cheveux. Une lune chaude d'août, grandissante, balançait mollement l'ombre du magnolia sur le parquet et le lit blanc répandait une lumière bleue.

— Tu ne dors pas?
— Non, maman.
— A quoi penses-tu, toute seule comme ça?
— J'écoute.
— Et quoi donc?
— Rien, maman.

Au même instant, j'entendis, distinctement, le bruit d'un pas lourd et non chaussé à l'étage supérieur. L'étage supérieur, c'est un long grenier où personne ne couche, où personne, la nuit tombée, n'a l'occasion de passer, et qui conduit aux combles de la plus ancienne tour. La main de ma fille, que je serrais, se contracta dans la mienne.

Deux souris passèrent dans le mur en jouant et en poussant des cris d'oiseau.

— Tu as peur des souris, maintenant?
— Non, maman.

Au-dessus de nous, le pas reprit, et je demandai malgré moi :

— Mais qui donc marche là-haut?

Bel-Gazou ne répondit pas, et ce mutisme me fut désagréable.

— Tu n'entends pas?
— Si, maman.
— « Si, maman! » c'est tout ce que tu trouves à répondre?

La petite pleura brusquement et s'assit sur son lit.

— Ce n'est pas ma faute, maman. *Il* marche comme ça toutes les nuits...
— Qui?
— Le pas.
— Le pas de qui?
— De personne.
— Mon Dieu, que ces enfants sont bêtes! Vous voilà encore dans ces histoires, toi et tes frères? Ce sont ces sottises que vous ruminez dans les coins? Je monte, tiens. Oui, je vais t'en donner, moi, des pas au plafond!

Au dernier palier, des grappes de mouches, agglutinées aux poutres, ronflèrent comme un feu de cheminée sur le passage de ma lampe que l'appel d'air éteignit dès que j'ouvris la porte du grenier. Mais il n'était pas besoin de lampe dans ces combles aux lucarnes larges, où la lune entrait par nappes de lait. La campagne de minuit brillait à perte de vue, bosselée d'argent, vallonnée de cendre mauve, mouillée, au plus bas des prés, d'une rivière de brouillard étincelant qui mirait la lune... Une petite chevêche imita le chat dans un arbre, et le chat lui répondit... Mais rien ne marchait dans le grenier, sous la futaie des poutres croisées. J'attendis un long moment, je humai la brève fraîcheur nocturne, l'odeur de blé battu qui s'attache au grenier, et je redescendis. Bel-Gazou, fatiguée, dormait.

SAMEDI. — J'ai écouté toutes les nuits, depuis mercredi. On marche là-haut, tantôt à minuit, tantôt vers trois heures. Cette nuit, j'ai gravi et descendu quatre fois l'étage, inutilement. Au grand déjeuner, je force la confiance des enfants, qui sont d'ailleurs à bout de dissimulation.

— Mes chéris, il va falloir que vous m'aidiez à éclaircir quelque chose. On va certainement s'amuser énormément, — même Bertrand qui est revenu de tout. Figurez-vous que j'entends marcher, au-dessus de la chambre de Bel-Gazou, toutes les...

Ils explosent tous à la fois :

— Je sais, je sais, crie Renaud. C'est le Commandeur en armure, qui revenait déjà du temps de grand-père, Page m'a tout raconté, et...

— Quelle blague! laisse tomber Bertrand, détaché. La vérité

c'est que des phénomènes d'hallucination isolée et collective se manifestent ici depuis que la Vierge, en ceinture bleue et traînée par quatre chevaux blancs, a surgi devant Guitras et lui a dit...

— Elle lui a rien dit! piaille Bel-Gazou. Elle lui a écrit!

— Par la poste? raille Renaud. C'est enfantin!

— Et ton Commandeur, ce n'est pas enfantin? dit Bertrand.

— Pardon! rétorque Renaud tout rouge. Le Commandeur c'est une tradition de famille. Ta Vierge, c'est une fable de village comme il en traîne partout...

— Dites donc, les enfants, vous avez fini? Je peux placer un mot? Je ne sais qu'une chose, c'est qu'il y a dans le grenier des bruits de pas inexplicables. Je vais guetter la nuit prochaine. Bête ou homme, nous saurons qui marche. Que ceux qui veulent guetter avec moi... Bon. Adopté à mains levées!

DIMANCHE. — Nuit blanche. Pleine lune. Rien à signaler, que le bruit de pas entendu derrière la porte entrouverte du grenier, mais interrompu par Renaud qui, harnaché d'une cuirasse Henri II et d'un foulard rouge de cow-boy, s'est élancé romanesquement en criant : « Arrière! arrière!... » On le conspue, on l'accuse d'avoir « tout gâté ».

— Il est curieux, remarque Bertrand avec une ironie écrasante et rêveuse, de constater combien le fantastique peut exalter l'esprit d'un adolescent, pourtant grandi dans les collèges anglais...

— Eh! mon povre, ajoute ma Limousine de fille, on ne dit pas : « Arrière, arrière! » on dit : « Je te vas foutre un bon coup!... »

MARDI. — Nous avons guetté cette nuit, les deux garçons et moi, laissant Bel-Gazou endormie. La lune en son plein blanchissait d'un bout à l'autre une longue piste de lumière où les rats avaient laissé quelques épis de maïs rongés. Nous nous tînmes dans l'obscurité derrière la porte à demi ouverte, et nous nous ennuyâmes pendant une bonne demi-heure en regardant le chemin de lune bouger, devenir oblique, lécher le bas des charpentes entrecroisées... Renaud me toucha le bras : on marchait au bout du grenier. Un rat détala et grimpa le long d'une poutre, suivi de sa queue de serpent. Le pas, solennel, approchait, et je serrai dans mes bras le cou des deux garçons.

Il approchait, lent, avec un son sourd, bien martelé, répercuté par les planchers anciens. Il entra, au bout d'un temps qui nous parut interminable, dans le chemin éclairé. Il était presque blanc, gigantesque : le plus grand nocturne que j'aie vu, un grand-duc plus haut qu'un chien de chasse. Il marchait emphatiquement, en soulevant ses pieds noyés de plume, ses pieds durs d'oiseau qui rendaient le son d'un pas humain. Le haut de ses ailes lui dessinait des épaules d'homme, et deux petites cornes de plumes, qu'il couchait ou relevait, tremblaient comme des graminées au souffle d'air de la lucarne. Il s'arrêta, se rengorgea tête en arrière, et toute la plume de son visage magnifique enfla autour d'un bec fin et de deux lacs d'or où se baigna la lune. Il fit volte-face, montra son dos tavelé de blanc et de jaune très clair. Il devait être âgé, solitaire et puissant. Il reprit sa marche de parade et l'interrompit pour une sorte de danse guerrière, des coups de tête à droite, à gauche, des demi-voltes féroces qui menaçaient sans doute le rat évadé. Il crut un moment sentir sa proie, et bouscula un squelette de fauteuil comme il eût fait d'une brindille morte. Il sauta de fureur, retomba, râpa le plancher de sa queue étalée. Il avait des manières de maître, une majesté d'enchanteur...

Il devina sans doute notre présence, car il se tourna vers nous d'un air outragé. Sans hâte, il gagna la lucarne, ouvrit à demi des ailes d'ange, fit entendre une sorte de roucoulement très bas, une courte incantation magique, s'appuya sur l'air et fondit dans la nuit, dont il prit la couleur de neige et d'argent.

JEUDI. — Le cadet des garçons, à son pupitre, écrit une longue relation de voyage. Titre : *Mes chasses au grand-duc dans l'Afrique australe*. L'aîné a oublié sur ma table de travail un début de « Stances » :

> *Battement de la nuit, pesante vision,*
> *De l'ombre en la clarté, grise apparition...*

Tout est normal.

Printemps passé

Le bec d'un sécateur claque au long des allées de rosiers. Un autre lui répond, dans le verger. Il y aura tout à l'heure sous la roseraie une jonchée de surgeons tendres, rouges d'aurore au sommet, verts et juteux à la base. Dans le verger, les raides baguettes d'abricotier, sacrifiées, brûleront, une heure encore, leur petite flamme de fleur avant de mourir, et les abeilles n'en laisseront rien perdre...
    La colline fume de pruniers blancs, chacun d'eux immatériel et pommelé contre une nue ronde. A cinq heures et demie du matin, sous le rayon horizontal et la rosée, le blé jeune est d'un bleu incontestable, et rouge la terre ferrugineuse, et rose de cuivre les pruniers blancs. Ce n'est qu'un moment, un féerique mensonge de lumière, qui passe en même temps que la première heure du jour. Tout croît avec une hâte divine. La moindre créature végétale darde son plus grand effort vertical. La pivoine, sanguine en son premier mois, pousse d'un tel jet que ses hampes, ses feuilles à peine dépliées traversent, emportent et suspendent dans l'air leur suprême croûte de terre comme un toit crevé.
    Les paysans hochent la tête : « Avril nous fera bien des surprises... » Ils penchent des fronts de sages sur cette folie, cette imprudence annuelle de la fleur et de la feuille. Ils vieillissent, accrochés à la course d'une terrible pupille que leur expérience n'instruit pas. Le vallon cultivé, grillagé encore d'eaux parallèles, hisse ses sillons verts au-dessus de l'inondation. Rien n'arrêtera plus l'aspergé, qui a commencé son ascension de taupe, ni la torche

de l'iris violet. La furieuse évasion entraîne l'oiseau, le lézard, l'insecte. Les verdiers et les chardonnerets, les passereaux et les pinsons se comportent au matin comme une basse-cour qu'on a gorgée de grain trempé dans l'eau-de-vie. Des danses de parade, des cris exagérés, des combats pour rire lient et délient sous nos yeux, presque sous nos mains, et sur la même pierre chaude, compagnies d'oiseaux et couples de lézards gris, et lorsque les enfants, enivrés, courent sans motif, la ronde des éphémères se soulève et les couronne...

Tout s'élance, et je demeure. Déjà ne ressens-je pas plus de plaisir à comparer le printemps à ce qu'il fut qu'à l'accueillir? Torpeur bienheureuse, mais trop consciente de son poids. Extase sincère, involontaire mais manifestée à quoi? « Oh! ces pâquettes jaunes!... Oh! les saponaires! et la corne des arums qui se montre... » Mais la pâquette, cette primevère sauvage, est une fleur pauvre, et la saponaire humide, d'un mauve hésitant, que vaut-elle auprès d'un ardent pêcher? Elle vaut par le ruisseau qui l'abreuvait, entre ma dixième et ma quinzième année. La primevère maigre, toute en tige, à corolle rudimentaire, tient encore, par une radicelle fragile, au pré où je cueillais des centaines de primevères pour les « àchevaler » sur une ficelle et les lier ensuite en balles rondes, en frais projectiles qui frappaient la joue comme d'un rude baiser mouillé...

Je me garde de cueillir et de presser, en balle verdâtre, la pâquette d'aujourd'hui. Je sais ce que je risque à l'essayer. Pauvre charme agreste, à demi évaporé, je ne puis même te léguer à un autre moi-même... « Tu vois, Bel-Gazou, comme ça, et comme ça, à cheval sur le fil, et puis on tire... — Ah! oui, dit Bel-Gazou. Mais ça ne rebondit pas, j'aime mieux ma balle en caoutchouc... »

Les sécateurs claquent du bec dans les jardins. Enfermez-moi dans une chambre obscure, ce bruit-là y porte quand même le soleil d'avril, piquant à la peau, traître comme un vin sans bouquet. L'odeur d'abeille de l'abricotier taillé entre avec lui, et une certaine angoisse, l'inquiétude d'une de ces petites maladies d'avant l'adolescence, qui couvent, traînent un peu, diminuent, guérissent un matin, reviennent un soir... J'avais dix ans, onze ans, mais en compagnie de ma nourrice, cuisinière à la maison, je me plaisais encore à des exigences de nourrisson. Grande fille dans la salle à manger, je courais à la cuisine pour lécher le vinaigre sur les feuilles de salade, dans l'assiette de Mélie, chienne fidèle, esclave blonde et blanche. C'est par un matin d'avril que je l'appelai :

— Viens, Mélie, ramasser les « tailles » de l'abricotier, Milien est après les espaliers...

Elle me suivit, et la jeune femme de chambre, Marie-la-Rose, la bien nommée, vint aussi sans que je l'invitasse. Milien, l'homme de journée, achevait sa besogne, beau gars sournois, pas pressé, silencieux...

— Mélie, tends ton tablier, que j'y mette les tailles...

A genoux, je ramassais les fagotins d'abricotiers, étoilés de fleurs. Comme par jeu, Mélie me fit « hou! » et me jeta son tablier sur la tête, m'ensacha, me roula tendrement. Je riais, je me faisais petite et sotte, avec bonheur. Mais l'air me manqua, et je surgis si brusquement que Milien et Marie-la-Rose, qui s'embrassaient, n'eurent pas le temps de se séparer, ni Mélie de me cacher sa figure de complice...

Claquement des sécateurs, sec dialogue d'oiseaux à bec dur... Ils parlent d'éclosion, de soleil précoce, de brûlure au front, d'ombre froide, de répugnance qui s'ignore, de confiance enfantine qu'on trompa, de suspicion, de chagrin rêveur...

La couseuse

— Votre fille a neuf ans, m'a dit une amie, et elle ne sait pas coudre? Il faut qu'elle apprenne à coudre. Et par mauvais temps il vaut mieux, pour une enfant de cet âge, un ouvrage de couture qu'un livre romanesque.

— Neuf ans? et elle ne coud pas? m'a dit une autre amie. A huit ans, ma fille me brodait ce napperon, tenez... Oh! ce n'est pas du travail fin, mais c'est gentil tout de même. Maintenant, ma fille se taille elle-même ses combinaisons... Ah! c'est que je n'aime pas, chez moi, qu'on raccommode les trous avec des épingles!

J'ai déversé docilement toute cette sagesse domestique sur Bel-Gazou :

— Tu as neuf ans, et tu ne sais pas coudre? Il faut apprendre à coudre, etc.

J'ai même ajouté, au mépris de la vérité :

— A huit ans, je me souviens que j'ai brodé un napperon... Oh! ce n'était pas du travail fin, évidemment... Et puis, par le mauvais temps...

Elle a donc appris à coudre. Et bien qu'elle ressemble davantage — une jambe nue et tannée pliée sous elle, le torse à l'aise dans son maillot de bain — à un mousse ravaudant un filet qu'à une petite fille appliquée, elle n'y met pas de répugnance garçonnière. Ses mains, passées au jus de pipe par le soleil et la mer, ourlent en dépit du bon sens; le simple « point devant », par leurs soins, rappelle le pointillé zigzaguant d'une carte routière, mais elle boucle avec élégance le feston, et juge sévèrement la broderie d'autrui.

Elle coud, et me fait gentiment compagnie, si la pluie hache l'horizon marin. Elle coud aussi à l'heure torride où les fusains tassent sous eux une boule ronde d'ombre. Il arrive aussi qu'un quart d'heure avant le dîner, noire dans sa robe blanche — « Bel-Gazou! tes mains et ta robe sont propres, ne l'oublie pas! » — elle s'asseye, cérémonieuse, un carré d'étoffe aux doigts... Alors mes amies l'applaudissent :

— Regarde-la! Est-elle sage! A la bonne heure! Ta maman doit être contente!

Sa maman ne dit rien — il faut maîtriser les grandes joies. Mais faut-il les simuler? J'écrirai la vérité : je n'aime pas beaucoup que ma fille couse.

Quand elle lit, elle revient, tout égarée et le feu aux joues, de l'île au coffre plein de pierreries, du noir château où l'on opprime un enfant blond et orphelin. Elle s'imprègne d'un poison éprouvé, traditionnel, dont les effets sont dès longtemps connus. Si elle dessine ou colorie des images, une chanson à demi parlée sort d'elle, ininterrompue comme la voix d'abeilles qu'exhale le troène. Bourdonnement de mouche au travail, valse lente du peintre en bâtiments, refrain de la fileuse au rouet... Mais Bel-Gazou est muette quand elle coud. Muette longuement, et la bouche fermée, cachant — lames à petites dents de scie logées au cœur humide d'un fruit — les incisives larges, toutes neuves. Elle se tait, elle... Ecrivons donc le mot qui me fait peur : elle pense.

Mal nouveau? Fléau que je n'avais point prévu? Assise dans une combe d'herbe, ou à demi enterrée dans le sable chaud et le regard perdu sur la mer, je sais bien qu'elle pense. Elle pense « à gros bouillons » lorsqu'elle écoute, avec une fausse discrétion bien apprise, des répliques jetées imprudemment en pont par-dessus sa tête. Mais il semble qu'avec le jeu de l'aiguille elle ait justement découvert le moyen de descendre, point à point, piqûre à piqûre, un chemin de risques et de tentations. Silence... Le bras armé du dard d'acier va et vient... Rien n'arrête la petite exploratrice effrénée. A quel moment faut-il que je lance le « hep! » qui coupe brutalement l'élan? Ah! ces jeunes filles brodeuses d'autrefois, blotties dans l'ample jupe de leur mère, sur un dur petit tabouret! L'autorité maternelle les liait là des années, des années, elles ne se levaient que pour changer l'écheveau de soie, ou fuir avec un passant... Philomène de Watteville et son canevas sur lequel elle dessinait la perte et le désespoir d'Albert Savarus...

— A quoi penses-tu, Bel-Gazou?
— A rien, maman. Je compte mes points.

Silence. L'aiguille pique. Un gros point de chaînette se traîne à sa suite, tout de travers. Silence...

— Maman?
— Chérie?
— Il n'y a que quand on est marié qu'un homme peut tenir son bras autour d'une dame?
— Oui... Non... Ça dépend. S'ils sont très camarades, s'ils se connaissent beaucoup, tu comprends... Je te le répète : ça dépend. Pourquoi me demandes-tu cela?
— Pour rien, maman.

Deux points, dix points de chaînette, difformes.

— Maman! Mme X..., elle est mariée?
— Elle l'a été. Elle est divorcée.
— Ah! oui... et M. F..., il est marié?
— Oui, voyons, tu le sais bien.
— Ah! oui... Et ça suffit, qu'un sur deux soit marié!
— Pour quoi faire?
— Pour dépendre.
— On ne dit pas « pour dépendre ».
— Mais tu viens de le dire, que ça dépendait?
— Qu'est-ce que ça peut bien te faire? Ça t'intéresse?
— Non, maman.

Je n'insiste pas. Je me sens pauvre, empruntée, mécontente de moi. Il fallait répondre autrement : je n'ai rien trouvé.

Bel-Gazou n'insiste pas non plus, elle coud. Elle coud et superpose, à son œuvre qu'elle néglige, des images, des associations de noms et de personnes, tous les résultats d'une patiente observation. Un peu plus tard viendront d'autres curiosités, d'autres questions, mais surtout d'autres silences. Plût à Dieu que Bel-Gazou fût l'enfant éblouie et candide, qui interroge crûment, les yeux grands ouverts!... Mais elle est trop près de la vérité, et trop naturelle pour ne pas connaître, de naissance, que toute la nature hésite devant l'instinct le plus majestueux et le plus trouble, et qu'il convient de trembler, de se taire et de mentir lorsqu'on approche de lui.

La noisette creuse

Trois coquillages en forme de pétales, blancs, nacrés et transparents comme la neige rosée qui choit sous les pommiers; deux patelles, pareilles à des chapeaux tonkinois, à rayures convergentes, noires sur jaune; une sorte de pomme de terre difforme et cartilagineuse, inanimée, mais qui cache une vie mystérieuse et darde, si on la presse, un jet cristallin d'eau salée; — un couteau cassé, un bout de crayon, une bague de perles bleues et un cahier de décalcomanies détrempé par l'eau de mer; un petit mouchoir rose très sale... C'est tout. Bel-Gazou a fini l'inventaire de sa poche gauche. Elle admire les pétales de nacre, puis les laisse tomber et les écrase sous son espadrille. La pomme de terre hydraulique, les patelles et les décalcomanies ne méritent pas un meilleur sort. Bel-Gazou conservera seulement le couteau, le crayon et le fil de perles qui sont, avec le mouchoir, d'un usage constant.

La poche droite contient des ramilles de ce calcaire rosâtre que ses parents nomment, Dieu sait pourquoi, lithotamnium, quand il est si simple de l'appeler corail. « Mais ce n'est pas du corail, Bel-Gazou. » Pas du corail? Et qu'en savent-ils, ces malheureux? Des ramilles, donc, de lithotamnium, et une noisette creuse, percée d'un trou par l'évasion du ver. Il n'y a pas, à trois kilomètres sur la côte, un seul noisetier. La noisette creuse, trouvée sur la plage, est venue sur une vague, d'où? « De l'autre côté du monde », affirme Bel-Gazou. « Et elle est ancienne, vous savez. Ça se voit au bois qui est rare. C'est une noisette en bois de rose comme le petit bureau de maman. »

La noisette collée à l'oreille, elle écoute. « Ça chante. Ça dit : hû-û-û... »

Elle écoute, la bouche entrouverte, les sourcils relevés touchant sa frange de cheveux plats. Ainsi immobile, et comme désaffectée par l'attention, elle n'a presque plus d'âge. Elle regarde sans le voir l'horizon familier de ses vacances. D'une niche de chaume ruiné, abandonnée par la douane, Bel-Gazou embrasse, à droite, la Pointe-du-Nez, jaune de lichens, barrée de violet par la plinthe de moules que découvrent les basses marées; au milieu, un coin de mer, d'un bleu de métal neuf, enfoncé comme un fer de hache dans les terres. A gauche, une haie de troènes désordonnés en pleine floraison, dont l'odeur d'amande, trop douce, charge le vent, et que défleurissent les petites pattes frénétiques des abeilles. Le pré de mer, sec, monte jusqu'à la hutte et sa déclivité masque la plage où ses parents et amis pâment et cuisent sur le sable. Tout à l'heure, la famille entière demandera à Bel-Gazou : « Mais où étais-tu ? Mais pourquoi ne venais-tu pas sur la plage ? » Bel-Gazou n'entend rien à ce fanatisme des criques. Pourquoi la plage, et toujours, et rien que la plage ? La hutte ne le cède en rien à ce sable insipide, le bosquet humide existe, et l'eau troublée du lavoir, et le champ de luzerne non moins que l'ombre du figuier. Les grandes personnes sont ainsi faites qu'on devrait passer la vie à leur tout expliquer — en vain. Ainsi de la noisette creuse : « Qu'est-ce que tu fais de cette vieille noisette ? » Mieux vaut se taire, et cacher, tantôt dans une poche, tantôt dans un vase vide ou dans le nœud d'un mouchoir, la noisette qu'un instant, impossible à prévoir, dépouillera de toutes ses vertus, mais qui pour l'heure chante, contre l'oreille de Bel-Gazou, ce chant qui la tient immobile et comme enracinée...

— Je vois! Je vois la chanson! Elle est aussi fine qu'un cheveu, elle est aussi fine qu'une herbe!...

L'an prochain, Bel-Gazou aura plus de neuf ans. Elle ne proclamera plus, inspirée, ces vérités qui confondent ses éducateurs. Chaque jour l'éloigne de sa première vie pleine, sagace, à toute heure défiante, et qui dédaigne de si haut l'expérience, les bons avis, la routinière sagesse. L'an prochain, elle reviendra au sable qui la dore, au beurre salé et au cidre mousseux. Elle retrouvera son chaume dépenaillé, et ses pieds citadins chausseront ici leur semelle de corne naturelle, lentement épaissie sur le silex et les sillons tondus. Mais peut-être ne retrouvera-t-elle pas sa subtilité d'enfant, et la supériorité de ses sens qui savent goûter un parfum sur la langue, palper une couleur et voir — « fine comme un cheveu, fine comme une herbe » — la ligne d'un chant imaginaire...

La maison de Claudine

Où sont les enfants?	21
Le Sauvage	26
Amour	29
La petite	34
L'enlèvement	38
Le curé sur le mur	42
Ma mère et les livres	45
Propagande	51
Papa et Mme Bruneau	54
Ma mère et les bêtes	58
Épitaphes	63
La « fille de mon père »	67
La noce	70
Ma sœur aux longs cheveux	75
Maternité	81
« Mode de Paris »	84
La petite Bouilloux	88
La Toutouque	93
Le manteau de spahi	97
L'ami	100
Ybanez est mort	104
Ma mère et le curé	108
Ma mère et la morale	112
Le rire	116
Ma mère et la maladie	119

Ma mère et le fruit défendu	122
La « merveille »	126
Bâ-Tou	131
Bellaude	134
Les deux chattes	138
Chats	141
Le veilleur	144
Printemps passé	149
La couseuse	152
La noisette creuse	156

SIDO

Publié en 1930 chez Ferenczi, Sido *est un chant d'amour dédié par Colette à la mémoire de sa mère Adèle-Eugénie-Sidonie Landoy. Née en 1835, elle avait d'abord épousé Jules Robineau-Duclos, surnommé « le Sauvage », propriétaire à Saint-Sauveur-en-Puisaye (Yonne), dont elle eut deux enfants. L'année même de sa mort (1865), elle épousa Jules-Joseph Colette, dont elle eut un garçon, puis le 28 janvier 1873, Sidonie-Gabrielle Colette.*

C'est l'un des plus célèbres livres de l'auteur, l'un de ceux où la poésie particulière à son art jaillit avec le plus d'intensité et de pureté. Sido, qui était morte en 1912, restait pour sa fille vivante et présente. Autour de la mère et de ses enfants, revit au présent, en des temps très anciens, mais hors du temps, une famille unie, où le père, « le Capitaine », apparaît un peu en retrait, « Une enfant très aimée, entre des parents pas riches, et qui vivaient à la campagne parmi des arbres et des livres », voilà ce que revoit Colette, aux approches de la soixantaine, en se penchant sur son passé. Et ce qu'elle fera voir à un nombre infini de lecteurs enchantés dans la suite des temps.

C.M.

Sido

— Et pourquoi cesserais-je d'être de mon village? Il n'y faut pas compter. Te voilà bien fière, mon pauvre Minet-Chéri, parce que tu habites Paris depuis ton mariage. Je ne peux pas m'empêcher de rire en constatant combien tous les Parisiens sont fiers d'habiter Paris, les vrais parce qu'ils assimilent cela à un titre nobiliaire, les faux parce qu'ils s'imaginent avoir monté en grade. A ce compte-là, je pourrais me vanter que ma mère est née boulevard Bonne-Nouvelle! Toi, te voilà comme le pou sur ses pieds de derrière parce que tu as épousé un Parisien. Et quand je dis un Parisien... Les vrais Parisiens d'origine ont moins de caractère dans la physionomie. On dirait que Paris les efface!

Elle s'interrompait, levait le rideau de tulle qui voilait la fenêtre :

— Ah! voici Mlle Thévenin qui promène en triomphe, dans toutes les rues, sa cousine de Paris. Elle n'a pas besoin de le dire, que cette dame Quériot vient de Paris : beaucoup de seins, les pieds petits, et des chevilles trop fragiles pour le poids du corps; deux ou trois chaînes de cou, les cheveux très bien coiffés... Il ne m'en faut pas tant pour savoir que cette dame Quériot est caissière dans un grand café. Une caissière parisienne ne pare que sa tête et son buste, le reste ne voit guère le jour. En outre, elle ne marche pas assez et engraisse de l'estomac. Tu verras beaucoup, à Paris, ce modèle de femme-tronc.

Ainsi parlait ma mère, quand j'étais moi-même, autrefois, une très jeune femme. Mais elle avait commencé, bien avant mon mariage, de donner le pas à la province sur Paris. Mon enfance avait retenu des sentences, excommunicatoires le plus souvent, qu'elle lançait avec une force d'accent singulière. Où prenait-elle leur autorité, leur suc, elle qui ne quittait pas, trois fois l'an, son département? D'où lui venait le don de définir, de pénétrer, et cette forme décrétale de l'observation?

Ne l'eussé-je pas tenu d'elle, qu'elle m'eût donné, je crois, l'amour de la province, si par province on n'entend pas seulement un lieu, une région éloignés de la capitale, mais un esprit de caste, une pureté obligatoire des mœurs, l'orgueil d'habiter une demeure ancienne, honorée, close de partout, mais que l'on peut ouvrir à tout moment sur ses greniers aérés, son fenil empli, ses maîtres façonnés à l'usage et à la dignité de leur maison.

En vraie provinciale, ma charmante mère, « Sido », tenait souvent ses yeux de l'âme fixés sur Paris. Théâtres de Paris, modes, fêtes de Paris, ne lui étaient ni indifférents, ni étrangers. Tout au plus les aimait-elle d'une passion un peu agressive, rehaussée de coquetteries, bouderies, approches stratégiques et danses de guerre. Le peu qu'elle goûtait de Paris, tous les deux ans environ, l'approvisionnait pour le reste du temps. Elle revenait chez nous lourde de chocolat en barre, de denrées exotiques et d'étoffes en coupons, mais surtout de programmes de spectacles et d'essence à la violette, et elle commençait de nous peindre Paris dont tous les attraits étaient à sa mesure, puisqu'elle ne dédaignait rien.

En une semaine elle avait visité la momie exhumée, le musée agrandi, le nouveau magasin, entendu le ténor et la conférence sur la *Musique birmane*. Elle rapportait un manteau modeste, des bas d'usage, des gants très chers. Surtout elle nous rapportait son regard gris voltigeant, son teint vermeil que la fatigue rougissait, elle revenait ailes battantes, inquiète de tout ce qui, privé d'elle, perdait la chaleur et le goût de vivre. Elle n'a jamais su qu'à chaque retour l'odeur de sa pelisse en ventre-de-gris, pénétrée d'un parfum châtain clair, féminin, chaste, éloigné des basses séductions axillaires, m'ôtait la parole et jusqu'à l'effusion.

D'un geste, d'un regard elle reprenait tout. Quelle promptitude de main! Elle coupait des bolducs roses, déchaînait des comestibles coloniaux, repliait avec soin les papiers noirs goudronnés qui sentaient le calfatage. Elle parlait, appelait la chatte, observait à la dérobée mon père amaigri, touchait et flairait mes longues tresses pour s'assurer que j'avais brossé mes cheveux... Une fois qu'elle dénouait un cordon d'or sifflant, elle s'aperçut qu'au géranium prisonnier contre la vitre d'une des fenêtres, sous le rideau de tulle, un rameau pendait, rompu, vivant encore. La ficelle d'or à peine déroulée s'enroula vingt fois autour du rameau rebouté, étayé d'une petite éclisse de carton... Je frissonnai, et crus frémir de jalousie, alors qu'il s'agissait seulement d'une résonance poétique, éveillée par la magie du secours efficace scellé d'or...

Il ne lui manquait, pour être une provinciale type, que l'esprit de dénigrement. Le sens critique, en elle, se dressait vigoureux, versatile, chaud et gai comme un jeune lézard. Elle happait au vol le trait marquant, la tare, signalait d'un éclair des beautés obscures, et traversait, lumineuse, des cœurs étroits.

— Je suis rouge, n'est-ce pas? demandait-elle au sortir de quelque âme en forme de couloir.

Elle était rouge en effet. Les pythonisses authentiques, ayant plongé au fond d'autrui, émergent à demi suffoquées. Une visite banale, parfois, la laissait cramoisie et sans force aux bras du grand fauteuil capitonné, en reps vert.

— Ah! ces Vivenet!... Que je suis fatiguée... Ces Vivenet, mon Dieu!

— Qu'est-ce qu'ils t'ont fait, maman?

J'arrivais de l'école, et je marquais ma petite mâchoire, en croissants, dans un talon de pain frais, comblé de beurre et de gelée de framboises...

— Ce qu'ils m'ont fait? Ils sont venus. Que m'auraient-ils fait d'autre, et de pire? Les deux jeunes époux en visite de noces, flanqués de la mère Vivenet... Ah! ces Vivenet!

Elle ne m'en disait guère plus, mais plus tard, quand mon père rentrait, j'écoutais le reste.

— Oui, contait ma mère, des mariés de quatre jours! Quelle inconvenance! des mariés de quatre jours, cela se cache, ne traîne pas dans les rues, ne s'étale pas dans des salons, ne s'affiche pas avec une mère de la jeune mariée ou du jeune marié... Tu ris? Tu n'as aucun tact. J'en suis encore rouge, d'avoir vu cette jeune femme de quatre jours. Elle était gênée, elle, au moins. Un air d'avoir perdu son jupon, ou de s'être assise sur un banc frais peint. Mais lui, l'homme... Une horreur. Des pouces d'assassin, et une paire de tout petits yeux embusqués au fond de ses deux grands yeux. Il appartient à un genre d'hommes qui ont la mémoire des chiffres, qui mettent la main sur leur cœur quand ils mentent et qui ont soif l'après-midi, ce qui est un signe de mauvais estomac et de caractère acrimonieux.

— Pan! applaudissait mon père.

Bientôt j'avais mon tour, pour avoir sollicité la permission de porter des chaussettes l'été.

— Quand auras-tu fini de vouloir imiter Mimi Antonin dans tout ce qu'elle fait, chaque fois qu'elle vient en vacances chez sa grand-mère? Mimi Antonin est de Paris, et toi d'ici. C'est l'affaire des enfants de Paris de montrer l'été leurs flûtes, sans bas, et l'hiver leurs pantalons trop courts et de pauvres fesses rouges. Les mères parisiennes remédient à tout, quand leurs enfants grelottent, par un petit tour de cou en mongolie blanche. Par les très grands froids, elles ajoutent une toque assortie. Et puis on ne commence pas à onze ans à porter des chaussettes. Avec les mollets que je t'ai faits? Mais tu aurais l'air d'une sauteuse de corde, et il ne te manquerait qu'une sébile en fer-blanc.

Ainsi parlait-elle, et sans chercher jamais ses mots ni quitter ses armes, j'appelle armes ses deux paires de « verres », un couteau de poche, souvent une brosse à habits, un sécateur, de vieux gants, parfois le sceptre d'osier, épanoui en raquette trilobée, qu'on nomme « tapette » et qui sert à fouetter les rideaux et les meubles. La fantaisie de ma mère ne pliait que devant les dates qu'on fête, en province, par les nettoyages à fond, la lessive, l'embaumement des lainages et des fourrures. Mais elle ne se plaisait ni au fond des placards, ni dans la funèbre poudre du camphre, qu'elle remplaçait d'ailleurs par quelques cigares coupés en berlingots, les culots des pipes d'écume de mon père, et de grosses araignées qu'elle enfermait dans l'armoire giboyeuse, refuge des mites d'argent.

C'est qu'elle était agile et remuante, mais non ménagère appliquée; propre, nette, dégoûtée, mais loin du génie maniaque et solitaire qui compte les serviettes, les morceaux de sucre et les bouteilles pleines. La flanelle en main, et surveillant la servante qui essuyait longuement les vitres en riant au voisin, il lui échappait des cris nerveux, d'impatients appels à la liberté.

— Quand j'essuie longtemps et avec soin mes tasses de Chine, disait-elle, je me sens vieillir...

Elle atteignait, loyale, la fin de la tâche. Alors elle franchissait les deux marches de notre seuil, entrait dans le jardin. Sur-le-champ tombaient son excitation morose et sa rancune. Toute présence végétale agissait sur elle comme un antidote, et elle avait une manière étrange de relever les roses par le menton pour les regarder en plein visage.

— Vois comme cette pensée ressemble au roi Henri VIII d'Angleterre, avec sa barbe ronde, disait-elle. Au fond, je n'aime pas beaucoup ces figures de reîtres qu'ont les pensées jaunes et violettes...

Dans mon quartier natal, on n'eût pas compté vingt maisons privées de jardin. Les plus mal partagées jouissaient d'une cour, plantée ou non, couverte ou non de treilles. Chaque façade cachait un « jardin-de-derrière » profond, tenant aux autres jardins-de-derrière par des murs mitoyens. Ces jardins-de-derrière donnaient le ton au village. On y vivait l'été, on y lessivait; on y fendait le bois l'hiver, on y besognait en toute saison, et les enfants, jouant sous les hangars, perchaient sur les ridelles des chars à foin dételés.

Les enclos qui jouxtaient le nôtre ne réclamaient pas de mystère : la déclivité du sol, des murs hauts et vieux, des rideaux d'arbres protégeaient notre « jardin d'en haut » et notre « jardin d'en bas ». Le flanc sonore de la colline répercutait les bruits, portait, d'un atoll maraîcher cerné de maisons à un « parc d'agrément », les nouvelles.

De notre jardin, nous entendions, au Sud, Miton éternuer en bêchant et parler à son chien blanc dont il teignait, au 14 juillet, la tête en bleu et l'arrière-train en rouge. Au Nord, la mère

Adolphe chantait un petit cantique en bottelant des violettes pour l'autel de notre église foudroyée, qui n'a plus de clocher. A l'Est, une sonnette triste annonçait chez le notaire la visite d'un client... Que me parle-t-on de la méfiance provinciale? Belle méfiance! Nos jardins se disaient tout.

Oh! aimable vie policée de nos jardins! Courtoisie, aménité de potager à « fleuriste » et de bosquet à basse-cour! Quel mal jamais fût venu par-dessus un espalier mitoyen, le long des faîtières en dalles plates cimentées de lichen et d'orpin brûlant, boulevard des chats et des chattes? De l'autre côté, sur la rue, les enfants insolents musaient, jouaient aux billes, troussaient leurs jupons, au-dessus du ruisseau; les voisins se dévisageaient et jetaient une petite malédiction, un rire, une épluchure dans le sillage de chaque passant, les hommes fumaient sur les seuils et crachaient... Gris de fer, à grands volets décolorés, notre façade à nous ne s'entrouvrait que sur mes gammes malhabiles, un aboiement de chien répondant aux coups de sonnette, et le chant des serins verts en cage.

Peut-être nos voisins imitaient-ils, dans leurs jardins, la paix de notre jardin où les enfants ne se battaient point, où bêtes et gens s'exprimaient avec douceur, un jardin où, trente années durant, un mari et une femme vécurent sans élever la voix l'un contre l'autre...

Il y avait dans ce temps-là de grands hivers, de brûlants étés. J'ai connu, depuis, des étés dont la couleur, si je ferme les yeux, est celle de la terre ocreuse, fendillée entre les tiges du blé et sous la géante ombelle du panais sauvage, celle de la mer grise ou bleue. Mais aucun été, sauf ceux de mon enfance, ne commémore le géranium écarlate et la hampe enflammée des digitales. Aucun hiver n'est plus d'un blanc pur à la base d'un ciel bourré de nues ardoisées, qui présageaient une tempête de flocons plus épais, puis un dégel illuminé de mille gouttes d'eau et de bourgeons lancéolés... Ce ciel pesait sur le toit chargé de neige des greniers à fourrages, le noyer nu, la girouette, et pliait les oreilles des chattes... La calme et verticale chute de neige devenait oblique, un faible ronflement de mer lointaine se levait sur ma tête encapuchonnée, tandis que j'arpentais le jardin, happant la neige volante... Avertie par ses antennes, ma mère s'avançait sur la terrasse, goûtait le temps, me jetait un cri :

— La bourrasque d'Ouest! Cours! Ferme les lucarnes du grenier!... La porte de la remise aux voitures!... Et la fenêtre de la chambre du fond!

Mousse exalté du navire natal, je m'élançais, claquant des sabots, enthousiasmée si du fond de la mêlée blanche et bleu-noir, sifflante, un vif éclair, un bref roulement de foudre, enfants d'Ouest et de Février, comblaient tous deux un des abîmes du ciel... Je tâchais de trembler, de croire à la fin du monde.

Mais dans le pire du fracas ma mère, l'œil sur une grosse loupe cerclée de cuivre, s'émerveillait, comptant les cristaux ramifiés d'une poignée de neige qu'elle venait de cueillir aux mains même de l'Ouest rué sur notre jardin...

O géraniums, ô digitales... Celles-ci fusant des bois-taillis, ceux-là en rampe allumés au long de la terrasse, c'est de votre reflet que ma joue d'enfant reçut un don vermeil. Car « Sido » aimait au jardin le rouge, le rose, les sanguines filles du rosier, de la croix-de-Malte, des hortensias et des bâtons-de-Saint-Jacques, et même le coqueret-alkékenge, encore qu'elle accusât sa fleur, veinée de rouge sur pulpe rose, de lui rappeler un mou de veau frais... A contrecœur elle faisait pacte avec l'Est : « Je m'arrange avec lui », disait-elle. Mais elle demeurait pleine de suspicion et surveillait, entre tous les cardinaux et collatéraux, ce point glacé, traître, aux jeux meurtriers. Elle lui confiait des bulbes de muguet, quelques bégonias, et des crocus mauves, veilleuses des froids crépuscules.

Hors une corne de terre, hors un bosquet de lauriers-cerises dominés par un junko-biloba — je donnais ses feuilles, en forme de raie, à mes camarades d'école, qui les séchaient entre les pages de l'atlas — tout le chaud jardin se nourrissait d'une lumière jaune, à tremblements rouges et violets, mais je ne pourrais dire si ce rouge, ce violet dépendaient, dépendent encore d'un sentimental bonheur ou d'un éblouissement optique. Etés réverbérés par le gravier jaune et chaud, étés traversant le jonc tressé de mes grands chapeaux, étés presque sans nuits... Car j'aimais tant l'aube, déjà, que ma mère me l'accordait en récompense. J'obtenais qu'elle m'éveillât à trois heures et demie, et je m'en allais, un panier vide à chaque bras, vers des terres maraîchères qui se réfugiaient dans le pli étroit de la rivière, vers les fraises, les cassis et les groseilles barbues.

A trois heures et demie, tout dormait dans un bleu originel, humide et confus, et quand je descendais le chemin de sable, le brouillard retenu par son poids baignait d'abord mes jambes, puis mon petit torse bien fait, atteignait mes lèvres, mes oreilles et mes narines plus sensibles que tout le reste de mon corps... J'allais seule, ce pays mal pensant était sans dangers. C'est sur ce chemin, c'est à cette heure que je prenais conscience de mon prix, d'un état de grâce indicible et de ma connivence avec le premier souffle accouru, le premier oiseau, le soleil encore ovale, déformé par son éclosion...

Ma mère me laissait partir, après m'avoir nommée « Beauté, Joyau-tout-en-or »; elle regardait courir et décroître sur la pente son œuvre, — « chef-d'œuvre », disait-elle. J'étais peut-être jolie; ma mère et mes portraits de ce temps-là ne sont pas toujours d'accord... Je l'étais à cause de mon âge et du lever du jour, à cause des yeux bleus assombris par la verdure, des cheveux blonds qui ne seraient lissés qu'à mon retour, et de ma supériorité d'enfant éveillée sur les autres enfants endormis.

Je revenais à la cloche de la première messe. Mais pas avant d'avoir mangé mon saoul, pas avant d'avoir, dans les bois, décrit un grand circuit de chien qui chasse seul, et goûté l'eau de deux sources perdues, que je révérais. L'une se haussait hors de la terre par une convulsion cristalline, une sorte de sanglot, et traçait elle-même son lit sableux. Elle se décourageait aussitôt née et replongeait sous la terre. L'autre source, presque invisible, froissait l'herbe comme un serpent, s'étalait secrète au centre d'un pré où des narcisses, fleuris en ronde, attestaient seuls sa présence. La première avait goût de feuille de chêne, la seconde de fer et de tige de jacinthe... Rien qu'à parler d'elles je souhaite que leur saveur m'emplisse la bouche au moment de tout finir, et que j'emporte, avec moi, cette gorgée imaginaire...

Entre les points cardinaux auxquels ma mère dédiait des appels directs, des répliques qui ressemblaient, ouïes du salon, à de brefs soliloques inspirés, et les manifestations, généralement botaniques, de sa courtoisie; — entre Cèbe et la rue des Vignes, entre la mère Adolphe et M° de Fourolles, une zone de points collatéraux, moins précise et moins proche, prenait contact avec nous par des sons et des signaux étouffés. Mon imagination, mon orgueil enfantins situaient notre maison au centre d'une rose de jardins, de vents, de rayons, dont aucun secteur n'échappait tout à fait à l'influence de ma mère.

Bien que ma liberté, à toute heure, dépendît d'une escalade facile — une grille, un mur, un « toiton » incliné — l'illusion et la foi me revenaient dès que j'atterrissais, au retour, sur le gravier du jardin. Car, après la question : « D'où viens-tu?... » et le rituel froncement de sourcils, ma mère reprenait son tranquille, son glorieux visage de jardin, beaucoup plus beau que son soucieux visage de maison. De par sa suzeraineté et sa sollicitude, les murs grandissaient, des terres inconnues remplaçaient les enclos que j'avais sautillant de mur à mur, de branche à branche, aisément franchis, et j'assistais aux prodiges familiers :

— C'est vous que j'entends, Cèbe? criait ma mère. Avez-vous vu ma chatte?

Elle repoussait en arrière la grande capeline de paille rousse, qui tombait sur son dos, retenue à son cou par un ruban de taffetas marron, et elle renversait la tête pour offrir au ciel son intrépide regard gris, son visage couleur de pomme d'automne. Sa voix frappait-elle l'oiseau de la girouette, la bondrée planante, la dernière feuille du noyer, ou la lucarne qui avalait, au petit matin, les chouettes?... O surprise, ô certitude... D'une nue à gauche une voix de prophète enrhumé versait un : « Non, madame Colê...ê...tte! » qui semblait traverser à grand-peine une barbe en anneaux, des pelotes de brumes, et glisser sur des étangs fumants de froid. Ou bien :

— Oui...î...î, madame Colê...ê...tte », chantait à droite une voix d'ange aigrelet, probablement branché sur le cirrus fusiforme qui naviguait à la rencontre de la jeune lune. « Elle vous a entendû...ûe... Elle pâ...â...sse par le li...lâs... »

— Merci! criait ma mère, au jugé. Si c'est vous, Cèbe, rendez-moi donc mon piquet et mon cordeau à repiquages! J'en ai besoin pour aligner les laitues. Et faites doucement, je suis contre les hortensias!

Apport de songe, fruit d'une lévitation magique, jouet de sabbat, le piquet, quenouillé de ses dix mètres de cordelette, voyageait par les airs, tombait couché aux pieds de ma mère...

D'autres fois, elle vouait à des génies subalternes, invisibles, une fraîche offrande. Fidèle au rite, elle renversait la tête, consultait le ciel :

— Qui veut de mes violettes doubles rouges? criait-elle.

— Moi, madame Colê...ê...tte! répondait l'inconnaissable de l'Est, plaintif et féminin.

— Prenez!

Le petit bouquet, noué d'une feuille aqueuse de jonquille, volait en l'air, recueilli avec gratitude par l'Orient plaintif.

— Qu'elles sentent donc bon! Dire que je n'arrive pas à élever les pareîl...eî...lles!

« Naturellement », pensais-je. Et j'étais près d'ajouter : « C'est une question de climats... »

Levée au jour, parfois devançant le jour, ma mère accordait aux points cardinaux, à leurs dons comme à leurs méfaits, une importance singulière. C'est à cause d'elle, par tendresse invétérée, que dès le matin, et du fond du lit je demande : « D'où vient le vent? » A quoi l'on me répond : « Il fait bien joli... C'est plein de passereaux dans le Palais-Royal... Il fait vilain... Un temps de saison. » Il me faut maintenant chercher la réponse en moi-même, guetter la course du nuage, le ronflement marin de la cheminée, réjouir ma peau du souffle d'Ouest, humide, organique et lourd de significations comme la double haleine divergente d'un monstre amical. A moins que je ne me replie haineusement devant la bise d'Est, l'ennemi, le beau-froid-sec et son cousin du Nord. Ainsi faisait ma mère, coiffant de cornets en papier toutes les petites créatures végétales assaillies par la lune rousse : « Il va geler, la chatte danse », disait-elle.

Son ouïe, qu'elle garda fine, l'informait aussi, et elle captait des avertissements éoliens.

— Ecoute sur Moutiers! me disait-elle.

Elle levait l'index, et se tenait debout entre les hortensias, la pompe et le massif de rosiers. Là, elle centralisait les enseignements d'Ouest, par-dessus la clôture la plus basse.

— Tu entends?... Rentre le fauteuil, ton livre, ton chapeau : il pleut sur Moutiers. Il pleuvra ici dans deux ou trois minutes seulement.

Je tendais mes oreilles « sur Moutiers »; de l'horizon venaient un bruit égal de perles versées dans l'eau et la plate odeur de l'étang de pluie, vannée sur ses vases verdâtres... Et j'attendais, quelques instants, que les douces gouttes d'une averse d'été, sur mes joues, sur mes lèvres, attestassent l'infaillibilité de celle qu'un seul être au monde — mon père — nommait « Sido ».

Des présages, décolorés par sa mort, errent encore autour de moi. L'un tient au Zodiaque, l'autre est purement botanique : quelques signes jouent avec les vents, les lunaisons, les eaux souterraines. C'est à cause d'eux que ma mère trouvait Paris fastidieux, car ils n'étaient libres, efficaces, péremptoires, qu'au plein air de notre province.

— Pour vivre à Paris, me confiait-elle, il m'y faudrait un beau jardin. Et encore!... Ce n'est pas dans un jardin de Paris que je pourrais cueillir et coudre pour toi, sur un petit carton, les grands grains d'avoine barbue, qui sont de si sensibles baromètres.

Je me gourmande d'avoir égaré, jusqu'au dernier, ces baromètres rustiques, grains d'avoine dont les deux barbes, aussi longues que celles des crevettes-bouquet, viraient, crucifiées sur un carton, à gauche, à droite, prédisant le sec et le mouillé. « Sido » n'avait point sa pareille pour feuilleter, en les comptant, les pelures micacées des oignons.

— Une... deux... trois robes! Trois robes sur l'oignon!

Elle laissait choir lunettes ou binocle sur ses genoux, ajoutait pensivement :

— C'est signe de grand hiver. Je ferai habiller de paille la pompe. D'ailleurs, la tortue s'est déjà enterrée. Et les écureuils, autour de la Guillemette, ont volé les noix et les noisettes en quantité pour leurs provisions. Les écureuils savent toujours tout.

Annonçait-on, dans un journal, le dégel? Ma mère haussait l'épaule, riait de mépris :

— Le dégel? Les météorologues de Paris ne m'en apprendront pas! Regarde les pattes de la chatte!

Frileuse, la chatte en effet pliait sous elle des pattes invisibles, et serrait fortement les paupières.

— Pour un petit froid passager, continuait « Sido », la chatte se roule en turban, le nez contre la naissance de la queue. Pour un grand froid, elle gare la plante de ses pattes de devant et les roule en manchon.

Sur des gradins de bois peints en vert, elle entretenait toute l'année des reposoirs de plantes en pots, géraniums rares, rosiers nains, reines-des-prés aux panaches de brume blanche et rose, quelques « plantes grasses » poilues et trapues comme des crabes, des cactus meurtriers... Un angle de murs chauds gardait des vents sévères son musée d'essais, des godets d'argile rouge où je ne voyais que terre meuble et dormante.

— Ne touche pas!

— Mais rien ne pousse!

— Et qu'en sais-tu? Est-ce toi qui en décides? Lis, sur les fiches de bois qui sont plantées dans les pots! Ici, graines de lupin bleu; là, un bulbe de narcisse qui vient de Hollande; là, graines de physalis; là, une bouture d'hibiscus — mais non, ce n'est pas une branche morte! — et là, des semences de pois de senteur dont les fleurs ont des oreilles comme des petits lièvres. Et là... Et là...

— Et là?...

Ma mère rejetait son chapeau en arrière, mordillait la chaîne de son lorgnon, m'interrogeait avec ingénuité :

— Je suis bien ennuyée... je ne sais plus si c'est une famille de bulbes de crocus, que j'ai enterrés, ou bien une chrysalide de paon-de-nuit...

— Il n'y a qu'à gratter, pour voir...

Une main preste arrêtait la mienne — que n'a-t-on moulé, peint, ciselé cette main de « Sido », brunie, tôt gravée de rides par les travaux ménagers, le jardinage, l'eau froide et le soleil, ses doigts longs bien façonnés en pointe, ses beaux ongles ovales et bombés...

— A aucun prix! Si c'est la chrysalide, elle mourra au contact de l'air; si c'est le crocus, la lumière flétrira son petit rejet blanc, — et tout sera à recommencer! Tu m'entends bien? Tu n'y toucheras pas?

— Non, maman...

A ce moment, son visage, enflammé de foi, de curiosité universelle, disparaissait sous un autre visage plus âgé, résigné et doux. Elle savait que je ne résisterais pas, moi non plus, au désir de savoir, et qu'à son exemple je fouillerais, jusqu'à son secret, la terre du pot à fleurs. Elle savait que j'étais sa fille, moi qui ne pensais pas à notre ressemblance, et que déjà je cherchais, enfant, ce choc, ce battement accéléré du cœur, cet arrêt du souffle : la solitaire ivresse du chercheur de trésor. Un trésor, ce n'est pas seulement ce que couvent la terre, le roc ou la vague. La chimère de l'or et de la gemme n'est qu'un informe mirage : il importe seulement que je dénude et hisse au jour ce que l'œil humain n'a pas, avant le mien, touché...

J'allais donc, grattant à la dérobée le jardin d'essai, surprendre la griffe ascendante du cotylédon, le viril surgeon que le printemps chassait de sa gaine. Je contrariais l'aveugle dessein que poursuit la chrysalide d'un noir brun bilieux et la précipitais d'une mort passagère au néant définitif.

— Tu ne comprends pas... Tu ne peux pas comprendre. Tu n'es qu'une petite meurtrière de huit ans... de dix ans... Tu ne comprends rien encore à ce qui veut vivre...

Je ne recevais pas, en paiement de mes méfaits, d'autre punition. Celle-là m'était d'ailleurs assez dure...

« Sido » répugnait à toute hécatombe de fleurs. Elle qui ne savait que donner, je l'ai pourtant vue refuser les fleurs qu'on venait parfois quêter pour parer un corbillard ou une tombe. Elle se faisait dure, fronçait les sourcils et répondait « non » d'un air vindicatif.

— Mais c'est pour le pauvre M. Enfert, qui est mort hier à la nuit! La pauvre Mme Enfert fait peine, elle dit qu'elle voudrait voir partir son mari sous les fleurs, que ce serait sa consolation! Vous qui avez de si belles roses-mousse, madame Colette...

— Mes roses-mousse! Quelle horreur! Sur un mort!

Après ce cri, elle se reprenait et répétait :

— Non. Personne n'a condamné mes roses à mourir en même temps que M. Enfert.

Mais elle sacrifiait volontiers une très belle fleur à un enfant très petit, un enfant encore sans parole, comme le petit qu'une mitoyenne de l'Est lui apporta par orgueil, un jour, dans notre jardin. Ma mère blâma le maillot trop serré du nourrisson, dénoua le bonnet à trois pièces, l'inutile fichu de laine, et contempla à l'aise les cheveux en anneaux de bronze, les joues, les yeux noirs sévères et vastes d'un garçon de dix mois, plus beau vraiment que tous les autres garçons de dix mois. Elle lui donna une rose cuisse-de-nymphe-émue qu'il accepta avec emportement; qu'il porta à sa bouche et suça, puis il pétrit la fleur dans ses puissantes petites mains, lui arracha des pétales, rebordés et sanguins à l'image de ses propres lèvres...

— Attends, vilain! dit sa jeune mère.

Mais la mienne applaudissait, des yeux et de la voix, au massacre de la rose, et je me taisais, jalouse...

Elle refusait régulièrement aussi de prêter géraniums doubles, pélargoniums, lobélias, rosiers nains et reines-des-prés aux reposoirs de la Fête-Dieu, car elle s'écartait, — baptisée, mariée à l'église — des puérilités et des fastes catholiques. J'obtins d'elle la permission de suivre le catéchisme entre onze et douze ans, et les cantiques du « Salut ».

Le premier mai, comme mes camarades de catéchisme, je couchai le lilas, la camomille et la rose devant l'autel de la Vierge, et je revins fière de montrer un « bouquet béni ». Ma mère rit de son rire irrévérencieux, regarda ma gerbe qui attirait les hannetons au salon jusque sous la lampe :

— Crois-tu qu'il ne l'était pas déjà, avant?

Je ne sais d'où lui venait son éloignement de tout culte. J'aurais dû m'en enquérir. Mes biographes, que je renseigne peu, la peignent tantôt sous les traits d'une rustique fermière, tantôt de « bohème fantaisiste ». L'un d'eux, à ma stupeur, va jusqu'à l'accuser d'avoir écrit des œuvrettes littéraires destinées à la jeunesse!

Au vrai, cette Française vécut son enfance dans l'Yonne, son adolescence parmi des peintres, des journalistes, des virtuoses de la musique, en Belgique, où s'étaient fixés ses deux frères aînés, puis elle revint dans l'Yonne et s'y maria, deux fois. D'où, de qui lui furent remis sa rurale sensibilité, son goût fin de la province? Je ne saurais le dire. Je la chante, de mon mieux. Je célèbre la clarté originelle qui, en elle, refoulait, éteignait souvent les petites lumières péniblement allumées au contact de ce qu'elle nommait « le commun des mortels ». Je l'ai vue suspendre, dans un cerisier, un épouvantail à effrayer les merles, car l'Ouest, notre voisin, enrhumé et doux, secoué d'éternuements en série, ne manquait pas de déguiser ses cerisiers en vieux chemineaux et coiffait ses groseilliers de gibus poilus. Peu de jours après, je trouvais ma mère sous l'arbre, passionnément immobile, la tête à la rencontre du ciel d'où elle bannissait les religions humaines...

— Chut!... Regarde...

Un merle noir, oxydé de vert et de violet, piquait les cerises, buvait le jus, déchiquetait la chair rosée...

— Qu'il est beau!... chuchotait ma mère. Et tu vois comme il se sert de sa patte? Et tu vois les mouvements de sa tête et cette arrogance? Et ce tour de bec pour vider le noyau? Et remarque bien qu'il n'attrape que les plus mûres...

— Mais, maman, l'épouvantail...

— Chut!... L'épouvantail ne le gêne pas...

— Mais maman, les cerises!...

Ma mère ramena sur la terre ses yeux couleur de pluie :

— Les cerises?... Ah! oui, les cerises...

Dans ses yeux passa une sorte de frénésie riante, un universel mépris, un dédain dansant qui me foulait avec tout le reste, allègrement... Ce ne fut qu'un moment, — non pas un moment unique. Maintenant que je la connais mieux, j'interprète ces éclairs de son visage. Il me semble qu'un besoin d'échapper à tout et à tous, un bond vers le haut, vers une loi écrite par elle seule, pour elle seule, les allumait. Si je me trompe, laissez-moi errer.

Sous le cerisier, elle retomba encore une fois parmi nous,

lestée de soucis, d'amour, d'enfants et de mari suspendus, elle redevint bonne, ronde, humble devant l'ordinaire de sa vie :
— C'est vrai, les cerises...
Le merle était parti, gavé, et l'épouvantail hochait au vent son gibus vide.

— J'ai vu, me contait-elle, moi qui te parle, j'ai vu neiger au mois de juillet.

— Au mois de juillet!

— Oui. Un jour comme celui-ci.

— Comme celui-ci...

Je répétais la fin de ses phrases. J'avais déjà la voix plus grave que la sienne, mais j'imitais sa manière. Je l'imite encore.

— Oui. Comme celui-ci, dit ma mère en soufflant sur un flocon impondérable d'argent, arraché au pelage de la chienne havanaise qu'elle peignait. Le flocon, plus fin que le verre filé, s'embarqua mollement sur un petit ruisseau d'air ascendant, monta jusqu'au toit, se perdit dans un excès de lumière...

— Il faisait beau, reprit ma mère, beau et bon. Vint une saute de vent, une queue d'orage que la saute de vent emmena et bloqua sur l'Est naturellement; une petite grêle très froide, puis une chute de grosse neige épaisse et lourde... Des roses couvertes de neige, des cerises mûres et des tomates sous la neige... Des géraniums rouges qui n'avaient pas eu le temps de refroidir et qui fondaient la neige à mesure qu'elle les couvrait... Ce sont des tours de celui-là...

Elle désignait, du coude, et menaçait du menton le siège altier, l'invisible lit de justice de son ennemi, l'Est, que je cherchai par-delà les chaudes nues croulantes et blanches du bel été...

— Mais j'ai vu bien autre chose! reprenait ma mère.

— Autre chose?...

Peut-être avait-elle rencontré, un jour, — montant vers Bel-Air, ou sur la route de Thury, — l'Est lui-même? Peut-être un grand pied violacé, la mare gelée d'une prunelle immense avaient-ils, pour qu'elle me les décrivît, divisé les nuages?...

— J'étais grosse de ton frère Léo, et je promenais la jument avec la victoria.

— La même jument que maintenant?

— Naturellement, la même jument. Tu n'as que dix ans. Crois-tu qu'on change de jument comme de chemise? La nôtre était alors une très belle jument, un peu jeune, que je laissais quelquefois mener par Antoine. Mais je montais dans la victoria, pour la rassurer.

Je me souviens que je voulus demander : « Pour rassurer qui? » Je me retins, jalouse de garder intactes la foi et l'incertitude d'une équivoque : pourquoi la présence de ma mère n'eût-elle pas rassuré la victoria?

— ... Tu comprends, quand elle entendait ma voix, elle se sentait plus tranquille...

Mais certainement, très tranquille, et tout étalée, en drap bleu entre ses deux lanternes riches, à couronnes de cuivre découpées en trèfles... Une figure de victoria tranquillisée... Parfaitement!

— Dieu, que tu as l'air bête en ce moment, ma fille!... Tu m'écoutes?

— Oui, maman...

— Donc, nous avions fait un grand tour, par une de ces chaleurs! J'étais énorme, et je me trouvais lourde. Nous rentrions au pas, et j'avais coupé des genêts fleuris, je me rappelle... Nous voilà arrivés à la hauteur du cimetière, — non, ce n'est pas une histoire de revenants, — quand un nuage, un vrai nuage du Sud, marron roux, avec un petit ourlet de mercure tout autour, se met à monter plus vite dans le ciel, tonne un bon coup, et crève en eau comme un seau percé! Antoine descend et veut lever la capote pour m'abriter. Je lui dis : « Non, le plus pressé c'est de tenir la jument à la tête : si la grêle vient, elle s'emballera pendant que vous lèverez la capote. » Il tient la jument qui dansait un peu sur place, mais je lui parlais, tu comprends, comme s'il n'avait pas plu ni tonné, je lui parlais sur un ton de beau temps et de promenade au pas. Et je recevais un *agas* d'eau incroyable, sur ma malheureuse petite ombrelle en soie... Le nuage passé, j'étais assise dans un bain de siège, Antoine trempé, et la capote pleine d'eau, d'une eau chaude, une eau à dix-huit ou vingt degrés. Et quand Antoine a voulu vider la capote, nous y avons trouvé quoi? Des grenouilles, minuscules, vivantes, au moins trente grenouilles apportées à travers les airs par un caprice du Sud, par une trombe chaude, une de ces tornades dont le pied en pas de vis ramasse et porte à cent lieues un panache de sable, de graines, d'insectes... J'ai vu cela, moi, oui!

Elle brandissait le peigne de fer qui servait à carder la chevelure de la havanaise et les angoras. Elle ne s'étonnait pas que des prodiges météorologiques l'eussent attendue au passage, et tutoyée.

Vous croirez sans peine qu'à l'appel de « Sido » le vent du Sud se levait devant les yeux de mon âme, tors sur son pas de vis, empanaché de graines, de sable, de papillons morts, raciné au désert de Libye... Sa tête indistincte et désordonnée s'agitait, secouant l'eau et la pluie de grenouilles tièdes... Je suis capable encore de le voir.

— Mais que tu as donc l'air bête aujourd'hui, ma fille!... D'ailleurs tu es beaucoup plus jolie quand tu as l'air bête. C'est dommage que cela t'arrive si rarement. Tu pèches déjà, comme moi, par excès d'expression. J'ai toujours l'air, quand j'égare mon dé, d'avoir perdu un parent bien-aimé... Quand tu prends l'air bête, tu as les yeux plus grands, la bouche entrouverte, et tu rajeunis... A quoi penses-tu?

— A rien, maman...

— Je ne te crois pas, mais c'est très bien imité. Vraiment très bien, ma fille. Tu es un miracle de gentillesse et de fadeur!

Je tressaillais, je rougissais sous la louange piquante, l'œil acéré, la voix aux finales hautes et justes. Elle ne m'appelait « ma fille » que pour souligner une critique ou une réprimande... Mais la voix, le regard étaient prompts à changer :

— O mon Joyau-tout-en-or! Ce n'est pas vrai, tu n'es ni bête ni jolie, tu es seulement ma petite fille incomparable!... Où vas-tu?

Comme à tous les inconstants l'absolution me donnait

des ailes, et dûment embrassée, légère, j'apprêtai déjà ma fuite.

— Ne t'en va pas loin à cette heure-ci! Le soleil se couche dans...

Elle ne consultait pas la montre, mais la hauteur du soleil sur l'horizon, et la fleur du tabac ou le datura, assoupis tout le jour et que le soir éveillait.

— ... dans une demi-heure, le tabac blanc embaume déjà... Veux-tu porter des aconits, des ancolies et des campanules chez Adrienne Saint-Aubin, et lui rendre la *Revue des Deux-Mondes?*... Change de ruban, mets-en un bleu pâle... Tu as un teint pour le bleu pâle, ce soir.

Changer de ruban — jusqu'à l'âge de vingt-deux ans on m'a vue coiffée de ce large ruban, noué autour de ma tête, « à la Vigée-Lebrun », disait ma mère — et porter un message de fleurs : ainsi ma mère m'avertissait que j'étais, pendant une heure, un jour, particulièrement jolie, et qu'elle s'enorgueillissait de moi. Le ruban en papillon épanoui au-dessus du front, quelques cheveux ramenés sur les tempes, je prenais les fleurs à mesure que « Sido » les coupait.

— Maintenant va! Donne les ancolies doubles à Adrienne Saint-Aubin. Le reste à qui tu voudras, dans notre voisinage. Sur l'Est, il y a quelqu'un de malade, la mère Adolphe... Si tu entres chez elle...

Elle n'avait pas le temps de finir sa phrase que je reculais, d'un saut, renâclant comme une bête devant l'odeur et l'image de la maladie... Ma mère me retenait par le bout d'une de mes tresses, et son soudain visage sauvage, libre de toute contrainte, de charité, d'humanité, bondissait hors de son visage quotidien. Elle chuchotait :

— Tais-toi!... Je sais... Moi aussi... Mais il ne faut pas le dire. Il ne faut jamais le dire! Va... Va maintenant. Tu t'es encore mis cette nuit un papier à papillotes sur le front, hein, mâtine? Enfin...

Elle lâchait ma rêne de cheveux, s'éloignait de moi pour me mieux voir :

— Va leur montrer ce que je sais faire!

Mais, quoi qu'elle m'eût recommandé, je n'entrais pas chez la malade de l'Est. Je passais la rue comme un gué, en sautant de l'un à l'autre caillou pointu, et je ne m'arrêtais que chez la singulière amie de ma mère, chez « Adrienne ».

Les enfants et les neveux que celle-ci a laissés n'auront pas gardé d'elle un souvenir plus vif que n'est le mien. Vive, guetteuse et somnolente, un bel œil jaune de gitane sous les cheveux crépus, elle errait avec une sorte de lyrisme agreste, une exigence quotidienne de nomade. Sa maison lui ressemblait par le désordre et par une grâce qui se refuse aux sites et aux êtres policés. Pour fuir l'humide et funéraire pénombre, la verdure étouffante, roses et glycines, dans son jardin, escaladaient les ifs, gagnaient le soleil par des efforts d'ascension et des dépenses d'énergie qui réduisaient leurs tiges-mères, étirées, à une nudité de reptiles... Mille roses, réfugiées au sommet des arbres, fleurissaient hors d'atteinte, parmi des glycines à longues gouttes de fleurs et des bigonniers pourpres, victorieux ennemis de clématites épuisées...

Sous cette chevelure, la maison d'Adrienne suffoquait aux heures chaudes. Sûre d'y trouver des piles de livres éboulés, des champignons cueillis à l'aube, des fraises sauvages, des ammonites fossiles, et, selon la saison, des truffes grises de Puisaye, je m'y glissais à la manière d'un chat. Mais un chat hésite, et demeure interdit devant un plus chat. La présence d'Adrienne, son indifférence, un secret étincelant et bien gardé au fond de ses prunelles jaunes, je les supportais avec un trouble chagrin que je cotais peut-être à son prix. Elle mettait, à me négliger, une sorte d'art sauvage, et sa bohémienne, son universelle indifférence me blessait comme une rigueur d'exception.

Quand ma mère et Adrienne allaitaient, la première sa fille, la seconde son fils, elles échangèrent un jour, par jeu, leurs nourrissons. Parfois Adrienne m'interpellait en riant : « Toi que j'ai nourrie de mon lait !... » Je rougissais si follement que ma mère fronçait les sourcils, et cherchait sur mon visage la cause de ma rougeur. Comment dérober à ce lucide regard, gris de lame et menaçant, l'image qui me tourmentait : le sein brun d'Adrienne et sa cime violette et dure...

Oubliée chez Adrienne entre des cubes vacillants de livres — toute la collection de la *Revue des Deux-Mondes,* entre autres — entre les tomes innombrables d'une vieille bibliothèque médicale à odeur de cave, entre des coquillages géants, des simples à demi secs, des pâtées de chat aigries, le chien Perdreau, le matou noir à masque blanc qui s'appelait « Colette » et mangeait le chocolat cru, je tressaillais à un appel venu par-dessus les ifs entravés de roses et les thuyas étiques que paralysait un python de glycine... Dans notre maison, surgissant d'une fenêtre comme pour annoncer le feu ou les voleurs, ma mère criait mon nom... Etrange culpabilité d'une enfant sans reproche : je courais, j'apprêtais un air simple, un essoufflement d'étourderie...

— Si longtemps chez Adrienne?

Pas un mot de plus, mais quel accent! Tant de clairvoyance et de jalousie en « Sido », tant de confusion en moi refroidirent, à mesure que je grandissais, l'amitié des deux femmes. Elles n'eurent jamais d'altercation, rien ne s'expliqua entre ma mère et moi. Qu'eussions-nous expliqué? Adrienne se gardait de m'attirer ou de me retenir. Ce n'est pas toujours par l'amour que la captation commence. J'avais dix ans, onze ans...

Il m'a fallu beaucoup de temps pour que j'associasse un gênant souvenir, une certaine chaleur de cœur, la déformation féerique d'un être et de sa demeure, à l'idée d'une première séduction.

« Sido » et mon enfance, l'une et l'autre, l'une par l'autre furent heureuses au centre de l'imaginaire étoile à huit branches, dont chacune portait le nom d'un des points cardinaux et collatéraux. Ma douzième année vit arriver la mauvaise fortune, les départs, les séparations. Réclamée par de quotidiens et secrets héroïsmes, ma mère appartint moins à son jardin, à sa dernière enfant...

J'aurais volontiers illustré ces pages d'un portrait photographique. Mais il m'eût fallu une « Sido » debout, dans le jardin, entre la pompe, les hortensias, le frêne pleureur et le très vieux noyer. Là je l'ai laissée, quand je dus quitter ensemble le bonheur et mon plus jeune âge. Là, je l'ai pourtant revue, un moment furtif du printemps de 1928. Inspirée et le front levé, je crois qu'à cette même place elle convoque et recueille encore les rumeurs, les souffles et les présages qui accourent à elle, fidèlement, par les huit chemins de la Rose des Vents.

Le Capitaine

Cela me semble étrange, à présent, que je l'aie si peu connu. Mon attention, ma ferveur, tournées vers « Sido », ne s'en détachaient que par caprices. Ainsi faisait-il, lui, mon père. Il contemplait « Sido ». En y réfléchissant, je crois qu'elle aussi l'a mal connu. Elle se contentait de quelques grandes vérités encombrantes : il l'aimait sans mesure, — il la ruina dans le dessein de l'enrichir — elle l'aimait d'un invariable amour, le traitait légèrement dans l'ordinaire de la vie, mais respectait toutes ses décisions.

Derrière ces évidences aveuglantes, un caractère d'homme n'apparaissait que par échappées. Enfant, qu'ai-je su de lui? Qu'il construisait pour moi, à ravir, des « maisons de hannetons » avec fenêtres et portes vitrées et aussi des bateaux. Qu'il chantait. Qu'il dispensait — et cachait — les crayons de couleur, le papier blanc, les règles en palissandre, la poudre d'or, les larges pains à cacheter blancs que je mangeais à poignées... Qu'il nageait, avec sa jambe unique, plus vite et mieux que ses rivaux à quatre membres...

Mais je savais aussi qu'il ne s'intéressait pas beaucoup, en apparence du moins, à ses enfants. J'écris « en apparence ». La timidité étrange des pères, dans leurs rapports avec leurs enfants, m'a donné, depuis, beaucoup à penser. Les deux aînés de ma mère, fille et garçon, issus d'un premier mariage, — celle-là égarée dans le roman, à peine présente, habitée par les fantômes littéraires des héros; celui-ci altier, tendre et secret — l'ont gêné. Il croyait naïvement que l'on conquiert un enfant par des dons... Il ne voulut pas reconnaître sa fantaisie musicienne et nonchalante dans son propre fils, « le lazzarone », comme disait ma mère. C'est à moi qu'il accorda le plus d'importance. J'étais encore petite quand mon père commença d'en appeler à mon sens critique. Plus tard, je me montrai, Dieu merci, moins précoce. Mais quelle intransigeance, je m'en souviens, chez ce juge de dix ans...

— Ecoute ça, me disait mon père.

J'écoutais, sévère. Il s'agissait d'un beau morceau de prose oratoire, ou d'une ode, vers faciles, fastueux par le rythme, par la rime, sonores comme un orage de montagne...

— Hein? interrogeait mon père. Je crois que cette fois-ci!... Eh bien, parle!

Je hochais ma tête et mes nattes blondes, mon front trop grand pour être aimable et mon petit menton en bille, et je laissais tomber mon blâme :

— Toujours trop d'adjectifs!

Alors mon père éclatait, écrasait d'invectives la poussière, la vermine, le pou vaniteux que j'étais. Mais la vermine, imperturbable, ajoutait :

— Je te l'avais déjà dit la semaine dernière, pour l'*Ode à Paul Bert*. Trop d'adjectifs!

Il devait, derrière moi, rire, et peut-être s'enorgueillir... Mais au premier moment nous nous toisions en égaux, et déjà confraternels. C'est lui, à n'en pas douter, c'est lui qui me domine quand la musique, un spectacle de danse — et non les mots, jamais les mots! — mouillent mes yeux. C'est lui qui se voulait faire jour, et revivre quand je commençai, obscurément, d'écrire, et qui me valut le plus acide éloge, — le plus utile à coup sûr :

— Aurais-je épousé la dernière des lyriques?

Lyrisme paternel, humour, spontanéité maternels, mêlés, superposés, je suis assez sage à présent, assez fière pour les départager en moi, tout heureuse d'un délitage où je n'ai à rougir de personne ni de rien.

Oui, tous quatre, nous autres enfants, nous avons gêné mon père. En est-il autrement dans les familles où l'homme, passant l'âge de l'amour, demeure épris de sa compagne? Nous avons, toute sa vie, troublé le tête-à-tête que mon père rêvait... L'esprit pédagogique peut rapprocher un père de ses enfants. A défaut d'une tendresse, beaucoup plus exceptionnelle qu'on ne l'admet généralement, un homme s'attache à ses fils par le goût orgueilleux d'enseigner. Mais Jules-Joseph Colette, homme instruit, ne faisait parade d'aucune science. Pour « Elle », il avait d'abord aimé briller, jusqu'au jour où, l'amour grandissant, mon père quitta jusqu'à l'envie d'éblouir « Sido ».

J'irais droit au coin de terre où fleurissaient les perce-neige, dans le jardin. La rose, le treillage qui la portait, je les peindrais de mémoire, ainsi que le trou dans le mur, la dalle usée. La figure de mon père reste indécise, intermittente. Dans le grand fauteuil de repos, il est resté assis. Les deux miroirs ovales du pince-nez ouvert brillent sur sa poitrine, et sa singulière lèvre en margelle dépasse un peu, rouge, sa moustache qui rejoint sa barbe. Là il est fixé, à jamais.

Mais ailleurs il erre et flotte, troué, barré de nuages, visible par fragments. Sa main blanche ne saurait m'échapper, surtout depuis que je tiens mal mon pouce, en dehors, comme lui, et que comme cette main mes mains froissent, roulent, anéantissent le papier avec une fureur explosive. Et la colère donc... Je ne parlerai pas de mes colères, qui me viennent de lui. Mais qu'on aille voir seulement, à Saint-Sauveur, l'état dans lequel mon père mit, de deux coups de son pied unique, le chambranle de la cheminée en marbre...

J'épèle, en moi, ce qui est l'apport de mon père, ce qui est la part maternelle. Le capitaine Colette n'embrassait pas les enfants : sa fille prétend que le baiser les fane. S'il m'embrassait peu, du moins il me jetait en l'air, jusqu'au plafond que je repoussais des deux mains et des genoux, et je criais de joie. Sa force musculaire était grande, ménagée et dissimulée d'une manière féline, et sans doute entretenue par une frugalité qui déconcertait nos bas-bourguignons : du pain, du café, beaucoup de sucre, un demi-verre de vin, force tomates, des aubergines... Il se résigna à prendre un peu de viande comme un remède, passé soixante-dix ans. Sédentaire, ce méridional, tout blanc dans sa peau de satin, n'engraissa jamais.

— Italien!... Homme au couteau!

Ainsi invectivait ma mère, quand elle n'était pas contente de lui, ou bien quand l'extraordinaire jalousie de son fidèle amant se faisait jour. De fait, s'il n'a jamais tué personne, un poignard, dont le manche de corne cachait un ressort, ne quittait jamais la poche de mon père, qui méprisait l'arme à feu.

Les fausses colères du Midi tiraient de lui des grondements, des jurons grandiloquents, auxquels nous n'accordions aucune importance. Mais comme j'ai frémi, une fois, d'entendre mélodieuse la voix de sa fureur véritable! J'avais onze ans.

Ma mystérieuse demi-sœur venait de se marier, à sa guise, si mal et si tristement qu'elle n'espérait plus que la mort : elle avala je ne sais quels cachets et le voisin vint prévenir ma mère. Mon père et ma sœur ne s'étaient guère liés en quelque vingt années. Mais mon père, qui regardait souffrir « Sido », dit sans élever le ton, et d'un accent enchanteur :

— Allez dire au mari de *ma* fille, au docteur R..., que, s'il ne sauve pas cette enfant, ce soir il aura cessé de vivre.

Quelle suavité! Je fus saisie d'enthousiasme. Le beau son, plein, musical comme le chant de la mer en courroux! N'eût été la douleur de « Sido », j'aurais regagné, dansant, le jardin, et allégrement espéré la juste mort du docteur R...

Mal connu, méconnu... « Ton incorrigible gaîté! » s'écriait ma mère. Ce n'était pas reproche, mais étonnement. Elle le croyait gai, parce qu'il chantait. Mais, moi qui siffle dès que je suis triste, moi qui scande les pulsations de la fièvre ou les syllabes d'un nom dévastateur sur les variations sans fin d'un thème, je voudrais qu'elle eût compris que la suprême offense, c'est la pitié. Mon père et moi, nous n'acceptons pas la pitié. Notre carrure la refuse. A présent, je me tourmente, à cause de mon père, car je sais qu'il eut, mieux que toutes les séductions, la vertu d'être triste à bon escient, et de ne jamais se trahir.

Sauf qu'il nous fit souvent rire, sauf qu'il contait bien, qu'emporté par son rythme il « brodait » avec hardiesse, sauf cette mélodie qui s'élevait de lui, l'ai-je vu gai? Il allait, précédé, protégé par son chant.

Rayons dorés, tièdes zéphyrs

fredonnait-il en descendant notre rue déserte. Ainsi « Elle » ignorerait, en l'entendant venir, que Laroche, fermier des Lamberts, refusait impudemment de payer son fermage, et qu'un prête-nom du même Laroche avançait à mon père, — sept pour cent d'intérêts pour six mois — une somme indispensable...

« *Par quel charme, dis-moi, m'as-tu donc enchanté?*
Quand je te vois, je crois que c'est par ton sourire... »

Qui donc eût pu croire que ce baryton, agile encore sur sa béquille et sa canne, pousse devant lui sa romance comme une blanche haleine d'hiver, afin qu'elle détourne de lui l'attention?

Il chante : « Elle » oubliera peut-être aujourd'hui de lui demander s'il a pu emprunter cent louis sur sa pension d'officier amputé? Quand il chante, Sido l'écoute malgré elle, et ne l'interrompt pas...

« *Les rendez-vous de noble compagnie*
Se donnent tous dans ce charmant-ant séjour,
Et doucement on y passe la vie (bis)
En célébrant le champagne et l'amour! (ter) »

S'il jette trop haut, aux murs de la rue de l'Hospice, le *grupetto*, le point d'orgue final, et quelques *cocottes* de fantaisie, ma mère apparaîtra sur le seuil, scandalisée, riante :

— Oh! Colette!... Dans la rue!...

... et moyennant peut-être deux ou trois grivoiseries, du genre ordinaire, décochées à une jeune voisine, « Sido » froncera son sourcil clairsemé de Joconde, et chassera d'elle le douloureux refrain qui ne franchit pas ses lèvres : « Il va falloir vendre la Forge... vendre la Forge... Mon Dieu, vendre la Forge aussi, après les Mées, les Choslins, les Lamberts... »

Gai? Et pourquoi eût-il été, sincèrement, gai? Il avait besoin de vivre au sein d'une chaude approbation, après avoir eu besoin, dans sa jeunesse, de mourir publiquement et avec gloire. Réduit à son village et à sa famille, envahi et borné par son grand amour, il livra le plus vrai de lui-même à des étrangers, à des amis lointains. Un de ses compagnons d'armes, le colonel Godchot, vit encore, et garde des lettres, redit des mots du capitaine Colette... Etrange silence d'un homme qui parlait volontiers : il ne contait pas ses faits d'armes. C'est le capitaine Fournès, et le soldat Lefèvre, tous deux du 1er zouaves, qui ont transmis au colonel Godchot des « mots » de mon père. Dix-huit cent cinquante-neuf... Guerre d'Italie... Mon père, à vingt-neuf ans, tombe, la cuisse gauche arrachée, devant Melegnano. Fournès et Lefèvre s'élancent, le rapportent : « Où voulez-vous qu'on vous mette, mon capitaine?

— Au milieu de la place, sous le drapeau! »

Il n'a conté, à aucun des siens, cette parole, cette heure où il espéra mourir parmi le tonnerre et l'amour des hommes. Il ne nous a jamais dit, à nous, comment il gisait à côté de « son vieux Maréchal » (Mac-Mahon). Il ne m'a jamais parlé, à moi, de la seule longue et grave maladie qui m'ait atteinte. Mais voici que des lettres de lui (je l'apprends vingt ans après sa mort) sont pleines de mon nom, du mal de la « petite »...

Trop tard, trop tard... C'est le mot des négligents, des enfants et des ingrats. Non que je me sente plus coupable qu'une autre « enfant », au contraire. Mais n'aurais-je pas dû forcer, quand il était vivant, sa dignité goguenarde, sa frivolité de commande? Ne valions-nous pas, lui et moi, l'effort réciproque de nous mieux connaître?

Il était poète, et citadin. La campagne, où ma mère semblait se sustenter de toute sève, et reprendre vie chaque fois qu'en se baissant elle en touchait la terre, éteignait mon père, qui s'y comporta en exilé.

Elle nous sembla parfois scandaleuse, la sociabilité qui l'appelait vers la politique des villages, les conseils municipaux, la candidature au conseil général, vers les assemblées, les comités régionaux où l'humaine rumeur répond à la voix humaine. Injustes, nous lui en voulions vaguement de ne pas assez nous ressembler, à nous qui nous dilations d'aise loin des hommes.

Je m'avise à présent qu'il cherchait à nous plaire, lorsqu'il organisait des « parties de campagne », comme font les habitants des villes. La vieille victoria bleue emportait famille, victuailles et chiens jusqu'aux bords d'un étang, Moutiers, Chassaing, ou la jolie flaque forestière de la Guillemette qui nous appartenait. Mon père manifestait le « sens du dimanche », le besoin urbain de fêter un jour entre les sept jours, au point qu'il se munissait de cannes à pêche, et de sièges pliants.

Au bord de l'étang, il essayait une humeur joviale qui n'était pas son humeur joviale de la semaine; il débouchait plaisamment la bouteille de vin, s'accordait une heure de pêche à la ligne, lisait, dormait un moment, et nous nous ennuyions, nous autres, sylvains aux pieds légers, entraînés à battre le pays sans voiture, et regrettant, devant le poulet froid, nos en-cas de pain frais, d'ail et de fromage. La libre forêt, l'étang, le ciel double exaltaient mon père, mais à la lumière d'un noble décor. Plus il évoquait

> *... le bleu Titarèse, et le golfe d'argent...*

plus nous devenions taciturnes — je parle des deux garçons et de moi — nous qui n'accordions déjà plus d'autre aveu, à notre culte bocager, que le silence.

Assise au bord de l'étang, entre son mari et ses enfants sauvages, seule ma mère semblait recueillir mélancoliquement le bonheur de compter, gisants contre elle, sur l'herbe fine et jonceuse rougie de bruyère, ses bien-aimés... Loin du coup de sonnette importun, loin de l'anxieux fournisseur impayé, loin des voix cauteleuses, un cirque parfait de bouleaux et de chênes enfermait — j'excepte l'infidèle fille aînée — son œuvre et son tourment. Courant en risées sur les cimes des arbres, le vent franchissait la brèche ronde, touchait rarement l'eau. Les dômes des mousserons rosés crevaient le léger terreau, gris d'argent, qui nourrit les bruyères, et ma mère parlait de ce qu'elle et moi nous aimions le mieux.

Elle contait les sangliers des anciens hivers, les loups encore présents dans la Puisaye et la Forterre, le loup d'été, maigre, qui suivit, cinq heures durant, la victoria. « Si j'avais su quoi lui donner à manger... Il aurait bien mangé du pain... A toutes les côtes, il s'asseyait pour laisser à la voiture son avance d'une cinquantaine de mètres. De le sentir, la jument était furieuse, un peu plus c'est elle qui l'eût attaqué...

— Tu n'avais pas peur?

— Peur? Non. Ce pauvre grand loup gris, sec, affamé, sous un soleil de plomb... D'ailleurs j'étais avec mon premier mari. C'est lui aussi, mon premier mari, qui en chassant a vu le renard noyer ses puces. Une touffe d'herbes entre les dents, le renard est entré le derrière le premier, peu à peu, peu à peu, dans l'eau, jusqu'au museau.

Paroles innocentes, enseignements maternels que donnent aussi, à leurs petits, l'hirondelle, la mère lièvre, la chatte... Récits délicieux, dont mon père ne retenait qu'un mot : « mon premier mari... », et il appuyait sur « Sido » ce regard bleu-gris dans lequel personne n'a jamais pu lire... Que lui importaient, d'ailleurs, le renard, le muguet, la baie mûre, l'insecte? Il les aimait dans des livres, nous disait leurs noms scientifiques, et dehors les croisait sans les reconnaître... Il louait, sous le nom de « rose », toute corolle épanouie, il prononçait l'o bref, à la provençale, en pinçant, entre le pouce et l'index, une « roz » invisible...

Le soir tombait enfin sur notre dimanche-aux-champs. De cinq, nous n'étions, souvent, plus que trois : mon père, ma mère et moi. Le rempart circulaire des bois assombris avait résorbé les deux longs garçons osseux, mes frères.

— Nous les rattraperons sur la route, en revenant, disait mon père.

Mais ma mère secouait la tête : ses garçons ne rentraient que par des sentes de traverse, des prés marécageux et bleus; coupant par les sablières, les ronciers, ils sautaient le mur au fond du jardin... Elle se résignait à les trouver chez nous, à la maison, un peu saignants, un peu loqueteux; elle reprenait sur l'herbe les reliefs du repas, quelques champignons frais cueillis, le nid de mésange vide, la cartilagineuse éponge cloisonnée, œuvre d'une colonie de guêpes, le bouquet sauvage, des cailloux empreints d'ammonites fossiles, le grand chapeau de « la petite », et mon père, encore agile, remontait, d'un saut d'échassier, dans la victoria,

C'est ma mère qui caressait la jument noire, qui offrait à ses dents jaunies des pousses tendres, et qui essuyait les pattes du chien pataugeur. Je n'ai jamais vu mon père toucher un cheval. Nulle curiosité ne l'a attiré vers un chat, penché sur un chien. Jamais un chien ne lui a obéi...

— Allons, monte! ordonnait à Moffino la belle voix du capitaine.

Mais le chien, contre le marchepied de la voiture, battait de la queue froidement, et regardait ma mère...

— Monte, animal! Qu'est-ce que tu attends? répétait mon père.

« J'attends *l'ordre* », semblait répondre le chien.

— Eh! saute! lui criai-je.

Il ne se le faisait pas dire deux fois.

— C'est très curieux, constatait ma mère.

— Ça prouve seulement la bêtise de ce chien, répliquait mon père.

Mais nous n'en croyions rien, « nous autres », et mon père, au fond, se sentait secrètement humilié.

Les genêts jaunes, bottelés, faisaient queue de paon derrière nous dans la capote de la vieille voiture. Mon père, en approchant du village, reprenait son fredon défensif, et nous avions sans doute l'air très heureux, car l'air heureux était notre suprême et mutuelle politesse... Soir commençant, fumées courantes sur le ciel, fiévreuse première étoile, est-ce que tout, autour de nous, n'était pas aussi grave et aussi tremblant que nous-mêmes? Un homme, banni des éléments qui l'avaient jadis porté, rêvait amèrement...

Amèrement, — maintenant j'en suis sûre. Il faut du temps à l'absent pour prendre sa vraie forme en nous. Il meurt, — il mûrit, il se fixe. « C'est donc toi? Enfin... Je ne t'avais pas compris. » Il n'est jamais trop tard, puisque j'ai pénétré ce que ma jeunesse me cachait autrefois : mon brillant, mon allègre père nourrissait la tristesse profonde des amputés. Nous n'avions presque pas conscience qu'il lui manquât, coupée en haut de la cuisse, une jambe. Qu'eussions-nous dit à le voir soudain marcher comme tout le monde?

Ma mère elle-même ne l'avait connu qu'étayé de béquilles, preste, et rayonnant d'insolence amoureuse. Mais elle ignorait, faits d'armes exceptés, l'homme qui datait d'avant elle, le Saint-Cyrien beau danseur, le lieutenant solide comme un « bois-debout » — ainsi l'on nomme, dans mon pays natal, l'antique billot, la rouelle de chêne au grain serré que n'entame pas le hachoir. Elle ignorait, quand elle le suivait des yeux, que ce mutilé avait autrefois pu courir à la rencontre de tous les risques. Amèrement, le plus ailé de lui-même s'élançait encore, lorsqu'assis, et sa chanson suave aux lèvres, il restait aux côtés de « Sido ».

L'amour, et rien d'autre... Il n'avait gardé qu'elle. Autour d'eux, le village, les champs, les bois, — le désert... Il pensait qu'au loin ses amis, ses camarades continuaient. D'un voyage à Paris, il revint l'œil voilé, parce que Davout d'Auerstaedt, grand chancelier de la Légion d'Honneur, lui avait enlevé son ruban rouge pour le remplacer par une rosette.

— Tu ne pouvais pas me la demander, vieux?
— Je n'avais pas demandé le ruban non plus, répondit légèrement mon père.

Mais il nous conta la scène d'une voix enrouée. Où situer la source de son émotion? Il portait cette rosette, généreusement épanouie, à sa boutonnière. Le buste droit, le bras posé sur la barre de sa béquille, il paradait, dans notre vieille voiture, dès l'entrée du village, pour les premiers passants de la Gerbaude. Rêvait-il aux divisionnaires qui marchaient sans étais et défilaient sur des chevaux. Février, Désandré — Fournès qui l'avait sauvé et le nommait encore, délicatement, « mon capitaine »... Un mirage de Sociétés savantes, peut-être de politique, de tribunes, de chatoyante algèbre... Un mirage de joies d'homme...

— Tu es si humain! lui disait parfois ma mère, avec un accent d'indéfinissable suspicion.

Elle ajoutait, pour ne le point trop blesser :

— Oui, tu comprends, tu étends la main pour savoir s'il pleut.

Il était grivois en anecdotes. La présence de ma mère arrêtait sur ses lèvres l'histoire toulonnaise, ou africaine. Elle, vive en paroles, se modérait chastement devant lui. Mais, distraite, entraînée par un rythme familier, elle se surprenait à fredonner des « sonneries » dont les textes furent transmis, sans altération, des armées impériales aux armées républicaines.

— Ne nous gênons plus, disait mon père derrière *Le Temps* déployé.

— Oh... suffoquait ma mère. Pourvu que la petite n'ait pas entendu!

— Pour la petite, repartait mon père, ça n'a pas d'importance...

Et il attachait sur sa créature choisie l'extraordinaire regard gris-bleu, plein de bravade, qui ne versait ses secrets à personne, mais qui avouait parfois : « J'ai des secrets. »

J'essaie, seule, d'imiter ce regard de mon père. Il m'arrive d'y réussir assez bien, surtout quand je m'en sers pour me mesurer avec un tourment caché. Tant est efficace le secours de l'insulte à ce qui vous domine le mieux, et grand le plaisir de fronder un maître : « Je mourrai peut-être de toi, mais crois bien que j'y mettrai le plus de temps possible... »

« La petite, ça n'a pas d'importance... » Quelle candeur, voyez, et comme il butait contre son amour, son seul amour! Je lui plaisais cependant, par des traits où il se fût reconnu, mais il me distinguait mal. Il perdait, peu à peu, le don d'observer, la faculté de comparer. Je n'avais pas plus de treize ans quand je remarquai que mon père cessait de voir, au sens terrestre du mot, sa « Sido » elle-même...

— Encore une robe neuve? s'étonnait-il. Peste, Madame!

Interloquée, « Sido » le reprenait sans gaîté :

— Neuve? Colette, voyons!... Où as-tu les yeux?

Elle pinçait entre deux doigts une soie élimée, une « visite » perlée de jais...

— Trois ans, Colette, tu m'entends? Elle a trois ans!... Et ce n'est pas fini! ajoutait-elle avec une hâte fière. Teinte en bleu marine...

Mais il ne l'écoutait plus. Il l'avait déjà jalousement rejointe, dans quelque lieu élu où elle portait chignon à boucles anglaises et corsage ruché de tulle, ouvert en cœur. En vieillissant, il ne tolérait même plus qu'elle eût mauvaise mine, qu'elle fût malade. Il lui jetait des « Allons! allons! » comme à un cheval qu'il avait seul le droit de surmener. Et elle allait...

Je ne les ai jamais surpris à s'embrasser avec abandon. D'où leur venait tant de pudeur? De « Sido », assurément. Mon père n'y eût pas mis tant de façons... Attentif à tout ce qui venait d'elle, il écoutait son pas vif, l'arrêtait au passage :

— Paye! lui ordonnait-il en désignant sa pommette nue au-dessus de sa barbe. Ou on ne passe pas.

Elle « payait », au vol, d'un baiser vif comme une piqûre, et s'enfuyait, irritée, si mes frères ou moi l'avions vue « payer ».

Une seule fois, en été, un jour que ma mère enlevait de la table le plateau du café, je vis la tête, la lèvre grisonnantes de mon père, au lieu de réclamer le péage familier, penchées sur la main de ma mère avec une dévotion fougueuse, hors de l'âge et telle que « Sido », muette, autant que moi empourprée, s'en alla sans un mot. J'étais petite encore, assez vilaine, occupée comme on l'est à treize ans de toutes choses dont l'ignorance pèse, dont la découverte humilie. Il me fut bon de connaître, et de me remettre en mémoire, par moments, cette complète image de l'amour : une tête d'homme, déjà vieux, abîmée dans un baiser sur une petite main de ménagère, gracieuse et ridée.

Il trembla, longtemps, de la voir mourir avant lui. C'est une pensée commune aux amants, aux époux bien épris, un souhait sauvage qui bannit toute idée de pitié. « Sido », avant la mort de mon père, me parlait de lui, aisément soulevée au-dessus de nous :

— Il ne faut pas que je meure avant lui. Il ne le faut absolument pas! Vois-tu que je me laisse mourir, et qu'il se tue, et qu'il se manque? Je le connais..., disait-elle d'un air de jeune fille.

Elle rêvait un peu, les yeux sur la petite rue de Châtillon-Coligny, ou sur le carré de jardin prisonnier.

— Moi, je risque moins, tu comprends. Je ne suis qu'une femme. Passé un certain âge, une femme ne meurt presque jamais volontairement. Et puis je vous ai, en outre. Lui, il ne vous a pas.

Car elle savait tout, et jusqu'aux préférences indicibles. Dans la grappe pendue à ses flancs, à ses bras, mon père pesait comme nous et ne nous soutenait guère.

Elle fut malade, et il s'assit fréquemment près du lit. « A quelle heure, quel jour seras-tu guérie? Gare, si tu ne guéris pas! J'aurai bientôt fait de ne plus vivre! » Elle ne supportait pas cette pensée d'homme, sa menace, son exigence sans merci. Pour lui échapper, elle tournait de côté et d'autre sa tête sur l'oreiller, comme elle fit plus tard pour secouer les derniers liens.

— Mon Dieu, Colette, tu me tiens chaud, se plaignait-elle. Tu remplis toute la chambre. Un homme est toujours déplacé au chevet d'une femme. Va dehors! Va voir s'il y a des oranges pour moi chez l'épicier... Va demander à M. Rosimond de me prêter la *Revue des Deux-Mondes*... Mais marche doucement, le temps est orageux, tu reviendrais en moiteur!...

Il obéissait, l'aisselle remontée sur sa béquille.

— Tu vois? disait ma mère derrière lui. Tu vois cet air de vêtement vide qu'il prend quand je suis malade?

Sous la fenêtre, en s'en allant, il éclaircissait sa voix pour qu'elle l'entendît :

> « *Je pense à toi, je te vois, je t'adore,*
> *A tout instant, à toute heure, en tout lieu,*
> *Je pense à toi quand je revois l'aurore,*
> *Je pense à toi quand je ferme les yeux.* »

— Tu l'entends? Tu l'entends?... disait-elle fiévreusement.

Mais sa malice supérieure rajeunissait soudain tout son visage; et elle se penchait hors de son lit :

— Ton père? Tu veux savoir ce que c'est que ton père? Ton père, c'est le roi des maîtres-chanteurs!

Elle guérit, — elle guérissait toujours. Mais quand on lui enleva un sein, et quatre ans après, l'autre sein, mon père conçut d'elle une méfiance terrible, quoiqu'elle guérît encore, chaque fois. Pour une arête de poisson qui, restée au gosier de ma mère, l'obligeait à tousser violemment, les joues congestionnées et les yeux pleins de larmes, mon père, d'un coup de poing asséné sur la table, dispersa en éclats son assiette, et cria furieusement :

— Ça va finir?

Elle ne s'y trompa point et l'apaisa avec une délicatesse miséricordieuse, des mots plaisants, de voltigeants regards. J'emploie toujours ces mots : « voltigeant regard », quand il s'agit d'elle. L'hésitation, le besoin d'un tendre aveu, le devoir de mentir l'obligeaient à battre des paupières, tandis qu'allaient, venaient précipitamment ses prunelles grises. Ce trouble, cette fuite vaine des prunelles poursuivies par un regard d'homme bleu-gris comme le plomb fraîchement coupé, c'est tout ce qui me fut révélé de la passion qui lia, pour leur vie entière, « Sido » et le Capitaine.

Il y a dix ans, je sonnais, amenée par un ami, à la porte de Mme B..., qui a, professionnellement, commerce avec les « esprits ». Elle nomme ainsi ce qui demeure, errant autour de nous, des défunts, particulièrement de ceux qui nous tinrent de près par le sang, et par l'amour. N'attendez pas que je professe une foi quelconque, ni même que je fréquente de passion les privilégiés qui lisent couramment l'invisible. Il s'agit d'une curiosité, toujours la même, qui me conduit indifféremment à visiter tour à tour Mme B..., la « femme-à-la-Bougie », le chien-qui-compte, un rosier à fruits comestibles, le docteur qui ajoute du sang humain à mon sang humain, que sais-je encore? Si cette curiosité me quitte, qu'on m'ensevelisse, je n'existe plus. Une de mes dernières indiscrétions s'adressa au grand hyménoptère d'acier bleu qui abonde, en Provence, pendant la floraison des « soleils », en juillet-août. Tourmentée d'ignorer le nom de ce guerrier bardé, je m'interrogeais : « A-t-il ou non un dard? Est-il seulement un samouraï magnifique et sans sabre? » Je suis bien soulagée d'être tirée d'incertitude. Une curieuse petite déformation, sur l'os d'une phalangine, atteste que le guerrier bleu est armé à merveille, et prompt à dégainer.

Chez Mme B..., j'eus l'agréable nouveauté d'un appartement moderne, traversé de soleil. Sur la fenêtre chantaient des oiseaux en cage, dans la pièce voisine des enfants riaient. Une aimable et ronde femme à cheveux blancs m'affirma qu'elle n'avait besoin ni de clair-obscur, ni d'aucun maléfique décor. Elle ne réclama qu'un instant de méditation, et ma main serrée dans les siennes.

— Vous voulez me poser des questions? me demanda-t-elle.

Je m'avisai alors que j'étais sans avidité, sans passion pour un au-delà quelconque, sans souhaits immodérés, et je ne trouvai rien à dire, sinon le mot le plus banal :

— Alors, vous voyez les morts? Comment sont-ils?

— Comme les vivants, répondit Mme B..., avec rondeur. Ainsi, derrière vous...

Derrière moi, c'était la fenêtre ensoleillée, et la cage des serins verts.

— ... derrière vous est assis l' « esprit » d'un homme âgé. Il porte une barbe non taillée, étalée, presque blanche. Les cheveux assez longs, gris, rejetés en arrière. Des sourcils... oh! par exemple, des sourcils... tout broussailleux... et là-dessous des yeux oh! mais, des yeux!... Petits, mais d'un éclat qui n'est pas soutenable... Voyez-vous qui ça peut être?

— Oui. Très bien.

— En tout cas, c'est un esprit bien placé.

— ?...

— Bien placé dans le monde des esprits. Il s'occupe beaucoup de vous... Vous ne le croyez pas?

— J'en doute un peu...

— Si. Il s'occupe beaucoup de vous *à présent.*

— Pourquoi à présent?

— Parce que vous représentez ce qu'il aurait tant voulu être sur la terre. Vous êtes justement ce qu'il a souhaité d'être. Lui, il n'a pas pu.

Je ne mentionnerai pas ici les autres « portraits » que me fit Mme B... Ils valaient tous, à mes yeux, par quelque détail dont la vigueur et le secret m'enchantèrent comme une sorcellerie anodine et inexplicable. D'un « esprit » où je fus bien obligée de reconnaître, trait pour trait, mon demi-frère, l'aîné, elle dit, apitoyée : « Je n'ai jamais vu un mort aussi triste! »

— Mais, lui dis-je, vaguement jalouse, ne voyez-vous pas une femme âgée qui pourrait être ma mère?

Le bon regard de Mme B... errait autour de moi :

— Non, ma foi, répondit-elle enfin...

Elle ajouta, vive, et comme pour me consoler :

— Peut-être qu'elle se repose? Ça arrive... Vous êtes seule d'enfant? (*sic*).

— J'ai encore un frère.

— Là!... s'exclama bonnement Mme B... Sans doute qu'elle est occupée avec lui... Un esprit ne peut pas être partout à la fois, vous savez...

Non, je ne le savais pas. J'appris dans la même visite que le commerce des défunts s'accommode de lumière terrestre, de familière gaîté. « Ils sont comme les vivants », affirme, paisible dans sa foi, Mme B... Pourquoi non? Comme les vivants, sauf qu'ils sont morts. Morts, — et voilà tout. Aussi s'étonnait-elle de voir en mon frère aîné un mort « aussi triste ». Ainsi l'ai-je vu — ainsi le voyait-elle à travers mon perméable mystère, sans doute — très triste en vérité, et comme roué de coups par son pénible et dernier passage, encore soucieux et fourbu...

Quant à mon père... « Vous êtes justement ce qu'il a souhaité d'être, et de son vivant il n'a pas pu. » Là, j'ai de quoi rêver, de quoi m'émouvoir. Sur un des plus hauts rayons de la bibliothèque, je revois encore une série de tomes cartonnés, à dos de toile noire. Les plats de papier jaspé, bien collés, et la rigidité du cartonnage attestaient l'adresse manuelle de mon père. Mais les titres, manuscrits, en lettres gothiques, ne me tentaient point, d'autant que les étiquettes à filets noirs ne révélaient aucun auteur. Je cite de mémoire : *Mes campagnes, Les enseignements de 70, La Géodésie des géodésies, L'Algèbre élégante, Le maréchal de Mac-Mahon vu par un de ses compagnons d'armes, Du village à la Chambre, Chansons de zouave* (vers)... J'en oublie.

Quand mon père mourut, la bibliothèque devint chambre à coucher, les livres quittèrent leurs rayons.

— Viens donc voir, appela un jour mon frère, l'aîné.

Il transportait lui-même, classait, ouvrait les livres, taciturne, en quête d'une odeur de papier piqué, d'une de ces moisissures embaumées d'où se lève l'enfance révolue, d'un pétale de tulipe sec, encore jaspé comme l'agate arborescente...

— Viens donc voir...

La douzaine de tomes cartonnés nous remettait son secret, accessible, longtemps dédaigné. Deux cents, trois cents, cent cinquante pages par volume; beau papier vergé crémeux ou « écolier » épais, rogné avec soin, des centaines et des centaines de pages blanches... Une œuvre imaginaire, le mirage d'une carrière d'écrivain.

Il y en avait tant, de ces pages respectées par la timidité ou la nonchalance, que nous n'en vîmes jamais la fin. Mon frère y écrivit ses ordonnances, ma mère couvrit de blanc ses pots de confitures, ses petites-filles griffonneuses arrachèrent des feuillets, mais nous n'épuisâmes pas les cahiers vergés, l'œuvre inconnue. Ma mère s'y employait pourtant avec une sorte de fièvre destructive : « Comment, il y en a encore? Il m'en faut pour les côtelettes en papillotes... Il m'en faut pour tapisser mes petits tiroirs... » Ce n'était pas dérisoire, mais cuisant regret et besoin douloureux d'anéantir la preuve d'une impuissance...

J'y puisai à mon tour, dans cet héritage immatériel, au temps de mes débuts. Est-ce là que je pris le goût fastueux d'écrire sur des feuilles lisses, de belle pâte, et de ne les point ménager? J'osai couvrir de ma grosse écriture ronde la cursive invisible, dont une seule personne au monde apercevait le lumineux filigrane qui jusqu'à la gloire prolongeait la seule page amoureusement achevée, et signée, la page de la dédicace :

A ma chère âme,
son mari fidèle :
JULES-JOSEPH COLETTE.

Les sauvages

— Des sauvages... Des sauvages... disait-elle. Que faire avec de tels sauvages?

Elle secouait la tête. Il y avait, dans son découragement, une part de choix, un désistement raisonné, peut-être aussi la conscience de sa responsabilité. Elle contemplait ses deux garçons, les demi-frères, et les trouvait beaux. L'aîné surtout, le châtain aux yeux pers, dix-sept ans, une bouche empourprée qui ne souriait qu'à nous et à quelques jolies filles. Mais le brun, à treize ans, n'était pas mal non plus, sous ses cheveux mal taillés qui descendaient jusqu'à ses yeux bleu-de-plomb, pareils à ceux de notre père...

Deux sauvages aux pieds légers, osseux, sans chair superflue, frugaux comme leurs parents, et qui préféraient aux viandes le pain bis, le fromage dur, la salade, l'œuf frais, la tarte aux poireaux ou à la citrouille. Sobres et vertueux, — de vrais sauvages...

— Que faire d'eux? soupirait ma mère.

Ils étaient si doux que nul ne les pouvait atteindre ni diviser. L'aîné commandait, le second mêlait, à son zèle, une fantaisie qui l'isolait du monde. Mais l'aîné savait qu'il allait commencer ses études de médecine, tandis que le second espérait sourdement que rien ne commencerait jamais pour lui, sauf le jour suivant, sauf l'heure d'échapper à une contrainte civilisée, sauf la liberté totale de rêver et de se taire... Il l'espère encore.

Jouaient-ils? Rarement. Ils jouaient, si par jeu l'on entend que d'un radieux univers villageois ils ne voulaient que la fleur, le meilleur, le plus désert, le non-foulé, tout ce qui rajeunit et recommence à l'écart de l'homme. On ne les vit jamais déguisés en Robinsons, ni en conquérants, ni interprétant des saynètes improvisées. Le cadet, incorporé une fois à une troupe de garçons entichés de tragédie, n'y accepta qu'un rôle muet : le rôle du « fils idiot ».

C'est aux récits de ma mère qu'il me faut remonter, quand il me prend, comme à tous ceux qui vieillissent, la hâte, le prurit de posséder les secrets d'un être à jamais dissous. Lire le « chiffre » de sa turbulente jeunesse, heure par heure perdue en elle-même et d'elle-même renaissant; marquer, je ne sais quelle grâce m'aidant, marquer du doigt le promontoire d'où il se laissa tomber dans la plate mer des hommes, épeler le nom de ses astres contraires...

J'ai dit adieu au mort, à l'aîné sans rivaux; mais je recours aux récits maternels, et aux souvenirs de ma petite enfance, si je veux savoir comment se forma le sexagénaire à moustache grise qui se glisse chez moi, la nuit tombée, ouvre ma montre, et regarde palpiter l'aiguille trotteuse, — prélève, sur une enveloppe froissée, un timbre-poste étranger, — aspire, comme si le souffle lui avait tout le jour manqué, une longue bouffée de musique du *Columbia*, et disparaît sans avoir dit un mot...

Il provient, cet homme blanchissant, d'un petit garçon de six ans, qui suivait les musiciens mendiants quand ils traversaient notre village. Il suivit un clarinettiste borgne jusqu'à Saints — quatre kilomètres — et quand il revint, ma mère faisait sonder les puits du pays. Il écouta avec bonté les reproches et les plaintes, car il se fâchait rarement. Quand il en eut fini avec les alarmes maternelles, il alla au piano, et joua fidèlement tous les airs du clarinettiste, qu'il enrichit de petites harmonies simples, fort correctes.

Ainsi faisait-il des airs du manège forain, à la Quasimodo, et de toutes les musiques, qu'il captait comme des messages volants.

— Il faudra, disait ma mère, qu'il travaille le mécanisme et l'harmonie. Il est encore plus doué que l'aîné. Il deviendrait un artiste... Qui sait?

Elle croyait encore, quand il avait six ans, qu'elle pouvait quelque chose pour lui, — ou contre lui. Un petit garçon si inoffensif!... Sauf son aptitude à disparaître, que pouvait-elle lui reprocher? Bref de taille, vif, très bien équilibré, il cessait miraculeusement d'être présent. Où le joindre? Les aires préférées des petits garçons ordinaires ne l'avaient pas même vu passer, ni la patinoire, ni la Place du Grand-Jeu damée par les pieds d'enfants. Mais plutôt dans la vieille glacière du château, souterrain tronqué qui datait de quatre siècles, ou dans la boîte de l'horloge de ville, place du Marché, ou bien enchaîné aux pas de l'accordeur de pianos qui venait une fois l'an du chef-lieu et donnait ses soins aux quatre « instruments » de notre village. « Quel instrument avez-vous? » « Mme Vallée va échanger son instrument... » « L'instrument de Mlle Philippon est bien fatigué! »

J'avoue qu'en ma mémoire le mot « instrument » appelle encore, à l'exclusion de toutes les autres images, celle d'un édifice d'acajou conservé dans l'ombre des salons provinciaux et brandissant, comme un autel, des bras de bronze et des cires vertes...

Oui, un petit garçon si inoffensif, qui n'exigeait rien, sauf, un soir...

— Je voudrais deux sous de pruneaux et deux sous de noisettes, dit-il.

— Les épiceries sont fermées, répondit ma mère. Dors, tu en auras demain.

— Je voudrais deux sous de pruneaux et deux sous de noisettes, redemanda, le lendemain soir, le doux petit garçon.

— Et pourquoi ne les as-tu pas achetés dans la journée? se récria ma mère impatientée. Va te coucher!

Cinq soirs, dix soirs ramenèrent la même taquinerie, et ma mère montra bien qu'elle était une mère singulière. Car elle ne fessa pas l'obstiné, qui espérait peut-être qu'on le fesserait, ou qui escomptait seulement une explosion maternelle, les cris des nerfs à bout, les malédictions, un nocturne tumulte qui retarderait le coucher...

Un soir après d'autres soirs, il prépara sa figure quotidienne d'enfant buté, le son modéré de sa voix :

— Maman?...
— Oui, dit maman.
— Maman, je voudrais...
— Les voici, dit-elle.

Elle se leva, atteignit dans l'insondable placard, près de la cheminée, deux sacs grands comme des nouveau-nés, les posa à terre de chaque côté de son petit garçon, et ajouta :

— Quand il n'y en aura plus, tu en achèteras d'autres.

Il la regardait d'en bas, offensé et pâle sous ses cheveux noirs.

— C'est pour toi, prends, insista ma mère.

Il perdit le premier son sang-froid et éclata en larmes.

— Mais... mais... je ne les aime pas! sanglotait-il.

« Sido » se pencha, aussi attentive qu'au-dessus d'un œuf fêlé par l'éclosion imminente, au-dessus d'une rose inconnue, d'un messager de l'autre hémisphère :

— Tu ne les aimes pas? Qu'est-ce que tu voulais donc?

Il fut imprudent, et avoua :

— Je voulais les demander.

Lorsqu'elle partait chaque trimestre pour Auxerre à deux heures du matin, dans la victoria, ma mère cédait presque toujours aux instances de son enfant le plus jeune. Le privilège de naître la dernière me conserva longtemps ce grade d'enfant-le-plus-jeune, et ma place dans le fond de la victoria. Mais avant moi il y eut pendant une dizaine d'années ce petit garçon évasif et agile. Au chef-lieu, il se perdait, car il déjouait toute surveillance. Il se perdit ici et là, dans la cathédrale, dans la tour de l'horloge, et notamment dans une grande épicerie, durant qu'on emballait le pain de sucre drapé d'un biais de papier indigo, les cinq kilos de chocolat, la vanille, la cannelle, la noix-muscade, le rhum pour les grogs, le poivre noir et le savon blanc. Ma mère fit un cri de renarde :

— Ha!... Où est-il?

— Qui, madame Colette?

— Mon petit garçon! L'a-t-on vu sortir?

Personne ne l'avait vu sortir, et déjà ma mère, à défaut de puits, interrogeait les cuves d'huile et les tonneaux de saumure.

On ne le chercha pas trop longtemps, cette fois. Il était au plafond. Tout en haut d'un des piliers de fonte tors, qu'il étreignait des cuisses et des pieds comme un grimpeur des cocotiers, il manœuvrait et écoutait les rouages d'un gros cartel à face plate de chat-huant, vissé sur la maîtresse-poutre.

Quand des parents ordinaires font souche d'enfants exceptionnels, il y a de grandes chances que les parents éblouis les poussent, fût-ce à grands coups de pied dans le derrière, vers des destinées qu'ils nomment meilleures. Ma mère, qui tenait pour naturel, voire obligatoire, d'enfanter des miracles, professait aussi que « l'on tombe toujours du côté où l'on penche », et affirmait, pour se rassurer elle-même :

— Achille sera médecin. Mais Léo ne pourra pas échapper à la musique. Quant à la petite...

Elle levait les sourcils, interrogeait le nuage et me remettait à plus tard.

Exception bizarre, il n'était jamais question de l'avenir de ma sœur aînée, déjà majeure, mais étrangère à nous, étrangère à tous, volontairement isolée au sein de sa propre famille.

— Juliette est une autre espèce de sauvage, soupirait ma mère. Mais à celle-là personne ne comprend rien, même moi...

Elle se trompa, nous la trompâmes plus d'une fois. Elle ne se décourageait pas et nous coiffait d'une nouvelle auréole. Mais elle n'accepta jamais que son second fils échappât, comme elle disait, à la musique, car je lis dans mainte lettre qui date de la fin de sa vie: « *Sais-tu si Léo a un peu de temps pour travailler son piano? Il ne doit pas négliger un don qui est extraordinaire; je ne me lasserai pas d'insister là-dessus...* » A l'époque où ma mère m'écrivait ces lettres, mon frère était âgé de quarante-quatre ans.

Il a, quoi qu'elle en eût, échappé à la musique, puis aux études de pharmacie, puis successivement à tout, — à tout ce qui n'est pas son passé de sylphe. A mes yeux, il n'a pas changé : c'est un sylphe de soixante-trois ans. Comme un sylphe, il n'est attaché qu'au lieu natal, à quelque champignon tutélaire, à une feuille recroquevillée en manière de toit. On sait que les sylphes vivent de peu, et méprisent les grossiers vêtements des hommes : le mien erre parfois sans cravate, et long-chevelu. De dos, il figure assez bien un pardessus vide, ensorcelé et vagabond.

Sa modeste besogne de scribe, il l'a élue entre toutes, pour ce qu'elle retient, assise, à une table, sa seule et fallacieuse apparence d'homme. Tout le reste de lui, libre, chante, entend des orchestres, compose, et revole à la rencontre du petit garçon de six ans qui ouvrait toutes les montres, hantait les horloges municipales, collectionnait les épitaphes, foulait sans fatigue les mousses élastiques et jouait du piano de naissance... Il le retrouve aisément, revêt le petit corps agile et léger qu'il n'a jamais quitté longtemps, et il parcourt un domaine mental où tout est à la guise et à la mesure d'un enfant qui dure victorieusement depuis soixante années.

Il n'est pas — quel dommage!... — d'enfant invulnérable. Celui-ci, pour vouloir confronter son rêve exact avec une réalité infidèle, m'en revient déchiré, parfois...

Certain crépuscule ruisselant, à grandes draperies d'eau et d'ombre sous chaque arcade du Palais-Royal, me l'amena. Je ne l'avais pas vu depuis des mois. Il s'assit, mouillé, à mon feu, prit distraitement sa singulière subsistance — des bonbons fondants, des gâteaux très sucrés, du sirop —, ouvrit ma montre, puis mon réveil, les écouta longuement, et ne dit rien.

Je ne regardais qu'à la dérobée, dans sa longue figure, sa moustache quasi blanche, l'œil bleu de mon père, le nez, grossi, de « Sido » — traits survivants, assemblés par des plans d'os, des muscles inconnus et sans origine lisible... Une longue figure douce, éclairée par le feu, douce et désemparée... Mais les us et coutumes de l'enfance, — réserve, discrétion, liberté, — sont encore si vigoureux entre nous que je ne posai à mon frère aucune question.

Quand il eut assez séché les ailes tristes, alourdies de pluie, qu'il appelle son manteau, il fuma, l'œil cligné, et frotta ses mains sèches, rouges d'ignorer en toute saison l'eau chaude et les gants, et parla.

— Dis donc?
— Oui...
— J'ai été *là-bas,* tu sais?
— Non? Quand ça?
— J'en arrive.
— Ah!... dis-je avec admiration. Tu es allé à Saint-Sauveur? Comment?

Il me fit un petit œil fat.

— C'est Charles Faroux qui m'a emmené en auto.
— Mon vieux!... C'est joli, en cette saison?
— Pas mal, dit-il brièvement.

Il enfla les narines, redevint sombre et se tut. Je me remis à écrire.

— Dis donc?
— Oui...
— *Là-bas,* j'ai été aux Roches, tu sais?

Un chemin montueux de sable jaune se dressa dans ma mémoire comme un serpent le long d'une vitre...

— Oh!... comment est-ce? Et le bois, en haut? Et le petit pavillon? Les digitales... les bruyères...

Mon frère siffla.

— Fini. Coupé. Plus rien. Rasé. On voit la terre. On voit...

Il faucha l'air du tranchant de la main, et rit des épaules, en regardant le feu. Je respectai ce rire, et ne l'imitai pas. Mais le vieux sylphe, frémissant et lésé, ne pouvait plus se taire. Il profita du clair-obscur, du feu rougeoyant.

— Ce n'est pas tout, chuchota-t-il. Je suis allé aussi à la Cour du Pâté...

Nom naïf d'une chaude terrasse, au flanc du château ruiné, arceaux de rosiers maigris par l'âge, ombre, odeur de lierre fleuri versées par la tour sarrazine, battants revêches et rougeâtres de la grille qui ferme la Cour du Pâté, accourez...

— Et alors, vieux, et alors?

Mon frère se ramassa sur lui-même.

— Une minute, commanda-t-il. Commençons par le commencement. J'arrive au château. Il est toujours asile de vieillards, puisque Victor Gandrille l'a voulu. Bon. Je n'ai rien à objecter. J'entre dans le parc, par l'entrée du bas, celle qui est près de Mme Billette...

— Comment, Mme Billette? Mais elle doit être morte depuis quarante ans au moins!

— Peut-être, dit mon frère avec insouciance. Oui... C'est donc ça qu'on m'a dit un autre nom... un nom impossible... S'*ils* croient que je vais retenir des noms que je ne connais pas!... Enfin j'entre par l'entrée du bas, je monte l'allée des tilleuls... Tiens, les chiens n'ont pas aboyé quand j'ai poussé la porte... fit-il avec irritation.

— Ecoute, vieux, ça ne pourrait pas être les mêmes chiens... Songe donc...

— Bon, bon... Détail sans importance... Je te passe sous silence les pommes de terre qu'*ils* ont plantées à la place des cœurs-de-jeannette et des pavots... Je passe même, poursuivit-il d'une voix intolérante, sur les fils de fer des pelouses, un quadrillage de fils de fer... on se demande ce qu'on voit... il paraît que c'est pour les vaches... Les vaches!...

Il berça un de ses genoux entre ses deux mains nouées, et sifflota d'un air artiste qui lui allait comme un chapeau haut de forme.

— C'est tout, vieux?

— Minute! répéta-t-il férocement. Je monte donc vers le canal, — si j'ose, dit-il avec une recherche incisive, appeler canal cette mare infecte, cette soupe de moustiques et de bouse... Passons. Je m'en vais donc à la Cour du Pâté, et...

— Et?....

Il tourna vers moi, sans me voir, un sourire vindicatif.

— J'avoue que je n'ai d'abord pas aimé particulièrement qu'*ils* fassent de la première cour, — devant la grille, derrière les écuries aux chevaux — une espèce de préau à sécher la lessive... Oui, j'avoue!... Mais je n'y ai pas trop fait attention, parce que j'attendais le « moment de la grille ».

— Quel moment de la grille?

Il claqua des doigts, impatienté.

— Voyons... Tu vois le loquet de la grille?

Comme si j'allais le saisir, — de fer noir, poli et fondu — je le vis en effet...

— Bon. Depuis toujours, quand on le tourne comme ça, — il mimait — et qu'on laisse aller la grille, alors elle s'ouvre par son propre poids, et en tournant elle dit...

— « I-i-ian... » chantâmes-nous d'une seule voix, sur quatre notes.

— Oui, dit mon frère en faisant danser fébrilement son

genou gauche. J'ai tourné... J'ai laissé aller la grille... J'ai écouté... Tu sais ce qu'*ils* ont fait?

— Non...

— *Ils* ont huilé la grille, dit-il froidement.

Il partit presque aussitôt. Il n'avait pas autre chose à me dire. Il recroisa les membranes humides de son grand vêtement, et s'en alla, dépossédé de quatre notes, son oreille musicienne tendue en vain, désormais, vers la plus délicate offrande, composée par un huis ancien, un grain de sable, une trace de rouille, et dédiée au seul enfant sauvage qui en fût digne.

— Où en es-tu avec Mérimée?
— Il me doit dix sous.
— Tiens!... s'étonnait l'aîné.
— Oui, repartait le cadet, mais moi je redois trois francs.
— Sur qui?
— Sur un Victor Hugo.
— Quel volume?
— *Chansons des rues et des bois,* et je ne sais quoi d'autre... Ah! le chameau!
— Et encore, triomphait l'aîné, tu as dû lire ça à la va-vite! Verse les trois francs!
— Où veux-tu que je les prenne? Je n'ai pas le sou.
— Demande à maman.
— Oh...
— Demande à papa. Dis-lui que c'est pour acheter des cigarettes et que tu les lui demandes en cachette de maman, il te les donnera.
— Mais s'il ne me les donne pas?
— Alors, à l'amende. Cinq sous pour le retard!

Les deux sauvages, qui lisaient comme autrefois lisaient les adolescents de quatorze et de dix-sept ans, c'est-à-dire avec excès, avec égarement, le jour, la nuit, au sommet des arbres, dans les fenils, avaient frappé d'interdit le mot « mignonne », qu'ils prononçaient « minionne », avec une affreuse grimace tordue, suivie d'une imitation de nausée. Recensé dans chaque livre nouveau, chaque « mignonne », voué à l'exécration, créditait de deux sous une cagnotte. En revanche, un livre « vierge » rapportait dix sous à son lecteur. Le contrat jouait depuis deux mois, et l'argent, s'il en restait au bout du semestre, paierait des bombances, des filets à papillons, une nasse à goujons...

Mon jeune âge — huit ans — m'écartait de la combinaison. Au dire des deux frères, il y avait trop peu de temps que je ne grattais plus pour les manger, au long des chandelles, les « coulures » en forme de longues larmes, et les deux garçons m'appelaient encore « enfant de Cosaque ». Pourtant je savais dire « minionne » en tordant la bouche, et m'efforcer ensuite de vomir, et j'apprenais à coter des romanciers selon les nouveaux statuts.

— Dickens rend beaucoup, disait un sauvage.

— Dickens ne devrait pas compter, rechignait l'autre, c'est une traduction. Le traducteur nous empile.

— Alors Edgar Poe non plus ne compte pas?

— Heu... Le bon sens commanderait d'exclure aussi les livres d'Histoire, qui « payent » dix sous à coup sûr. La Révolution n'est pas « mignonne » — beûh! — Charlotte Corday n'est pas « mignonne » — beûh! — Mérimée devrait être exclu, en tant qu'auteur de la *Chronique de Charles IX*.

— Alors qu'est-ce que tu fais du *Collier de la Reine*?

— Il joue. C'est du roman pur.

— Et les Balzac sur Catherine de Médicis?

— Tu parles comme un enfant. Ils jouent.

— Ah! non, mon vieux, permets!...

— Mon vieux, je fais appel à ta bonne foi... Tais-toi. On marche dans la rue.

Ils ne se disputaient jamais. Allongés sur le faîte du mur, ils y cuisaient au soleil d'après-midi, discutaient avec feu et sans injures, et me concédaient une portion de la dalle faîtière, doucement inclinée. De là nous dominions la rue des Vignes, venelle déserte qui menait aux jardins potagers éparpillés dans le vallon du Saint-Jean. Mes frères se taisaient subtilement au plus lointain bruit de pas, épousaient le mur en s'aplatissant et tendaient le menton au-dessus de l'ennemi originel, — leur semblable...

— Ce n'est rien, c'est Chebrier qui va à son jardin, avertit le cadet.

Ils oublièrent un moment leur débat, et laissèrent passer sur eux l'heure encore chaude, la lumière oblique. D'autres pas, nets et vifs, sonnèrent sur les silex bossus. Un corsage lilas, un buisson de cheveux crépelés, d'un rose de cuivre, éclairèrent le haut de la rue.

— Hou! la rousse! souffla le cadet. Hou! la carotte!

Il n'avait que quatorze ans, et voulait du mal aux « filles », qui l'éblouissaient d'une lumière trop crue.

— C'est Flore Chebrier qui rejoint son père, dit mon frère aîné quand l'or et le lilas s'éteignirent en bas de la rue. Elle a joliment changé.

Son cadet, couché sur le ventre, posa son menton sur ses bras croisés. Il clignait par mépris et gonflait sa bouche, qu'il avait ronde et renflée comme les petits Eoles des vieilles cartes marines...

— C'est une carotte! C'est une rouge! Au feu! au feu! cria-t-il avec une grossièreté d'écolier jaloux.

L'aîné haussa les épaules.

— Tu ne t'y connais guère en blondes, dit-il. Moi, je la trouve très — mais très, très mignonne...

Un gros rire de garçonnet, enroué de mue, salua le mot maudit que caressait la voix rêveuse de l'aîné, le séducteur aux yeux pers. J'entendis une bousculade sur le mur, les clous des souliers raclant la pierre, une chute molle de corps liés sur la terre accueillante et sarclée, au pied des abricotiers. Mais ils se délièrent aussitôt avec une hâte sage.

Ils ne s'étaient jamais battus, ni insultés. Je crois qu'ils savaient déjà que ce bouquet de cheveux roux, ce corsage lilas, merveilles accessibles, ne devaient pas compter parmi leurs enjeux indivis, leurs délectations baroques et pudiques. D'un pas bien accordé, ils s'en retournèrent vers les « étaloirs » de liège où séchaient les machaons, vers la construction d'un jet d'eau, vers un « système » d'alambic à distiller la menthe des marais, instrument capricieux qui enlevait au produit distillé le parfum de la menthe, mais lui laissait intacte l'odeur du marécage...

Leur farouche humeur n'était pas toujours innocente. L'âge qu'on dit ingrat, qui étire douloureusement les corps enfantins, exige des holocaustes. Il fallait à mes frères une victime. Ils élurent un camarade de collège, que les vacances ramenaient dans le canton voisin. Mathieu M... n'avait point de défauts, ni de grands mérites. Sociable, bien vêtu, un peu blondasse, sa seule vue échauffait mes frères d'une perversité comparable à celle des femmes enceintes. Aussi s'attachait-il avec passion aux deux sauvages fiers, chaussés de toile, coiffés de jonc, et qui méprisaient ses cravates. L'aîné n'avait que rigueurs pour ce « fils de tabellion » et le cadet, par imitation et renchérissement, effilochait son mouchoir, retroussait son pantalon déjà trop court, pour accueillir Mathieu M..., ganté, qui descendait de son tricycle.

— J'ai apporté la partition des *Noces de Jeannette,* criait de loin l'affectueuse victime, et l'édition allemande des *Symphonies* de Beethoven à quatre mains!

Sombre, l'aîné, le barbare au frais visage, toisait l'intrus, banal enfant des hommes que rien n'obscurcissait, qui ne portait en lui ni vœu de solitude ni intolérance, qui se troublait sous son regard et mendiait :

— Tu veux faire un peu de quatre mains avec moi?
— Avec toi, non; — sans toi, oui.
— Je tournerai les pages, alors...

L'un soumis, l'autre inexplicablement malveillant et chargé d'orage, ils souffraient d'incompatibilité, mais Mathieu M..., patient comme une épouse rudoyée, ne se lassait pas de revenir.

Un jour, les sauvages prirent le large dès le déjeuner, ne rentrèrent que le soir. Ils semblaient las, excités, et ils se jetèrent tout fumants sur les deux vieux canapés de reps vert.

— D'où venez-vous dans cet état? demanda notre mère.

— De loin, répondit avec douceur l'aîné.

— Mathieu est venu, il a paru surpris de ne pas te trouver.

— C'est un garçon qui s'étonne d'un rien...

Quand ils furent seuls avec moi, mes deux frères parlèrent. Je ne comptais guère, et d'ailleurs ils m'avaient élevée à ne point trahir. Je sus que cachés dans un bois qui surplombe la route de St-F... ils n'avaient pas, au passage de Mathieu, révélé leur présence. Je m'intéressai assez peu à des détails qu'ils ressassaient :

— Quand j'ai entendu le grelot de son tricycle... commençait le cadet.

— Je l'ai entendu de plus loin que toi, va...

— Pas sûr! Tu te souviens du moment où il s'est arrêté juste sous notre nez, pour s'essuyer?

Ils dialoguaient presque bas, couchés, les yeux au plafond. L'aîné s'agita :

— Oui... Cet animal, il regardait à gauche et à droite comme s'il nous flairait...

— Ça, mon vieux, c'est fort, hein? C'est curieux? C'est nous qui l'avons arrêté en le regardant, hein? Il avait l'air tout gêné, tout chose...

Les yeux de l'aîné noircissaient.

— Ça se peut... Il avait sa cravate écossaise... Cette cravate-là, j'ai toujours pensé qu'elle serait cause d'un malheur...

Je m'élançai entre eux, avide d'émotions :

— Et alors? Et alors? Quel malheur?

Ils me jetèrent tous deux le plus froid regard :

— D'où est-ce qu'elle sort, celle-là? Qu'est-ce qu'elle veut avec son malheur?

— Mais c'est toi qui viens de dire...

Ils se redressèrent, s'assirent, ricanèrent de connivence :

— Il n'est rien arrivé, dit enfin l'aîné. Qu'est-ce que tu veux qu'il arrive? On a laissé passer Mathieu, et on a bien rigolé.

— C'est tout? fis-je, déçue...

Le cadet se leva d'un bond, il dansait sur place et ne se possédait plus :

— Oui, c'est tout! Tu ne peux pas comprendre! On était là, couchés, on l'avait au ras du menton! Lui, sa cravate, sa raie de côté, ses manchettes, son nez qui reluisait! Ah! bon Dieu, c'était épatant!

Il se pencha sur son aîné, le frôla du nez animalement :

— C'était facile de le tuer, hein?

Rigide, les yeux fermés, l'aîné ne répondit pas.

— Et vous ne l'avez pas tué? m'étonnai-je.

Ma surprise les arracha sans doute au bois obscur où ils avaient, invisibles, tremblé d'affût et de plaisir homicide, car ils éclatèrent de rire et redevinrent puérils à mes dépens :

— Non, dit l'aîné, nous ne l'avons pas tué. Je ne sais pas pourquoi, d'ailleurs...

Ragaillardi, il entonna ses improvisations préférées, filles difformes du rythme et du verbe, conçues aux heures où son esprit d'étudiant, rebutant le travail, s'accrochait sans le savoir au relief des mots qu'il détergeait de leur sens. Ma petite voix lui fit écho — je suis seule, maintenant, à affirmer, sur un air de polka, qu'

> *Un cachet*
> *De benzo-naphtol*
> *Ça fait du*
> *Bien pour le*
> *Mal à la tête!*
> *Un cachet*
> *De benzo-naphtol*
> *Ça fait du*
> *Bien pour la*
> *Métrite du col!*

Affirmation aventurée, contraire à toute thérapeutique, à laquelle je préférais, sinon la musique, du moins le texte d'une aubade connue :

Le baume analgésique
Du pharmacien Bengué
Bengué,
Est très distingué,
Quand on se l'applique,
On se sent soulagé,
Lagué, etc.

Ce soir-là, mon frère, encore exalté, chanta la nouvelle version de la *Sérénade* de Severo Torelli :

Nous n'avons pas tué, Mathieu,
Pour ce soir, ma brune,
Laissons vivre encore ce
Rival de la lune...

Le cadet, autour de lui, dansait, radieux comme un Lorenzaccio à son premier crime. Il s'interrompit et me promit, avec gentillesse :
— On le tuera la prochaine fois.

Ma demi-sœur, l'aînée de nous tous, — l'étrangère, l'agréable laide aux yeux thibétains — se fiança, à la veille de coiffer Sainte-Catherine. Si ma mère n'osa empêcher ce mauvais mariage, elle ne tut pas ce qu'elle en pensait. De la rue de la Roche à la Gerbaude, de Bel-Air au Grand-Jeu, on ne parla que du mariage de ma sœur.

— Juliette se marie? demandait-on à ma mère. C'est un événement!

— Un accident, rectifiait « Sido ».

Certains risquaient, aigrement :

— Enfin, Juliette se marie! C'est inattendu! C'est un peu inespéré!

— Non, repartait « Sido » belliqueuse, c'est désespéré. Qui peut retenir une fille de vingt-cinq ans?

— Et qui épouse-t-elle?

— Oh! mon Dieu, le premier chien coiffé...

Au fond, elle prenait en pitié la vie, gorgée de rêves et de lecture effrénée, de sa fille solitaire. Mes frères considérèrent l'« événement » du haut de leur point de vue personnel. Une année d'études médicales à Paris n'avait pas apprivoisé l'aîné, haut, resplendissant et que le regard des femmes, quand il ne les désirait pas, offensait. Les mots « cortège nuptial », « frac de soirée », « déjeuner dînatoire », « défilé », tombèrent sur les deux sauvages comme des gouttes de poix bouillante...

— Je n'irai pas à la noce! protestait le cadet, l'œil pâle d'indignation, et toujours coiffé à la malcontent. Je ne donnerai pas le bras! Je ne mettrai pas un habit à queue!

— Tu es le garçon d'honneur de ta sœur, lui remontrait ma mère.

— Elle n'a qu'à ne pas se marier! Pour ce qu'elle épouse!... Un type qui sent le vermouth! D'abord, elle a toujours vécu sans nous, elle n'a pas davantage besoin de nous pour se marier!

Notre bel aîné parlait moins. Mais nous lui voyions son visage de sauteur de murs, son regard qui mesurait les obstacles. Il y eut des jours difficiles, des récriminations que mon père, soucieux et qui fuyait l'odorant intrus, n'apaisait pas. Puis les deux garçons parurent consentir à tout. Bien mieux, ils suggérèrent l'idée d'organiser eux-mêmes une messe en musique, et, de joie, « Sido » oublia pendant quelques heures son « chien coiffé » de gendre.

Notre piano Aucher prit le chemin de l'église, mêla son joli son un peu sec au bêlement de l'harmonium. Les sauvages répétaient, dans l'église vide qu'ils verrouillaient, la « Suite » de l'*Arlésienne,* je ne sais quel Stradella, un Saint-Saëns dévolu aux fastes nuptiaux...

Ma mère s'avisa trop tard que ses fils, retenus à leur clavier d'exécutants, ne figuraient qu'un moment aux côtés de leur sœur. Ils jouèrent, je me le rappelle, comme des anges musiciens, et ensoleillèrent de musique la messe villageoise, l'église sans richesses et sans clocher. Je paradais, fière de mes onze ans, de ma chevelure de petite Eve et de ma robe rose, fort contente de toutes choses, sauf quand je regardais ma sœur tremblante de faiblesse nerveuse, toute petite, accablée de faille et de tulle blancs, pâle et qui levait sa singulière figure mongole, défaillante, soumise au point que j'en eus honte, vers un inconnu...

Les violons du bal mirent fin au long repas, et rien qu'à les entendre les deux garçons frémirent comme des chevaux neufs. Le cadet, un peu gris, resta. Mais l'aîné, à bout d'efforts, disparut. Il sauta, pour pénétrer dans notre jardin, le mur de la rue des Vignes, erra autour de notre maison fermée, brisa une vitre et ma mère le trouva couché quand elle rentra lasse, triste, ayant remis sa fille, égarée et grelottante, aux mains d'un homme.

Elle me contait plus tard cette petite aube poussiéreuse d'été, sa maison vide et comme pillée, sa fatigue sans joie, sa robe à « devant » perlé, les chats inquiets que la nuit et la voix de ma mère ramenaient. Elle me disait qu'elle avait trouvé son aîné endormi, les bras fermés sur sa poitrine, la bouche fraîche et les yeux clos, et tout empreint de sa sévérité de sauvage pur...

— Songe donc, c'est pour être seul, loin de ces gens en sueur, pour être endormi et caressé par le vent de la nuit qu'il avait brisé un carreau! Y eut-il jamais un enfant aussi sage?

Ce sage, je l'ai vu cent fois franchir la fenêtre, d'un bond réflexe, à chaque coup de sonnette qu'il ne prévoyait pas.

Grisonnant, tôt vieilli de travail, il retrouvait l'élasticité de son adolescence pour sauter dans le jardin, et ses fillettes riaient de le voir. Ses accès de misanthropie, encore qu'il les combattît, lui creusaient le visage. Peut-être qu'il trouvait, captif, son préau chaque jour plus étroit, et qu'il se souvenait des évasions qui jadis le menaient à un lit d'enfant où il dormait demi-nu, chaste et voluptueusement seul.

Sido

Sido 165
Le Capitaine 187
Les Sauvages....................................... 205

LES VRILLES DE LA VIGNE

Willy et sa femme se sont séparés en 1906. Colette a fait, pour vivre, de la pantomime et de la danse avec Georges Wague. Elle a joué au music-hall et s'y est montrée à demi nue. Un peu de cette expérience est recueillie — avec quelle pudeur! — dans Les Vrilles de la vigne, *publié en 1908 à* La Vie parisienne, *revue et maison d'éditions frivoles où Colette, comme partout alors, n'est pas tout à fait à sa place. Ces textes si divers en témoignent, où elle donne la parole à ses animaux familiers, chats et chiens; écoute les confidences de ses légères amies; et se confie à ce double menteur d'elle-même : Claudine. C'est une jeune femme blessée qui apparaît ici, et c'est, déjà, un très grand écrivain.*

« *J'appartiens à un pays que j'ai quitté...* » *Tout Colette est là. Mariée, elle ne s'appartenait plus :* « *Cassantes, tenaces, les vrilles d'une vigne amère m'avaient liée, tandis que, dans mon printemps, je dormais d'un somme heureux et sans défiance... J'ai rompu, d'un sursaut effrayé, tous ces fils tors qui déjà tenaient à ma chair, et j'ai fui.* » *Dans cette fuite, elle s'est trouvée, enfin.*

C.M.

Les vrilles de la vigne

Autrefois, le rossignol ne chantait pas la nuit. Il avait un gentil filet de voix et s'en servait avec adresse du matin au soir, le printemps venu. Il se levait avec les camarades, dans l'aube grise et bleue, et leur éveil effarouché secouait les hannetons endormis à l'envers des feuilles de lilas.

Il se couchait sur le coup de sept heures, sept heures et demie, n'importe où, souvent dans les vignes en fleur qui sentent le réséda, et ne faisait qu'un somme jusqu'au lendemain.

Une nuit de printemps, le rossignol dormait debout sur un jeune sarment, le jabot en boule et la tête inclinée, comme avec un gracieux torticolis. Pendant son sommeil, les cornes de la vigne, ces vrilles cassantes et tenaces, dont l'acidité d'oseille fraîche irrite et désaltère, les vrilles de la vigne poussèrent si dru, cette nuit-là, que le rossignol s'éveilla ligoté, les pattes empêtrées de liens fourchus, les ailes impuissantes...

Il crut mourir, se débattit, ne s'évada qu'au prix de mille peines, et de tout le printemps se jura de ne plus dormir, tant que les vrilles de la vigne pousseraient.

Dès la nuit suivante, il chanta, pour se tenir éveillé :

Tant que la vigne pousse, pousse, pousse...
Je ne dormirai plus!
Tant que la vigne pousse, pousse, pousse...

Il varia son thème, l'enguirlanda de vocalises, s'éprit de sa voix, devint ce chanteur éperdu, enivré et haletant, qu'on écoute avec le désir insupportable de le voir chanter.

J'ai vu chanter un rossignol sous la lune, un rossignol libre et qui ne se savait pas épié. Il s'interrompt parfois, le col penché, comme pour écouter en lui le prolongement d'une note éteinte... Puis il reprend de toute sa force, gonflé, la gorge renversée, avec un air d'amoureux désespoir. Il chante pour chanter, il chante de si belles choses qu'il ne sait plus ce qu'elles veulent dire. Mais moi, j'entends encore à travers les notes d'or, les sons de flûte grave, les trilles tremblés et cristallins, les cris purs et vigoureux, j'entends encore le premier chant naïf et effrayé du rossignol pris aux vrilles de la vigne :

Tant que la vigne pousse, pousse, pousse...

Cassantes, tenaces, les vrilles d'une vigne amère m'avaient liée, tandis que dans mon printemps je dormais d'un somme heureux et sans défiance. Mais j'ai rompu, d'un sursaut effrayé, tous ces fils tors qui déjà tenaient à ma chair, et j'ai fui... Quand la torpeur d'une nouvelle nuit de miel a pesé sur mes paupières, j'ai craint les vrilles de la vigne et j'ai jeté tout haut une plainte qui m'a révélé ma voix.

Toute seule, éveillée dans la nuit, je regarde à présent monter devant moi l'astre voluptueux et morose... Pour me défendre de retomber dans l'heureux sommeil, dans le printemps menteur où fleurit la vigne crochue, j'écoute le son de ma voix. Parfois, je crie fiévreusement ce qu'on a coutume de taire, ce qui se chuchote très bas, — puis ma voix languit jusqu'au murmure parce que je n'ose poursuivre...

Je voudrais dire, dire, dire tout ce que je sais, tout ce que je pense, tout ce que je devine, tout ce qui m'enchante et me blesse et m'étonne; mais il y a toujours, vers l'aube de cette nuit sonore, une sage main fraîche qui se pose sur ma bouche, et mon cri, qui s'exaltait, redescend au verbiage modéré, à la volubilité de l'enfant qui parle haut pour se rassurer et s'étourdir...

Je ne connais plus le somme heureux, mais je ne crains plus les vrilles de la vigne.

Rêverie de Nouvel An

Toutes trois nous rentrons poudrées, moi, la petite bull et la bergère flamande... Il a neigé dans les plis de nos robes, j'ai des épaulettes blanches, un sucre impalpable fond au creux du mufle camard de Poucette, et la bergère flamande scintille toute, de son museau pointu à sa queue en massue.

Nous étions sorties pour contempler la neige, la vraie neige et le vrai froid, raretés parisiennes, occasions, presque introuvables, de fin d'année... Dans mon quartier désert, nous avons couru comme trois folles, et les fortifications hospitalières, les fortifs décriées ont vu, de l'avenue des Ternes au boulevard Malesherbes, notre joie haletante de chiens lâchés. Du haut du talus, nous nous sommes penchées sur le fossé que comblait un crépuscule violâtre fouetté de tourbillons blancs; nous avons contemplé Levallois noir piqué de feux roses, derrière un voile chenillé de mille et mille mouches blanches, vivantes, froides comme des fleurs effeuillées, fondantes sur les lèvres, sur les yeux, retenues un moment aux cils, au duvet des joues... Nous avons gratté de nos dix pattes une neige intacte, friable, qui fuyait sous notre poids avec un crissement caressant de taffetas. Loin de tous les yeux, nous avons galopé, aboyé, happé la neige au vol, goûté sa suavité de sorbet vanillé et poussiéreux...

Assises maintenant devant la grille ardente, nous nous taisons toutes trois. Le souvenir de la nuit, de la neige, du vent déchaîné derrière la porte, fond dans nos veines lentement et nous allons glisser à ce soudain sommeil qui récompense les marches longues...

La bergère flamande, qui fume comme un bain de pieds, a retrouvé sa dignité de louve apprivoisée, son sérieux faux et courtois. D'une oreille, elle écoute le chuchotement de la neige au long des volets clos, de l'autre elle guette le tintement des cuillères dans l'office. Son nez effilé palpite, et ses yeux couleur de cuivre, ouverts droit sur le feu, bougent incessamment, de droite à gauche, de gauche à droite, comme si elle lisait... J'étudie, un peu défiante, cette nouvelle venue, cette chienne féminine et compliquée qui garde bien, rit rarement, se conduit en personne de sens et reçoit les ordres, les réprimandes sans mot dire, avec un regard impénétrable et plein d'arrière-pensées... Elle sait mentir, voler — mais elle crie, surprise, comme une jeune fille effarouchée et se trouve presque mal d'émotion. Où prit-elle, cette petite louve au rein bas, cette fille des champs wallons, sa haine des gens mal mis et sa réserve aristocratique? Je lui offre sa place à mon feu et dans ma vie, et peut-être m'aimera-t-elle, elle qui sait déjà me défendre... Ma petite bull au cœur enfantin dort, foudroyée de sommeil, la fièvre au museau et aux pattes. La chatte grise n'ignore pas qu'il neige, et depuis le déjeuner je n'ai pas vu le bout de son nez, enfoui dans le poil de son ventre. Encore une fois me voici, en face de mon feu, de ma solitude, en face de moi-même...

Une année de plus... A quoi bon les compter? Ce jour de l'An parisien ne me rappelle rien des premier janvier de ma jeunesse; et qui pourrait me rendre la solennité puérile des jours de l'An d'autrefois? La forme des années a changé pour moi, durant que, moi, je changeais. L'année n'est plus cette route ondulée, ce ruban déroulé qui depuis janvier, montait vers le printemps, montait, montait vers l'été pour s'y épanouir en calme plaine, en pré brûlant coupé d'ombres bleues, taché de géraniums éblouissants, — puis descendait vers un automne odorant, brumeux, fleurant le marécage, le fruit mûr et le gibier, — puis s'enfonçait vers un hiver rose sous le soleil... Puis le ruban ondulé dévalait, vertigineux, jusqu'à se rompre net devant une date merveilleuse, isolée, suspendue entre les deux années comme une fleur de givre : le jour de l'An...

Une enfant très aimée, entre des parents pas riches, et qui vivait à la campagne parmi des arbres et des livres, et qui n'a connu ni souhaité les jouets coûteux : voilà ce que je revois, en me penchant ce soir sur mon passé... Une enfant superstitieusement attachée aux fêtes des saisons, aux dates marquées par un cadeau, une fleur, un traditionnel gâteau... Une enfant qui d'instinct ennoblissait de paganisme les fêtes chrétiennes, amoureuse seulement du rameau de buis, de l'œuf rouge de Pâques, des roses effeuillées à la Fête-Dieu et des reposoirs — seringas, aconits, camomilles — du surgeon de noisetier sommé d'une petite croix, bénit à la messe de l'Ascension et planté sur la lisière du champ qu'il abrite de la grêle... Une fillette éprise du gâteau à cinq cornes, cuit et mangé le jour des Rameaux; de la crêpe, en carnaval; de l'odeur étouffante de l'église, pendant le mois de Marie...

Vieux curé sans malice qui me donnâtes la communion, vous pensiez que cette enfant silencieuse, les yeux ouverts sur l'autel, attendait le miracle, le mouvement insaisissable de l'écharpe bleue qui ceignait la Vierge? N'est-ce pas? J'étais si sage!... Il est bien vrai que je rêvais miracles, mais... pas les mêmes que vous. Engourdie par l'encens des fleurs chaudes, enchantée du parfum mortuaire, de la pourriture musquée des roses, j'habitais, cher homme sans malice, un paradis que vous n'imaginiez point, peuplé de mes dieux, de mes animaux parlants, de mes nymphes et de mes chèvre-pieds... Et je vous écoutais parler de votre enfer, en songeant à l'orgueil de l'homme qui, pour ses crimes d'un moment, inventa la géhenne éternelle... Ah! qu'il y a longtemps!...

Ma solitude, cette neige de décembre, ce seuil d'une autre année ne me rendront pas le frisson d'autrefois, alors que dans la nuit longue je guettais le frémissement lointain, mêlé aux battements de mon cœur, du tambour municipal, donnant, au petit matin du 1ᵉʳ janvier, l'aubade au village endormi... Ce tambour dans la nuit glacée, vers six heures, je le redoutais, je l'appelais du fond de mon lit d'enfant, avec une angoisse nerveuse proche des pleurs, les mâchoires serrées, le vente contracté... Ce tambour seul, et non les douze coups de minuit, sonnait pour moi l'ouverture éclatante de la nouvelle année, l'avènement mystérieux après quoi haletait le monde entier, suspendu au premier *rrran* du vieux tapin de mon village.

Il passait, invisible dans le matin fermé, jetant aux murs

son alerte et funèbre petite aubade, et derrière lui une vie recommençait, neuve et bondissante vers douze mois nouveaux... Délivrée, je sautais de mon lit à la chandelle, je courais vers les souhaits, les baisers, les bonbons, les livres à tranches d'or... J'ouvrais la porte aux boulangers portant les cent livres de pain et jusqu'à midi, grave, pénétrée d'une importance commerciale, je tendais à tous les pauvres, les vrais et les faux, le chanteau de pain et le décime qu'ils recevaient sans humilité et sans gratitude...

Matins d'hiver, lampe rouge dans la nuit, air immobile et âpre d'avant le lever du jour, jardin deviné dans l'aube obscure, rapetissé, étouffé de neige, sapins accablés qui laissiez, d'heure en heure, glisser en avalanches le fardeau de vos bras noirs, — coups d'éventail des passereaux effarés, et leurs jeux inquiets dans une poudre de cristal plus ténue, plus pailletée que la brume irisée d'un jet d'eau... O tous les hivers de mon enfance, une journée d'hiver vient de vous rendre à moi! C'est mon visage d'autrefois que je cherche, dans ce miroir ovale saisi d'une main distraite, et non mon visage de femme, de femme jeune que sa jeunesse va, bientôt, quitter...

Enchantée encore de mon rêve, je m'étonne d'avoir changé, d'avoir vieilli pendant que je rêvais... D'un pinceau ému je pourrais repeindre, sur ce visage-ci, celui d'une fraîche enfant roussie de soleil, rosie de froid, des joues élastiques achevées en un menton mince, des sourcils mobiles prompts à se plisser, une bouche dont les coins rusés démentent la courte lèvre ingénue... Hélas, ce n'est qu'un instant. Le velours adorable du pastel ressuscité s'effrite et s'effrite et s'envole... L'eau sombre du petit miroir retient seulement mon image qui est bien pareille, toute pareille à moi, marquée de légers coups d'ongle, finement gravée aux paupières, aux coins des lèvres, entre les sourcils têtus... Une image qui ne sourit ni ne s'attriste, et qui murmure, pour moi seule : « Il faut vieillir. Ne pleure pas, ne joins pas des doigts suppliants, ne te révolte pas : il faut vieillir. Répète-toi cette parole, non comme un cri de désespoir, mais comme le rappel d'un départ nécessaire. Regarde-toi, regarde tes paupières, tes lèvres, soulève sur tes tempes les boucles de tes cheveux : déjà tu commences à t'éloigner de ta vie, ne l'oublie pas, il faut vieillir!

« Eloigne-toi lentement, lentement, sans larmes; n'oublie rien! Emporte ta santé, ta gaîté, ta coquetterie, le peu de bonté et de justice qui t'a rendu la vie moins amère; n'oublie pas! Va-t'en parée, Va-t'en douce, et ne t'arrête pas le long de la route irrésistible, tu l'essaierais en vain, — puisqu'il faut vieillir! Sur le chemin, et ne t'y couche que pour mourir. Et quand tu t'étendras en travers du vertigineux ruban ondulé, si tu n'as pas laissé derrière toi un à un tes cheveux en boucles, ni tes dents une à une, ni tes membres un à un usés, si la poudre éternelle n'a pas, avant ta dernière heure, sevré tes yeux de la lumière merveilleuse — si tu as, jusqu'au bout, gardé dans ta main la main amie qui te guide, couche-toi en souriant, dors heureuse, dors privilégiée... »

Chanson de la danseuse

O toi qui me nommes danseuse, sache, aujourd'hui, que je n'ai pas appris à danser. Tu m'as rencontrée petite et joueuse, dansant sur la route et chassant devant moi mon ombre bleue. Je virais comme une abeille, et le pollen d'une poussière blonde poudrait mes pieds et mes cheveux couleur de chemin...

Tu m'as vue revenir de la fontaine, berçant l'amphore au creux de ma hanche tandis que l'eau, au rythme de mon pas, sautait sur ma tunique en larmes rondes, en serpents d'argent, en courtes fusées frisées qui montaient, glacées, jusqu'à ma joue... Je marchais lente, sérieuse, mais tu nommais mon pas une danse. Tu ne regardais pas mon visage, mais tu suivais le mouvement de mes genoux, le balancement de ma taille, tu lisais sur le sable la forme de mes talons nus, l'empreinte de mes doigts écartés, que tu comparais à celle de cinq perles inégales...

Tu m'as dit : « Cueille ces fleurs, poursuis ce papillon... » car tu nommais ma course une danse, et chaque révérence de mon corps penché sur les œillets de pourpre, et le geste, à chaque fleur recommencé, de rejeter sur mon épaule une écharpe glissante...

Dans ta maison, seule entre toi et la flamme haute d'une lampe, tu m'as dit : « Danse! » et je n'ai pas dansé.

Mais nue dans tes bras, liée à ton lit par le ruban de feu du plaisir, tu m'as pourtant nommée danseuse, à voir bondir sous ma peau, de ma gorge renversée à mes pieds recourbés, la volupté inévitable...

Lasse, j'ai renoué mes cheveux, et tu les regardais, dociles, s'enrouler à mon front comme un serpent que charme la flûte...

J'ai quitté ta maison durant que tu murmurais : « La plus belle de tes danses, ce n'est pas quand tu accours, haletante, pleine d'un désir irrité et tourmentant déjà, sur le chemin, l'agrafe de ta robe... C'est quand tu t'éloignes de moi, calmée et les genoux fléchissants, et qu'en t'éloignant tu me regardes, le menton sur l'épaule... Ton corps se souvient de moi, oscille et hésite, tes hanches me regrettent et tes reins me remercient... Tu me regardes, la tête tournée, tandis que tes pieds divinateurs tâtent et choisissent leur route...

« Tu t'en vas, toujours plus petite et fardée par le soleil couchant, jusqu'à n'être plus, en haut de la pente, toute mince dans ta robe orangée, qu'une flamme droite, qui danse imperceptiblement... »

Si tu ne me quittes pas, je m'en irai, dansant, vers ma tombe blanche.

D'une danse involontaire et chaque jour ralentie, je saluerai la lumière qui me fit belle et qui me vit aimée.

Une dernière danse tragique me mettra aux prises avec la mort, mais je ne lutterai que pour succomber avec grâce.

Que les dieux m'accordent une chute harmonieuse, les bras joints au-dessus de mon front, une jambe pliée et l'autre étendue, comme prête à franchir, d'un bond léger, le seuil noir du royaume des ombres...

Tu me nommes danseuse, et pourtant je ne sais pas danser...

Nuit blanche

Il n'y a dans notre maison qu'un lit, trop large, pour toi, un peu étroit pour nous deux. Il est chaste, tout blanc, tout nu; aucune draperie ne voile, en plein jour, son honnête candeur. Ceux qui viennent nous voir le regardent tranquillement, et ne détournent pas les yeux d'un air complice, car il est marqué, au milieu, d'un seul vallon moelleux, comme le lit d'une jeune fille qui dort seule.

Ils ne savent pas, ceux qui entrent ici, que chaque nuit le poids de nos deux corps joints creuse un peu plus, sous son linceul voluptueux, ce vallon pas plus large qu'une tombe.

O notre lit tout nu! Une lampe éclatante, penchée sur lui, le dévêt encore. Nous n'y cherchons pas, au crépuscule, l'ombre savante, d'un gris d'araignée, que filtre un dais de dentelle, ni la rose lumière d'une veilleuse couleur de coquillage... Astre sans aube et sans déclin, notre lit ne cesse de flamboyer que pour s'enfoncer dans une nuit profonde et veloutée.

Un halo de parfum le nimbe. Il embaume, rigide et blanc, comme le corps d'une bienheureuse défunte. C'est un parfum compliqué qui surprend, qu'on respire attentivement, avec le souci d'y démêler l'âme blonde de ton tabac favori, l'arôme plus blond de ta peau si claire, et ce santal brûlé qui s'exhale de moi; mais cette agreste odeur d'herbes écrasées, qui peut dire si elle est mienne ou tienne?

Reçois-nous ce soir, ô notre lit, et que ton frais vallon se creuse un peu plus sous la torpeur fiévreuse dont nous enivra une journée de printemps, dans les jardins et dans les bois.

Je gis sans mouvement, la tête sur ta douce épaule. Je vais sûrement, jusqu'à demain, descendre au fond d'un noir sommeil, un sommeil si têtu, si fermé, que les ailes des rêves le viendront battre en vain. Je vais dormir... Attends seulement que je cherche, pour la plante de mes pieds qui fourmille et brûle, une place toute fraîche... Tu n'as pas bougé. Tu respires à longs traits, mais je sens ton épaule encore éveillée attentive à se creuser sous ma joue... Dormons... Les nuits de mai sont si courtes. Malgré l'obscurité bleue qui nous baigne, mes paupières sont encore pleines de soleil, de flammes roses, d'ombres qui bougent, balancées, et je contemple ma journée les yeux clos, comme on se penche, derrière l'abri d'une persienne, sur un jardin d'été éblouissant...

Comme mon cœur bat! J'entends aussi le tien sous mon oreille. Tu ne dors pas? Je lève un peu la tête, je devine la pâleur de ton visage renversé, l'ombre fauve de tes courts cheveux. Tes genoux sont frais comme deux oranges... Tourne-toi de mon côté, pour que les miens leur volent cette lisse fraîcheur...

Ah! dormons!... Mille fois mille fourmis courent avec mon sang sous ma peau. Les muscles de mes mollets battent, mes oreilles tressaillent, et notre doux lit, ce soir, est-il jonché d'aiguilles de pin? Dormons! je le veux!

Je ne puis dormir. Mon insomnie heureuse palpite, allègre, et je devine, en ton immobilité, le même accablement frémissant... Tu ne bouges pas. Tu espères que je dors. Ton bras se resserre parfois autour de moi, par tendre habitude, et tes pieds charmants s'enlacent aux miens... Le sommeil s'approche, me frôle et fuit... Je le vois! Il est pareil à ce papillon de lourd velours que je poursuivais, dans le jardin enflammé d'iris... Tu te souviens? Quelle lumière, quelle jeunesse impatiente exaltait toute cette journée!... Une brise acide et pressée jetait sur le soleil une fumée de nuages rapides, fanait en passant les feuilles trop tendres des tilleuls, et les fleurs du noyer tombaient en chenilles roussies sur nos cheveux, avec les fleurs des paulownias, d'un mauve pluvieux du ciel parisien... Les pousses des cassis que tu froissais, l'oseille sauvage en rosace parmi le gazon, la menthe toute jeune, encore brune, la sauge duvetée comme une oreille de lièvre, — tout débordait d'un suc énergique et poivré, dont je mêlais sur mes lèvres le goût d'alcool et de citronnelle...

Je ne savais que rire et crier, en foulant la longue herbe juteuse qui tachait ma robe... Ta tranquille joie veillait sur ma folie, et quand j'ai tendu la main pour atteindre ces églantines, tu sais, d'un rose si ému, — la tienne a rompu la branche avant moi, et tu as enlevé, une à une, les petites épines courbes, couleur de corail, en forme de griffes... Tu m'as donné les fleurs désarmées...

Tu m'as donné les fleurs désarmées... Tu m'as donné, pour que je m'y repose haletante, la place la meilleure à l'ombre, sous le lilas de Perse aux grappes mûres... Tu m'as cueilli les larges bleuets des corbeilles, fleurs enchantées dont le cœur velu embaume l'abricot... Tu m'as donné la crème du petit pot de lait, à l'heure du goûter où ma faim féroce te faisait sourire... Tu m'as donné le pain le plus doré, et je vois encore ta main transparente dans le soleil, levée pour chasser la guêpe qui grésillait, prise dans les boucles de mes cheveux... Tu as jeté sur mes épaules une mante légère, quand un nuage plus long, vers la fin du jour, a passé ralenti, et que j'ai frissonné, toute moite, tout ivre d'un plaisir sans nom parmi les hommes, le plaisir ingénu des bêtes heureuses dans le printemps... Tu m'as dit : « Reviens... arrête-toi... Rentrons! » Tu m'as dit...

Ah! si je pense à toi, c'en est fait de mon repos. Quelle heure vient de sonner? Voici que les fenêtres bleuissent. J'entends bourdonner mon sang, ou bien c'est le murmure des jardins, là-bas... Tu dors? non. Si j'approchais ma joue de la tienne, je sentirais tes cils frémir comme l'aile d'une mouche captive... Tu ne dors pas. Tu épies ma fièvre. Tu m'abrites contre les mauvais songes; tu penses à moi comme je pense à toi, et nous feignons, par une étrange pudeur sentimentale, un paisible sommeil. Tout mon corps s'abandonne, détendu, et ma nuque pèse sur ta douce épaule; mais nos pensées s'aiment discrètement à travers cette aube bleue, si prompte à grandir...

Bientôt la barre lumineuse, entre les rideaux, va s'aviver, rosir... Encore quelques minutes, et je pourrai lire, sur ton beau front, sur ton menton délicat, sur ta bouche triste et tes paupières fermées, la volonté de paraître dormir... C'est l'heure où ma fatigue, mon insomnie énervées ne pourront plus se taire, où je jetterai mes bras hors de ce lit enfiévré, et mes talons méchants déjà préparent leur ruade sournoise...

Alors tu feindras de t'éveiller! Alors je pourrai me réfugier en toi, avec de confuses plaintes injustes, des soupirs excédés, des crispations qui maudiront le jour déjà venu, la nuit si prompte à finir, le bruit de la rue... Car je sais bien qu'alors tu resserreras ton étreinte, et que, si le bercement de tes bras ne suffit pas à me calmer, ton baiser se fera plus tenace, tes mains plus amoureuses, et que tu m'accorderas la volupté comme un secours, comme l'exorcisme souverain qui chasse de moi les démons de la fièvre, de la colère, de l'inquiétude... Tu me donneras la volupté, penché sur moi, les yeux pleins d'une anxiété maternelle, toi qui cherches, à travers ton amie passionnée, l'enfant que tu n'as pas eu...

Jour gris

Laisse-moi. Je suis malade et méchante, comme la mer. Resserre autour de mes jambes ce plaid, mais emporte cette tasse fumante, qui fleure le foin mouillé, le tilleul, la violette fade... Je ne veux rien, que détourner la tête et ne plus voir la mer, ni le vent qui court, visible, en risées sur le sable, en poudre d'eau sur la mer. Tantôt il bourdonne, patient et contenu, tapi derrière la dune, enfoui plus loin que l'horizon... Puis il s'élance, avec un cri guerrier, secoue humainement les volets, et pousse sous la porte, en frange impalpable, la poussière de son pas éternel...

Ah! qu'il me fait mal! Je n'ai plus en moi une place secrète, un coin abrité, et mes mains posées à plat sur mes oreilles n'empêchent qu'il traverse et refroidisse ma cervelle... Nue, balayée, dispersée, je resserre en vain les lambeaux de ma pensée; — elle m'échappe, palpitante, comme un manteau arraché, comme une mouette dont on tient les pattes et qui se délivre en claquant des ailes...

Laisse-moi, toi qui viens doucement, pitoyable, poser tes mains sur mon front. Je déteste tout, et par-dessus tout la mer! Va la regarder, toi qui l'aimes! Elle bat la terrasse, elle fermente, fuse en mousse jaune, elle miroite, couleur de poisson mort, elle emplit l'air d'une odeur d'iode et de fertile pourriture. Sous la vague plombée, je devine le peuple abominable des bêtes sans pieds, plates, glissantes, glacées... Tu ne sens donc pas que le flot et le vent portent, jusque dans cette chambre, l'odeur d'un coquillage gâté?... Oh! reviens, toi qui peux presque tout pour moi! Ne me laisse pas seule! Donne, sous mes narines que le dégoût pince et décolore, donne tes mains parfumées, donne tes doigts secs et chauds et fins comme des lavandes de montagne... Reviens! Tiens-toi tout près de moi, ordonne à la mer de s'éloigner! Fais un signe au vent, et qu'il vienne se coucher sur le sable, pour y jouer en rond avec les coquilles... Fais un signe : il s'assoira sur la dune, léger, et s'amusera, d'un souffle, à changer la forme des mouvantes collines...

Ah! tu secoues la tête... Tu ne veux pas, — tu ne peux pas. Alors, va-t'en, abandonne-moi sans secours dans la tempête, et qu'elle abatte la muraille et qu'elle entre et m'emporte! Quitte la chambre, et que je n'entende plus le bruit inutile de ton pas. Non, non, pas de caresses! Tes mains magiciennes, et ton accablant regard, et ta bouche, qui dissout le souvenir d'autres bouches, seraient sans force aujourd'hui. Je regrette, aujourd'hui, quelqu'un qui me posséda avant tous, avant toi, avant que je fusse une femme.

J'appartiens à un pays que j'ai quitté. Tu ne peux empêcher qu'à cette heure s'y épanouisse au soleil toute une chevelure embaumée de forêts. Rien ne peut empêcher qu'à cette heure l'herbe profonde y noie le pied des arbres, d'un vert délicieux et apaisant dont mon âme a soif... Viens, toi qui l'ignores, viens que je te dise tout bas : le parfum des bois de mon pays égale la fraise et la rose! Tu jurerais, quand les taillis de ronces y sont en fleurs, qu'un fruit mûrit on ne sait où, — là-bas, ici, tout près, — un fruit insaisissable qu'on aspire en ouvrant les narines. Tu jurerais, quand l'automne pénètre et meurtrit les feuillages tombés, qu'une pomme trop mûre vient de choir, et tu la cherches et tu la flaires, ici, là-bas, tout près...

Et si tu passais en juin, entre les prairies fauchées, à l'heure où la lune ruisselle sur les meules rondes qui sont les dunes de mon pays, tu sentirais, à leur parfum, s'ouvrir ton cœur. Tu fermerais les yeux, avec cette fierté grave dont tu voiles ta volupté, et tu laisserais tomber ta tête, avec un muet soupir...

Et si tu arrivais, un jour d'été, dans mon pays, au fond d'un jardin que je connais, un jardin noir de verdure et sans fleurs, si tu regardais bleuir, au lointain, une montagne ronde où les cailloux, les papillons et les chardons se teignent du même azur mauve et poussiéreux, tu m'oublierais, et tu t'assoirais là, pour n'en plus bouger jusqu'au terme de ta vie.

Il y a encore, dans mon pays, une vallée étroite comme un berceau où, le soir, s'étire et flotte un fil de brouillard, un brouillard ténu, blanc, vivant, un gracieux spectre de brume couché sur l'air humide... Animé d'un lent mouvement d'onde, il se fond en lui-même et se fait tour à tour nuage, femme endormie, serpent langoureux, cheval à cou de chimère... Si tu restes trop tard penché vers lui sur l'étroite vallée, à boire l'air glacé qui porte ce brouillard vivant comme une âme, un frisson te saisira, et toute la nuit tes songes seront fous...

Ecoute encore, donne tes mains dans les miennes : si tu suivais, dans mon pays, un petit chemin que je connais, jaune et bordé de digitales d'un rose brûlant, tu croirais gravir le sentier enchanté qui mène hors de la vie... Le chant bondissant des frelons fourrés de velours t'y entraîne et bat à tes oreilles comme le sang même de ton cœur, jusqu'à la forêt, là-haut, où finit le monde... C'est une forêt ancienne, oubliée des hommes, et toute pareille au paradis, écoute bien, car...

Comme te voilà pâle et les yeux grands! Que t'ai-je dit! Je ne sais plus... je parlais, je parlais de mon pays, pour oublier la mer et le vent... Te voilà pâle, avec des yeux jaloux... Tu me rappelles à toi, tu me sens si lointaine... Il faut que je refasse le chemin, il faut qu'une fois encore j'arrache, de mon pays, toutes mes racines qui saignent...

Me voici! de nouveau je t'appartiens. Je ne voulais qu'oublier le vent et la mer. J'ai parlé en songe... Que t'ai-je dit? Ne le crois pas! Je t'ai parlé sans doute d'un pays de merveilles, où la saveur de l'air enivre?... Ne le crois pas! N'y va pas : tu le chercherais en vain. Tu ne verrais qu'une campagne un peu triste, qu'assombrissent les forêts, un village paisible et pauvre, une vallée humide, une montagne bleuâtre et nue qui ne nourrit pas même les chèvres....

Reprends-moi! me voici revenue. Où donc est allé le vent, en mon absence? Dans quel creux de dune boude-t-il, fatigué?

Un rayon aigu, serré entre deux nuées, pique la mer et rebondit ici, dans ce flacon où il danse à l'étroit...

Jette ce plaid qui m'étouffe; vois! la mer verdit déjà... Ouvre la fenêtre et la porte, et courons vers la fin dorée de ce jour gris, car je veux cueillir sur la grève les fleurs de ton pays apportées par la vague — fleurs impérissables effeuillées en pétales de nacre rose, ô coquillages...

Le dernier feu

Allume, dans l'âtre, le dernier feu de l'année! Le soleil et la flamme illumineront ensemble ton visage. Sous ton geste, un ardent bouquet jaillit, enrubanné de fumée, mais je ne reconnais plus notre feu de l'hiver, notre feu arrogant et bavard, nourri de fagots secs et de souches riches. C'est qu'un astre plus puissant, entré d'un jet par la fenêtre ouverte, habite en maître notre chambre, depuis ce matin...

Regarde! il n'est pas possible que le soleil favorise, autant que le nôtre, les autres jardins! Regarde bien! car rien n'est pareil ici à notre enclos de l'an dernier, et cette année, jeune encore et frissonnante, s'occupe déjà de changer le décor de notre douce vie retirée... Elle allonge, d'un bourgeon cornu et verni, chaque branche de nos poiriers, d'une houppe de feuilles pointues chaque buisson de lilas...

Oh! les lilas surtout, vois comme ils grandissent! Leurs fleurs que tu baisais en passant, l'an dernier, tu ne les respireras, Mai revenu, qu'en te haussant sur la pointe des pieds, et tu devras lever les mains pour abaisser leurs grappes vers ta bouche... Regarde bien l'ombre, sur le sable de l'allée, que dessine le délicat squelette du tamaris : l'an prochain, tu ne la reconnaîtras plus...

Et les violettes elles-mêmes, écloses par magie dans l'herbe, cette nuit, les reconnais-tu? Tu te penches, et comme moi tu t'étonnes; ne sont-elles pas, ce printemps-ci, plus bleues? Non, non, tu te trompes, l'an dernier je les ai vues moins obscures, d'un mauve azuré, ne te souviens-tu pas?... Tu protestes, tu hoches la tête avec ton rire grave, le vert de l'herbe neuve décolore l'eau mordorée de ton regard... Plus mauves... non, plus bleues... Cesse cette taquinerie! Porte plutôt à tes narines le parfum invariable de ces violettes changeantes et regarde, en respirant le philtre qui abolit les années, regarde comme moi ressusciter et grandir devant toi les printemps de ton enfance...

Plus mauves... non, plus bleues... Je revois des prés, des bois profonds que la première poussée des bourgeons embrume d'un vert insaisissable, — des ruisseaux froids, des sources perdues, bues par le sable aussitôt que nées, des primevères de Pâques, des jeannettes jaunes au cœur safrané, et des violettes, des violettes, des violettes... Je revois une enfant silencieuse que le printemps enchantait déjà d'un bonheur sauvage, d'une triste et mystérieuse joie... Une enfant prisonnière, le jour, dans une école, et qui échangeait des jouets, des images, contre les premiers bouquets de violettes des bois, noués d'un fil de coton rouge, rapportés par les petites bergères des fermes environnantes... Violettes à courte tige, violettes blanches et violettes bleues, et violettes d'un blanc-bleu veiné de nacre mauve, — violettes de coucou anémiques et larges, qui haussent sur de longues tiges leurs pâles corolles inodores... Violettes de février, fleuries sous la neige, déchiquetées, roussies de gel, laideronnes, pauvresses parfumées... O violettes de mon enfance! Vous montez devant moi, toutes, vous treillagez le ciel laiteux d'avril, et la palpitation de vos petits visages innombrables m'enivre...

A quoi penses-tu, toi, la tête renversée? Tes yeux tranquilles se lèvent vers le soleil qu'ils bravent... Mais c'est pour suivre seulement le vol de la première abeille, engourdie, égarée, en quête d'une fleur de pêcher mielleuse... Chasse-la! elle va se prendre au vernis de ce bourgeon de marronnier!... Non, elle se perd dans l'air bleu, couleur de lait de pervenches, dans ce ciel brumeux et pourtant pur, qui t'éblouit... O toi, qui te satisfais peut-être de ce lambeau d'azur, ce chiffon de ciel borné par les murs de notre étroit jardin, songe qu'il y a, quelque part dans le monde, un lieu envié d'où l'on découvre tout le ciel! Songe, comme tu songerais à un royaume inaccessible, songe aux confins de l'horizon, au pâlissement délicieux du ciel qui rejoint la terre... En ce jour de printemps hésitant, je devine là-bas, à travers les murs, la ligne poignante, à peine ondulée, de ce qu'enfant je nommais le bout de la terre... Elle rosit, puis bleuit, dans un or plus doux au cœur que le suc d'un fruit. Ne me plaignez pas, beaux yeux pitoyables, d'évoquer si vivement ce que je souhaite! Mon souhait vorace crée ce qui lui manque et s'en repaît. C'est moi qui souris, charitable, à tes mains oisives, vides de fleurs... Trop tôt, trop tôt! Nous et l'abeille, et la fleur du pêcher, nous cherchons trop tôt le printemps...

L'iris dort, roulé en cornet sous une triple soie verdâtre, la pivoine perce la terre d'une raide branche de corail vif, et le rosier n'ose encore que des surgeons d'un marron rose, d'une vivante couleur de lombric... Cueille pourtant la giroflée brune qui devance la tulipe, elle est colorée, rustaude et vêtue d'un velours solide, comme une terrassière... Ne cherche pas le muguet encore; entre deux valves de feuilles, allongées en coquilles de moules, mystérieusement s'arrondissent ses perles d'un orient vert, d'où coulera l'odeur souveraine...

Le soleil a marché sur le sable... Un souffle de glace, qui sent la grêle, monte de l'Est violacé. Les fleurs du pêcher volent horizontales... Comme j'ai froid! La chatte siamoise, tout à l'heure morte d'aise sur le mur tiède, ouvre soudain ses yeux de saphir dans son masque de velours sombre... Longue, le ventre à ras de terre, elle rampe vers la maison, en pliant sur sa nuque ses frileuses oreilles... Viens! j'ai peur de ce nuage violet, liséré de cuivre, qui menace le soleil couchant... Le feu que tu as allumé tout à l'heure danse dans la chambre, comme une joyeuse bête prisonnière qui guette notre retour...

O dernier feu de l'année! Le dernier, le plus beau! Ta pivoine rose, échevelée, emplit l'âtre d'une gerbe incessamment refleurie. Inclinons-nous vers lui, tendons-lui nos mains que sa lueur traverse et ensanglante... Il n'y a pas, dans notre jardin, une fleur plus belle que lui, un arbre plus compliqué, une herbe plus mobile, une liane aussi traîtresse, aussi impérieuse! Restons ici, choyons ce dieu changeant qui fait danser un sourire en tes yeux mélancoliques... Tout à l'heure, quand je quitterai ma robe, tu me verras toute rose, comme une statue peinte. Je me tiendrai immobile devant lui, et sous la lueur haletante ma peau semblera s'animer, frémir et bouger comme aux heures où l'amour, d'une aile inévitable, s'abat sur moi... Restons! Le dernier feu de l'année nous invite au silence, à la paresse, au tendre repos. J'écoute, la tête sur ta poitrine, palpiter le vent, les flammes et ton cœur, cependant qu'à la vitre noire toque incessamment une branche de pêcher rose, à demi effeuillée, épouvantée et défaite comme un oiseau sous l'orage...

Amours

Le rouge-gorge triompha. Puis, il alla chanter sa victoire à petits cris secs, invisible au plus épais du marronnier. Il n'avait pas reculé devant la chatte. Il s'était tenu suspendu dans l'air, un peu au-dessus d'elle, en vibrant comme une abeille, cependant qu'il lui jetait, par éclats brefs, des discours intelligibles à qui connaît la manière outrecuidante du rouge-gorge, et sa bravoure : « Insensée! Tremble! Je suis le rouge-gorge! Oui, le rouge-gorge lui-même! Un pas de plus, un geste vers le nid où couve ma compagne, et, de ce bec, je te crève les yeux! »

Prête à intervenir, je veillais, mais la chatte sait que les rouges-gorges sont sacrés, elle sait aussi qu'à tolérer une attaque d'oiseau, un chat risque le ridicule, — elle sait tant de choses... Elle battit de la queue comme un lion, frémit du dos, mais céda la place au frénétique petit oiseau, et nous reprîmes toutes deux notre promenade du crépuscule. Promenade lente, agréable, fructueuse; la chatte découvre, et je m'instruis. Pour dire vrai, elle semble découvrir. Elle fixe un point dans le vide, tombe en arrêt devant l'invisible, sursaute à cause du bruit que je ne perçois pas. Alors, c'est mon tour, et je tâche d'inventer ce qui la tient attentive.

A fréquenter le chat, on ne risque que de s'enrichir. Serait-ce par calcul que depuis un demi-siècle, je recherche sa compagnie? Je n'eus jamais à le chercher loin : il naît sous mes pas. Chat perdu, chat de ferme traqueur et traqué, maigri d'insomnie, chat de libraire embaumé d'encre, chats des crémeries et des boucheries, bien nourris, mais transis, les plantes sur le carrelage; chats poussifs de la petite-bourgeoisie, enflés de mou; heureux chats despotes qui régnez sur Claude Farrère, sur Paul Morand — et sur moi... Tous vous me rencontrez sans surprise, non sans bonheur. Qu'entre cent chats, elle témoigne, un jour, en ma faveur, cette chatte errante et affamée qui se heurtait, en criant, à la foule que dégorge, le soir, le métro d'Auteuil. Elle me démêla, me reconnut : « Enfin, toi!... Comme tu as tardé, je n'en puis plus... Où est ta maison? Va, je te suis... » Elle me suivit, si sûre de moi que le cœur m'en battait. Ma maison lui fit peur d'abord, parce que je n'y étais pas seule. Mais elle s'habitua, et y resta quatre ans, jusqu'à sa mort accidentelle.

Loin de moi de vous oublier, chiens chaleureux, meurtris de peu, pansés de rien. Comment me passerais-je de vous? Je vous suis si nécessaire... Vous me faites sentir le prix que je vaux. Un être existe donc encore, pour qui je remplace tout? Cela est prodigieux, réconfortant, — un peu trop facile. Mais, cachons-le cet être aux yeux éloquents, cachons-le, dès qu'il subit ses amours saisonnières et qu'un lien douloureux rive la femelle au mâle... Vite, un paravent, une bâche, un parasol de plage, — et, par surcroît, allons-nous-en. Et ne revenons pas de huit jours, au bout desquels « Il » ne « La » reconnaîtra même pas : « l'ami de l'homme » est rarement l'ami du chien.

J'en sais plus sur l'attachement qu'il me porte et sur l'exaltation qu'il y puise, que sur la vie amoureuse du chien. C'est que je préfère, entre dix races qui ont mon estime, celle à qui les chances de maternité sont interdites. Il arrive que la terrière bançonne, la bouledogue française, — types camards à crâne volumineux, qui périssent souvent en mettant bas, — renoncent d'instinct aux voluptueux bénéfices semestriels. Deux de mes chiennes bouledogues mordaient les mâles, et ne les acceptaient pour partenaires de jeu qu'en période d'innocence. Une caniche, trop subtile, refusait tous les partis et consolait sa stérilité volontaire en feignant de nourrir un chiot en caoutchouc rouge... Oui, dans ma vie, il y a eu beaucoup de chiens, — mais il y a eu le chat. A l'espèce chat, je suis redevable d'une certaine sorte, honorable, de dissimulation, d'un grand empire sur moi-même, d'une aversion caractérisée pour les sons brutaux, et du besoin de me taire longuement.

Cette chatte, qui vient de poser en « gros premier plan » dans le roman qui porte son nom, la chatte du rouge-gorge, je ne la célèbre qu'avec réserve, qu'avec trouble. Car, si elle m'inspire, je l'obsède. Sans le vouloir, je l'ai attirée hors du monde félin. Elle y retourne au moment des amours, mais le beau matou parisien, l'étalon qui « va en ville », pourvu de son coussin, de son plat de sciure, de ses menus et... de sa facture, que fait de lui ma chatte? Le même emploi que du sauvage essorillé qui passe, aux champs, par le trou de la haie. Un emploi rapide, furieux et plein de mépris. Le hasard unit à des inconnus cette indifférente. De grands cris me parviennent, de guerre et d'amour, cris déchirants comme celui du grand-duc qui annonce l'aube. J'y reconnais la voix de ma chatte, ses insultes, ses feulements, qui mettent toutes choses au point et humilient le vainqueur de rencontre...

A la campagne, elle récupère une partie de sa coquetterie. Elle redevient légère, gaie, infidèle à plusieurs mâles auxquels elle se donne et se reprend sans scrupule. Je me réjouis de voir qu'elle peut encore, par moments, n'être qu'« une chatte » et non plus « la chatte », ce chaleureux, vif et poétique esprit, absorbé dans le fidèle amour qu'elle m'a voué.

Entre les murs d'un étroit jardin d'Ile-de-France, elle s'ébat, elle s'abandonne. Elle se refuse aussi. L'intelligence a soustrait son corps aux communes frénésies. Elle est de glace lorsque ses pareilles brûlent. Mais elle appelait rêveusement l'amour il y a trois semaines sous des nids déjà vides, parmi les chatons nés deux mois plus tôt, et mêlait ses plaintes aux cris des mésangeaux gris. L'amour ne se le fit pas dire deux fois. Vint le vieux conquérant rayé, aux canines démesurées, sec, chauve par places, mais doué d'expérience, d'une décision sans seconde, et respecté même de ses rivaux. Le jeune rayé le suivait de près, tout resplendissant de confiance et de sottise, large du nez, bas du front et beau comme un tigre. Sur la tuile faîtière du mur parut enfin le chat de ferme, coiffé en bandeaux de deux taches grises sur fond blanc sale, avec un air mal éveillé et incrédule : « Rêvé-je? il m'a semblé qu'on me mandait d'urgence... »

Tous trois entrèrent en lice, et je peux dire qu'ils en virent de dures. La chatte eut d'abord cent mains pour les gifler, cent petites mains bleues, véloces, qui s'accrochaient aux toisons rases et à la peau qu'elles couvraient. Puis elle se roula en forme de huit. Puis elle s'assit entre les trois matous et parut les oublier longuement. Puis elle sortit de son rêve hautain pour se percher sur un pilier au chapiteau effrité, d'où sa vertu défiait tous les assaillants. Quand elle daigna descendre, elle dévisagea les trois esclaves avec un étonnement enfantin, souffrit que l'un d'eux, du museau, baisât son museau ravissant et bleu. Le baiser se prolongeant, elle le rompit par un cri impérieux, une sorte d'aboiement de chat, intraduisible, mais auquel les trois mâles répondirent par un saut de recul. Sur quoi, la chatte entreprit une toilette minutieuse, et les trois ajournés se lamentèrent d'attendre. Même, ils firent mine de se battre, pour passer le temps, autour d'une chatte froide et sourde.

Enfin, renonçant aux mensonges et aux jeux, elle se fit cordiale, s'étira longuement, et, d'un pas de déesse, rejoignit le commun des mortels.

Je ne restai pas là pour savoir la suite. Encore que la grâce féline sorte indemne de tous les risques, pourquoi la soumettre à la suprême épreuve? J'abandonnai la chatte à ses démons et retournai l'attendre au lieu qu'elle ne quitte ni de jour ni de nuit quand j'y travaille lentement et avec peine — la table où assidue, muette à miracle, mais résonnante d'un sourd murmure de félicité, gît, veille ou repose sous ma lampe la chatte, mon modèle, la chatte, mon amie.

Un rêve

Je rêve. Fond noir enfumé de nues d'un bleu très sombre, sur lequel passent des ornements géométriques auxquels manque toujours un fragment, soit du cercle parfait, soit de leurs trois angles, de leurs spirales rehaussées de feu. Fleurs flottantes sans tiges ou sans feuilles. Jardins inachevés; partout règne l'imperfection du songe, son atmosphère de supplique, d'attente et d'incrédulité.

Point de personnages. — Silence, puis un aboiement triste, étouffé.

Moi, *en sursaut.* — Qui aboie?

Une chienne. — Moi.

Moi. — Qui, toi? Une chienne?

Elle. — Non. La chienne.

Moi. — Bien sûr, mais quelle chienne?

Elle, *avec un gémissement réprimé.* — Il y en a donc une autre? Quand je n'étais pas encore l'ombre que me voici, tu ne m'appelais que « la chienne ». Je suis ta chienne morte.

Moi. — Oui... Mais... Quelle chienne morte? Pardonne-moi...

Elle. — Là je te pardonne, si tu devines : je suis celle qui a mérité de revenir.

Moi, *sans réfléchir.* — Ah! je sais! Tu es Nell, qui tremblait mortellement aux plus subtils signes de départ et de séparation, qui se couchait sur le linge blanc dans le compartiment de la malle et faisait une prière pour devenir blanche, afin que je l'emmenasse sans la voir... Ah! Nell!... Nous avons bien mérité qu'une nuit enfin te rappelle du lieu où tu gisais...

Un silence. Les nues bleu sombre cheminent sur le fond noir.
Elle, *d'une voix plus faible.* — Je ne suis pas Nell.
Moi, *pleine de remords.* — Oh! je t'ai blessée?
Elle. — Pas beaucoup. Bien moins qu'autrefois, quand d'une parole, d'un regard, tu me consternais. Et puis, tu ne m'as peut-être pas bien entendue : je suis la chienne, te dis-je...
Moi, *éclairée soudain.* — Oui! Mais oui! la chienne! Où avais-je la tête? Celle de qui je disais, en entrant : « La chienne est là? » Comme si tu n'avais pas d'autre nom, comme si tu ne t'appelais pas Lola... La chienne qui voyageait avec moi toujours, qui savait de naissance comment se comporter en wagon, à l'hôtel, dans une sordide loge de music-hall... Ton museau fin tourné vers la porte, tu m'attendais... Tu maigrissais de m'attendre... Donne-le, ton museau fin que je ne peux pas voir! Donne que je le touche, je reconnaîtrais ton pelage entre cent autres... (*Un long silence. Quelques-unes des fleurs sans tige ou sans feuilles s'éteignent.*) Où es-tu? Reste! Lola...
Elle, *d'une voix à peine distincte.* — Hélas!... Je ne suis pas Lola!
Moi, *baissant aussi la voix.* — Tu pleures?
Elle, *de même.* — Non. Dans le lieu sans couleur où je n'ai pas cessé de t'attendre, c'en est fini pour moi des larmes, tu sais, ces larmes pareilles aux pleurs humains, et qui tremblaient sur mes yeux couleur d'or...
Moi, *l'interrompant.* — D'or? Attends! D'or, cerclés d'or plus sombre, et pailletés...
Elle, *avec douceur.* — Non, arrête-toi, tu vas encore me nommer d'un nom que je n'ai jamais entendu. Et peut-être qu'au loin des ombres de chiennes couchées tressailliraient de jalousie, se lèveraient, gratteraient le bas d'une porte qui ne s'ouvre pas cette nuit pour elles. Ne me cherche plus. Tu ne sauras jamais pourquoi j'ai mérité de revenir. Ne tâtonne pas, de ta main endormie, dans l'air noir et bleu qui me baigne, tu ne rencontreras pas ma robe...
Moi, *anxieuse.* — Ta robe... couleur de froment?
Elle. — Chut! Je n'ai plus de robe. Je ne suis qu'une ligne, un trait sinueux de phosphore, une palpitation, une plainte

perdue, une quêteuse que la mort n'a pas mise en repos, le reliquat gémissant, enfin, de la chienne entre les chiennes, de la chienne...

MOI, *criant*. — Reste! Je sais! Tu es...

Mais mon cri m'éveille, dissout le bleu et le noir insondables, les jardins inachevés, crée l'aurore et éparpille, oubliées, les syllabes du nom que porta sur la terre, parmi les ingrats, la chienne qui mérita de revenir, la chienne...

Nonoche

Le soleil descend derrière les sorbiers, grappés de fruits verts qui tournent çà et là au rose aigre. Le jardin se remet lentement d'une longue journée de chaleur, dont les molles feuilles du tabac demeurent évanouies. Le bleu des aconits a certainement pâli depuis ce matin, mais les reines-claudes, vertes hier sous leur poudre d'argent, ont toutes, ce soir, une joue d'ambre.

L'ombre des pigeons tournoie, énorme, sur le mur tiède de la maison et éveille, d'un coup d'éventail, Nonoche qui dormait dans sa corbeille...

Son poil a senti passer l'ombre d'un oiseau! Elle ne sait pas bien ce qui lui arrive. Elle a ouvert trop vite ses yeux japonais, d'un vert qui met l'eau sous la langue. Elle a l'air bête comme une jeune fille très jolie, et ses taches de chatte portugaise semblent plus en désordre que jamais : un rond orange sur la joue, un bandeau noir sur la tempe, trois points noirs au coin de la bouche, près du nez blanc fleuri de rose... Elle baisse les yeux et la mémoire de toutes choses lui remonte au visage dans un sourire triangulaire; contre elle, noyé en elle, roulé en escargot, sommeille son fils.

« Qu'il est beau! se dit-elle. Et gros! Aucun de mes enfants n'a été si beau. D'ailleurs je ne me souviens plus d'eux... Il me tient chaud. »

Elle s'écarte, creuse le ventre avant de se lever, pour que son fils ne s'éveille pas. Puis elle bombe un dos de dromadaire, s'assied et bâille, en montrant les stries fines d'un palais trois fois taché de noir.

En dépit de nombreuses maternités, Nonoche conserve un air enfantin qui trompe sur son âge. Sa beauté solide restera longtemps jeune, et rien dans sa démarche, dans sa taille svelte et plate, ne révèle qu'elle fut, en quatre portées, dix-huit fois mère. Assise, elle gonfle un jabot éclatant, coloré d'orange, de noir et de blanc comme un plumage d'oiseau rare. L'extrémité de son poil court et fourni brille, s'irise au soleil comme fait l'hermine. Ses oreilles, un peu longues, ajoutent à l'étonnement gracieux de ses yeux inclinés et ses pattes minces, armées de brèves griffes en cimeterre, savent fondre confiantes dans la main amie.

Futile, rêveuse, passionnée, gourmande, caressante, autoritaire, Nonoche rebute le profane et se donne aux seuls initiés qu'a marqués le signe du Chat. Ceux-là même ne la comprennent pas tout de suite et disent : « Quelle bête capricieuse! » Caprice? point. Hyperesthésie nerveuse seulement. La joie de Nonoche est tout près des larmes, et il n'y a guère de folle partie de ficelle ou de balle de laine qui ne finisse en petite crise hystérique, avec morsures, griffes et feulements rauques. Mais cette même crise cède sous une caresse bien placée, et parce qu'une main adroite aura effleuré ses petites mamelles sensibles, Nonoche furibonde s'effondrera sur le flanc, plus molle qu'une peau de lapin, toute trépidante d'un ronron cristallin qu'elle file trop aigu et qui parfois la fait tousser...

« Qu'il est beau! » se dit-elle en contemplant son fils. « La corbeille devient trop petite pour nous deux. C'est un peu ridicule, un enfant si grand qui tette encore. Il tette avec des dents pointues maintenant... Il sait boire à la soucoupe, il sait rugir à l'odeur de la viande crue, il gratte à mon exemple la sciure du plat, d'une manière anxieuse et précipitée où je me retrouve toute... Je ne vois plus rien à faire pour lui, sauf de le sevrer. Comme il abîme ma troisième mamelle de droite! C'est une pitié. Le poil de mon ventre, tout autour, ressemble à un champ de seigle versé sous la pluie! Mais quoi? quand ce grand petit se jette sur mon ventre, les yeux clos comme un nouveau-né, quand et des nuits, ma sauvage compagne hurlante... jusqu'à l'heure plus noire où tu te retrouveras seule, car j'aurai fui mystérieusement, las de toi, appelé par celle que je ne connais pas, celle que je n'ai pas possédée encore... Alors tu retourneras vers ton gîte, affamée, humble, vêtue de boue, les yeux pâles, l'échine creusée comme si ton fruit y pesait déjà, et tu te réfugieras dans un long sommeil tressaillant de rêves où ressuscitera notre amour... Viens!... »

Nonoche écoute. Rien dans son attitude ne décèle qu'elle lutte contre elle-même, car le tentateur pourrait la voir à travers l'ombre, et le mensonge est la première parure d'une amoureuse... Elle écoute, rien de plus...

Dans sa corbeille, l'obscurité éveille peu à peu son fils qui se déroule, chenille velue, et tend des pattes tâtonnantes... Il se dresse, maladroit, s'assied plus large que haut, avec une majesté puérile. Le bleu hésitant de ses yeux, qui seront peut-être verts, peut-être vieil or, se trouble d'inquiétude. Il dilate, pour mieux crier, son nez chamois où aboutissent toutes les rayures convergentes de son visage... Mais il se tait, malicieux et rassuré : il a vu le dos bigarré de sa mère, assise sur le perron.

Debout sur ses quatre pattes courtaudes, fidèle à la tradition qui lui enseigna cette danse barbare, il s'approche les oreilles renversées, le dos bossu, l'épaule de biais, par petits bonds de joujou terrible, et fond sur Nonoche qui ne s'y attendait pas... La bonne farce! Elle en a presque crié. On va sûrement jouer comme des fous jusqu'au dîner.

Mais un revers de patte nerveux a jeté l'assaillant au bas du perron, et maintenant une grêle de tapes sèches s'abat sur lui, commentées de fauves crachements et de regards en furie!... La tête bourdonnante, poudré de sable, le fils de Nonoche se relève, si étonné qu'il n'ose pas demander pourquoi, ni suivre celle qui ne sera plus jamais sa nourrice et qui s'en va très digne, le long de la petite allée noire, vers le bois hanté...

Toby-Chien parle

Un petit intérieur tranquille. A la cantonade, bruits de cataclysme. Kiki-la-Doucette, chat des Chartreux, se cramponne vainement à un somme illusoire. Une porte s'ouvre et claque sous une main invisible, après avoir livré passage à Toby-Chien, petit bull démoralisé.

KIKI-LA-DOUCETTE, *s'étirant*. — Ah! ah! qu'est-ce que tu as encore fait?

TOBY-CHIEN, *piteux*. — Rien.

KIKI-LA-DOUCETTE. — A d'autres! Avec cette tête-là? Et ces rumeurs de catastrophe?

TOBY-CHIEN. — Rien, te dis-je! Plût au Ciel! Tu me croiras si tu veux, mais je préférerais avoir cassé un vase, ou mangé le petit tapis persan auquel Elle tient si fort. Je ne comprends pas. Je tâtonne dans les ténèbres. Je...

KIKI-LA-DOUCETTE, *royal*. — Cœur faible! Regarde-moi. Comme du haut d'un astre, je considère ce bas monde. Imite ma sérénité divine...

TOBY-CHIEN, *interrompant, ironique*. — ... et enferme-toi dans le cercle magique de ta queue, n'est-ce pas? Je n'ai pas de queue, moi, ou si peu! Et jamais je ne me sentis le derrière si serré.

KIKI-LA-DOUCETTE, *intéressé, mais qui feint l'indifférence*. — Raconte.

TOBY-CHIEN. — Voilà. Nous étions bien tranquilles, Elle et moi, dans le cabinet de travail. Elle lisait des lettres, des journaux, et ces rognures collées qu'Elle nomme pompeusement l'Argus de la Presse, quand tout à coup : « Zut! s'écria-t-Elle. Et même crotte de bique! » Et sous son poing asséné la table vibra, les papiers volèrent... Elle se leva, marcha de la fenêtre à la porte, se mordit un doigt, se gratta la tête, se frotta rudement le bout du nez.

J'avais soulevé du front le tapis de la table et mon regard cherchait le sien... « Ah! te voilà », ricana-t-elle. « Naturellement, te voilà. Tu as le sens des situations. C'est bien le moment de te coiffer à l'orientale avec une draperie turque sur le crâne et des franges-boule qui retombent, des franges-boule, — des franges-bull, parbleu! Ce chien fait des calembours, à présent! il ne me manquait que ça! » D'une chiquenaude, Elle rejeta le bord du tapis qui me coiffait, puis leva vers le plafond des bras pathétiques : « J'en ai assez! » s'écria-t-Elle. « Je veux... je veux... je veux faire ce que je veux! »

Un silence effrayant suivit son cri, mais je lui répondais du fond de mon âme : « Qui T'en empêche, ô Toi qui règnes sur ma vie, Toi qui peux presque tout, Toi qui, d'un plissement volontaire de tes sourcils, rapproches dans le ciel les nuages? »

Elle sembla m'entendre et repartit un peu plus calme : « Je veux faire ce que je veux. Je veux jouer la pantomime, même la comédie. Je veux danser nue, si le maillot me gêne et humilie ma plastique. Je veux me retirer dans une île, s'il me plaît, ou fréquenter des dames qui vivent de leurs charmes, pourvu qu'elles soient gaies, fantasques, voire mélancoliques et sages, comme sont beaucoup de femmes de joie. Je veux écrire des livres tristes et chastes, où il n'y aura que des paysages, des fleurs, du chagrin, de la fierté, et la candeur des animaux charmants qui s'effraient de l'homme... Je veux sourire à tous les visages aimables, et m'écarter des gens laids, sales et qui sentent mauvais. Je veux chérir qui m'aime et lui donner tout ce qui est à moi dans le monde : mon corps rebelle au partage, mon cœur si doux et ma liberté! Je veux... je veux!... Je crois bien que si quelqu'un, ce soir, se risquait à me dire : « Mais, enfin, ma chère... » eh bien, je le tue... Ou je lui ôte un œil. Ou je le mets dans la cave. »

KIKI-LA-DOUCETTE, *pour lui-même*. — Dans la cave? Je

considérerais cela comme une récompense, car la cave est un enviable séjour, d'une obscurité bleutée par le soupirail, embaumé de paille moisie et de l'odeur alliacée du rat...

Toby-Chien, *sans entendre*. — « J'en ai assez, vous dis-je! » (Elle criait cela à des personnes invisibles, et moi, pauvre moi, je tremblais sous la table.) « Et je ne verrai plus ces tortues-là! »

Kiki-la-Doucette. — Ces... quoi?

Toby-Chien. — Ces tortues-là; je suis sûr du mot. Quelles tortues? Elle nous cache tant de choses! «... Ces tortues-là! Elles sont deux, trois, quatre, — joli nid de fauvettes! — pendues à Lui, et qui Lui roucoulent et Lui écrivent : « Mon chéri, tu m'épouseras si Elle meurt, dis? » Je crois bien! Il les épouse déjà, l'une après l'autre. Il pourrait choisir. Il préfère collectionner. Il lui faut — car elles en demandent! — la Femme-du-Monde couperosée qui s'occupe de musique et qui fait des fautes d'orthographe, la vierge mûre qui lui écrit, d'une main paisible de comptable, les mille z'horreurs; — l'Américaine brune aux cuisses plates; et toute la séquelle des sacrées petites toquées en cols plats et cheveux courts qui s'en viennent, cils baissés et reins frétillants : « O Monsieur, c'est moi qui suis la vraie Claudine... » La vraie Claudine! et la fausse mineure, tu parles!

« Toutes, elles souhaitent ma mort, m'inventent des amants; elles l'entourent de leur ronde effrénée, Lui faible, lui, volage et amoureux de l'amour qu'Il inspire, Lui qui goûte si fort ce jeu de se sentir empêtré dans cent petits doigts crochus de femmes... Il a délivré en chacune la petite bête mauvaise et sans scrupules, matée — si peu! — par l'éducation; elles ont menti, forniqué, cocufié, avec une joie et une fureur de harpies, autant par haine de moi que pour l'amour de Lui...

« Alors... adieu tout! adieu... presque tout. Je Le leur laisse. Peut-être qu'un jour Il les verra comme je les vois, avec leurs visages de petites truies gloutonnes. Il s'enfuira, effrayé, frémissant, dégoûté d'un vice inutile... »

Je haletais autant qu'Elle, ému de sa violence. Elle entendit ma respiration et se jeta à quatre pattes, sa tête sous le tapis de la table, contre la mienne...

« Oui, inutile! je maintiens le mot. Ce n'est pas un petit bull carré qui me fera changer d'avis, encore! Inutile s'Il n'aime pas assez ou s'Il méconnaît l'amour véritable! Quoi?... ma vie aussi est inutile? Non, Toby-Chien. Moi, j'aime. J'aime tant tout ce que j'aime! Si tu savais comme j'embellis tout ce que j'aime, et quel plaisir je me donne en aimant! Si tu pouvais comprendre de quelle force et de quelle défaillance m'emplit ce que j'aime!... C'est cela que je nomme le frôlement du bonheur. Le frôlement du bonheur... caresse impalpable qui creuse le long de mon dos un sillon velouté, comme le bout d'une aile creuse l'onde... Frisson mystérieux prêt à se fondre en larmes, angoisse légère que je cherche et qui m'atteint devant un cher paysage argenté de brouillard, devant un ciel où fleurit l'aube, sous le bois où l'automne souffle une haleine mûre et musquée... Tristesse voluptueuse des fins de jour, bondissement sans cause d'un cœur plus mobile que celui du chevreuil, tu es le frôlement même du bonheur, toi qui gis au sein des heures les plus pleines... et jusqu'au fond du regard de ma sûre amie...

« Tu oserais dire ma vie *inutile*?... Tu n'auras pas de pâtée, ce soir! »

Je voyais la brume de ses cheveux danser autour de sa tête qu'Elle hochait furieusement. Elle était comme moi à quatre pattes, aplatie, comme un chien qui va s'élancer, et j'espérai un peu qu'elle aboierait...

Kiki-la-Doucette, *révolté*. — Aboyer, Elle! Elle a ses défauts, mais tout de même, aboyer!... Si Elle devait parler en quatre-pattes, elle miaulerait.

Toby-Chien, *poursuivant*. — Elle n'aboya point, en effet. Elle se redressa d'un bond, rejeta en arrière les cheveux qui lui balayaient le visage...

Kiki-la-Doucette. — Oui, Elle a la tête angora. La tête seulement.

Toby-Chien. — ... Et Elle se remit à parler, incohérente : « Alors, voilà, je veux faire ce que je veux. Je ne porterai pas des manches courtes en hiver, ni de cols hauts en été. Je ne mettrai pas mes chapeaux sens devant derrière, et je n'irai plus prendre le thé chez Rimmels's, non. Redelsperger, non... Chose, enfin. Et je n'irai plus aux vernissages. Parce qu'on y marche dans un tas de gens, l'après-midi, et que les matins y sont sinistres, sous ces voûtes où frissonne un peuple nu et transi de statues, parmi l'odeur de cave et de plâtre frais... C'est l'heure où quelques femmes y toussent, vêtues de robes minces, et de rares hommes errent, avec la mine verte d'avoir passé la nuit là, sans gîte et sans lit...

« Et le monotone public des premières ne verra plus mon sourire abattu, mes yeux qui se creusent de la longueur des entractes et de l'effort qu'il faut pour empêcher mon visage de vieillir, — effort reflété par cent visages féminins, raidis de fatigue et d'orgueil défensif... Tu m'entends », s'écria-t-Elle, « tu m'entends, crapaud bringé, excessif petit bull cardiaque! Je n'irai plus aux premières, — sinon de l'autre côté de la rampe. Car je danserai encore sur la scène, je danserai nue ou habillée, pour le seul plaisir de danser, d'accorder mes gestes au rythme de la musique, de virer, brûlée de lumière, aveuglée comme une mouche dans un rayon... Je danserai, j'inventerai de belles danses lentes où le voile parfois me couvrira, parfois m'environnera comme une spirale de fumée, parfois se tendra derrière ma course comme la toile d'une barque... Je serai la statue, le vase animé, la bête bondissante, l'arbre balancé, l'esclave ivre...

« Qui donc a osé murmurer, trop près de mon oreille irritable, les mots de déchéance, d'avilissement?... Toby-Chien, Chien de bon sens, écoute bien : je ne me suis jamais sentie plus digne de moi-même! Du fond de la sévère retraite que je me suis faite au fond de moi, il m'arrive de rire tout haut, réveillée par la voix cordiale d'un maître de ballet italien : « Hé, ma minionne, qu'est-ce que tu penses? je te dis : sauts de basque, deux! et un petit pour finir!... »

« La familiarité professionnelle de ce luisant méridional ne me blesse point, ni l'amicale veulerie d'une pauvre petite marcheuse à cinquante francs par mois, qui se lamente, résignée : « Nous autres artistes, n'est-ce pas, on ne fait pas toujours comme on veut... » et si le régisseur tourne vers moi, au cours d'une répétition, son mufle de dogue bonasse, en graillonnant : « C'est malheureux que vous ne pouvez pas taire vos gueules, tous... » je ne songe pas à me fâcher, pourvu qu'au retour, lorsque je jette à la volée mon chapeau sur le lit, une voix chère, un peu voilée, murmure : « Vous n'êtes pas trop fatiguée, mon amour?... »

Sa voix à Elle avait molli sur ces mots. Elle répéta, comme pour Elle-même, avec un sourire contenu : « Vous n'êtes pas trop fatiguée, mon amour? » puis soudain éclata en larmes nerveuses, des larmes vives, rondes, pressées, en gouttes étincelantes qui sautaient sur ses joues, joyeusement... Mais moi, tu sais, quand Elle pleure, je sens la vie me quitter...

KIKI-LA-DOUCETTE. — Je sais, tu t'es mis à hurler?

TOBY-CHIEN. — Je mêlai mes larmes aux siennes, voilà tout. Mal m'en prit! Elle me saisit par la peau du dos, comme une petite valise carrée, et de froides injures tombèrent sur ma tête innocente : « Mal élevé. Chien hystérique. Saucisson larmoyeur. Crapaud à cœur de veau. Phoque obtus... » Tu sais le reste. Tu as entendu la porte; le tisonnier qu'elle a jeté dans la corbeille à papiers, et le seau à charbon qui a roulé béant, et tout...

KIKI-LA-DOUCETTE. — J'ai entendu. J'ai même entendu, ô Chien, ce qui n'est pas parvenu à ton entendement de bull simplet. Ne cherche pas. Elle et moi, nous dédaignons le plus souvent de nous expliquer. Il m'arrive, lorsqu'une main inexperte me caresse à rebours, d'interrompre un paisible et sincère ronron par un khh! féroce, suivi d'un coup de griffe foudroyant comme une étincelle... « Que ce chat est traître! » s'écrie l'imbécile... Il n'a vu que la griffe, il n'a pas deviné l'exaspération nerveuse, ni la souffrance aiguë qui lancine la peau de mon dos... Quand Elle agit follement, Elle, ne dis pas, en haussant tes épaules carrées : « Elle est folle! » Plutôt, cherche la main maladroite, la piqûre insupportable et cachée qui se manifeste en cris, en rires, en course aveugle vers tous les risques...

Dialogue de bêtes

A la campagne, l'été. Elle somnole, sur une chaise longue de rotin. Ses deux amis, Toby-Chien le bull, Kiki-la-Doucette le chat, jonchent le sable...

TOBY-CHIEN, *bâillant*. — Aaah!... ah!...
KIKI-LA-DOUCETTE, *réveillé*. — Quoi?
TOBY-CHIEN. — Rien. Je ne sais pas ce que j'ai. Je bâille.
KIKI-LA-DOUCETTE. — Mal à l'estomac?
TOBY-CHIEN. — Non. Depuis une semaine que nous sommes ici, il me manque quelque chose. Je crois que je n'aime plus la campagne.
KIKI-LA-DOUCETTE. — Tu n'as jamais aimé réellement la campagne. Asnières et Bois-Colombes bornent tes désirs ruraux. Tu es né banlieusard.
TOBY-CHIEN, *qui n'écoute pas*. — L'oisiveté me pèse. Je voudrais travailler!
KIKI-LA-DOUCETTE, *continuant*. — ... Banlieusard, dis-je, et mégalomane. Travailler! O Phtah, tu l'entends, ce chien inutile. Travailler!
TOBY-CHIEN, *noble*. — Tu peux rire. Pendant six semaines, j'ai gagné ma vie, aux Folies-Elyséennes, avec Elle.
KIKI-LA-DOUCETTE. — Elle... c'est différent. Elle fait ce qui lui plaît. Elle est têtue, dispersée, extravagante... Mais toi! Toi le brouillon, l'indécis, toi le happeur de vide, le...

Toby-Chien, *théâtral*. — Vous n'avez pas autre chose à me dire?

Kiki-la-Doucette, *qui ignore Rostand*. — Si, certainement!

Toby-Chien, *rogue*. — Eh bien, rentre-le. Et laisse-moi tout à mon cuisant regret, à mes aspirations vers une vie active, vers ma vie du mois passé. Ah! les belles soirées! ah! mes succès! ah! l'odeur du sous-sol aux Folies-Elyséennes! Cette longue cave divisée en cabines exiguës, comme un rayon de ruche laborieuse et peuplée de mille petites ouvrières qui se hâtent, en travesti bleu brodé d'or, d'un dard inoffensif au flanc, coiffées de plumes écumeuses... Je revois encore, éblouissant, ce tableau de *l'Entente cordiale* où défilait une armée de généraux aux cuisses rondes... Hélas, hélas...

Kiki-la-Doucette, *à part*. — Toby-Chien, c'est le Brichanteau du music-hall.

Toby-Chien, *qui s'attendrit*. — C'est à cette heure émouvante du défilé que nous arrivions, Elle et moi. Elle s'enfermait, abeille pressée, dans sa cellule, et commençait de se peindre le visage afin de ressembler aux beaux petits généraux qui, au-dessus de nos têtes, martelaient la scène d'un talon indécis. J'attendais. J'attendais que, gainée d'un maillot couleur de hanneton doré, Elle rouvrît sa cellule sur le fiévreux corridor...

Couché sur mon coussin, je haletais un peu, en écoutant le bruit de la ruche. J'entendais les pieds pesants des guerriers mérovingiens, ces êtres terribles, casqués de fer et d'ailes de hiboux, qui surgissaient au dernier tableau, sous le chêne sacré... Ils étaient armés d'arbres déracinés, moustachus d'étoupe blonde, — et ils chantaient, attends... cette si jolie valse lente!

> *Dès que l'aurore au lointain paraît,*
> *Chacun s'empresse dans la forêt*
> *Aux joies exquises de la chasse*
> *Dont jamais on ne se lasse!...*

Ils se rassemblaient pour y tuer

> *... au fond des bois*
> *Des ribambelles*

De gazelles
Et de dix-cors aux abois...

KIKI-LA-DOUCETTE, *à part*. — Poésie, poésie!...

TOBY-CHIEN. — Adieu, tout cela! Adieu, ma scintillante amie, Madame Bariol-Taugé! Vous m'apparûtes plus belle qu'une armée rangée en bataille, et mon cœur chauvin, mon cœur de bull bien français gonfle, au souvenir des strophes enflammées dont vous glorifiâtes l'Entente cordiale!... Crête rose, ceinture bleue, robe blanche, vous étiez telle qu'une belle poule gauloise, et pourtant vous demeuriez

La Parisienne, astre vermeil,
Apportant son rayon de soleil!
La Parisienne, la v'là!
Pour cha-a-sser le spleen
Aussitôt qu'elle est là
Tous les cœurs s'illuminent!

KIKI-LA-DOUCETTE, *intéressé*. — De qui sont ces vers?

TOBY-CHIEN. — Je ne sais pas. Mais leur rythme impérieux rouvre en moi des sources d'amertume.

J'attendais l'heure où les Elysées-Girls, maigres, affamées et joueuses, redescendaient de leur Olympe pour me serrer, l'une après l'autre, sur leurs gorges plates et dures, me laissant suffoqué, béat, le poil marbré de plaques roses et blanches... J'attendais, le cœur secoué, l'instant enfin où Elle monterait à son tour, indifférente, farouchement masquée d'une gaîté impénétrable, vers le plateau, vers la fournaise de lumière qui m'enivrait... Ecoute, Chat, j'ai vu, de ma vie, bien des choses...

KIKI-LA-DOUCETTE, *à part, apitoyé*. — C'est qu'il le croit.

TOBY-CHIEN. — ... Mais rien n'égale, dans l'album de mes souvenirs, cette salle des Folies-Elyséennes, où chacun espérait ma venue, où l'on m'accueillait par une rumeur de bravos et de rires!!! Modeste — et d'ailleurs myope — j'allais droit à cet être étrange, tête sans corps, chuchoteur, qui vit dans un trou, tout au bord de la scène. Bien que j'en eusse fait mon ami, je m'étonnais tous les soirs de sa monstruosité, et je dardais sur lui mes yeux saillants de homard... Mon second salut était pour cette frétillante créature qu'on nommait Carnac et qui semblait la maîtresse du lieu, accueillant tous les arrivants du même sourire à dents blanches, du même « ah! » de bienvenue. Elle me plaisait entre toutes. Hors de la scène, sa jeune bouche fardée jetait, dans un rire éclatant, des mots qui me semblaient plus frais que des fleurs mouillées : « Bougre d'em...poté, sacré petit mac... Vieux chameau d'habilleuse, elle m'a foutu entre les jambes une tirette qui me coupe le... » j'ai oublié le reste. Après que j'avais, d'une langue courtoise, léché les doigts menus de cette enfant délicate, je courais de l'une à l'autre avant-scène, pressé de choisir les bonbons qu'on me tendait, minaudant pour celle-ci, aboyant pour celui-là...

KIKI-LA-DOUCETTE, *à part*. — Cabotin, va!

TOBY-CHIEN. — ... Et puis-je oublier l'heure que je passai dans l'avant-scène de droite, au creux d'un giron de mousseline et de paillettes, bercé contre une gorge abondante où pendaient des colliers?... Mais Elle troubla trop tôt ma joie et vint, ayant dit et chanté, me pêcher par la peau de la nuque, me reprendre aux douces mains gantées qui voulaient me retenir... Cette heure merveilleuse finit dans le ridicule, car Elle me brandit aux yeux d'un public égayé, en criant : « Voilà, Mesdames et Messieurs! le sale cabot qui *fait* les avant-scènes! » Elle riait aussi, la bouche ironique et les yeux lointains, avec cet air agressif et gai qui sert de masque à sa vraie figure, tu sais?

KIKI-LA-DOUCETTE, *bref*. — Je sais.

TOBY-CHIEN, *poursuivant*. — Nous descendions, après, vers sa cellule lumineuse où Elle essuyait son visage de couleur, la gomme bleue de ses cils...

ELLE... (*la regardant endormie*). Elle est là, étendue. Elle sommeille. Elle semble ne rien regretter. Il y a sur son visage un air heureux de détente et d'arrivée. Pourtant, quand Elle rêve de longues heures, la tête sur son bras plié, je me demande si Elle n'évoque pas, comme moi, ces soirs lumineux de printemps parisien, tout enguirlandés de perles électriques?... C'est peut-être cela qui brille au plus profond de ses yeux?...

KIKI-LA-DOUCETTE. — Non. Je sais, moi. Elle m'a parlé!

TOBY-CHIEN, *jaloux*. — A moi aussi, Elle me parle.

KIKI-LA-DOUCETTE. — Pas de la même manière. Elle te

parle de la température, de la tartine qu'elle mange, de l'oiseau qui vient de s'envoler. Elle te dit : « Viens ici. Gare à ton derrière. Tu es beau. Tu es laid. Tu es mon crapaud bringé, ma sympathique grenouille. Je te défends de manger ce crottin sec... »

TOBY-CHIEN. — C'est déjà très gentil, tu ne trouves pas?

KIKI-LA-DOUCETTE. — Très gentil. Mais nos confidences, d'Elle à moi, de moi à Elle, sont d'autre sorte. Depuis que nous sommes ici, Elle s'est confiée, presque sans paroles, à mon instinct divinateur. Elle se délecte d'une tristesse et d'une solitude plus savoureuses que le bonheur. Elle ne se lasse pas de regarder changer la couleur des heures. Elle erre beaucoup, mais pas loin, et son activité piétine sur ces dix hectares bornés de murs en ruine. Tu la vois parfois debout sur la cime de notre montagne, sculptée dans sa robe par le vent amoureux, les cheveux tour à tour droits et couchés comme les épis de seigle, et pareille à un petit génie de l'Aventure?... Ne t'en émeus pas. Son regard ne défie pas l'espace, il y cherche, il y menace seulement l'intrus en marche vers sa demeure, l'assaillant de sa retraite... dirai-je sentimentale?

TOBY-CHIEN. — Dis-le.

KIKI-LA-DOUCETTE. — Elle n'aime point l'inconnu, et ne chérit sans trouble que ce lieu ancien, retiré, ce seuil usé par ses pas enfantins, ce parc triste dont son cœur connaît tous les aspects. Tu la crois assise là, près de nous? Elle est assise en même temps sur la roche tiède, au revers de la combe, et aussi sur la branche odorante et basse du pin argenté... Tu crois qu'elle dort? elle cueille en ce moment, au potager, la fraise blanche qui sent la fourmi écrasée. Elle respire, sous la tonnelle de roses, l'odeur orientale et comestible de mille roses vineuses, mûres en un seul jour de soleil. Ainsi immobile et les yeux clos, elle habite chaque pelouse, chaque arbre, chaque fleur, — elle se penche à la fois, fantôme bleu comme l'air, à toutes les fenêtres de sa maison chevelue de vigne... Son esprit court, comme un sang subtil, le long des veines de toutes les feuilles, se caresse au velours des géraniums, à la cerise vernie, et s'enroule à la couleuvre poudrée de poussière, au creux du sentier jaune... C'est pourquoi tu la vois si sage et les yeux clos, car ses mains pendantes, qui semblent vides, possèdent et égrènent tous les instants d'or de ce beau jour lent et pur.

Maquillages

— A ton âge, si j'avais mis de la poudre et du rouge aux lèvres, et de la gomme aux cils, que m'aurait dit ma mère? Tu crois que c'est joli, ce bariolage, ce... ce masque de carnaval, ces... ces exagérations qui te vieillissent?

Ma fille ne répond rien. Ainsi j'attendais, à son âge, que ma mère eût fini son sermon. Dans son mutisme seul, je peux deviner une certaine irrévérence, car un œil de jeune fille, lustré, vif, rétréci entre des cils courbes comme les épines du rosier, est aisément indéchiffrable. Il suffirait, d'ailleurs, qu'elle en appelât à ma loyauté, qu'elle me questionnât d'une manière directe : « Franchement, tu trouves ça laid? Tu me trouves laide? »

Et je rendrais les armes. Mais elle se tait finement et laisse tomber « dans le froid » mon couplet sur le respect qu'on doit à la beauté adolescente. J'ajoute même, pendant que j'y suis, quelque chose sur « les convenances », et, pour terminer, j'invoque les merveilles de la nature, la corolle, la pulpe, exemples éternels, — imagine-t-on la rose fardée, la cerise peinte?...

Mais le temps est loin où d'aigrelettes jeunes filles, en province, trempaient en cachette leurs doigts dans la jarre à farine, écrasaient sur leurs lèvres les pétales de géranium, et recueillaient, sous une assiette qu'avait léchée la flamme d'une bougie, un noir de fumée aussi noir que leur petite âme ténébreuse...

Qu'elles sont adroites, nos filles d'aujourd'hui. La joue ombrée, plus brune que rose, un fard insaisissable, comblant, bleuâtre ou gris, ou vert sourd, l'orbite; les cils en épingles et la bouche éclatante, elles n'ont peur de rien. Elles sont beaucoup mieux maquillées que leurs aînées. Car souvent la femme de trente à quarante ans hésite : « Aurai-je trente ans, ou quarante? Ou vingt-cinq? Appellerai-je à mon secours les couleurs de la fleur, celles du fruit? » C'est l'âge des essais, des tâtonnements, des erreurs, et du désarroi qui jette les femmes d'un « institut » à une « académie », du massage à la piqûre, de l'acide à l'onctueux, et de l'inquiétude au désespoir.

Dieu merci, elles reprennent courage, plus tard. Depuis que je soigne et maquille mes contemporaines, je n'ai pas encore rencontré une femme de cinquante ans qui fût découragée, ni une sexagénaire neurasthénique. C'est parmi ces championnes qu'il fait bon tenter — et réaliser — des miracles de maquillage. Où sont les rouges d'antan et leur âpreté de groseille, les blancs ingrats, les bleus-enfant-de-Marie? Nous détenons des gammes à enivrer un peintre. L'art d'accommoder les visages, l'industrie qui fabrique les fards, remuent presque autant de millions que la cinématographie. Plus l'époque est dure à la femme, plus la femme, fièrement, s'obstine à cacher qu'elle en pâtit. Des métiers écrasants arrachent à son bref repos, avant le jour, celle qu'on nommait « frêle créature ». Héroïquement dissimulée sous son fard mandarine, l'œil agrandi, une petite bouche rouge peinte sur sa bouche pâle, la femme récupère, grâce à son mensonge quotidien, une quotidienne dose d'endurance, et la fierté de n'avouer jamais...

Je n'ai jamais donné autant d'estime à la femme, autant d'admiration que depuis que je la vois de tout près, depuis que je tiens, renversé sous le rayon bleu métallique, son visage sans secrets, riche d'expression, varié sous ses rides agiles, ou nouveau et rafraîchi d'avoir quitté un moment sa couleur étrangère. O lutteuses! C'est de lutter que vous restez jeunes. Je fais de mon mieux, mais comme vous m'aidez! Lorsque certaines d'entre vous me chuchotent leur âge véritable, je reste éblouie. L'une s'élance vers mon petit laboratoire comme à une barricade. Elle est mordante, populacière, superbe :

— Au boulot! Au boulot! s'écrie-t-elle. J'ai une vente difficile. S'agit d'avoir trente ans, aujourd'hui — et toute la journée!

De son valeureux optimisme, il arrive que je passe, le temps d'écarter un rideau, à l'une de ces furtives jeunes filles qui ont, du lévrier, le ventre creux, l'œil réticent et velouté, et qui parlent peu, mais parcourent, d'un doigt expert, le clavier des fards :

— Celui-là... Et celui-là... Et puis le truc à z'yeux... Et la poudre foncée... Ah! Et puis...

C'est moi qui les arrête :

— Et qu'ajouterez-vous quand vous aurez mon âge?

L'une d'elles leva sur mon visage un long regard désabusé :

— Rien... Si vous croyez que ça m'amuse... Mon rêve, c'est d'être maquillée une fois pour toutes, pour la vie; je me maquille très fort, de manière à avoir la même figure dans vingt ans. Comme ça, j'espère qu'on ne me verra pas changer.

Un de mes grands plaisirs, c'est la découverte. On ne croirait jamais que tant de visages féminins de Paris restent, jusqu'à l'âge mûr, tels que Dieu les créa. Mais vient l'heure dangereuse, et une sorte de panique, l'envie non seulement de durer, mais de naître; vient l'amer, le tardif printemps des cœurs, et sa force qui déplace les montagnes...

— Est-ce que vous croyez que... Oh! il n'est pas question pour moi de me changer en jeune femme, bien sûr... Mais, tout de même, je voudrais essayer...

J'écoute, mais surtout je regarde. Une grande paupière brune, un œil qui s'ignore, une joue romaine, un peu large, mais ferme encore, tout ce beau terrain à prospecter, à éclairer... Enviez-moi, j'ai de belles récompenses après le maquillage : le soupir d'espoir, l'étonnement, l'arrogance qui point, et ce coup d'œil impatient vers la rue, vers l' « effet que ça fera », vers le risque...

Pendant que j'écris, ma fille est toujours là. Elle lit, et sa main va d'une corbeille de fruits à une boîte de bonbons. C'est une enfant d'à présent. L'or de ses cheveux, en suis-je tout à fait responsable? Elle a eu un teint de pêche claire, avant de devenir, en dépit de l'hiver, un brugnon très foncé, sous une poudre aussi rousse que le pollen des fleurs de sapin... Elle sent mon regard, y répond malicieusement, et lève vers la lumière une grappe de raisin, noir sous son brouillard bleu de pruine impalpable :

— Lui aussi, dit-elle, il est poudré...

Belles-de-jour

La guêpe mangeait la gelée de groseilles de la tarte. Elle y mettait une hâte méthodique et gloutonne, la tête en bas, les pattes engluées, à demi disparue dans une petite cuve rose aux parois transparentes. Je m'étonnais de ne pas la voir enfler, grossir, devenir ronde comme une araignée... Et mon amie n'arrivait pas, mon amie si gourmande, qui vient goûter assidûment chez moi, parce que je choie ses petites manies, parce que je l'écoute bavarder, parce que je ne suis jamais de son avis... Avec moi elle se repose; elle me dit volontiers, sur un ton de gratitude, que je ne suis guère coquette, et je n'épluche point son chapeau ni sa robe, d'un œil agressif et féminin... Elle se tait, quand on dit du mal de moi chez ses autres amies, elle va jusqu'à s'écrier : « Mes enfants, Colette est toquée, c'est possible, mais elle n'est pas si rosse que vous la faites! » Enfin elle m'aime bien.

Je ressens, à la contempler, ce plaisir apitoyé et ironique qui est une des formes de l'amitié. On n'a jamais vu une femme plus blonde, ni plus blanche, ni plus habillée, ni plus coiffée! La nuance de ses cheveux, de ses vrais cheveux, hésite délicatement entre l'argent et l'or, il fallut faire venir de Suède la chevelure annelée d'une fillette de six ans, quand mon amie désira les « chichis » réglementaires qu'exigent nos chapeaux. Sous cette couronne d'un métal si rare, le teint de mon amie, pour ne point en jaunir, s'avive de poudre rose, et les cils, brunis à la brosse, protègent un regard mobile, un regard gris, ambré, peut-être aussi marron, un regard qui sait se poser, câlin et quémandeur, sur des prunelles masculines, câlines et quémandeuses.

Telle est mon amie, dont j'aurai dit tout ce que je sais, si j'ajoute qu'elle se nomme Valentine avec quelque crânerie, par ce temps de brefs diminutifs où les petits noms des femmes — Tote, Moute, Loche, — ont des sonorités de hoquet mal retenu...

« Elle a oublié », pensais-je patiemment. La guêpe, endormie ou morte de congestion, s'enlisait, la tête en bas, dans la cuve de délices... J'allais rouvrir mon livre, quand le timbre grelotta, et mon amie parut. D'une volte elle enroula à ses jambes sa jupe trop longue et s'abattit près de moi, l'ombrelle en travers des genoux, geste savant d'actrice, de mannequin, presque d'équilibriste, que mon amie réussit si parfaitement chaque fois...

— Voilà une heure pour goûter! Qu'est-ce que vous avez pu faire?

— Mais rien, ma chère! Vous êtes étonnante, vous qui vivez entre votre chien, votre chatte et votre livre! vous croyez que Lelong me réussira des amours de robes sans que je les essaie?

— Allons... mangez et taisez-vous. Ça? c'est pas sale, c'est une guêpe. Figurez-vous qu'elle a creusé toute seule ce petit puits! Je l'ai regardée, elle a mangé tout ça en vingt-cinq minutes.

— Comment, vous l'avez regardée? Quelle dégoûtante créature vous êtes, tout de même! Non, merci, je n'ai pas faim. Non, pas de thé non plus.

— Alors je sonne, pour les toasts?

— Si c'est pour moi, pas la peine... Je n'ai pas faim, je vous dis.

— Vous avez goûté ailleurs, petite rosse?

— Parole, non! Je suis toute chose, je ne sais pas ce que j'ai...

Etonnée, je levai les yeux vers le visage de mon amie, que je n'avais pas encore isolé de son chapeau insensé, grand comme une ombrelle, hérissé d'une fusée épanouie de plumes, un chapeau feu d'artifice, grandes-eaux de Versailles, un chapeau pour géante qui eût accablé jusqu'aux épaules la petite tête de mon amie, sans les fameux *chichis* blond-suédois... Les joues poudrées de rose, les lèvres vives et fardées, les cils raidis lui composaient son frais petit masque habituel, mais quelque chose, là-dessous, me sembla changé, éteint, absent. En haut d'une joue moins poudrée, un sillon mauve gardait la nacre, le vernissé de larmes récentes...

Ce chagrin maquillé, ce chagrin de poupée courageuse me remua soudain, et je ne pus me retenir de prendre mon amie par les épaules, dans un mouvement de sollicitude qui n'est guère de mise entre nous...

Elle se rejeta en arrière en rougissant sous son rose, mais elle n'eut pas le temps de se reprendre et renifla en vain son sanglot...

Une minute plus tard, elle pleurait, en essuyant l'*intérieur* de ses paupières avec la corne d'une serviette à thé. Elle pleurait avec simplicité, attentive à ne pas tacher de larmes sa robe de crêpe de Chine, à ne point défaire sa figure, elle pleurait soigneusement, proprement, petite martyre du maquillage...

— Je ne puis pas vous être utile? lui demandai-je doucement.

Elle fit « non » de la tête, soupira en tremblant, et me tendit sa tasse où je versai du thé refroidi...

— Merci, murmura-t-elle, vous êtes bien gentille... Je vous demande pardon, je suis si nerveuse...

— Pauvre grosse! Vous ne voulez rien me dire?

— Oh! Dieu si. Ce n'est pas compliqué, allez. Il ne m'aime plus.

Il... Son amant! Je n'y avais pas songé. Un amant, elle? et quand? et où? et qui? Cet idéal mannequin se dévêtait, l'après-midi, pour un amant? Un tas d'images saugrenues se levèrent — se couchèrent — devant moi, que je chassai en m'écriant :

— Il ne vous aime plus? Ce n'est pas possible!

— Oh! si... Une scène terrible... (Elle ouvrit sa glace d'or, se poudra, essuya ses cils d'un doigt humide.) Une scène terrible, hier...

— Jaloux?

— Lui, jaloux? Je serais trop contente! Il est méchant... Il me reproche des choses... Je n'y peux rien, pourtant!

Elle bouda, le menton doublé sur son haut col :

— Enfin, je vous fais juge! Un garçon délicieux, et nous

n'avions jamais eu un nuage en six mois, pas un accroc, pas ça!...
Il était quelquefois nerveux, mais chez un artiste...

— Ah! il est artiste?

— Peintre, ma chère. Et peintre de grand talent. Si je pouvais vous le nommer, vous seriez bien surprise. Il a chez lui vingt sanguines d'après moi, en chapeau, sans chapeau, dans toutes mes robes! C'est d'un enlevé, d'un vaporeux... Les mouvements des jupes sont des merveilles...

Elle s'animait, un peu défaite, les ailes de son nez mince brillantes de larmes essuyées et d'un commencement de couperose légère... Ses cils avaient perdu leur gomme noire, ses lèvres leur carmin... Sous le grand chapeau seyant et ridicule, sous les *chichis* postiches, je découvrais pour la première fois une femme, pas très jolie, pas laide non plus, fade si l'on veut, mais touchante, sincère et triste...

Ses paupières rougirent brusquement.

— Et... qu'est-ce qui est arrivé? risquai-je.

— Ce qui est arrivé? Mais rien! On peut dire *rien,* ma chère! Hier, il m'a accueillie d'un air drôle... un air de médecin... Et puis tout d'un coup aimable : « Ote ton chapeau, chérie! » me dit-il. « Je te garde... pour dîner, dis? je te garde toute la vie si tu veux! » C'était ce chapeau-ci, justement, et vous savez que c'est une affaire terrible pour l'installer et le retirer...

Je ne savais pas, mais je hochai la tête, pénétrée...

— ... Je fais un peu la mine. Il insiste, je me dévoue, je commence à enlever mes épingles et un de mes chichis reste pris dans la barrette du chapeau, là, tenez... Ça m'était bien égal, on sait que j'ai des cheveux, n'est-ce pas, et lui mieux que personne! C'est pourtant lui qui a rougi, en se cachant. Moi, j'ai replanté mon chichi, comme une fleur, et j'ai embrassé mon ami à grands bras autour du cou, et je lui ai chuchoté que mon mari était au circuit de Dieppe, et que... vous comprenez! Il ne disait rien. Et puis il a jeté sa cigarette et ça a commencé. Il m'en a dit! Il m'en a dit!...

A chaque exclamation, elle frappait ses genoux de ses mains ouvertes, d'un geste peuple et découragé, comme ma femme de chambre quand elle me raconte que son mari l'a encore battue.

— Il m'a dit des choses incroyables, ma chère! Il se retenait d'abord, et puis il s'est mis à marcher en parlant... « Je ne demande pas mieux, chère amie, que de passer la nuit avec vous... (ce toupet!) mais je veux... je veux ce que vous devez me donner, ce que vous ne pouvez pas me donner!... »

— Quoi donc, Seigneur?

— Attendez, vous allez voir... « Je veux la femme que vous êtes *en ce moment,* la gracieuse longue petite fée couronnée d'un or si léger et si abondant que sa chevelure mousse jusqu'aux sourcils. Je veux ce teint de fruit mûri en serre, et ces cils paradoxaux, et toute cette beauté école anglaise! Je vous veux, telle que vous voilà, et non pas telle que la nuit cynique vous donnera à moi! Car vous viendrez, — je m'en souviens! — vous viendrez conjugale et tendre, sans couronne et sans frisure, avec vos cheveux épargnés par le fer, tout plats, tordus en nattes. Vous viendrez petite, sans talons, vos cils déveloutés, votre poudre lavée, vous viendrez désarmée et sûre de vous et je resterai stupéfait devant cette autre femme!...

« Mais vous le saviez pourtant, criait-il, vous le saviez! La femme que j'ai désirée, vous, telle que vous voilà, n'a presque rien de commun avec cette sœur simplette et pauvre qui sort de votre cabinet de toilette chaque soir! De quel droit changez-vous la femme que j'aime? Si vous vous souciez de mon amour, comment osez-vous défleurir ce que j'aime?... »

Il en a dit, il en a dit!... Je ne bougeais pas, je le regardais, j'avais froid... Je n'ai pas pleuré, vous savez! Pas devant lui.

— C'était très sage, mon enfant, et très courageux.

— Très courageux, répéta-t-elle en baissant la tête. Dès que j'ai pu bouger, j'ai filé... J'ai entendu encore des choses terribles sur les femmes, sur toutes les femmes; sur l' « inconscience prodigieuse des femmes, leur imprévoyant orgueil, leur orgueil de brutes qui pensent toujours, au fond, que ce sera assez bon pour l'homme... ». Qu'est-ce que vous auriez répondu, vous?

— Rien.

Rien, c'est vrai. Que dire? Je ne suis pas loin de penser comme lui, lui, l'homme grossier et poussé à bout... Il a presque raison. « C'est toujours assez bon pour l'homme! » Elles sont sans excuse. Elles ont donné à l'homme toutes les raisons de fuir, de tromper, de haïr, de changer... Depuis que le monde existe, elles ont infligé à l'homme, sous les courtines, une créature inférieure à celle qu'il désirait. Elles le volent avec effronterie, en ce temps où les cheveux de renfort, les corsets truqués, font du moindre laideron piquant une « petite femme épatante ».

J'écoute parler mes autres amies, je les regarde, et je demeure, pour elles, confuse... Lily, la charmante, ce page aux cheveux courts et frisés, impose à ses amants, dès la première nuit, la nudité de son crâne bossué d'escargots marron, l'escargot gras et immonde du bigoudi! Clarisse préserve son teint, pendant son sommeil, par une couche de crème aux concombres, et Annie relève à la chinoise tous ses cheveux attachés par un ruban! Suzanne enduit son cou délicat de lanoline et l'emmaillotte de vieux linge usé... Minna ne s'endort jamais sans sa mentonnière, destinée à retarder l'empâtement des joues et du menton, et elle se colle sur chaque tempe une étoile en paraffine...

Quand je m'indigne, Suzanne lève ses grasses épaules et dit :
« Penses-tu que je vais m'abîmer la peau pour un homme? Je n'ai pas de peau de rechange. S'il n'aime pas la lanoline, qu'il s'en aille. Je ne force personne. » Et Lily déclare, impétueuse : « D'abord, je ne suis pas laide avec mes bigoudis! Ça fait petite fille frisée pour une distribution des prix! » Minna répond à son « ami », quand il proteste contre la mentonnière : « Mon chéri, t'es bassin. Tu es pourtant assez content, aux courses, quand on dit derrière toi : « Cette Minna, elle a toujours son ovale de vierge! » Et Jeannine, qui porte la nuit une ceinture amaigrissante! Et Marguerite qui... non, celle-là, je ne peux pas l'écrire!...

Ma petite amie, enlaidie et triste, m'écoutait obscurément penser, et devina que je ne la plaignais pas assez. Elle se leva :

— C'est tout ce que vous me dites?

— Mon pauvre petit, que voulez-vous que je vous dise? Je crois que rien n'est cassé, et que votre peintre d'amant grattera demain à votre porte, peut-être ce soir...

— Peut-être qu'il aura téléphoné? Il n'est pas méchant au fond... il est un peu toqué, c'est une crise, n'est-ce pas?

Elle était debout déjà, tout éclairée d'espoir.

Je dis « oui » chaque fois, pleine de bonne volonté et du désir de la satisfaire... Et je la regardai filer sur le trottoir, de son pas raccourci par les hauts talons... Peut-être, en effet, l'aime-t-il... Et s'il l'aime, l'heure reviendra où, malgré tous les apprêts et les fraudes, elle redeviendra pour lui, l'ombre aidant, la faunesse aux cheveux libres, la nymphe aux pieds intacts, la belle esclave aux flancs sans plis, nue comme l'amour même...

De quoi est-ce qu'on a l'air?

— Qu'est-ce que vous faites, demain dimanche?
— Pourquoi me demandez-vous ça?
— Oh! pour rien...

Mon amie Valentine a pris, pour s'enquérir de l'emploi de mon dimanche, un air trop indifférent... J'insiste :

— Pour rien? c'est sûr? Allons, dites tout!... Vous avez besoin de moi?

Elle s'en tire avec grâce, la rouée, et me répond gentiment.

— J'ai toujours besoin de vous, ma chère.

Oh! ce sourire!... Je reste un peu bête, comme chaque fois que sa petite duplicité mondaine me joue. J'aime mieux céder tout de suite :

— Le dimanche, Valentine, je vais au concert, ou bien je me couche. Cette année, je me couche souvent, parce que Chevillard est mal logé et parce que les concerts Colonne, qui se suivent, se ressemblent.

— Ah! vous trouvez?

— Je trouve. Quand on a fréquenté Bayreuth, autrefois, assez assidûment, quand on a joui de Van Rooy en Wotan et souffert de Burgstaller en Siegfried, on n'a aucun plaisir, mais aucun, à retrouver celui-ci chez Colonne, en civil, avec sa dégaine de sacristain frénétique couronné de frisettes enfantines, ses genoux de vieille danseuse et sa sensiblerie de séminariste... Un méchant hasard nous réunit au Châtelet, lui sur la scène, moi dans la salle, il y a quelques semaines, et je dus l'entendre bramer — deux fois! —

un « *Ich grolle nicht* » que Mme de Maupeou n'ose plus servir à des parents de province! Avant la fin du concert, j'ai fui, au grand soulagement de ma voisine de droite, la « dame » d'un conseiller municipal de Paris, ma chère!

— Vous la gêniez?

— Je lui donnais chaud. Elle ne me connaît plus, depuis qu'une séparation de corps et de biens m'a tant changée. Elle tremblait, chaque fois que je bougeais un cil, que je l'embrassasse...

— Ah! je comprends!...

Elle comprend!... Les yeux baissés, mon amie Valentine tapote le fermoir de sa bourse d'or. Elle porte — mais je vous l'ai conté déjà — un vaste et haut chapeau, sous lequel foisonnent des cheveux d'un blond ruineux. Ses manches à la japonaise lui font des bras de pingouin, sa jupe, longue et lourde, couvre ses pieds pointus, et il lui faut un terrible entêtement pour paraître charmante sous tant d'horreurs... Elle vient de dire, comme malgré elle :

— Je comprends...

— Oui, vous comprenez. J'en suis sûre. Vous devez comprendre cela... Mon enfant, vous ne rentrez pas chez vous? Il est tard, et votre mari...

— Oh! ce n'est pas gentil à vous...

Ses yeux bleu-gris-vert-marron, humbles, me supplient, et je me repens tout de suite.

— C'est pour rire, bête! Voyons, que vouliez-vous faire de mon dimanche?

Mon amie Valentine écarte ses petits bras de pingouin, comiquement :

— Eh bien, voilà, justement, c'est comme un fait exprès... Figurez-vous, demain après-midi, je suis toute seule, toute seule...

— Et vous vous plaignez!...

Le mot m'a échappé... Je la sens presque triste, cette jeune poupée. Son mari absent, son amant... occupé, ses amis, — les vrais, — fêtent le Seigneur portes closes, ou filent en auto...

— Vous vouliez venir chez moi, demain, mon petit? Mais venez donc! C'est une très bonne idée.

Je n'en pense pas un mot, mais elle me remercie, d'un regard

La lampe, — j'ai fait clore persiennes et rideaux, — jette au visage de mon amie un fard rose; mais, malgré la poudre de riz en nappe égale et veloutée, malgré le rouge des lèvres, je devine les traités tirés, le sourire raidi... Elle s'appuie aux coussins avec un grand soupir de fatigue...

— Claquée?
— Claquée complètement.
— L'amour?...

Geste d'épaules.

— L'amour? Ah! la la... Pas le temps. Avec les « premières », les dîners, les soupers, les déjeuners en auto aux environs, les expositions et les thés... C'est terrible, ce mois-ci!
— On se couche tard, hein?
— Hélas...
— Levez-vous tard. Ou bien vous perdez votre beauté, mon petit.

Elle me regarde, étonnée :

— Me lever tard? Vous en parlez à votre aise. Et la maison? Et les ordres à donner? Et les comptes des fournisseurs? Et tout et tout!... Et la femme de chambre qui frappe à ma porte vingt-cinq fois!
— Tirez le verrou, et dites qu'on vous fiche la paix.
— Mais je ne peux pas! Rien ne marcherait plus chez moi; ce serait le coulage, le vol organisé... Tirer le verrou! Je pense à la figure que ferait, derrière la porte, mon gros maître d'hôtel qui ressemble à Jean de Bonnefon... De quoi est-ce que j'aurais l'air?
— Je ne sais pas, moi... D'une femme qui se repose...
— Facile à dire... soupire-t-elle dans un bâillement nerveux. Vous pouvez vous payer ça, vous qui êtes... qui êtes...
— En marge de la société...

Elle rit de tout son cœur, soudain rajeunie... Puis, mélancolique :

— Eh oui, vous le pouvez. *Nous autres,* on ne nous le permet pas.

Nous autres... Pluriel mystérieux, franc-maçonnerie imposante de celles que le monde hypnotise, surmène et discipline...

Un abîme sépare cette jeune femme assise, en costume tailleur gris, de cette autre femme couchée sur le ventre, les poings au menton. Je savoure, silencieuse, mon enviable infériorité. Tout bas, je songe :

« *Vous autres,* vous ne pouvez pas vivre n'importe comment... C'est là votre supplice, votre orgueil et votre perte. Vous avez des maris qui vous mènent, après le théâtre, souper, — mais vous avez aussi des enfants et des femmes de chambre qui vous tirent, le matin, à bas du lit. Vous soupez, au Café de Paris, à côté de Mlle Xaverine de Choisy, et vous quittez le restaurant en même temps qu'elle, un peu grises, un peu toquées, les nerfs en danse... Mais Mlle de Choisy, chez elle, dort si ça lui chante, aime si ça lui roucoule, et jette en s'endormant à sa camériste fidèle : « Je me pieute pour jusqu'à deux heures de l'après-midi, et qu'on ne me barbe pas avant ou je fiche ses huit jours à tout le monde! » Ayant dormi neuf heures d'un juste repos, Mlle de Choisy s'éveille, fraîche, déjeune, et file rue de la Paix, où elle vous rencontre, vous, Valentine, vous, toutes les Valentines, vous, mon amie, debout depuis huit heures et demie du matin, déjà sur les boulets, pâlotte et les yeux creux... Et Mlle de Choisy, bonne fille, glisse en confidence à son essayeuse : « Elle en a une mine, la petite Mme Valentine Chose! Elle doit s'en coller une de ces noces! » Et votre mari, et votre amant, au souper suivant compareront *in petto,* eux aussi, la fraîcheur reposée de Mlle de Choisy à votre évidente fatigue. Vous penserez, rageuse et inconsidérée : « Elles sont en acier, ces femmes-là! » Que non pas, mon amie! Elles se reposent plus que vous. Quelle demi-mondaine résisterait au train-train quotidien de certaines femmes du monde ou même de certaines mères de famille?... »

Ma jeune amie a ébouillanté le thé, et emplit les tasses d'une main adroite. J'admire son élégance un peu voulue, ses gestes justes; je lui sais gré de marcher sans bruit, tandis que sa longue jupe la précède et la suit, d'un flot obéissant et moiré... Je lui sais gré de se confier à moi, de revenir, au risque de compromettre sa position correcte de femme qui a un mari et un amant, de revenir chez moi avec un entêtement affectueux qui frise l'héroïsme...

Au tintement des cuillers, ma chatte grise vient d'ouvrir ses yeux de serpent.

Elle a faim. Mais elle ne se lève pas tout de suite, par souci de pur *cant*. Mendier, à la façon d'un angora plaintif et câlin, sur une mélopée mineure, fi!... De quoi est-ce qu'elle aurait l'air? comme dit Valentine... Je lui tends un coin de toast brûlé, qui craque sous ses petites dents de silex d'un blanc bleuté, et son ronron perlé double celui de la bouilloire... Durant une longue minute, un silence quasi provincial nous abrite. Mon amie se repose, les bras tombés...

— On n'entend rien, chuchote-t-elle avec précaution.

Je lui réponds des yeux sans parler, amollie de chaleur et de paresse. On est bien... Mais l'heure ne serait-elle pas meilleure encore, si mon amie n'était pas là? Elle va parler, c'est inévitable. Elle va dire : « De quoi est-ce qu'on a l'air? » Ce n'est pas de sa faute, on l'a élevée comme ça. Si elle avait des enfants, elle leur défendrait de manger leur viande sans pain, ou de tenir leur cuiller avec la main gauche : « Jacques, veux-tu bien!... De quoi as-tu l'air?... »

Chut!... elle ne parle pas. Ses paupières battent et ses yeux ont l'air de s'évanouir... J'ai, devant moi, une figure presque inconnue, celle d'une jeune femme ivre de sommeil et qui s'endort avant d'avoir fermé les paupières. Le sourire voulu s'efface, la lèvre boude, et le petit menton rond s'écrase sur le col en broderie d'argent.

Elle dort profondément à présent. Quand elle se réveillera en sursaut, elle s'excusera, en s'écriant : « M'endormir en visite, sur un fauteuil! De quoi ça a-t-il l'air? »

Mon amie Valentine, vous avez l'air d'une jeune femme oubliée là comme un pauvre chiffon gracieux. Dormez entre le feu et moi, au ronron de la chatte, au froissement léger du livre que je vais lire. Personne n'entrera avant votre réveil; personne ne s'écriera, en contemplant votre sommeil boudeur et mon lit défait : « Oh! de quoi ça a-t-il l'air! » car vous en pourriez mourir de confusion. Je veille sur vous, avec une tiède, une amicale pitié; je veille sur votre constant et vertueux souci de l'*air* que *ça* pourrait avoir...

La guérison

La chatte grise est ravie que je fasse du théâtre. Théâtre ou music-hall, elle n'indique pas de préférence. L'important est que je disparaisse tous les soirs, la côtelette avalée, pour reparaître vers minuit et demie, et que nous nous attablions derechef devant la cuisse de poulet ou le jambon rose... Trois repas par jour au lieu de deux! Elle ne songe plus, passé minuit, à celer son allégresse. Assise sur la nappe, elle sourit sans dissimulation, les coins de sa bouche retroussés, et ses yeux, pailletés d'un sable scintillant, reposent larges ouverts et confiants sur les miens. Elle a attendu toute la soirée cette heure précieuse, elle la savoure avec une joie victorieuse et égoïste qui la rapproche de moi...

O chatte en robe de cendre! Pour les profanes, tu ressembles à toutes les chattes grises de la terre, paresseuse, absente, morose, un peu molle, neutre, ennuyée... Mais je te sais sauvagement tendre, et fantasque, jalouse à en perdre l'appétit, bavarde, paradoxalement maladroite, et brutale à l'occasion autant qu'un jeune dogue...

Voici juin, et je ne joue plus *La chair,* et j'ai fini de jouer *Claudine*... Finis, nos soupers tête à tête!... Regrettes-tu l'heure silencieuse où, affamée, un peu abrutie, je grattais du bout des ongles ton petit crâne plat de bête cruelle, en songeant vaguement : « Ça a bien marché, ce soir... » Nous voilà seules, redevenues casanières, insociables, étrangères à presque tout, indifférentes à presque tous... Nous allons revoir notre amie Valentine, notre « relation convenable », et l'entendre discourir sur un monde habité, étrange, mal connu de nous, plein d'embûches, de devoirs, d'interdictions, monde redoutable, à l'en croire, mais si loin de moi que je le conçois à peine...

Durant mes stages de pantomime ou de comédie, mon amie Valentine disparaît de ma vie, discrète, effarée, pudique. C'est sa façon courtoise de blâmer mon genre d'existence. Je ne m'en offusque pas. Je me dis qu'elle a un mari dans les automobiles, un amant peintre mondain, un salon, des thés hebdomadaires et des dîners bimensuels. Vous ne me voyez guère, n'est-ce pas, jouant *La chair* ou *Le faune* en soirée chez Valentine ou dansant *Le serpent bleu* devant ses invités?... Je me fais une raison. J'attends. Je sais que mon amie convenable reviendra, gentille, embarrassée, un de ces jours... Peu ou beaucoup, elle tient à moi et me le prouve, et c'est assez pour que je sois son obligée...

La voici. J'ai reconnu son coup de sonnette bref et précis, son coup de sonnette de bonne compagnie...

— Enfin, Valentine! Qu'il y a donc longtemps...

Quelque chose dans son regard, dans toute sa figure, m'arrête. Je ne saurais dire, au juste, en quoi mon amie est changée. Mauvaise mine? Non, elle n'a jamais mauvaise mine, sous le velours égal de la poudre et le frottis rose des pommettes. Elle a toujours son air de mannequin élégant, la taille mince, les hanches ravalées sous sa jupe de tussor blond. Elle a ses yeux bleu-gris-vert-marron frais fleuris entre leur double frange de cils noircis et un tas, un tas de beaux cheveux blond-suédois... Qu'y a-t-il? Un ternissement de tout cela, une fixité nouvelle dans le regard, une décoloration morale, si je puis dire, qui déconcerte, qui arrête sur mes lèvres les banalités de bienvenue... Pourtant elle s'assied, adroite à virer dans sa longue robe, aplatit d'une tape son jabot de lingerie, sourit et parle, parle, jusqu'à ce que je l'interrompe sans diplomatie :

— Valentine, qu'est-ce que vous avez?

Elle ne s'étonne pas et répond simplement :

— Rien. Presque rien, vraiment. Il m'a quittée.

— Comment? Henri... Votre... Votre amant vous a quittée?
— Oui, dit-elle. Ça fait juste trois semaines aujourd'hui.

La voix est si douce, si froide, que je me rassure :

— Ah! Vous... vous avez eu du chagrin?
— Non, dit-elle avec la même douceur. Je n'en ai pas eu, j'en ai.

Ses yeux deviennent tout à coup grands, grands, interrogent les miens avec une âpreté soudaine :

— Oui, j'en ai. Oh! j'en ai... Dites, est-ce que ça va durer comme ça? Est-ce que je vais souffrir longtemps? Vous ne connaîtriez pas un moyen... Je ne peux pas m'habituer... Que faire?

La pauvre enfant!... Elle s'étonne de souffrir, elle qui ne s'en croyait pas capable...

— Votre mari, Valentine... il n'a rien su?
— Non, dit-elle impatiemment, il n'a rien su. Ce n'est pas de cela qu'il s'agit. Qu'est-ce que je pourrais faire? Vous n'avez pas une idée, vous? Depuis quinze jours je suis à me demander ce qu'il faut faire...

— Vous l'aimez encore?

Elle hésite :

— Je ne sais pas... Je lui en veux terriblement, parce qu'il ne m'aime plus et qu'il m'a quittée... Je ne sais pas, moi. Je sais seulement que c'est insupportable, insupportable, cette solitude, cet abandon de tout ce qu'on aimait, ce vide, ce...

Elle s'est levée sur ce mot « insupportable » et marche dans la chambre comme si une brûlure l'obligeait à fuir, à chercher la place fraîche...

— Vous n'avez pas l'air de comprendre. Vous ne savez pas ce que c'est, vous...

J'abaisse mes paupières, je retiens un sourire apitoyé, devant cette ingénue vanité de souffrir, de souffrir mieux et plus que les autres...

— Mon enfant, vous vous énervez. Ne marchez pas comme cela. Asseyez-vous... Voulez-vous ôter votre chapeau et pleurer tranquillement?

D'une dénégation révoltée, elle fait danser sur sa tête tous ses panaches couleur de fumée.

— Certainement non, que je ne m'amuserai pas à pleurer! Merci! Pour me défaire toute la figure, et m'avancer à quoi, je vous le demande? Je n'ai aucune envie de pleurer, ma chère. Je me fais du mauvais sang, voilà tout...

Elle se rassied, jette son ombrelle sur la table. Son petit visage durci n'est pas sans beauté véritable, en ce moment. Je songe que depuis trois semaines elle se pare chaque jour comme d'habitude, qu'elle échafaude minutieusement son château fragile de cheveux... Depuis trois semaines — vingt et un jours! — elle se défend contre les larmes dénonciatrices, elle noircit d'une main assurée ses cils blonds, elle sort, reçoit, potine, mange... Héroïsme de poupée, mais héroïsme tout de même...

Je devrais peut-être, d'un grand enlacement fraternel, la saisir, l'envelopper, fondre sous mon étreinte chaude ce petit être raidi, cabré, enragé contre sa propre douleur... Elle s'écroulerait en sanglots, détendrait ses nerfs qui n'ont pas dû, depuis trois semaines, faiblir... Je n'ose pas. Nous ne sommes pas assez intimes, Valentine et moi, et sa brusque confidence ne suffit pas à combler deux mois de séparation...

Et d'ailleurs quel besoin d'amollir, par des dorlotements de nourrice, cette force fière qui soutient mon amie? « Les larmes bienfaisantes... » oui, oui, je connais le cliché! Je connais aussi le danger, l'enivrement des larmes solitaires et sans fin; — on pleure parce qu'on vient de pleurer, et on recommence; — on continue par entraînement, jusqu'à la suffocation, jusqu'à l'aboiement nerveux, jusqu'au sommeil d'ivrogne d'où l'on se réveille bouffi, marbré, égaré, honteux de soi, et plus triste qu'avant... Pas de larmes, pas de larmes! J'ai envie d'applaudir, de féliciter mon amie qui se tient assise devant moi, les yeux grands et secs, couronnée de cheveux et de plumes, avec la grâce raide des jeunes femmes qui portent un corset trop long...

— Vous avez raison, ma chérie, dis-je enfin.

Je prends soin de parler sans chaleur, comme si je la complimentais du choix de son chapeau...

— Vous avez raison. Demeurez comme vous êtes, s'il n'y a pas de remède, de réconciliation possible...

— Il n'y en a pas, dit-elle froidement, comme moi.

— Non?... Alors il faut attendre...
— Attendre? Attendre quoi?

Quel réveil tout à coup, quel fol espoir! Je secoue la tête :
— Attendre la guérison, la fin de l'amour. Vous souffrez beaucoup, mais il y a pis. Il y a le moment, — dans un mois, dans trois mois, je ne sais quand, — où vous commencerez à souffrir par intermittence. Vous connaîtrez les répits, les moments d'oubli animal qui viennent, sans qu'on sache pourquoi, parce qu'il fait beau, parce qu'on a bien dormi ou parce qu'on est un peu malade... Oh! mon enfant! comme les reprises du mal sont terribles! Il s'abat sur vous sans avertir, sans rien ménager... Dans un moment innocent et léger, un suave moment délivré, au milieu d'un geste, d'un éclat de rire, *l'idée,* le foudroyant souvenir de la perte affreuse tarit votre rire, arrête la main qui portait à vos lèvres la tasse de thé, et vous voilà terrifiée, espérant la mort avec la conviction ingénue qu'on ne peut souffrir autant sans mourir... .Mais vous ne mourrez pas!... — vous non plus. Les trêves reviendront irrégulières, imprévisibles, capricieuses. Ce sera... ce sera vraiment terrible... Mais...

— Mais?...

Mon amie m'écoute, moins défiante à présent, moins hostile...
— Mais il y a pis encore!

Je n'ai pas assez surveillé ma voix... Au mouvement de mon amie, je baisse le ton :
— Il y a pis. Il y a le moment où vous ne souffrirez presque plus. Oui! Presque guérie, c'est alors que vous serez « l'âme en peine », celle qui erre, qui cherche elle ne sait quoi, elle ne veut se dire quoi... A cette heure-là, les reprises du mal sont bénignes, et par une étrange compensation, les trêves se font abominables, d'un vide vertigineux et fade qui chavire le cœur... C'est la période de stupidité, de déséquilibre... On sent un cœur vidé, ridé, flotter dans une poitrine que gonflent par instants des soupirs tremblants qui ne sont pas même tristes. On sort sans but, on marche sans raison, on s'arrête sans fatigue... On creuse avec une avidité bête la place de la souffrance récente, sans parvenir à en tirer la goutte de sang vif et frais, — on s'acharne sur une cicatrice à demi sèche, on regrette, — je vous le jure! — on regrette la nette brûlure

aiguë... C'est la période aride, errante, que vient encore aigrir le scrupule... Certes, le scrupule! Le scrupule d'avoir perdu le beau désespoir passionné, frémissant, despotique... On se sent diminué, flétri, inférieur aux plus médiocres créatures... Vous vous direz, vous aussi : Quoi! je n'étais, je ne suis que cela? pas même l'égale du trottin amoureux qui se jette à la Seine? » O Valentine! vous rougirez de vous-même en secret, jusqu'à...

— Jusqu'à?...

Mon Dieu, comme elle espère! Jamais je ne lui verrai d'aussi beaux yeux couleur d'ambre, d'aussi larges prunelles, une bouche aussi angoissée...

— Jusqu'à la guérison, mon amie, la vraie guérison. Cela vient... mystérieusement. On ne la sent pas tout de suite. Mais c'est comme la récompense progressive de tant de peines... Croyez-moi! cela viendra, je ne sais quand. Une journée douce de printemps, ou bien un matin mouillé d'automne, peut-être une nuit de lune, vous sentirez en votre cœur une chose inexprimable et vivante s'étirer voluptueusement, — une couleuvre heureuse qui se fait longue, longue, — une chenille de velours déroulée, — un desserrement, une déchirure soyeuse et bienfaisante comme celle de l'iris qui éclôt... Sans savoir pourquoi, à cette minute, vous nouerez vos mains derrière votre tête, avec un inexplicable sourire... Vous découvrirez, avec une naïveté reconquise, que la lumière est rose à travers la dentelle des rideaux, et doux le tapis aux pieds nus, — que l'odeur des fleurs et celle des fruits mûrs exaltent au lieu d'accabler... Vous goûterez un craintif bonheur, pur de toute convoitise, délicat, un peu honteux, égoïste et soigneux de lui-même...

Mon amie me saisit les mains :

— Encore! encore! dites encore!...

Hélas, qu'espère-t-elle donc? ne lui ai-je pas assez promis en lui promettant la guérison? Je caresse en souriant ses petites mains chaudes :

— Encore! mais c'est fini, mon enfant. Que voulez-vous donc?

— Ce que je veux? mais... l'amour, naturellement, l'amour!

Mes mains abandonnent les siennes :

— Ah! oui... Un autre amour... Vous voulez un autre amour...

C'est vrai... Je n'avais pas pensé à un autre amour... Je regarde de tout près cette jolie figure anxieuse, ce gracieux corps apprêté, arrangé, ce petit front têtu et quelconque... Déjà elle espère un autre amour, meilleur, ou pire, ou pareil à celui qu'on vient de lui tuer... Sans ironie, mais sans attendrissement, je la rassure :

— Oui, mon enfant, oui. Vous, vous aurez un autre amour... Je vous le promets.

Le miroir

Il m'arrive souvent de rencontrer Claudine. Où? vous n'en saurez rien. Aux heures troubles du crépuscule, sous l'accablante tristesse d'un midi blanc et pesant, par ces nuits sans lune, claires pourtant, où l'on devine la lueur d'une main nue, levée pour montrer une étoile, je rencontre Claudine...

Aujourd'hui, c'est dans la demi-obscurité d'une chambre sombre, tendue de je ne sais quelle étoffe olive, et la fin du jour est couleur d'aquarium...

Claudine sourit et s'écrie : « Bonjour, mon Sosie! » Mais je secoue la tête et je réponds : « Je ne suis pas votre Sosie. N'avez-vous point assez de ce malentendu qui nous accole l'une à l'autre, qui nous reflète l'une dans l'autre, qui nous masque l'une par l'autre? Vous êtes Claudine, et je suis Colette. Nos visages, jumeaux, ont joué à cache-cache assez longtemps. On m'a prêté Rézi, votre blonde amie, on vous a mariée à Willy, vous qui pleurez en secret Renaud... Tout cela finit par lasser, ne trouvez-vous pas? »

Claudine hésite, hausse les épaules et répond vaguement : « Ça m'est égal! » Elle enfonce son coude droit dans un coussin, et, comme, par imitation, j'étaie, en face d'elle, mon coude gauche d'un coussin pareil, je crois encore une fois me mirer dans un cristal épais et trouble, car la nuit descend et la fumée d'une cigarette abandonnée monte entre nous...

— Ça m'est égal! répète-t-elle.

Mais je sais qu'elle ment. Au fond, elle est vexée de m'avoir laissée parler la première. Elle me chérit d'une tendresse un peu vindicative, qui n'exclut pas une dignité un tantinet bourgeoise. Aux nigauds qui nous confondent de bonne foi et la complimentent sur ses talents de mime, elle répond, raide : « Ce n'est pas moi qui joue la pantomime, c'est Colette. » Claudine n'aime pas le music-hall.

Devant son parti pris d'indifférence, je me tais. Je me tais pour aujourd'hui seulement; mais je reviendrai à la charge! Je lutterai! Je serai forte, contre ce *double* qui me regarde, d'un visage voilé par le crépuscule... O mon double orgueilleux! Je ne me parerai plus de ce qui est à vous... A vous seule, ce pur renoncement qui veut qu'après Renaud finisse toute vie sentimentale! A vous, cette noble impudeur qui raconte ses penchants; cette littéraire charité conjugale qui vous fit tolérer les flirts nombreux de Renaud... A vous encore, non pas à moi, cette forteresse de solitude où, lentement, vous vous consumez... Voici que vous avez, tout en haut de votre âme, découvert une retraite qui défie l'envahisseur... Demeurez-y ironique et douce, et laissez-moi ma part d'incertitude, d'amour, d'activité stérile, de paresse savoureuse, laissez-moi ma pauvre petite part humaine, qui a son prix!

Vous avez, Claudine, écrit l'histoire d'une partie de votre vie, avec une franchise rusée qui passionna, pour un temps, vos amis et vos ennemis. Du pavé gras et fertile de Paris, du fond de la province endormie et parfumée, jaillirent, comme autant de diablesses, mille et mille Claudines qui nous ressemblaient à toutes deux. Ronde criarde de femmes-enfants, court-vêtues, libérées, par un coup de ciseaux, de leur natte enrubannée ou de leur chignon lisse, elles assaillirent nos maris grisés, étourdis, éblouis... Vous n'aviez pas prévu, Claudine, que votre succès causerait votre perte. Hélas! je ne puis vous en garder rancune, mais...

— Mais n'avez-vous jamais, continué-je tout haut, souhaité avec véhémence de porter une robe longue et les cheveux en bandeaux plats?

Les joues de Claudine se creusent d'un sourire, elle a suivi ma pensée.

— Oui, avoue-t-elle. Mais c'était pure taquinerie contradictoire. Et puis, que venez-vous me parler d'imitatrices? J'admire votre inconscience, Colette. Vous avez coupé votre traîne de cheveux après moi, s'il vous plaît!

Je lève les bras au ciel.

— Seigneur! En sommes-nous là! Vous allez me chercher chicane pour des niaiseries de cet ordre? Ceci est à moi. — Ceci est à toi... Nous avons l'air de jouer *La robe* — ô mon enfance! — *La robe,* du regretté Eugène Manuel!

— O notre enfance..., soupire Claudine...

Ah! j'en étais sûre! Claudine ne résiste jamais à une évocation du passé. A ces seuls mots : « Vous souvenez-vous? » elle se détend, se confie, s'abandonne toute... A ces seuls mots : « Vous souvenez-vous? » elle incline la tête, les yeux guetteurs, l'oreille tendue comme vers un murmure de fontaines invisibles... Encore une fois le charme opère :

— Quand nous étions petites, commence-t-elle...

Mais je l'arrête :

— Parlez pour vous, Claudine. Moi, je n'ai jamais été petite.

Elle se rapproche d'un sursaut de reins sur le divan, avec cette brusquerie de bête qui fait craindre la morsure ou le coup de corne. Elle m'interroge, me menace de son menton triangulaire :

— Quoi! Vous prétendez n'avoir jamais été petite?

— Jamais. J'ai grandi, mais je n'ai pas été petite. Je n'ai jamais changé. Je me souviens de moi avec une netteté, une mélancolie qui ne m'abusent point. Le même cœur obscur et pudique, le même goût passionné pour tout ce qui respire à l'air libre et loin de l'homme — arbre, fleur, animal peureux et doux, eau furtive des sources inutiles, — la même gravité vite muée en exaltation sans cause... Tout cela, c'est moi enfant et moi à présent... Mais ce que j'ai perdu, Claudine, c'est mon bel orgueil, la secrète certitude d'être une enfant précieuse, de sentir en moi une âme extraordinaire d'homme intelligent, de femme amoureuse, une âme à faire éclater mon petit corps... Hélas, Claudine, j'ai perdu presque tout cela, à ne devenir après tout qu'une femme... Vous vous souvenez du mot magnifique de notre amie Calliope, à l'homme qui la suppliait : « Qu'avez-vous fait de grand pour que je vous appartienne? » Ce mot-là, je n'oserais plus le penser à présent, mais je l'aurais dit, quand j'avais douze ans.

Oui, je l'aurais dit! Vous n'imaginez pas quelle reine de la terre j'étais à douze ans! Solide, la voix rude, deux tresses trop serrées qui sifflaient autour de moi comme des mèches de fouet; les mains roussies, griffées, marquées de cicatrices, un front carré de garçon que je cache à présent jusqu'aux sourcils... Ah! que vous m'auriez aimée, quand j'avais douze ans, et comme je me regrette!

Mon Sosie sourit, d'un sourire sans gaîté, qui creuse ses joues sèches, ses joues de chat où il y a si peu de chair entre les tempes larges et les mâchoires étroites :

— Ne regrettez-vous que cela? dit-elle. Alors je vous envierais entre toutes les femmes...

Je me tais, et Claudine ne semble pas attendre de réponse. Une fois encore, je sens que la pensée de mon cher Sosie a rejoint ma pensée, qu'elle l'épouse avec passion, en silence... Jointes, ailées, vertigineuses, elles s'élèvent comme les doux hiboux veloutés de ce crépuscule verdissant. Jusqu'à quelle heure suspendront-elles leur vol sans se disjoindre, au-dessus de ces deux corps immobiles et pareils, dont la nuit lentement dévore les visages?...

La dame qui chante

La dame qui allait chanter se dirigea vers le piano, et je me sentis tout à coup une âme féroce, une révolte concentrée et immobile de prisonnier. Pendant qu'elle fendait difficilement les jupes assises, sa robe collée aux genoux comme une onde bourbeuse, je lui souhaitais la syncope, la mort, ou même la rupture simultanée de ses quatre jarretelles. Il lui restait encore quelques mètres à franchir; trente secondes, l'espace d'un cataclysme... Mais elle marcha sereine sur quelques pieds vernis, effrangea la dentelle d'un volant, murmura « Pardon », salua et sourit, la main déjà sur l'obscur palissandre du Pleyel aux reflets de Seine nocturne. Je commençai à souffrir.

J'aperçus, à travers le brouillard dansant dont se nimbent les lustres des soirées finissantes, le dos arqué de mon gros ami Maugis, son bras arrondi qui défendait contre les coudes un verre plein... Je sentis que je le haïssais d'être parvenu jusqu'à la salle du buffet, tandis que je m'étiolais, bloqué, assis de biais sur la canne dorée d'un siège fragile...

Avec une froideur insolente, je dévisageai la dame qui allait chanter, et je retins le ricanement d'une diabolique joie, à la trouver plus laide encore que je l'espérais.

Cuirassée de satin blanc métallique, elle portait haut une tête casquée de cheveux d'un blond violent et artificiel. Toute l'arrogance des femmes trop petites éclatait dans ses yeux durs, où il y avait beaucoup de bleu et pas assez de noir. Les pommettes saillantes, le nez mobile, ouvert, le menton solide et prêt à l'engueulade, tout cela lui composait une face carline, agressive, à qui, avant qu'elle eût parlé, j'eusse répondu : « Mange! »

Et la bouche! la bouche! J'attachai ma contemplation douloureuse sur ces lèvres inégales, fendues à la diable par un canif distrait. Je supputai la vaste ouverture qu'elles démasqueraient tout à l'heure, la qualité des sons que mugirait cet antre... Le beau gueuloir! Par avance, les oreilles m'en sifflèrent, et je serrai les mâchoires.

La dame qui allait chanter se campa impudique, face à l'assistance, et se hissa dans son corset droit, pour faire saillir sa gorge en pommes. Elle respira fortement, toussa et se racla la gorge à la manière dégoûtante des grands artistes.

Dans le silence angoissé où grinçaient, punkas minuscules, les armatures parfumées des éventails, le piano préluda. Et soudain une note aiguë, un cri vibrant troua ma cervelle, hérissa la peau de mon échine : la dame chantait. A ce premier cri, jailli du plus profond de sa poitrine, succéda la langueur d'une phrase, nuancée par le mezzo le plus velouté, le plus plein, le plus tangible que j'eusse entendu jamais... Saisi, je relevai mon regard vers la dame qui chantait... Elle avait sûrement grandi depuis un instant. Les yeux larges ouverts et aveugles, elle contemplait quelque chose d'invisible vers quoi tout son corps s'élançait, hors de son armure de satin blanc... Le bleu de ses yeux avait noirci et sa chevelure, teinte ou non, la coiffait d'une flamme fixe, toute droite. Sa grande bouche généreuse s'ouvrait, et j'en voyais s'envoler les notes brûlantes, les unes pareilles à des bulles d'or, les autres comme de rondes roses pures... Ses trilles brillaient comme un ruisseau frémissant, comme une couleuvre fine; de lentes vocalises me caressaient comme une main traînante et fraîche. O voix inoubliable! Je me pris à contempler, fasciné, cette grande bouche aux lèvres fardées, roulées sur des dents larges, cette porte d'or des sons, cet écrin de mille joyaux... Un sang rose colorait les pommettes kalmouckes, les épaules enflées d'un souffle précipité, la gorge offerte... Au bas du buste tendu dans une immobilité passionnée, deux expressives petites mains tordaient leurs doigts nus... Seuls les yeux, presque noirs, planaient au-dessus de nous, au-dessus de tout, aveugles et sereins...

« Amour!... » chanta la voix... Et je vis la bouche irrégulière, humide et pourprée, se resserrer sur le mot en dessinant l'image d'un baiser... Un désir si brusque et si fou m'embrasa que mes paupières se mouillèrent de larmes nerveuses. La voix merveilleuse avait tremblé, comme étouffée d'un flot de sang, et les cils épais de la dame qui chantait battirent, une seule fois... Oh! boire cette voix à sa source, le sentir jaillir entre les cailloux polis de cette luisante denture, l'endiguer une minute contre mes propres lèvres, l'entendre, la regarder bondir, torrent libre, et s'épanouir en longue nappe harmonieuse que je fêlerais d'une caresse... Etre l'amant de cette femme que sa voix transfigure, — et de cette voix! Séquestrer pour moi, — pour moi seul! — cette voix plus émouvante que la plus secrète caresse, et le second visage de cette femme, son masque irritant et pudique de nymphe qu'un songe enivre!...

Au moment où je succombais de délice, la dame qui chantait se tut. Mon cri d'homme qui tombe se perdit dans un tumulte poli d'applaudissements, dans ces « ouao-ouao » qui signifient *bravo* en langue salonnière. La dame qui chantait s'inclina pour remercier, en déroulant entre elle et nous un sourire, un battement de paupières qui la séparaient du monde. Elle prit le bras du pianiste et tenta de gagner une porte; sa traîne de satin piétinée, écrasée, entravait ses pas... Dieux! allais-je la perdre? Déjà je ne voyais plus d'elle qu'un coin de son armure blanche... Je m'élançai, sauvage, pareil en fureur dévastatrice à certains « rescapés » du bazar de la rue Jean-Goujon...

Enfin, enfin, je l'atteignis quand elle abordait le buffet, île fortunée, chargée de fruits et de fleurs, scintillante de cristaux et de vins pailletés.

Elle étendit la main, et je me précipitai, mes doigts tremblants offrant une coupe pleine... Mais elle m'écarta sans ménagements et me dit, atteignant une bouteille de bordeaux : « Merci bien, monsieur, mais le champagne m'est contraire surtout lorsque je sors de chanter. Il me retombe sur les jambes. Surtout que ces messieurs et dames veulent que je leur chante encore *La vie et l'amour d'une femme,* vous pensez... » Et sa grande bouche — grotte d'ogre où niche l'oiseau merveilleux — se referma sur un cristal fin qu'elle eût, d'un sourire, broyé en éclats.

Je ne ressentis point de douleur, ni de colère. J'avais retenu seulement ceci : elle allait chanter encore... J'attendis, respectueux, qu'elle eût vidé un autre verre de bordeaux, qu'elle eût, d'un geste qui récure, essuyé les ailes de son nez, les coins déplorables de ses lèvres, aéré ses aisselles mouillées, aplati son ventre d'une tape sévère et affermi sur son front le « devant » postiche de ses cheveux oxygénés.

J'attendis, résigné, meurtri, mais plein d'espoir, que le miracle de sa voix me la rendît...

En baie de Somme

Ce doux pays, plat et blond, serait-il moins simple que je l'ai cru d'abord? J'y découvre des mœurs bizarres : on y pêche en voiture, on y chasse en bateau... « Allons, au revoir, la barque est prête, j'espère vous rapporter ce soir un joli rôti de bécassines... » Et le chasseur s'en va, encaqué dans son ciré jaune, le fusil en bandoulière... « Mes enfants, venez vite! voilà les charrettes qui reviennent! je vois les filets tout pleins de limandes pendus aux brancards! » Etrange, pour qui ignore que le gibier s'aventure au-dessus de la baie et la traverse, du Hourdel au Crotoy, du Crotoy à Saint-Valery; étrange, pour qui n'a pas grimpé dans une de ces carrioles à larges roues, qui mènent les pêcheurs tout le long des vingt-cinq kilomètres de la plage, à la rencontre de la mer...

Beau temps. On a mis tous les enfants à cuire ensemble sur la plage. Les uns rôtissent sur le sable sec, les autres mijotent au bain-marie dans les flaques chaudes. La jeune maman, sous l'ombrelle de toile rayée, oublie délicieusement ses deux gosses et s'enivre, les joues chaudes, d'un roman mystérieux, habillé comme elle de toile écrue...
— Maman!...
— .....
— Maman, dis donc, maman!...

Son gros petit garçon, patient et têtu, attend, la pelle aux doigts, les joues sablées comme un gâteau...

— Maman, dis donc, maman...

Les yeux de la liseuse se lèvent enfin, hallucinés, et elle jette dans un petit aboiement excédé :

— Quoi?

— Maman, Jeannine est noyée.

— Qu'est-ce que tu dis?

— Jeannine est noyée, répète le bon gros petit garçon têtu. Le livre vole, le pliant tombe...

— Qu'est-ce que tu dis, petit malheureux, ta sœur est noyée?

— Oui. Elle était là, tout à l'heure, elle n'y est plus. Alors je pense qu'elle s'est noyée.

La jeune maman tourbillonne comme une mouette et va crier... quand elle aperçoit la « noyée » au fond d'une cuve de sable, où elle fouit comme un ratier...

— Jojo! tu n'as pas honte d'inventer des histoires pareilles pour m'empêcher de lire? Tu n'auras pas de chou à la crème à quatre heures!

Le bon gros écarquille des yeux candides.

— Mais c'est pas pour te taquiner, maman! Jeannine était plus là, alors je croyais qu'elle était noyée.

— Seigneur! il le croyait!!! et c'est tout ce que ça te faisait?

Consternée, les mains jointes, elle contemple son gros petit garçon, par-dessus l'abîme qui sépare une grande personne civilisée d'un petit enfant sauvage...

Mon petit bull a perdu la tête. Aux trousses du bécasseau et du pluvier à collier, il s'arrête, puis part follement, s'essouffle, plonge entre les joncs, s'enlise, nage et ressort bredouille, mais ravi et secouant autour de lui une toison imaginaire... Et je comprends que la mégalomanie le tient et qu'il se croit devenu épagneul...

La Religieuse et le chevalier Piedrouge devisent avec l'Arlequin. La Religieuse penche la tête, puis court, coquette, pour qu'on la suive, et pousse de petits cris... Le chevalier Piedrouge, botté de maroquin orange, siffle d'un air cynique, tandis que l'Arlequin, fuyant et mince, les épie...

O lecteur vicieux, qui espérez une anecdote dans le goût grivois et suranné, détrompez-vous : je vous conte seulement les ébats de trois jolis oiseaux de marais.

Ils ont des noms charmants, ces oiseaux de la mer et du marécage. Des noms qui fleurent la comédie italienne, voire le roman héroïque — comme le Chevalier Combattant, ce guerrier d'un autre âge, qui porte plastron et collerette hérissée, et cornes de plumes sur le front. Plastron vulnérable, cornes inoffensives, mais le mâle ne ment pas à son nom, car les Chevaliers Combattants s'entre-tuent sous l'œil paisible de leurs femelles, harem indifférent accroupi en boule dans le sable...

Dans un petit café du port, les pêcheurs attendent, pour repartir, le flot qui monte et déjà chatouille sournoisement la quille des bateaux, échoués de biais sur le sable au bas du quai. Ce sont des pêcheurs comme partout, en toile goudronnée, en tricot bleu, en sabots camus. Les vieux ont le collier de barbe et la pipe courte... C'est le modèle courant, vulgarisé par la chromolithographie et l'instantané.

Ils boivent du café et rient facilement, avec ces clairs yeux vides de pensée qui nous charment, nous autres terriens. L'un d'eux est théâtralement beau, ni jeune ni vieux, crépu d'une toison et d'une barbe plus pâles que sa peau tannée, avec des yeux jaunes, des prunelles de chèvre rêveuse qui ne clignent presque jamais.

La mer est montée, les bateaux dansent dans la baie, au bout de leurs amarres, et trinquent du ventre. Un à un, les pêcheurs s'en vont, et serrent la patte du beau gars aux yeux d'or : « A revoir, Canada. » A la fin, Canada reste seul dans le petit café, debout, le front aux vitres, son verre d'eau-de-vie à la

main... Qu'attend-il? Je m'impatiente et me décide à lui parler :
— Ils vont loin comme ça?

Son geste lent, son vaste regard désignent la haute mer :
— Par là-bas. Y a bien de la crevette ces jours-ci. Y a bien de la limande et du maquereau, et de la sole... Y a bien un peu de tout...

— Vous ne pêchez pas aujourd'hui, vous?

Les prunelles d'or se tournent vers moi, un peu méprisantes :
— Je ne suis pas pêcheur, ma petite dame... Je travaille (*sic*) avec le photographe pour les cartes postales. Je suis « type local ».

BAIN DE SOLEIL. — « Poucette, tu vas te cuire le sang! viens ici tout de suite! » Ainsi apostrophée du haut de la terrasse, la chienne bull lève seulement son museau de monstre japonais couleur de bronze. Sa gueule, fendue jusqu'à la nuque, s'entrouvre pour un petit halètement court et continu, fleurie d'une langue frisée, rose comme un bégonia. Le reste de son corps traîne, écrasé comme celui d'une grenouille morte... Elle n'a pas bougé; elle ne bougera pas, elle cuit...

Une brume de chaleur baigne la baie de Somme, où la marée de morte-eau palpite à peine, plate comme un lac. Reculée derrière ce brouillard moite et bleu, la Pointe de Saint-Quentin semble frémir et flotter, inconsistante comme un mirage... La belle journée à vivre sans penser, vêtue seulement d'un maillot de laine!

... Mon pied nu tâte amoureusement la pierre chaude de la terrasse, et je m'amuse de l'entêtement de Poucette, qui continue sa cure de soleil avec un sourire de suppliciée... « Veux-tu venir ici, sotte bête! » Et je descends l'escalier dont les derniers degrés s'enlisent, recouverts d'un sable plus mobile que l'onde, ce sable vivant qui marche, ondule, se creuse, vole et crée sur la plage, par un jour de vent, des collines qu'il nivelle le lendemain...

La plage éblouit et me renvoie au visage, sous ma cloche de paille rabattue jusqu'aux épaules, une chaleur montante, une brusque haleine de four ouvert. Instinctivement, j'abrite mes joues, les mains ouvertes, la tête détournée comme devant un foyer trop ardent... Mes orteils fouillent le sable pour trouver, sous cette cendre blonde et brûlante, la fraîcheur salée, l'humidité de la marée dernière...

Midi sonne au Crotoy, et mon ombre courte se ramasse à mes pieds, coiffée d'un champignon...

Douceur de se sentir sans défense et, sous le poids d'un beau jour implacable, d'hésiter, de chanceler une minute, les mollets criblés de mille aiguilles, les reins fourmillants sous le tricot bleu, puis de glisser sur le sable, à côté de la chienne qui bat de la langue!

Couchée sur le ventre, un linceul de sable me couvre à demi. Si je bouge, un fin ruisseau de poudre s'épanche au creux de mes jarrets, chatouille la plante de mes pieds... Le menton sur mes bras croisés, le bord de la cloche de jonc borne mes regards et je puis à mon aise divaguer, me faire une âme nègre à l'ombre d'une paillote. Sous mon nez, sautent, paresseusement, trois puces de mer, au corps de transparente agate grise... Chaleur, chaleur... Bourdonnement lointain de la houle qui monte ou du sang dans mes oreilles?... Mort délicieuse et passagère, où ma pensée se dilate, monte, tremble et s'évanouit avec la vapeur azurée qui vibre au-dessus des dunes...

A MARÉE BASSE. — Des enfants, des enfants... Des gosses, des mioches, des bambins, des lardons, des salés... L'argot ne saurait suffire, ils sont trop! Par hasard, en retournant à ma villa isolée et lointaine, je tombe dans cette grenouillère, dans cette tiède cuvette que remplit et laisse chaque jour, la mer...

Jerseys rouges, jerseys bleus, culottes troussées, sandales; — cloches de paille, bérets, charlottes de lingerie; — seaux, pelles, pliants, guérites... Tout cela, qui devrait être charmant, m'inspire de la mélancolie. D'abord ils sont trop! Et puis, pour une jolie enfant en pomme, joufflue et dorée, d'aplomb sur des mollets durs, que de petits Parigots, victimes d'une foi maternelle et routinière : « La mer, c'est si bon pour les enfants! » Ils sont là, à demi nus, pitoyables dans leur maigreur nerveuse, gros genoux, cuissots de grillons, ventres saillants... Leur peau délicate a noirci, en un mois, jusqu'au marron-cigare; c'est tout, et ça suffit. Leurs parents les croient robustes, ils ne sont que teints. Ils ont gardé leurs grands yeux cernés, leurs piètres joues. L'eau corrosive pèle leurs mollets pauvres, trouble leur sommeil d'une fièvre quotidienne, et le moindre accident déchaîne leur rire ou leurs larmes faciles de petits nerveux passés au jus de chique...

Pêle-mêle, garçons et filles, on barbote, ou mouille le sable d'un « fort », on canalise l'eau d'une flaque salée... Deux « écrevisses » en jersey rouge travaillent côte à côte, frère et sœur du même blond brûlé, peut-être jumeaux de sept à huit ans. Tous deux, sous le bonnet à pompon, ont les mêmes yeux bleus, la même calotte de cheveux coupés au-dessus des sourcils. Pourtant l'œil ne peut les confondre et, pareils, ils ne se ressemblent pas.

Je ne saurais dire par quoi la petite fille est déjà une petite fille... Les genoux gauchement et fémininement tournés un peu en dedans?... Quelque chose, dans les hanches à peine indiquées, s'évase plus moelleux, avec une grâce involontaire? Non, c'est surtout le geste qui la révèle. Un petit bras nu, impérieux, commente et dessine tout ce qu'elle dit. Elle a une volte souple du poignet, une mobilité des doigts et de l'épaule, une façon coquette de camper son poing au pli de sa taille future...

Un moment, elle laisse tomber sa pelle et son seau, arrange je ne sais quoi sur sa tête; les bras levés, le dos creux et la nuque penchée, elle devance, gracieuse, le temps où elle nouera, ainsi debout et cambrée, le tulle de sa voilette devant le miroir d'une garçonnière...

Forêt de Crécy. — A la première haleine de la forêt, mon cœur se gonfle. Un ancien moi-même se dresse, tressaille d'une triste allégresse, pointe les oreilles, avec des narines ouvertes pour boire le parfum.

Le vent se meurt sous les allées couvertes, où l'air se balance à peine, lourd, musqué... Une vague molle de parfum guide les pas vers la fraise sauvage, ronde comme une perle, qui mûrit ici en secret, noircit, tremble et tombe, dissoute lentement en suave pourriture framboisée dont l'arôme se mêle à celui d'un chèvrefeuille verdâtre, poissé de miel, à celui d'une ronde de champignons blancs... Ils sont nés de cette nuit, et soulèvent de leurs têtes le tapis craquant de feuilles et de brindilles... Ils sont d'un blanc fragile et mat de gant neuf, emperlés, moites comme un nez d'agneau; ils embaument la truffe fraîche et la tubéreuse.

Sous la futaie centenaire, la verte obscurité solennelle ignore le soleil et les oiseaux. L'ombre impérieuse des chênes et des frênes a banni du sol l'herbe, la fleur, la mousse et jusqu'à l'insecte. Un écho nous suit, inquiétant, qui double le rythme de nos pas... On regrette le ramier, la mésange; on désire le bond roux d'un écureuil ou le lumineux petit derrière des lapins... Ici la forêt, ennemie de l'homme, l'écrase.

Tout près de ma joue, collé au tronc de l'orme où je m'adosse, dort un beau papillon crépusculaire dont je sais le nom : lykénée... Clos, allongé en forme de feuille, il attend son heure. Ce soir, au soleil couché, demain, à l'aube trempée, il ouvrira ses lourdes ailes bigarrées de fauve, de gris et de noir. Il s'épanouira comme une danseuse tournoyante, montrant deux autres ailes plus courtes, éclatantes, d'un rouge de cerise mûre, barrées de velours noir; — dessous voyants, juponnage de fête et de nuit qu'un manteau neutre, durant le jour, dissimule...

Partie de pêche

Vendredi. — Marthe dit : « Mes enfants, on va pêcher demain à la Pointe!... Café au lait pour tout le monde à huit heures. L'auto plaquera ceux qui ne seront pas prêts! » Et j'ai baissé la tête et j'ai dit : « Chouette! » avec une joie soumise qui n'exclut pas l'ironie. Marthe, créature combative, inflige les félicités d'un ton dur et d'un geste coupant. Péremptoire, elle complète le programme des fêtes : « On déjeunera là-bas, dans le sable. On emmène vous, et puis le Silencieux qui va rafler tout le poisson, et puis Maggie pour qu'elle étrenne son beau costume de bain! »

Là-dessus, elle a tourné les talons. Je vois de loin, sur la terrasse qui domine la mer, son chignon roux, qui interroge l'horizon d'un air de menace et de défi. Je crois comprendre, au hochement de son petit front guerrier, qu'elle murmure : « Qu'il pleuve demain, et nous verrons!... » Elle rentre, et, délivré du poids de son regard, le soleil peut se coucher tranquillement au-delà de la baie de Somme, désert humide et plat où la mer, en se retirant, a laissé des lacs oblongs, des flaques rondes, des canaux vermeils où baignent les rayons horizontaux... La dune est mauve, avec une rare chevelure d'herbe bleuâtre, des oasis de liserons délicats dont le vent déchire, dès leur éclosion, la jupe-parapluie veinée de rose...

Les chardons de sable, en tôle azurée, se mêlent à l'arrête-bœuf fleuri de carmin, l'arrête-bœuf, qui pique d'une épine si courte qu'on ne se méfie pas de lui. Flore pauvre et dure, qui ne se fane guère et brave le vent et la vague salée, flore qui sied à notre petite hôtesse batailleuse, ce beau chardon roux, au regard d'écolier sans vergogne.

Pourtant, çà et là, verdit la criste marine, grasse, juteuse, acidulée, chair vive et tendre de ces dunes pâles comme la neige... Quand cette poison de Marthe, mon amie, a exaspéré tout le monde, quand on est tout près — à cause de sa face de jeune furie, de sa voix de potache — d'oublier qu'elle est une femme, alors Marthe rit brusquement, rattache une mèche rousse envolée, en montrant des bras clairs, luisants, dans lesquels on voudrait mordre et qui craqueraient, frais, acidulés et juteux sous la dent comme la criste marine.

La baie de Somme, humide encore, mire sombrement un ciel égyptien, framboise, turquoise et cendre verte. La mer est partie si loin qu'elle ne reviendra peut-être plus jamais?... Si, elle reviendra, traîtresse et furtive comme je la connais ici. On ne pense pas à elle; on lit sur le sable, on joue, on dort, face au ciel, — jusqu'au moment où une langue froide, insinuée entre vos orteils, vous arrache un cri nerveux : la mer est là, toute plate, elle a couvert ses vingt kilomètres de plage avec une vitesse silencieuse de serpent. Avant qu'on l'ait prévue, elle a mouillé le livre, noirci la jupe blanche, noyé le jeu de croquet et le tennis. Cinq minutes encore, et la voilà qui bat le mur de la terrasse, d'un flac-flac doux et rapide, d'un mouvement soumis et content de chienne qui remue la queue...

Un oiseau noir jaillit du couchant, flèche lancée par le soleil qui meurt. Il passe au-dessus de ma tête avec un crissement de soie tendue et se change, contre l'Est obscur, en goéland de neige...

SAMEDI MATIN, *8 heures*. — Brouillard bleu et or, vent frais, tout va bien. Marthe pérore en bas et les peuples tremblent prosternés. Je me hâte; arriverai-je à temps pour l'empêcher de poivrer à l'excès la salade de pommes de terre?

8 h 1/2. — Départ! l'auto ronronne, pavoisée de have-neaux flottants. Du fond d'un imperméable verdâtre, de dessous d'une paire de lunettes bombées, la voix de Marthe vitupère le zèle maladroit des domestiques, « ces empotés qui ont collé les abricots contre le rôti de porc frais! ». Pourtant, elle condescend à me tendre une patte gantée, et je devine qu'elle me sourit avec une grâce scaphandrière... Maggie, mal éveillée, prend lentement conscience du monde extérieur et sourit en anglais. Nous savons tous ce qu'elle cache, sous son long paletot, un costume de bain pour music-hall (tableau de la pêche aux crevettes). Le Silencieux, qui ne dit rien, fume avec activité.

8 h 3/4. — Sur la route plate, qui se tortille inutilement et cache, à chaque tournant, un paysan et sa charrette, Marthe, au volant, freine un peu brusquement et grogne dans son scaphandre...

8 h 50. — Tournant brusque, paysan et charrette... Embardée sur la gauche. Marthe crie : « Cocu! »

9 heures. — Tournant brusque : au milieu de la route, petit garçon et sa brouette à crottin. Embardée à droite. Marthe frôle le gamin et lui crie : « Cocu! » Déjà! pauvre gosse...

9 h 20. — La mer, à gauche, entre des dunes arrondies. Quand je dis la mer... elle est encore plus loin qu'hier soir. Mes compagnons m'assurent qu'elle est montée, pendant mon sommeil, jusqu'à cette frange de petites coquilles roses, mais je n'en crois rien.

9 h 30. — Les Cabanes! Trois ou quatre cercueils noirs, en planches goudronnées, tachent la dune, la dune d'un sable si pur ici, si délicatement mamelonné par le vent, qu'on songe à la neige, à la Norvège, à des pays où l'hiver ne finit point...

> *Dans un immobile roulis*
> *Le sable fin creuse une alcôve*
> *Où, malgré les cris de la mauve,*
> *On peut se blottir, et, pour lits,*
> *La dune a de charmants replis...*

murmure le Silencieux, poète modeste. Marthe, excitée, se penche sur le volant et... enlise deux roues de l'auto. Plus vive qu'un petit bull, elle saute à terre, constate le dommage et déclare avec calme : « C'est aussi bien comme ça, d'ailleurs. Je n'aurais pas pu tourner plus loin. »

Nous avons atteint le bout du monde. La dune, toute nue, abrite entre ses genoux ronds les cabanes noires, et devant nous fuit le désert qui déçoit et réconforte, le désert sous un soleil blanc, dédoré par la brume des jours trop chauds...

10 heures. — « Tribu papoue conjurant l'Esprit des Eaux amères. » C'est la légende que j'écrirai au verso de l'instantané que vient de prendre Maggie. Les « indigènes », à têtes de phoques mouillés, dans l'eau jusqu'au ventre, la battent avec de longues perches, en hurlant rythmiquement. Ils rabattent le poisson dans le filet tendu en travers d'un grand lac allongé, un grand bout de mer qu'abandonne ici la marée négligente. Le carrelet y grouille, et la crevette grise, et le flet et la limande... Marthe s'y rue et fouit les rives de sable mouvant, avec une activité de bon ratier. Je l'imite, à pas précautionneux d'abord, car toute ma peau se hérisse, à sentir passer entre mes chevilles quelque chose de plat, vif et glissant...

— A vous! à vous, bon Dieu! vous ne la voyez donc pas?
— Quoi?
— La limande, la limande, là!... »

Là?... Oui, une assiette plate nacrée, qui miroite et file entre deux eaux.. Héroïque, je fouille le fond de l'eau, à quatre pattes, à plat ventre, traînée sur les genoux... Un bref jappement : c'est Marthe qui crie de triomphe et lève au bout de son bras ruisselant l'assiette plate qui se tord et fouette... Je crèverai de jalousie, si je reviens bredouille! Où est le Silencieux? oh! le lâche, il pêche au haveneau! Et Maggie? ça va bien, elle nage, soucieuse uniquement de sa plastique et de son maillot de soie framboise... C'est contre Marthe seule que je lutte, Marthe et son calot de cheveux rouges collés, Marthe ficelée dans du gros jersey bleu, petit mathurin à croupe ronde... Les bêtes, les bêtes, je les sens, elles me narguent! Un gros lançon de nacre jaillit du sable mou, dessine en l'air, de sa queue de serpent, un monogramme étincelant et replonge...

11 heures. — La tribu papoue a fini ses conjurations. L'Esprit des Eaux amères, sensible aux hurlements rituels, a comblé de poissons plats leurs filets. Sur le sable, captives encore des mailles goudronnées, agonisent de belles plies au ventre émouvant, l'insipide flet, les carrelets éclaboussés d'un sang indélébile... Mais je ne veux que la proie traquée par mes seules mains écorchées, entre mes genoux écaillés par le sable et les coquilles tranchantes... Le carrelet, je le connais à présent, c'est un gros serin qui pique du nez droit entre mes chevilles jointes et s'y bloque, — la limande n'est pas plus maligne... Nous pêchons côte à côte, Marthe et moi, et le même jappement nous échappe, quand la prise est belle...

11 h 1/2. — Le soleil cuit nos nuques, nos épaules qui émergent de l'eau tiède et corrosive... La vague, sous nos yeux fatigués, danse en moires glauques, en bagues dorées, en colliers rompus... Aïe, mes reins!... Je cherche mes compagnons muets; le Silencieux arrive, juste comme Marthe, à bout de forces, gémit : « J'ai faim! »... Le Silencieux fume, et son gros cigare ne lui laisse que la place d'un sourire d'orgueil. Il tend vers nous son haveneau débordant de nacres vivantes...

Maggie vient à son tour, ravie d'elle-même : elle a pris sept crevettes et un enfant de sole...

— A la soupe, les enfants! crie Marthe. Les indigènes charrieront le gibier jusqu'à l'auto.

— Oh! on va emporter tout? il y en a au moins cinquante livres!

— D'abord, ça fond beaucoup à la cuisson. On en mangera ce soir en friture, demain matin au gratin, demain soir au court-bouillon... Et puis on en mangera à la cuisine, et on en donnera peut-être aux voisins...

1 heure. — Assis sous la tente, nous déjeunons lentement, dégrisés... Là-bas, au bout du désert aveuglant et sans ombre, quelque chose bout mystérieusement, ronronne et se rapproche, — la mer!... Le champagne ne nous galvanise pas, la migraine plane sous nos têtes laborieuses...

Nous nous contemplons sans aménité. Marthe a pincé un coup de soleil sur son petit nez de bull. Le Silencieux bâille et mâche son cinquième cigare. Maggie nous choque un peu, trop blanche et trop nue, dans son maillot framboise...

— Qu'est-ce qui sent comme ça? s'écrie Marthe. Ça empeste le musc, et je ne sais quoi encore...

— Mais c'est le poisson! Les filets pleins pendent là...

— Mes mains aussi empestent. C'est le flet qui sent cette pourriture musquée... Si on donnait un peu de poisson à ces braves indigènes?...

2 heures. — Retour morne. Nous flairons nos mains à la dérobée. Tout sent le poisson cru : le cigare du Silencieux, le maillot de Maggie, la chevelure humide de Marthe... Le vent d'Ouest, mou et brûlant, sent le poisson... La fumée de l'auto, et la dune glacée d'ombre bleue, et toute cette journée, sentent le poisson...

3 heures. — Arrivée. La villa sent le poisson. Farouche, le cœur décroché, Marthe s'enferme dans sa chambre. La cuisinière frappe à la porte :

— Madame veut-elle me dire si elle veut les limandes frites ou gratinées ce soir?

Une porte s'ouvre furieusement et la voix de Marthe vocifère :

— Vous allez me faire le plaisir de faire disparaître de la maison toute cette cochonnerie de marée! Et pendant une semaine je vous défends de servir autre chose que des œufs à la coque et du poulet rôti!

Music-halls

On répète en costume, à l'X... une pantomime que les communiqués prévoient « sensationnelle ». Le long des couloirs qui fleurent le plâtre et l'ammoniaque, au plus profond de l'orchestre, abîme indistinct, circulent et se hâtent d'inquiétantes larves... Rien ne marche. Pas fini, le décor trop sombre qui boit la lumière et ne la rend pas; mal réglés, les jeux de halo du projecteur, — et cette fenêtre rustique enguirlandée de vigne rousse, qui s'ouvre de bonne grâce, mais refuse de se clore!...

Le mime W... surmené, fait sa dame-aux-camélias, la main sur l'estomac pour contenir une toux rauque; il tousse à effrayer, il tousse à en mourir, avec des saccades de mâchoires d'un dramatique!... Le petit amoureux s'est, dans son trouble, grimé en poivrot, nez rouge et oreilles blafardes, ce pour quoi il s'entend nommer, par l'organe expirant du mime W... « fourneau, cordonnier », et même « vaseline... ». Rien ne marche, rien ne marchera!

Le patron est là, sur le plateau, le gros commanditaire aussi, celui qui ne se déplace que pour les « numéros » coûteux. Le compositeur — un grand type mou qui a l'air de n'avoir d'os nulle part, — laissant toute espérance, a dégoté, derrière un portant, le chaudron des répétitions, le piano exténué aux sonorités liquides de mustel, et se nettoie les oreilles, comme il dit, avec un peu de Debussy... « *Mes longs cheveux descendent jusqu'au bas de la tour...* » Quant aux musiciens de l'orchestre, ils s'occupent, à coup sûr, d'améliorer en France la race chevaline; de la contrebasse à la flûte, le *Jockey* circule...

— Et Mme Loquette? s'écrie le patron nerveux, on ne la voit pas souvent!

— Son costume n'est pas prêt, exhale le mime W... dans un souffle.

Le patron sursaute et aboie, au premier plan, la mâchoire tendue au-dessus de l'orchestre.

— Quoi? qu'est-ce que vous dites? Son costume pas prêt? un costume à transformation, quand on passe ce soir! C'est des coups à se faire emboîter, ça, mon petit!...

Geste d'impuissance du mime W..., geste peut-être d'adieu à la vie, il est si enrhumé!... Soudain, l'agonisant bondit comme un pelotari et retrouve une voix de bedeau pour beugler :

— N... de D...! touchez pas à ça! C'est mon lingue à jus de groseilles!

Avec des mains d'infirmière, il manie et essaie son poignard truqué, accessoire de précision qui saigne des gouttes sirupeuses et rouges...

— Ah! voilà Mme Loquette! enfin!

On se précipite, avec des exclamations de soulagement, vers la principale interprète. Le gros commanditaire assure son monocle. Mme Loquette, qui a froid, frissonne des coudes, et serre les épaules sous son costume peut-être monténégrin, sans doute croate, à coup sûr moldovalaque, avec quelque chose de dalmate dans l'allure générale... Elle a faim, elle vient de passer quatre heures debout chez Landolff, elle bâille d'agacement...

— Voyons ce fameux costume!

C'est une déception. « Trop simple! » murmure le patron. « Un peu sombre! » laisse tomber le gros commanditaire. L'auteur de la musique, oubliant *Pelléas,* s'approche, onduleux et désossé, et dit pâteusement : « C'est drôle, je ne le voyais pas comme ça... Moi, j'aurais aimé quelque chose de vert, avec de l'or, et puis avec un tas de machins qui pendent, des... fourbis, des... des zédipoifs, quoi! »

Mais le mime W..., enchanté, déclare que ce rouge-rose fait épatamment valoir les feuille-morte et les gris de sa défroque de contrebandier. Mme Loquette, les yeux ailleurs, ne répond rien et souhaite seulement, de toutes les forces de son âme, un sandwich au jambon, ou deux, — ou trois, — avec de la moutarde...

Silence soucieux.

— Enfin, soupire le patron, voyons le dessous... Allons-y, W..., prenez votre scène au moment où vous lui arrachez sa robe...

Le bronchité, le pneumonique se transforme, d'un geste de son visage, en brute montagnarde, et se rue, poignard levé, sur Mme Loquette, l'affamée Loquette devenue brusquement une petite femelle traquée, haletante, les griffes prêtes... Ils luttent un court instant, la robe se déchire du col aux chevilles, Mme Loquette apparaît demi-nue, le cou renversé offert au couteau...

— Hep!... arrêtez-vous, mes enfants! l'effet est excellent! Pourtant, attendez...

Les hommes se rapprochent de la principale interprète. Silence studieux. Elle laisse, plus indifférente qu'une pouliche à vendre, errer leurs regards sur ses épaules découvertes, sur la jambe visible hors de la tunique fendue...

Le patron cherche, clappe des lèvres, ronchonne :

— Evidemment, évidemment... Ce n'est pas... Ce n'est pas assez... pas assez nu, là!

La pouliche indifférente tressaille comme piquée par un taon.

— Pas assez nu! qu'est-ce qu'il vous faut?

— Eh! il me faut... je ne sais pas, moi. L'effet est bon, mais pas assez éclatant, pas assez nu, je maintiens le mot! Tenez, cette mousseline sur la gorge... C'est déplacé, c'est ridicule, c'est engonçant... Il me faudrait...

Inspiré, le patron recule de trois pas, étend le bras, et, d'une voix d'aéronaute quittant la terre :

— Lâchez un sein! crie-t-il.

Même cadre. On répète la Revue. Une revue comme toutes les revues. C'est l'internement, de une à sept heures, de tout un pensionnat pauvre et voyant, bavard, empanaché — grands chapeaux agressifs, bottines dont le chevreau égratigné bleuit, jaquettes minces qu'on « réchauffe » d'un tour de cou en fourrure...

Peu d'hommes. Les plus riches reluisent d'une élégance boutiquière, les moins fortunés tiennent le milieu entre le lad et le lutteur. Quelques-uns s'en tiennent encore au genre démodé du rapin d'opérette, — beaucoup de cheveux et peu de linge, mais quels foulards!

Tous ont, en passant de la rue glaciale au promenoir, le même soupir de détente et d'arrivée, à cause de la bonne chaleur malsaine que soufflent les calorifères... Sur le plateau, le chaudron des répétitions fonctionne déjà, renforcé, pour les danses, d'un violon vinaigré. Treize danseuses anglaises se démènent, avec une froide frénésie. Elles dansent, dans cette demi-nuit des répétitions, comme elles danseront le soir de la générale, ni plus mal, ni mieux. Elles jettent, vers l'orchestre vide, le sourire enfantin, l'œil aguicheur et candide dont elles caresseront, à la première, les avant-scènes... Une conscience militaire anime leurs corps grêles et durs, jusqu'à l'instant de redevenir, le portant franchi, des enfants maigres et gaies, nourries de sandwiches et de pastilles de menthe...

Au promenoir, une camaraderie de prisonnières groupe les petites marcheuses à trois louis par mois, celles qui changeront six ou huit fois de costume au cours de la Revue. Autour d'un guéridon de bar, elles bavardent comme on mange, avec fièvre, avec gloutonnerie; plusieurs tirent l'aiguille, et raccommodent des nippes de gosse...

L'une d'elles séduit par sa minceur androgyne. Elle a coiffé ses cheveux courts d'un feutre masculin, d'une élégance très Rat-Mort. Les jambes croisées sous sa jupe étroite, elle fume et promène autour d'elle le regard insolent et sérieux d'une Mademoiselle de Maupin. L'instant d'après, sa cigarette finie, elle tricote, les épaules basses, une paire de chaussons d'enfant... Pauvre petite Maupin de Montmartre, qui arbore un vice seyant comme on adopte le chapeau du jour. « Qu'est-ce que tu veux, on n'a pas de frais de toilette, avec deux galures et deux costumes tailleur je fais ma saison : et puis il y a des hommes qui aiment ça... »

Une boulotte camuse aux yeux luisants, costaude, courtaude, coud d'une main preste et professionnelle, en bavardant âprement.

« *Ils* vont encore nous coller une générale à minuit et demi, comme c'est commode... Moi que j'habite au Lion de Belfort, parce que mon mari est ouvrier serrurier... Alors, vous comprenez, la générale finit sur les trois heures et demie, peut-être quatre heures, et je suis sûre de rentrer sur mes pattes, juste à temps pour faire la soupe à mon mari qui s'en va à cinq heures et demie, et puis, après, les deux gosses qu'il faut qu'ils aillent à l'école... » Celle-ci n'a rien d'une révoltée, d'ailleurs; chaque métier a ses embêtements, n'est-ce pas?

Dans une baignoire d'avant-scène, un groupe coquet, emplumé, fourré, angora, s'isole et tient salon. Il y a la future commère et la diseuse engagée pour trois couplets, et la petite amie d'un des auteurs, et celle du gros commanditaire... Elles gagnent, toutes, entre trois cents et deux mille francs par mois, mais on a des renards de deux cents louis, et des sautoirs de perles... On est pincées, posées, méfiantes... On ne joue pas à l'artiste, oh! Dieu non. On ne parle pas de métier. On dit : « Moi, j'ai eu bien des ennuis avec mon auto... Moi, je n'irai pas à Monte-Carlo cet hiver, j'ai horreur du jeu! Et puis, après la revue, je serai si contente de me reposer un peu chez moi, de ne pas sortir le soir! *Mon ami* adore la vie de famille... nous avons une petite fille de quatre ans qui est un amour... »

Ici, comme à côté, l'enfant se porte beaucoup, légitime ou non. J'entends : « L'institutrice de Bébé... Mon petit Jacques qui est déjà un homme, ma chère! » L'une d'elles renchérit et avoue modestement quatre garçons. Ce sont des cris, des exclamations d'étonnement et d'envie... La jeune pondeuse, fraîche comme une pomme, se rengorge avec une moue d'enfant gâtée.

En face d'elle, la plus jolie de toutes médite, les doigts taquinant son lourd collier de perles irisées, et fixe dans le vide un regard bleu-mauve, d'une nuance inédite et sûrement très coûteuse. Elle murmure enfin : « Ça me fait songer que je n'ai pas eu d'enfant depuis deux ans... Il m'en faut un pour dans... dans quatorze mois. » Et comme on rit autour d'elle, elle s'explique, paisible : « Oui, dans quatorze mois. Ça me fera beaucoup de bien, il n'y a rien qui « dépure » le sang comme un accouchement. C'est un renouvellement complet, on a un teint, après!..... J'ai des amies qui passent leur vie à se purger, à se droguer, à se coller des choses sur la figure... Moi, au lieu de ça, je me fais faire un enfant, c'est bien plus sain! » (rigoureusement *sic!*)

En quittant le promenoir, je frôle du pied quelque chose qui traîne sur le tapis sale... Un peu plus, j'écrasais une main, une petite patte enfantine, la paume en l'air... Les petites Anglaises se reposent là, par terre, en tas. Quelques-unes, assises, s'adossent au mur, les autres sont jetées en travers de leurs genoux ou pelotonnées en chien de fusil, et dorment. Je distingue un bras mince, nu jusqu'au coude, une chevelure lumineuse en coques rousses au-dessus d'une délicate oreille anémique... Sommeil misérable et confiant, repos navrant et gracieux de jeunes bêtes surmenées... On songe à une portée de chatons orphelins, qui se serrent pour se tenir chaud...

Les vrilles de la vigne

Les vrilles de la vigne 231
Rêverie de Nouvel An 233
Chanson de la danseuse 238
Nuit blanche 240
Jour gris 244
Le dernier feu 248
Amours 252
Un rêve 256
Nonoche 259
Toby-Chien parle 264
Dialogue de bêtes 270
Maquillages 275
Belles-de-jour 278
De quoi est-ce qu'on a l'air? 285
La guérison 292
Le miroir 299
La dame qui chante 303
En baie de Somme 307
Partie de pêche 314
Music-halls 320

MES APPRENTISSAGES

Ce que Claudine n'a pas dit

Publié en 1936 chez Ferenczi, ce livre est une plongée dans un passé de plus de quarante ans. Colette y évoque ses désenchantements auprès d'un mari sans tact, qui la trompe, et la fait servir malhonnêtement à ses vanités d'écrivain impuissant et de vieux beau.

Autour de la petite campagnarde dépaysée et malheureuse, apparaît le Paris frivole des années 1894-1904. Privée d'amour, elle vit doublement séparée, en marge de la société, mais aussi en marge d'elle-même. Au point d'ignorer encore, lorsqu'elle écrit ces Claudine *que signera Willy, qu'elle est un écrivain. Et quel écrivain!*

Dur apprentissage d'une jeune femme qui, si elle n'avait pas été de cette qualité, aurait été avilie et brisée. Elle s'y décrit sans complaisance, et cette sévérité à son propre égard nous la rend plus chère encore.

C'est de surcroît le plus distrayant des livres sur « la Belle Epoque » que cette confession d'une enfant de deux siècles.

C. M.

Mes apprentissages

Je n'ai guère approché, pendant ma vie, de ces hommes que les autres hommes appellent grands. Ils ne m'ont pas recherchée. Pour ma part je les fuyais, attristée que leur renommée ne les vît que pâlissants, soucieux déjà de remplir leur moule, de se ressembler, un peu roidis, un peu fourbus, demandant grâce en secret, et résolus à « faire du charme » en s'aidant de leurs petitesses, lorsqu'ils ne forçaient pas, pour éblouir, leur lumière de déclin.

Si leur présence manque à ces « souvenirs », c'est que je suis coupable de leur avoir — le sexe n'importe guère — préféré des êtres obscurs, pleins d'un suc qu'ils défendaient, qu'ils refusaient aux sollicitations banales. Ceux qui soulevèrent, jusqu'à une sorte de passion, ma curiosité, n'étaient parfois indécis que sur la manière dont ils verseraient leur essence la plus précieuse. Ils faisaient comme les gourmands qui tiennent en mépris le homard à l'américaine, parce qu'ils ne sont pas sûrs de le décortiquer proprement. Mais je disposais sans doute du geste lustral, — d'une paumée d'eau opportune le guide italien réveille, au passage, l'or assoupi des mosaïques souterraines... Une larme, ou une éclaboussure, et mes préférés se livraient.

Je ne me fais gloire de rien, sinon d'avoir heurté au passage ces êtres sapides et obscurs. Parfois leurs noms, inutiles, s'effacent, mais je les violente et ils s'inscrivent de nouveau sous les visages, qui sont lents à pâlir. Les mieux gravés n'ont pas joué, dans ma vie, un rôle fatal. Il est en moi de chérir, par la mémoire, le passant autant que le parent ou l'époux, et la surprise à l'égal du quotidien. C'est pourquoi j'ai pu donner, sans amour, une place de choix par exemple au jeune homme que je vis feindre de boire, et de fumer l'opium. Or, il est plus aisé de fumer et de boire que de faire semblant, et l'abstention, rare en tous domaines, révèle une inclination vers le défi et la virtuosité. Que quêtait donc mon jeune ascète, ballotté de fumerie en beuverie, et qui restait à jeun? Il fallut bien qu'il me le dît, à moi qui ne fumais ni ne m'enivrais. Il ne voulait que se sentir pressé, chaud de tous côtés, étayé par de vrais ivrognes et des fumeurs fervents. S'il s'expliqua mal et par bribes, je compris tout, le jour où, au lieu de dire « leur saoulerie », il lui échappa de dire « leur confiance ».

Pour l'ébriété, il s'en tirait facilement, mêlant avec adresse l'eau gazeuse et le champagne. L'opium lui donnait plus de peine, et parfois quelques nausées, — il faut ce qu'il faut. Ce qu'il lui fallait, c'était l'amitié passagère, les aveux, une jonchée de jeunes morts sans défiance, et la triste félicité de poser son front sur une épaule, un sein consentants, de rejoindre dans le demi-sommeil des alliés inaccessibles...

J'ai connu aussi la petite fille de huit ans qui laissait sa mère l'appeler longtemps, au loin, dans le parc... Elle écoutait, cachée, la voix maternelle s'approcher, s'éloigner, errer, changer d'accent, devenir, autour du puits et de l'étang, rauque et méconnaissable... C'était une petite fille très douce, mais qui en savait déjà trop, comme vous voyez, sur les diverses manières de se donner terriblement du plaisir. Elle finissait par sortir de sa cachette, imitait l'essoufflement et se jetait en courant dans les bras de sa mère : « Je viens de la ferme... J'étais... J'étais avec Anna dans le bas du potager... J'étais... J'étais... » s'excusait-elle.

« Qu'est-ce que tu feras de pire quand tu auras vingt ans? » lui reprochai-je un jour.

Elle ferma à demi ses yeux bleus délicieux, regarda dans le lointain :

« Oh! je trouverai bien... » dit-elle.

Mais je crois qu'elle se vantait. Je m'étonnai qu'elle jouât, par deux fois, son jeu devant moi. Elle ne me demandait aucune complicité ni promesse, semblait assurée de moi comme le furent, après elle, d'autres coupables, vaincus par la volupté de l'aveu et le besoin de mûrir sous un regard humain.

J'ai connu une brave créature, une de ces femmes qui, par vocation et raisonnement, sont comme la grasse prairie, le grenier d'abondance de l'homme. Elle servait de maîtresse amicale à l'un de mes amis, A... qui trouvait chez elle divertissement, soins affectueux encore qu'amoureux, la cuisine honnête, l'orangeade le soir, l'aspirine par temps d'orage, et une parfaite bénignité sensuelle. Il laissait la bonne Zaza, revenait, s'en allait et l'oubliait, la retrouvait entre le chien griffon, un feu de bois, et quelque inconnu à qui elle dispensait sans doute aussi la tasse de verveine et la nuit cordiale. B..., l'ami d'A... fut-il un peu envieux d'une liaison aussi quiète?...

« Fais attention, dit-il à A...

— A quoi donc?

— A cette femme. Très dangereuse. Sa pâleur de vampire, sa crinière d'un roux infernal...

— Tu me fais bien rigoler, dit A... Elle est teinte.

— Teinte ou non, mon vieux, tu ne te doutes pas du changement effrayant que subissent depuis quelque temps ton humeur, ton travail, jusqu'à ton physique... Ce genre de désagrégation rapide est *toujours* l'œuvre d'une femme fatale. Zaza a tout de la femme fatale. Tu vas à l'abîme. »

A... se moqua de B..., continua de fréquenter Zaza, de l'oublier, de la retrouver selon le hasard, de l'emmener manger un bon dîner lourd et fin dans le quartier des Halles. Un soir il attabla B... avec eux, s'en alla au dessert sans préméditation :

« Mes enfants, j'ai une réunion syndicale à dix heures. Buvez l'armagnac à ma santé. Vieux, tu reconduiras Zaza si elle a un verre de trop?... »

Tête à tête avec Zaza, B... lui laissa deviner la suspicion et la considération effrayée qu'elle lui inspirait. « Une femme comme vous... Broyeuse d'hommes... Allons donc!... Cet imbécile d'A..., charmant mais borné, n'a rien compris... Comment?... A d'autres!... Je suis encore capable, Dieu merci, de percer à jour... », etc., etc., etc.

Vers minuit, B... larmoyait sur les blanches mains de Zaza qui le regardait de haut en pinçant sa grande bonne bouche. Elle ne parla de rien à notre ami A... Mais elle commença d'endosser, vis-à-vis de B..., une grande tenue complète et démodée de femme fatale. Elle l'attira, l'expulsa, le rappela, incisa sur le poignet du pauvre homme, à l'aide d'un cristal brisé, les quatre lettres de son prénom, lui donna des rendez-vous en taxi, couronna d'aigrettes de jais ses cheveux roux, porta des chemises en chantilly noir, et plus scandaleusement encore se refusa. Si bien que B..., qui n'en revenait pas, fut bien forcé de croire à la goule qu'il avait inventée, et A... s'inquiéta de B...

« Qu'est-ce que tu as, mon vieux? Le foie? La vessie? Va aux eaux, consulte, fais quelque chose! Mais ne reste pas comme ça, tu m'as l'air de filer un mauvais coton! »

Il ne savait pas si bien dire, car B... mangeant mal, dormant peu, s'enrhumant pour un rien, se laissa surprendre par une consomption d'envoûté, et mourut comme à l'improviste. Sous son oreiller et dans ses papiers intimes, mêlées à des dossiers d'affaires, les photographies de Zaza ne contribuèrent pas peu à guérir le chagrin de veuve de Mme B...

Zaza elle-même, en tricotant un petit pull-over bleu ciel, me conta l'histoire que je résume. Nous étions toutes seules, et elle prenait des temps, multipliait les « ... mais le plus beau de l'affaire... Voilà mon B... aux cent coups... Ce n'est pas que je raffole du chantilly noir, mais ça fait romanesque... » et elle ne cessa pas, son visage mûr et aimable tout froncé de malice, d'avoir l'air de me raconter une facétie un peu poussée. Elle finit sur un geste d'insouciance qui eût donné froid à un auditeur plus sensible, et sur un mot sentencieux :

« Il ne faut pas tenter le diable, même par bêtise. Cet imbécile de B..., il a tenté le diable... »

Qu'il n'y ait pas eu, de mes ténébreux amis à moi, enseignement efficace d'une vertu ou d'un vice éclatants, osmose ni même simple contagion, je ne puis maintenant que m'en réjouir. Dans le temps de ma grande jeunesse, il m'est arrivé d'espérer que je deviendrais « quelqu'un ». Si j'avais eu le courage de formuler mon espoir tout entier, j'aurais dit « quelqu'un d'autre ». Mais j'y ai vite renoncé. Je n'ai jamais pu devenir quelqu'un d'autre. Chers exemples effrénés, chers conseillers néfastes, je n'aurai donc pu que vous aimer, d'un amour ou d'une horreur également désintéressés? Des personnages péremptoires ont devant moi passé, paradé et émis leur lumière, non point en vain puisqu'ils me demeurent agréables et lumineux. Mais je les ai découragés. On décourage toujours ceux qu'on n'imite point. L'attention qui n'alimente que la curiosité passe pour impertinence. Or, je n'ai imité ni les bons, ni les autres. Je les ai écoutés, regardés. Sûr moyen d'inspirer aux bons une mélancolie d'anges, et de m'attirer le mépris des réprouvés, au sens catholique du mot. La voix du réprouvé rend des sons assurés et chauds, et n'hésite jamais, — ainsi de la voix juste et majeure, par exemple, de Mme Caroline Otero, qui me transmit en pure perte, autrefois, et sans obstination, de grandes vérités.

Je l'ai peu connue. On s'étonnera de lire son nom dès les premières lignes de mes souvenirs. Il vient sous ma plume, à propos pour donner à ces pages leur ton. Vingt pages sur le coloré, le tonique et mystérieux éphémère — vingt lignes sur le notoire et le vénérable que d'autres ont chanté et chanteront —; de l'étonnement devant le rebattu, çà et là une propension à dormir d'ennui au son des grands « ah! » qu'est en train de pousser le monde devant un prodige, un messie ou une catastrophe, — voilà, je pense, mon rythme...

Il se trouve que je me souviens de Mme Otero avec plaisir. J'aurais pu cueillir, sur des lèvres plus augustes que les siennes, des paroles qui, riches d'écho, m'eussent été enseignement et profit? Mais les lèvres augustes ne sont pas si prodigues. Au hasard et à l'inconnu, j'ai demandé des compensations, qu'ils m'ont quelquefois versées un peu comme le cocotier ses noix, pan! en plein sur le crâne. Mme Otero, debout au milieu d'une période de ma vie pendant laquelle j'interrogeais la possibilité de gagner ma subsistance, n'a rien d'un cocotier. Elle est pur ornement. Comme tout ce qui est luxe, elle dégage des enseignements divers. Et rien qu'à l'entendre, je me réjouissais que l'essai d'une de mes carrières l'eût mise sur mon chemin :

« Mon petit, disait-elle, tu m'as l'air pas très dégourdie... Souviens-toi qu'il y a toujours, dans la vie d'un homme même avare, un moment où il ouvre toute grande la main...

— Le moment de la passion?

— Non. Celui où tu lui tords le poignet. »

Elle ajoutait : « comme ça... » avec un geste en vis des deux mains; on croyait voir couler le jus des fruits, l'or, le sang, que sais-je, entendre craquer les os... Me voyez-vous tordant le poignet de l'avare? Je riais. J'admirais, ne sachant mieux faire. Magnifique créature... Je ne l'ai connue que lorsqu'elle atteignait l'âge où les femmes d'aujourd'hui estiment qu'elles doivent recourir, pour retenir et masquer leurs précieux quarante-cinq ans, à des moyens tristes, gymniques et restrictifs. Mme Otero ne songeait pas aux privations. Si je n'ai tiré aucun profit de ses rares paroles — elle était peu bavarde, du moins dans notre langue —, j'ai eu l'avantage de l'approcher dans les coulisses et loin des cérémonies publiques, soupers, répétitions générales des music-halls, qui lui infligeaient un corset de parade et lui collaient au poitrail son grand pectoral de joyaux. A l'icône immobile, émue seulement — comme l'est un arbre chargé de givre — de son propre scintillement, je préférais une autre Lina, tout aussi condescendante, qui me tutoyait d'assez haut :

« Tu viens manger le puchero, chamedi? Viens de bonne heure, je te fais un bégigue avant de dîner. »

J'imitais son tutoiement distant et, dès le seuil de son hôtel, je me sentais contente. Rarement le palais, qu'il a imaginé d'avance, enchante l'enfant qui le visite. L'hôtel de Mme Otero ne m'a jamais déçue. Celle qui l'habitait est une sorte de cariatide, taillée dans le style d'une époque qui me vit vacillante. On ne pénètre pas dans l'intimité d'une cariatide, on la contemple. En Mme Otero je contemple le site de ma trentaine environ. Le décor de sa vie privée, j'en garde un souvenir mieux que net, une évocation estompée, juste, essentielle, de certains beaux meubles anciens amarrés parmi le flot d'un satin peut-être brodé de cigognes japonaises, sous l'écumante et probable dentelle dite « application ». Si ce n'est pas la chambre d'Otero qui se vouait au Louis XV flamboyant, c'est une autre « bonbonnière » de la rue d'Offémont, de la rue de Prony, de l'avenue de Villiers... Tendus aux murs, tombant des baldaquins, drapant en festons des baies vitrées, que sont devenus un bleu pâle et serein, un rose de fraise, des brochés aurore, et ces gros damas qui se tenaient, comme on dit, debout tout seuls?...

Les demeures des Liane, des Line, des Maud, des Vovonne et des Suzy (tenez ces diminutifs pour prénoms inventés) furent d'un luxe « écrasant », je veux le croire puisqu'il s'agissait bien, pour chacune, d'écraser quelque autre. Deux salons valaient mieux qu'un, et trois que deux, dût la majesté céder devant le nombre. Le style étouffant n'était pas près de sa fin, et l'on suffoquait de meubles. Les crémaillères se pendaient à l'étuvée. Songez que je parle là d'une époque où le luxe traitait l'hygiène intérieure et le sport en petits serviteurs. Tel boudoir « arabe » n'avait pas de fenêtre. La carrosserie automobile prenait humblement conseil du grand modiste et se réglait sur la hauteur des chapeaux. Je vois encore la Mercedes bleue de Mme Otero, boîte à aigrettes et à plumes d'autruches, limousine si étroite et si haute qu'elle versait mollement aux virages.

Le théâtre lui-même en voyait de dures avec la mode, par ce temps de grands corsets qui soulevaient la gorge vers le haut, abattaient la croupe, creusaient le ventre. Germaine Gallois, inflexible beauté bastionnée, n'acceptait pas de rôle « assis ». Gainée d'un corset qui commençait sous l'aisselle et finissait près des genoux, deux ressorts de fer plats dans le dos, deux autres au long des hanches, une « tirette » d'entre-jambes (j'emploie les mots de l'époque) maintenant l'édifice dont le laçage en outre exigeait un lacet de six mètres, elle restait debout, entractes compris, de huit heures trente à minuit.

Il est juste d'ajouter que, la crémaillère pendue, l'usage amendait, façonnait les demeures. Les petits chiens jappeurs y entraient en même temps que le singe, que les vases offerts au jour de l'an, les plantes vertes, les portraits par Ferdinand Humbert, Prinet, Roybet, Antonio de la Gandara... Coussins de chaise longue, châle de Manille drapé sur l'épaule du piano demi-queue, statuettes, sujet de cheminée, boîtes de chocolats et de fondants, chinoiseries et peaux de lion... Parfois un goût personnel et violent, indomptable, s'y faisait sa place, comme à la dynamite. Ce n'était point le cas chez Mme Otero, mais il me suffisait, pour que tout à mes yeux fût parfait, que la maîtresse du logis y savourât l'avant-dîner, en bas de soie et mules fatiguées, en chemise de jour et jupon sous son tea-gown, qu'elle remplaçait à l'occasion par un peignoir de bain. Cent quatre-vingt-douze cartes et les « marques » en palissandre devant elle, un cendrier à sa droite, une verre d'anisette à sa gauche, elle régnait.

Le jeu et le mutisme retiraient à son visage toute expression, mais il s'en passait bien. Pendant de longues années, il a comme dédaigné de vieillir. Mme Otero, qui se vantait, vraisemblablement, d'un sang hellène, avait le cou bien attaché, le profil buté de mainte statue grecque, et montrait des mains, des pieds, dénués de la voltigeante petitesse espagnole. Entre les grappes de ses cheveux vigoureux, son petit front de brebis demeurait pur. Le nez et la bouche de « Lina », les photographies de Reutlinger vous le diront cent fois, étaient des modèles de construction simple, de sérénité orientale. Des paupières bombées au menton gourmand, du bout du nez velouté à la joue célèbre et doucement remplie, j'oserai écrire que le visage de Mme Otero était un chef-d'œuvre de convexité.

« Achieds-toi, me disait-elle. Coupe. Maria, donne-loui un verre d'anigette. »

Sa dame de compagnie, Maria Mendoza, Espagnole pauvre et de bonne maison qui ressemblait à un alezan anglais tout en os, obéissait avec une hâte un peu épouvantée, et le bésigue, ennemi de la conversation, commençait. Sous leur paupière à peine meurtrie, les regards de Lina surveillaient mes mains...

« Deux chent chinquante... Deux chent chinquante... A dire... A dire... Je les dis. Quinge chents... »

Elle savait parfaitement prononcer les *s*. Mais elle réservait à la scène et aux relations de choix ce petit effort d'articulation.

Le jeu s'échauffait, elle laissait avec indifférence le peignoir de bain s'ouvrir, la chemise de jour glisser. Jusqu'au vallon d'ombre creusé entre deux seins d'une forme singulière, qui rappelaient le citron allongé, fermes et relevés du bout, descendait une parure agrafée comme au hasard, vraie aujourd'hui, fausse demain, sept rangs de perles radieux et rosés, ou une verroterie de théâtre, ou un lourd diamant. La faim impérieuse et l'odeur du *puchero* arrachaient seules Lina au bésigue. Debout, grande et cambrée, la taille encore mince au-dessus d'une croupe qui était son orgueil, elle bâillait haut, tapait du poing son estomac exigeant, et descendait, entraînant les ombres de son festin, en chantant d'une voix métallique et juste :

> *Tengo dos lunares,*
> *Tengo dos lunares,*
> *Uno junta la boca,*
> *El otro donde tu sabes...*

Point d'hommes à table, ni de rivale. L'amant en titre pansait quelque part son poignet tordu. Une ou deux amies vieillissantes, et moi qui n'était pas vieille, mais terne, nous prenions place aux côtés de Lina.

La vraie fête de gueule, ce n'est jamais le dîner à hors-d'œuvre, entrée et rôtis. Là-dessus nous étions bien d'accord, Mme Otero et moi. Un *puchero,* son bœuf, son jambonneau et son lard gras, sa poule bouillie, ses *longanizas,* ses *chorizos,* tous les légumes du pot-au-feu, une colline de *garbanzos* et d'épis de maïs, voilà un plat pour ceux qui aiment manger... J'ai toujours aimé manger, mais qu'était mon appétit au prix de celui de Lina? Sa majesté fondait, remplacée par une expression de volupté douce et d'innocence. L'éclat des dents, des yeux, de la bouche lustrée était d'une jeune fille. Rares sont les beautés qui peuvent bâfrer sans déchoir! Quand Lina repoussait enfin son assiette, c'est qu'elle l'avait vidée quatre, cinq fois... Un peu de sorbet à la fraise, une tasse de café et elle sautait debout, serrant à ses pouces la paire de castagnettes.

« Au piano, Maria! Vous autres, foutez-moi chette table dans le coin! »

Dix heures sonnaient à peine. Jusqu'à deux heures du matin Caroline Otero dansait et chantait pour son plaisir, peu soucieuse du nôtre. De belle quadragénaire, elle passait jouvencelle. Le peignoir jeté, elle dansait en jupon de « broché » à grand volant de cinq mètres de tour, le seul vêtement indispensable à la danse espagnole, et la sueur collait à ses reins sa chemise en linon. Elle répandait, moite, une odeur délicate, brune, à dominante de santal, une odeur plus fine qu'elle-même. Sa joie rude et égoïste était sans bassesse, vouée à une passion réelle de rythme et de musique. Elle empoignait sa serviette de table tachée de sauce, torchonnait à tour de bras son visage, son cou, ses aisselles mouillées, redansait, rechantait : « Chelle-là, tou la connais? » Elle ballait sans grande légèreté, mais le visage renversé, les tordions de la taille virant sur les larges reins, le sillon mouvant et sauvage du dos nu affrontaient sans dommage toutes les lumières... Ce corps qui a défié la maladie, les mauvaises rencontres, le temps, corps bien nourri, muscles couverts, chair lustrée, d'ambre le jour, blanche le soir, ce corps et son arrogant déclin, je m'étais promis de le peindre avec soin et détachement. Nous déformons passionnément, en le peignant, un visage aimé, et qui donc conte volontiers ce qui a trait au véritable amour? Mais nous fixons — mots ou pinceaux — le rougeoiement d'un feuillage caduc, un météore vert sur le bleu de la nuit, un moment matinal, une catastrophe... Spectacles dénués de sens et de profondeur, que nous chargeons de présage; d'accent; ils portent à jamais le chiffre d'une année, annoncent la fin d'une erreur, d'une prospérité. Partant aucun de nous ne pourrait jurer qu'il a peint, contemplé ou décrit en vain.

Mais j'ai mal connu l'homme qui fit semblant, toute sa vie, d'être pauvre. Celui-là goûta des joies sans pareilles. Car, non seulement il dissimulait — ce qui est humain — des biens inconnus, mais encore il empruntait aux pauvres. Il aimait la saveur aiguë de la saisie, et abandonnait entre les mains des huissiers — comme un mouton bien lainé traverse, au prix de quelques flocons, les clôtures d'épines — des gilets de flanelle usagés, un vieux pantalon, des faux cols un peu barbus, le reste étant garé sous un autre nom que le sien. Personne ne fut mis au fait de ses cachettes. A peu de frais, il passait pour dépensier, et joueur, faisait grand bruit à Monte-Carlo en perdant des jetons de cinq francs.

Son mot le plus fréquent — j'en sais quelque chose — c'était : « Vite, mon petit, vite, il n'y a plus un sou dans la maison! » Et vite, en effet, ses secrétaires volaient vers les bureaux de poste, chargés d'un courrier abondant — tout en pneumatiques — vite Pierre Veber, Jean de Tinan, Curnonsky, Boulestin, Passurf, Raymond Bouyer, Jean de la Hire, etc., etc., abattaient des chapitres de roman. Vite, Vuillermoz après Alfred Ernst, André

Hallays, Stan Golestan, Claude Debussy, Vincent d'Indy lui-même nourrissaient les *Lettres de l'Ouvreuse.* Vite, Eugène de Solenières et Aussaresse s'attelaient; vite, vite, j'écrivais les *Claudine* en quatre volumes, *Minne,* les *Egarements de Minne...* A *La retraite sentimentale,* je renâclai. Et je ne crois pas que je me laisse, au cours de ces pages sans ordre réfléchi, entraîner à dire pourquoi... J'ignore les noms des collaborateurs plus récents. Nous autres les anciens, Pierre Veber, Vuillermoz, l'excellent « Cur » prince des gastronomes, Marcel Boulestin, et moi, nous avons gardé l'habitude, quand nous évoquons notre passé de dupes, de dire : « Dans le temps que nous travaillions *aux ateliers...* »

Ma vie de femme commence à ce jouteur. Grave rencontre, pour une fille de village. Avant lui, tout ne me fut — sauf la ruine de mes parents, et le mobilier vendu publiquement — que roses. Mais qu'aurais-je fait d'une vie qui n'eût été que roses?

Ce qu'il faudrait écrire, c'est le roman de cet homme-là. L'empêchement est qu'aucun être ne l'a connu intimement. Trois ou quatre femmes tremblent encore à son nom, — trois ou quatre que je connais. Puisqu'il est mort, elles cessent peu à peu de trembler. Quand il était vivant, j'avoue qu'il y avait de quoi.

Nous sommes assez nombreux à posséder chacun une petite idée personnelle de M. Willy. Ceux qui ne l'ont presque pas connu l'appellent : « le bon Willy ». Ceux qui ont eu, d'un peu près, affaire à lui, se taisent. Anecdotes, références, je me vois forcée de parler de cet homme-là, quoique, comme dit Tessa, ce ne soit vraiment pas « un sujet de conversation ». Mais son nom est lié à un moment, à un cas de la littérature moderne, et au mien.

Un aspect, le son de la voix, la tournure de l'esprit suffisent à déguiser complètement, devant le regard humain, l'être humain. Comment aurions-nous deviné — je ne puis mieux faire, employant ce pluriel modeste, que de me ranger dans la foule —, comment aurions-nous pénétré d'abord que le chiffre hantait M. Willy et son beau crâne de mathématicien? La plupart d'entre nous ont refusé de le croire. Au chiffre, il dut ses jeux, ses joies, ses culpabilités principales. Compter, acquérir, thésauriser, voilà ce qui, même dans la correspondance torrentielle qui lui survit, prend la première place. L'écriture ascendante, microscopique, a tôt fait de décourager le curieux, que lasse aussi la monotonie du texte, tant dans les « notes » que dans les lettres.

« *Touché à l'Echo,*
expédié 53 marks 10.
« *Sur le livre de dépenses, note, mon vieux :*
M. M..., à valoir, 200 francs.
Hans Dickter, 50 francs.
Félix Potin, 17 francs.
Solde d'août : 30 francs.
Contributions : 20 fr. 50.
« *A Juliette, pour la cuisine : 124 fr. 50, desquels sont à déduire les 94 francs versés de la main à la main.*
« *J'ai tout noté, mais pas eu le temps de reporter au livre. Inscris, inscris!*
« *Le mandat d'un louis, l'as-tu inscrit? Je me défie de ta mémoire de léporide!*
« *Je crois avoir noté l'envoi, à Eisenhardt, des quarante balles. Vérifie, vieux.* »

Mais quel *livre*? J'ai possédé des « Livres de dépenses » comme tout le monde... Ce livre-là, dont le souci suivait, on le voit, M. Willy jusque dans ses déplacements, était spécial, personnel, et même caché. L'homme ordonné qui le tenait à jour et le confiait, absent, à un seul secrétaire, ne dédaigne pas d'en émailler les marges de petites additions, en chiffres-insectes, en chiffres-grains de sable. Un feuillet jauni glisse, couvert de chiffres, d'un vieux casier qui me suivit après mon divorce : ô stupeur, c'est une liste d'achat de valeurs, et des plus solides...

Je n'ai presque jamais vu « le » livre; et je ne l'ai feuilleté que démantelé. C'était un long agenda d'une espèce très commune, couvert de toile noire.

Questions de chiffres, questions de chiffres... Où m'ont-ils menée, moi qui ne m'occupais pas d'eux? Un an, dix-huit mois après notre mariage, M. Willy me dit :

« Vous devriez jeter sur le papier des souvenirs de l'école primaire. N'ayez pas peur des détails piquants, je pourrais peut-être en tirer quelque chose... Les fonds sont bas. »

Je m'émus moins de la dernière phrase, leitmotiv quotidien, varié pendant treize années avec une inépuisable fantaisie, que de la première. Car je sortais d'une longue, d'une grave maladie, dont je gardais le corps et l'esprit paresseux. Mais, ayant retrouvé chez un papetier et racheté des cahiers semblables à mes cahiers d'école, leurs feuillets vergés, rayés de gris, à barre marginale rouge, leur dos de toile noire, leur couverture à médaillon et titre orné « Le Calligraphe » me remirent aux doigts une sorte de prurit du pensum, la passivité d'accomplir un travail commandé. Un certain filigrane, au travers du papier vergé, me rajeunissait de six ans. Sur un bout de bureau, la fenêtre derrière moi, l'épaule de biais et les genoux tors, j'écrivis avec application et indifférence...

Quand j'eus fini, je remis à mon mari un texte serré qui respectait les marges. Il le parcourut et dit :

« Je m'étais trompé, ça ne peut servir à rien. »

Délivrée, je retournai au divan, à la chatte, aux livres, aux amis nouveaux, à la vie que je tâchais de me rendre douce, et dont j'ignorais qu'elle me fût malsaine...

Rue Jacob, au troisième étage, entre deux cours... Du moins l'une des cours, qui regardait le nord et la rue Visconti, m'offrait des toits de tuiles anciennes, qui me rappelaient la tuile de Bourgogne.
Point de soleil. Trois pièces, un cabinet sombre, la cuisine de l'autre côté du palier, le tout coûtait quatorze cents francs l'an. Une salamandre dans le salon carré, une cheminée à gaz dans un réduit où j'avais installé tub, cuvettes et brocs. Presque pauvre, l'appartement possédait cependant des portes Restauration, blanches, à guirlandes et à petites couronnes, empâtées de peinture. Ce n'est pas moi qui l'avais choisi. Comme mal éveillée, je le visitai vide. Le précédent locataire l'avait habité pendant cinquante ans, le temps de mener à bien une singulière œuvre décorative... Les portes, leurs ornements, les corniches, les plinthes, la niche du poêle en faïence de la salle à manger, les moulures des panneaux de fausse boiserie, les planches des placards, les chambranles, et une grande partie des murs eux-mêmes, étaient couverts de confetti minuscules, multicolores, taillés en losanges, et collés à la main, un à un.

« Je me suis laissé dire, par le monsieur lui-même, insinua la concierge avec mystère et considération, qu'il y en avait plus de deux cent soixante-quinze mille... C'est un travail. »

Un travail comme dans les cauchemars... L'idée que j'allais habiter des murs témoins d'une folie aussi secrète, d'une délectation aussi coupable m'épouvanta... Et puis je n'y pensai plus. Je n'étais qu'une jeune mariée.

Sombre, attrayant comme sont certains lieux qui ont étouffé trop d'âmes, je crois que ce petit logement était très triste. Je le trouvai pourtant agréable. Tant est d'avoir connu pire : je sortais d'un autre campement, l'appartement de garçon de M. Willy, un gîte secoué et sonore au haut d'une maison des quais, qui grelottait à tous camions et omnibus. Je n'ai pu oublier ce logis obscurci de doubles vitres tintantes. Vert bouteille et chocolat, meublé de cartonniers déshonorants, imprégné d'une sorte d'horreur bureaucratique, il semblait abandonné. Sur les parquets gémissants, le moindre courant d'air allait chercher au profond de l'ombre, jusque sous le lit fatigué, et amenait au jour une neige grise, dont les flocons, comme certains nids légers, naissent d'enlacer à un crin, à quelques cheveux, à un brin de fil, une poussière qui ressemble à un plumage... Des piles de journaux jaunis défendaient les sièges; des cartes postales allemandes erraient un peu partout, glorifiant le pantalon à ruban, la chaussette et la fesse... Le maître du logis eût trouvé mauvais que je m'attaquasse à ce désordre.

Cet appartement impudique, agencé pour la commodité et la négligence d'un célibataire dissolu, j'étais contente de le quitter tous les matins. Déjà le matin me tirait du lit, m'appelait au-dehors. L'appétit aussi. Nous passions le pont, vers huit heures et demie. En dix minutes de trajet, M. Willy et moi nous atteignions une crémerie, modeste entre toutes, où les emballeurs bleus de la Belle-Jardinière se sustentaient comme nous d'un croissant trempé dans du chocolat mauve.

D'après des détails précis qui percent un mauvais nuage de souvenirs, il m'apparaît que nous vivions très modestement, M. Willy et moi. C'est possible. C'est probable. Je me souviens que « Sido », ma mère, venue pour quelques jours à Paris — elle descendait à l'hôtel du Palais-Royal — surprit que je n'avais pas de manteau en plein hiver 1894, ou 1895. Elle ne dit mot, mais posa sur son gendre son grand regard sauvage, et m'emmena aux magasins du Louvre acheter un manteau noir, de cent vingt-cinq francs, bordé de mongolie, que je trouvai luxueux. Un certain genre de privations n'a point d'action profonde sur les êtres jeunes. Le bizarre non plus ne les atteint guère. Brusquement je me rappelle, amoncelé sur le bureau peint en noir et drapé de grenat, un tas d'or... Rien que des louis, qu'y venait de verser, en retournant ses poches, M. Willy...

« Prenez-en, me dit-il, autant que vos mains fermées peuvent en tenir... Vous compterez après. »

Je comptai : huit cent vingt francs. L'or monnayé est un beau métal, qui tiédit facilement et sonne clair...

« Maintenant, dit M. Willy, je pense que vous ne me demanderez pas d'argent pour la maison avant deux mois ? »

Je trouvais naturel de vivre les poches vides, tout comme avant mon mariage. Je ne pensais pas non plus que j'eusse pu vivre mieux. Après le matinal chocolat lilas, je réintégrais mes noirs lambris, et je ne me rendais pas compte que j'y étiolais une vigoureuse fille élevée parmi l'abondance que la campagne consentait aux pauvres, le lait à vingt centimes le litre, les fruits et les légumes, le beurre à quatorze sous la livre, les œufs à vingt-six sous le quarteron, la noix et la châtaigne... A Paris, je n'avais pas faim. Je me terrais, surtout pour ne pas connaître Paris, et j'avais déjà, après dix mois de mariage, d'excellentes raisons pour le redouter. Un livre, cent livres, le plafond bas, la chambre close, des sucreries en place de viande, une lampe à pétrole au lieu de soleil — je n'oublie pas le vivace et stupide espoir qui me soutenait : ce grand mal, la vie citadine, ne pouvait durer, il serait guéri miraculeusement par ma mort et ma résurrection, par un choc qui me rendrait à la maison natale, au jardin, et abolirait tout ce que le mariage m'avait appris...

Comprendra-t-on que le fait d'échanger mon sort de villageoise contre la vie que je menai à dater de 1894 est une aventure telle, qu'elle suffit à désespérer une enfant de vingt ans, si elle ne l'enivre pas ? La jeunesse et l'ignorance aidant, j'avais bien commencé par la griserie, une coupable griserie, un affreux et impur élan d'adolescente. Elles sont nombreuses, les filles à peine nubiles qui rêvent d'être le spectacle, le jouet, le chef-d'œuvre libertin d'un homme mûr. C'est une laide envie qui va de pair avec les névroses de la puberté, l'habitude de grignoter la craie et le charbon, de boire l'eau dentifrice, de lire des livres sales et de s'enfoncer des épingles dans la paume des mains.

Je fus donc punie, largement, et tôt. Un jour, je revêtis mon beau manteau de cent vingt-cinq francs, nouai mon serpent de cheveux d'un ruban neuf, et me rendis en fiacre rue Bochard-de-Saron, où je sonnai à la porte d'un entresol exigu. Un billet anonyme dit souvent la vérité : je trouvai donc M. Willy et Mlle Charlotte Kinceler ensemble, non point au lit, mais penchés sur un livre — encore! — de comptes. M. Willy tenait le crayon. J'écoutais mon cœur battre dans mes amygdales, et les deux amants regardaient, stupéfaits, cette jeune provinciale pâle aux longs cheveux, sa tresse autour du cou et des frisettes sur le front. Que dire? Une petite femme brune — un mètre quarante-neuf, exactement — pas jolie, pleine de feu et de grâce, tenait ses ciseaux à la main et attendait un mot, un geste pour me sauter au visage... Si j'avais peur? Mais non, je n'avais pas peur. Un drame, l'espoir d'une catastrophe, le sang, un grand cri : à vingt ans on contemple en soi-même, tous les jours, des paysages tragiques bien plus beaux. D'ailleurs ni Mlle Kinceler, ni moi n'avions l'air emprunté, tandis que M. Willy s'essuyait le front qu'il avait rose, illimité et puissant.

« Tu viens me chercher? » dit-il.

D'un air incertain, je regardais Mlle Kinceler et mon mari, mon mari et Mlle Kinceler, et je ne trouvai à répondre, sur un ton de mondanité, que :

« Mais oui, figure-toi... »

Il se leva, me fit passer devant lui, et me poussa au-delà de la porte d'entrée avec une célérité magique. Dehors, j'étais assez fière de n'avoir ni tremblé ni menacé. Mais je regrettais de n'avoir pas entendu le son de la voix de Mlle Kinceler. Et surtout je me repaissais amèrement de tout ce que j'avais entrevu : l'exiguïté et l'ordre de l'appartement, une fenêtre ensoleillée, un air d'accoutumance, la toile cirée sur une table dont l'un des abattants était replié, une cage à canaris, le coin d'un grand lit dans la petite pièce voisine, les cuivres et l'émail d'une cuisine-armoire, l'homme un peu ventru assis de biais sur une chaise cannée, la jeune femme-tison qui tenait ses ciseaux pointus, — et l'intruse, la jeune femme à la tresse, mince dans son manteau de confection...

J'entendais mon mari respirer par saccades. Parfois il soulevait son chapeau à bords plats et s'essuyait le front. Il ne comprenait pas ce que signifiaient mon arrivée, mon mutisme, ma modération. Moi non plus. Un peu après je me rendis compte que, malgré tant de nouveauté, d'étonnement et même de désespoir, je m'étais sur-le-champ mise à réfléchir, et décidais qu'il importait de tenir « Sido » dans l'ignorance. Je l'y tins.

Je n'ai pas réussi complètement à la tromper, car elle voyait à travers les murailles. Mais j'ai fait de mon mieux pour qu'elle me crût heureuse, pendant treize ans. Mon rôle était difficile, surtout au commencement. Quand je lui rendais visite, à Châtillon-Coligny, j'avais à redouter un rude moment. Mes premières heures de séjour provincial, en dépit de la maison si petite et si modeste — si différente de la large maison natale de Saint-Sauveur — me rendaient le goût de rire, de questionner, de suivre mon frère aîné, le médecin, dans la De Dion catarrheuse et de l'attendre aux portes des fermes. Le soir de mon arrivée, je dépeignais à ma mère les visages nouveaux de Mendès, de Gustave Charpentier, le chat noir et le lézard vert de Judith Gautier, Courteline... Mais venue la fatigue qui décolorait mon frère Achille après quinze heures de tournées, venue pour mon père l'heure de goûter son prompt sommeil d'homme vieillissant, je sentais l'approche aussi du moment chéri où seules, ma mère et moi, nous causerions ensemble. Couchée, la boule chaude aux pieds, il fallait que je la visse s'asseoir dans le vieux fauteuil près de mon lit, tout animée de ma présence et de sa lassitude intolérante : « Ah! ces reins... cette jambe gauche... et cette nuque donc! »

Sa manière même de désigner les points douloureux bannissait, reniait ses maux, ainsi que son geste, le même qu'elle eût eu pour rejeter un vêtement trop chaud ou une très longue chevelure éparse...

« Allons, raconte!... »

Elle me pressait, m'épiait avec une sagacité à faire peur. Mais j'étais sa fille, et déjà savante au jeu. Alors je racontais cent histoires d'un Paris que je ne connaissais presque pas. Je parlais théâtre et concerts. Je me surveillais durement, en appréhendant mon plus grand danger : « Si elle me borde, si avant de me border elle me prend dans ses bras, si elle me met l'odeur de ses cheveux maigres et doux contre ma joue, si elle s'amuse à m'appeler « mon soleil rayonnant », tout est perdu... »

Une heure plus tard, elle me nommait en effet son soleil rayonnant, appuyait contre ma joue sa chevelure clairsemée et soyeuse, et bordait ma couverture sous le matelas. Raide, attentive, je ne me permettais pas un geste, pas un mot, rien, rien que l'imitation d'un grommellement ensommeillé. Au prix d'une telle abstinence j'atteignais l'instant où « Sido » s'écriait : « Onze heures! », prenait la chatte d'un bras, empoignait de sa main libre la lampe à pétrole, et me quittait jusqu'au lendemain...

Je n'ai jamais su pleurer avec décence, facilité et attendrissement. Les larmes me sont aussi cruelles que la nausée, me gonflent les narines, me tirent la bouche en carré; j'en garde par surcroît une courbature dans les côtes et d'affreux yeux pochés. Je pleure aussi mal, aussi douloureusement qu'un homme. Mais on se vainc, pourvu qu'on le veuille. Dès que mon entraînement a été mené à fond, je me suis presque complètement privée de pleurer. J'ai des amis de trente ans qui ne m'ont jamais vu une larme aux cils... « Vous, pleurer? » s'étonnent-ils. Ils me regardent en plein visage, par-dessus ou par-dessous leurs lunettes, imaginent avec effort, là, entre l'œil et le nez, là, au coin de la bouche, le trajet de mes larmes... « Vous, pleurer? C'est trop drôle! » Ils en éclatent de rire, et moi aussi, car en somme les larmes publiques sont le fait d'une sorte d'incontinence, qu'on n'a pas le temps, lorsqu'elle vous saisit, de courir cacher derrière un pan de mur. Peut-être à cause de la peine que je me suis donnée pour les refouler, j'ai horreur d'elles.

Charlotte Kinceler, je l'ai, plus tard, revue. Vous aussi, si vous avez assisté à une représentation de *Les Hannetons*. « Lotte », Montmartroise, fille d'un communard alcoolique, a tenté Brieux, qui écrivit *Les Hannetons* d'après Lotte, et choisit Polaire pour interpréter le principal rôle. Lotte a séduit Lucien Guitry, ébloui Jules Lemaitre, et bien d'autres hommes célèbres, ou notoires, qui avec timidité entouraient Lotte. Ils faisaient parfois l'amour avec elle, comme avec la jeune prêtresse d'un culte et d'un poncif qui naissaient : Montmartre. Elle était fraîche et tachée, suspecte déjà

— même à mes yeux neufs — de diriger son jaillissement spontané, de tracer à ses sources puissantes des chemins artificiels. Mais il y avait encore beaucoup à faire pour qu'elle rendît fastidieux son orgueil de naine et son esprit d'enfant bossu. Jules Lemaitre prêtait l'oreille, comme à un gazouillis polynésien, au vocabulaire de Lotte, que M. Willy attablait avec lui chez l'austère Foyot. L'homme de lettres se penchait émerveillé sur les mains, les pieds extraordinairement délicats de son invitée, qui étendait par-dessus la table ses petites serres :

« Cinq et quart, que je gante, disait Lotte vaniteuse. Pour les souliers, c'est du fillette. Kif-kif ma sœur. C'est de famille.

— Ah! vous avez une sœur?

— Je pense, disait Lotte. Mme Ducroquet. Elle est demi-mondaine.

— Et vous ne l'avez pas amenée? » se récriait Lemaitre. Lotte hochait une tête sentencieuse.

« Ce n'est pas des choses à faire. Elle chauffe les couverts.

— Elle... Elle chauffe les couverts? Ah!... disait Lemaitre rêveur, j'ignorais ce raffinement. En effet, on chauffe bien les assiettes...

— Non! criait Lotte. Elle les poisse, que je vous dis! »

Lemaitre rougissait sous la réprimande.

« Elle les... J'avoue que je ne saisis pas... »

Lotte, découragée, en appelait à M. Willy, qu'elle nommait familièrement Kiki, et désignait de l'œil l'écrivain ingénu :

« Kiki! Tu m'avais dit qu'il était intelligent! »

A ce trait, Lemaitre s'épanouissait, couvrait Lotte de son œil tendre et fin :

« Quelle merveille... Ah! si elle voulait faire du théâtre... »

La native de Montmartre lui rendait toute son estime dans un regard noir et blanc, étouffé sous des cils orientaux :

« Mais je veux en faire! Même que j'ai une pièce dans la tête, mais alors une pièce... Pas de leurs sales rigolades à la mords-moi-le-jonc, non, une *pièce!* Je vous la dis?... Voilà, je jouerais une jeune femme mariée; j'ai épousé un soiffard genre mon père, la moitié du temps il boit, l'autre moitié du temps il dégueule comme de juste. Je suis malheureuse, pensez... Un type, riche et beau et tout, me fait du plat : « Divorcez, qu'il me dit, et vous « vivrez un beau rêve! » Naturellement, je fais la différence. Et un soir en rentrant de mon travail...

— Quel travail? demanda Lemaitre.

— Quel travail, quel travail! répéta Lotte agacée. C'est pour ça qu'il m'interrompt, çui-là! Mon travail, quoi! Je dresse les puces, ou je couds en chambre!... Un soir donc en rentrant de mon travail, je pleure. « Ah! que je me dis, le sort en est jeté! Je vais laisser tomber le salaud, et je veux connaître le bonheur! » Mais qu'est-ce que je trouve en ouvrant ma porte? Mon mari rentré saoul et qui a vomi partout! Vomi sur la descente de lit, vomi sur le couvre-pied. Vomi sur les rideaux, sur la plante verte et le cache-pot!... Alors je m'agenouille, je joins les mains et je dis comme ça... »

Elle joignit en effet les mains et ne montra plus que le blanc de ses yeux :

« Je dis : « Mon devoir est ici. » Hein, qu'est-ce que vous pensez de ça?

— Oui... Evidemment... balbutia Lemaitre... A vrai dire, je vous voyais plutôt dans les rôles comiques...

— Comiques!!! »

A peine plus haute debout que Lemaitre assis, Lotte le foudroyait. Elle se tourna vers M. Willy qui ne s'ennuyait pas :

« *Mon cher,* tu voudras bien à l'avenir ne plus m'inviter avec des cocos pareils. Bête, passe encore, mais sans cœur, ça, ça ne se pardonne pas. J'aime mieux m'en aller. Et veux-tu toute ma manière de penser? Si c'est toi qui paies l'addition, je te trouverai aussi c... que lui! »

Nous devînmes, Lotte et moi, non point amies, mais curieuses l'une de l'autre, et courtoises comme bretteurs réconciliés. Elle avoua à M. Willy l'estime que lui avait inspirée mon sang-froid : « Elle a l'air un peu anglais, ton épouse, et elle met son chapeau trop en arrière. Et puis ses petites frisettes sur le front, ça fait noce de Passy. Mais n'empêche que chez moi, elle était là comme chez elle! » De mon côté, j'admirais en Lotte tout ce qui me manquerait éternellement, le bagout, une miraculeuse prestesse corporelle, et l'omniscience. Quand elle ouvrit sa boutique d'herboriste, rue Pauquet, et que j'allais acheter quelque vaseline boriquée, une poignée de camomille, nous nous mesurâmes de nouveau, et un peu cauteleusement je recherchai ses bonnes grâces. Je pris l'habitude de l'écouter, en insinuant que j'avais tout à apprendre. Rengorgée, elle paradait. Pour rendre la politesse, elle venait parfois chez nous, très dame, en veste d'astrakan, un gros bouquet de Parme à la ceinture et la voilette chenillée tendue sur son nez de pékinois. Un jour, avant de parler, elle ouvrit sa fourrure parfumée au corylopsis, tira hors de son corsage le bord d'une chemise en « fil de main », incrustée de papillons en Malines. M. Willy siffla d'admiration.

« Mazette! Qu'est-ce que c'est?

— Un type, dit Lotte. Trois jours. Mais c'est fini. Avec sa gueule et son nom à coucher dehors, çui-là, je l'ai sorti.

— Quel nom?

— Oh! un nom... Comme Richard Lenoir... Attends, non, je me trompe : Edmond Blanc. »

On comprendra que je m'attarde au souvenir de Lotte Kinceler. Cette jeune femme, qui eut une vie brève, m'apprit beaucoup. D'elle datent mes doutes sur l'homme à qui je m'étais fiée, et la fin de mon caractère de jeune fille, intransigeant, beau, absurde; d'elle me viennent l'idée de tolérance et de dissimulation, le consentement aux pactes avec une ennemie. Période instructive, application, humilité... Lotte me vendait au poids de l'or sa pommade à l'oxyde de zinc, mais j'y gagnais encore. Chez elle, dans le salon-arrière-boutique, je buvais un tilleul servi sur le tapis de table à franges, et je cessais de croire follement que m'ayant trompée avec mon mari, Lotte ne fût occupée que de me tromper. Quand la sonnette du magasin tintait, elle courait au-devant du client, préconisait tel modèle de préservatif, s'enquérait d'un intestin capricieux, pesait l'armoise sèche pour une mère « aux cent coups ». A tous, à toutes, elle tenait un admirable langage, celui des tireuses de cartes, des pythonisses et des cueilleuses de simples. Noire comme l'enfer, fine, la taille étranglée, elle se haussait vers l'acheteur avec une force et une majesté de serpent, dressait un index enfantin et apaisait la mère irritée :

« Quand la nature parle, madame, les plus malins n'ont

qu'à se taire! Chez votre fille, la nature a parlé!... La voilà dans l'embarras, c'était fatal! Maintenant, ajoutait-elle, faut se débrouiller, n'est-ce pas... La nature ne veut pas la mort du pécheur... »

Près de l'oreille cramoisie d'un jeune homme, elle chuchotait avec autorité, souriait d'un sourire commercial qui n'admettait nulle équivoque; elle cherchait, alignait de petits paquets, terminait par des mots convaincants :

« Ceci, monsieur, ne peut plus s'appeler une mesure de précaution, c'est une parure! Une véritable parure! »

Le crépuscule venu, elle jetait sa blouse d'herboriste, coiffait un chapeau, revêtait un manteau du goût le meilleur, et je quittais, en l'enviant, cette princesse d'un mètre cinquante, sans nez, le blanc de l'œil et la dent étincelants, qui s'en allait dîner dans la bohème littéraire.

Peu avant sa mort, elle se mit l'église et le confessionnal en tête, elle qui n'avait jamais songé au baptême. Elle allait se confesser, comme elle eût bu un verre sur le zinc par un jour de grande soif. Elle eut affaire trois ou quatre fois à un prêtre qui la conquit, un homme sans doute plein de génie, rude, lourd, dont elle n'entrevit la figure qu'au travers du grillage de bois. Elle l'entendait parler et souffler, recevait l'odeur pénible de son haleine. Elle pressentit je ne sais quelle urgence de finir, écrivit à « Kiki » des billets confus et balafrés de lumière : « J'ai encore retourné *là-bas,* voir ce ratichon. Ah! qu'est-ce que tu veux, Kiki, c'est une histoire à ne pas croire, j'en deviens louf. Il sue, il pue, il rote, c'est lui qui va m'amener à Dieu... »

M. Willy gardait les lettres, les classait avec toutes les autres lettres qu'il recevait dans un dossier à système qui perçait de trois trous les marges. Mais Lotte n'eut pas la patience d'attendre le miracle dont l'approche l'agitait. Par un après-midi de pluie d'été étouffante, elle passa dans son petit salon-arrière-boutique, et se tira un coup de revolver dans la bouche. Elle avait vingt-six ans, et des économies.

De la première, de la seconde année de mon mariage, je conserve un souvenir net et fantastique, comme l'image que l'on rapporte du fond d'un rêve désordonné dont tous les détails, sous une incohérence apparente, contiennent des symboles clairs et funestes. Mais j'avais vingt et un ans et j'oubliais à chaque moment les symboles.

Les enchantements d'une réclusion volontaire ne sont pas que maléfices. Avant que l'épisode Kinceler ne me donnât la conscience du danger, le goût de durer et de me défendre, j'ai eu beaucoup de peine à accepter qu'il existât autant de différence entre l'état de fille et l'état de femme, entre la vie de la campagne et la vie à Paris, entre la présence — tout au moins l'illusion — du bonheur et son absence, entre l'amour et le laborieux, l'épuisant divertissement sensuel.

J'avais des compensations. Je goûtais des loisirs longs et protégés comme ceux des prisonniers, et des repos d'infirme. Couchez un enfant plâtré, ou blessé, il s'accommode bientôt de son impotence. Il meuble sa couche, et s'y attache. Pour lit, pour biens et pour refuge j'avais mon insociabilité, ma jeunesse, l'aversion de la ville qui m'entourait, une terrible obstination à vouloir souffrir par l'amour plutôt que de renoncer à lui ou de me plaindre. J'avais des livres, et le poison nonchalant, à constant débit, d'une salamandre allumée dès septembre, éteinte en juin. J'avais des amis nouveaux, et point d'amie. La compagnie des hommes mûrs plaît aux filles jeunes, mais elle les attriste secrètement. Mon mari comptait quinze ans de plus que moi. Pierre Veber, témoin de M. Willy, avait rejoint après notre mariage les compagnons que méritaient, qu'exigeaient ses vingt-huit ans frais, sveltes, chuchoteurs, spirituels. Quand il venait rue Jacob, je respirais l'air qu'il agitait, son parfum d'homme jeune et soigné, je le regardais avec surprise, avec plaisir, et je ne pensais pas que j'aurais pu le convoiter. Cependant la calvitie de M. Willy miroitait sous la lampe, et non loin de lui Paul Masson, mélancolique commensal facétieux, tiraillait sa petite barbe pointue, qui grisonnait... Mon autre ami, Marcel Schwob, à trente ans n'avait de jeune que sa passion de toutes connaissances humaines, sa véhémence, son agressive lumière à éclats brusques...

Je ne m'ennuyais jamais avec mes compagnons dessaisonnés. Mon besoin chronique de revoir « Sido », de vivre auprès d'elle, je le trompais en lui écrivant des lettres quotidiennes... Je m'enlisais dans le demi-songe, le demi-jour, le flottement, l'habitude de me taire, le vague plaisir d'être pâle, un peu essoufflée, d'épandre, sur une longue robe d'intérieur style Renaissance, mes longs, mes lourds cheveux aussi longs que moi-même...

Sauf que je savais les brosser et les tresser, j'étais maladroite à les coiffer, ces longs cheveux que les mains de ma mère n'avaient jamais épinglés en chignon. Quand j'avais froid, je les dénattais, et je me réchauffais sous leur nappe tiède. Pour la nuit, je les retressais, et je rêvais serpents, quand l'extrémité de mes tresses se prenait entre mes orteils.

Mon beau-père présida (en 1895 ? 94 ?) le bal annuel de Polytechnique, où je parus à son bras, dans une belle robe vert d'eau à berthe de dentelle, chef-d'œuvre d'une couturière batignollaise. On regarda beaucoup la « jeune fille », aussi verte que sa robe — j'étais très malade — son ruban noué au-dessus du front, sa couleuvre de cheveux perdue dans les plis de sa traîne...

Cette « jeune fille » décolorée était en chemin de mourir, mais ne mourut point. Elle donna beaucoup de souci au docteur Jullien, le grand médecin de Saint-Lazare, qui la soigna pendant plus de deux mois, et la semonçait tendrement : « Mais guérissez, voyons ! Aidez-moi ! Je m'évertue tout seul à vous guérir ! » Il y a toujours une époque, dans la vie des êtres jeunes, où mourir leur est tout juste aussi normal et aussi séduisant que vivre, et j'hésitais. Comment d'ailleurs me serais-je plainte d'un mal qui me ramenait « Sido » ?

Car elle vint, portant un mince bagage de robes en satinette, et de camisoles blanches pour la nuit, elle vint lorsque le docteur Jullien lui écrivit qu'il ne me sauverait probablement pas. Elle cacha tout, me soigna avec une passion gaie, coucha dans la noire salle à manger. Je la trouvais seulement un peu rouge, et haletante. Sans doute, elle peinait à toute heure, me halait loin d'un seuil qu'elle ne voulait pas me voir franchir. Aussi guéris-je. Alors « Sido » se replia en hâte vers celui qui languissait, vers mon père, non sans que m'ait frappée la singulière distance qu'elle marqua constamment à celui qu'elle nommait toujours — ne fais-je pas bien en l'imitant ? — Monsieur Willy.

Faute d'avoir recommencé une « grande maladie » je n'ai plus jamais éprouvé le surprenant état qui ne me laissait pas assez de forces pour souffrir beaucoup. Couchée soixante jours, je me souviens que j'étais gaie et riais facilement. Je soignais mon visage et mes mains, je confiais mes pieds et ma chevelure à « Sido ».

Mais l'eau me manquait comme la pluie à une plante. J'implorais des bains, que mon miséricordieux médecin m'accordait à regret tous les cinq ou six jours. Une fois la semaine on « montait » un bain, comme on eût fait au XVIIIe siècle. Un annonciateur velu et robuste paraissait, d'abord, encapuchonné d'une baignoire en cuivre rouge qui avait dû connaître Marat. Puis, venaient des seaux fumants, que l'on ne versait pas sans napper la baignoire d'un linceul de grosse toile. Les mains de ma mère enroulaient mes tresses au-dessus de mon front. Quatre bras me prenaient, me déposaient dans l'eau chaude, où je grelottais de faiblesse, de fièvre, d'envie de pleurer, de misère physique. Séchée, recouchée, je claquais des dents un long moment et me divertissais à regarder les garçons de bains reprendre l'eau à grands seaux d'abord, à petites casserolées pour finir. Le sarcophage de cuivre s'en allait ; Juliette, la petite bonne, épongeait ses traces, et Paul Masson entrait me faire visite, à moins que ce ne fût Marcel Schwob, ou plus rarement Mme Arman de Caillavet. La célèbre amie d'Anatole France fut bonne pour une malade si jeune, si peu défendue, si longtemps confinée sur un triste lit en noyer ciré, dans une chambre où rien ne parlait de choix, de confort ni d'amour. Elle posait sur mon drap un ananas, des pêches, un grand fichu de foulard noué en sac à bonbons... Sa mante de zibeline s'achevait en fraise de dentelle, un oiseau de Minerve, qui lui ressemblait, la coiffait, ailes ouvertes. Elle demeurait peu, mais sa belle main à paume large, l'essoufflement de sa voix péremptoire, son parfum outrecuidant m'étaient d'un secours vif et passager.

Assis à mon chevet, Marcel Schwob fidèlement ouvrait un volume de contes américains ou anglais, Twain, Jérôme-K.-Jérôme, Dickens, ou *Moll Flanders,* qu'il n'avait pas encore traduit, et pour moi seule, pour que je me tinsse immobile, pour que je supportasse mon mal et les vésicatoires ronds et noirs qui mordaient symétriquement les deux côtés de mon ventre creux, il lisait. J'acceptais les dons d'un érudit, supérieur à son œuvre. Déjà débile, marchant difficilement, il gravissait, deux fois, trois fois par jour nos trois étages, parlait, traduisait pour moi, gaspillait pour moi son temps avec magnificence, et je ne m'en étonnais pas. Je le traitais comme s'il m'eût appartenu. A vingt ans, on accepte royalement les présents démesurés.

Un seul portrait de Marcel Schwob ressemble à Schwob, celui qu'a dessiné Sacha Guitry : la commissure des paupières en fer de flèche, une pâle et terrible prunelle en fusion, la bouche qui retient, qui polit, qui affile, en s'y délectant, un secret; tel je vis, trois années durant, le plus menaçant visage qui pût couvrir, comme un masque de guerre et d'apparat, les traits même de l'amitié.

Mon autre ami quotidien avait moins d'éclat, sinon moins de mystère. Une figure grise, effacée et inoubliable, une petite barbe de foin sec, le regard d'un mauvais curé, un rire grinçant et faible. Adonné au calembour, aux mystifications élaborées comme des crimes, il n'a laissé que des miettes, signées « Lemice-Térieux », des « Pensées d'un Yoghi », un catalogue du Salon de la Nationale, entièrement rédigé en calembours qui combinaient, avec une ingéniosité insensée, le nom du peintre et la légende du tableau... Sa patience, sa culture lui permirent des divertissements coupables, qui troublèrent la paix politique; un « Carnet de jeunesse » de Bismarck, fabriqué par Paul Masson, mit la France et l'Allemagne au seuil de la guerre. « Un peu plus tôt, un peu plus tard... » disait le monomane...

Magistrat à Chandernagor, il y rendit quelques jugements dont les « attendu » ne parvinrent pas jusqu'à l'Europe. Il avouait lui-même que « c'était dommage... ». Mais une relation de l'expulsion des pères jésuites, adressée au *Gaulois,* émut la France bien pensante, et le gouvernement, étonné, ordonna une enquête. Avec quel zèle, avec quelle conscience Paul Masson s'en chargea, est-il besoin de le dire? Le plus documenté des rapports en fit foi, attestant qu'il n'y avait plus de jésuites dans l'Inde française depuis Louis XV.

Il ressemblait, pour le physique, à ces démons qui s'abattent sur une province, avec la mission d'abuser les jeunes filles, de changer le châtelain en loup, l'honorable notaire en vampire. Il donnait parfois son adresse, mais n'ouvrait jamais sa porte. Je crois qu'il avait, ex-magistrat colonial, gardé l'habitude de l'opium, mais rien ne m'en fournit la certitude. Je ne suis sûre que de l'affection et probablement de la pitié qu'il me voua, lorsqu'il fut au fait des conditions de ma vie nouvelle et qu'il me vit si grièvement dépérir. Pour sa manie mystificatrice, elle lui tenait, je pense, lieu de vice, et d'art.

L'époque d'ailleurs couvrait la farce d'une faveur qui nous paraît aujourd'hui inexplicable. Plus récemment, nous eûmes la surprise-party, forme grossière, et Dieu merci dangereuse, de l'exploration... Mais dix-huit cent quatre-vingt-dix, quatre-vingt-quinze eurent leurs plaisantins patentés; Vivier, Sapeck aboutissent à Salis, préparent, présagent Allais et Jarry. Quand l'oisiveté fut moins estimée, la mystification évolua, s'affina et périt, passant le sceptre à une génération capable de tirer profit d'une aptitude que ses devanciers exploitaient avec désintéressement.

C'est le désintéressement, un sens malfaisant de l'avenir qui signale un Lemice-Térieux. Il œuvrait pour la postérité, dans le silence. Attaché à la rédaction du catalogue de la Bibliothèque nationale, il semblait vivre de peu, ne manquer de rien. Mais tout ce qu'il nous laissait voir n'était que vaine apparence, et destiné à créer, à entretenir l'erreur.

Lorsque, presque guérie contre toute vraisemblance, je m'en

allai, avec M. Willy, à Belle-Ile-en-Mer, Paul Masson nous accompagna, invariablement vêtu de son complet veston noir [1], bordé d'un galon mohair. Débile, jamais las, il suivait ma jeune allégresse que chaque journée d'eau salée et de soleil fortifiait. L'abondance méridionale de l'île nous émerveillait. Des terrasses et des treilles, des figuiers comme en Italie, des lézards gris brodant le roc, des voiles roses et bleues sur la mer... L'alluvion féminin annuel — les bigouden casquées, brillantes comme des coléoptères, engagées pour l'étêtage et la cuisson des sardines — attendait le poisson qui tardait, et en attendant recherchait tout ce qui portait brayes : « Vous avaî pas besoin de personne? demandaient les bigouden à mon compagnon.

— Pour quoi faire?

— Pour couchaî avec vous... »

Il leur faisait un signe fourchu et elles fuyaient, remuant dans leurs belles jupes l'odeur du poisson gâté... De Kervilaouen à la mer sauvage, de Sauzon aux Poulains nous allions, respectant l'isolement de M. Willy qui longuement écrivait, au sens épistolaire du mot tout au moins, car ses heures de recueillement fructifiaient en lettres et télégrammes dont le nombre et le poids eussent inquiété toute jeune épouse... Mais j'apprenais déjà à détourner les yeux.

J'entraînais Paul Masson au vieux fort campé sur la Pointe des Poulains, que Sarah Bernhardt un peu plus tard acquit. Une grenaille d'authentiques rubis effrités teintait de mauve, au soleil, le sable de la Pointe, je triais les plus gros, et les perdais ensuite... Pour la première fois de ma vie je goûtais, je touchais le sel, le sable, l'algue, le lit odorant et mouillé de la mer qui se retire, le poisson ruisselant. Le climat marin endormait, ralentissait en moi le souvenir d'un long mal et l'habitude de penser.

A l'ouest de l'île, la Mer Sauvage — « elle vient d'Amérique », disais-je avec considération — accourait. Un tonnerre régulier, la course des grandes crinières d'écume qui chassaient devant elles le vent et la grève, empêchaient tout échange de paroles entre Paul Masson et moi. Cette mer sans repos apportait des grains

---

1. Plus tard j'en fis Masseau, dans *L'Entrave*.

brusques, une pluie aussi dure que la grêle. Alors nous cherchions, mon compagnon taciturne et moi, l'abri des rocs caverneux. Patiemment j'attendais, heureuse de regarder blanchir au loin la mer. Un après-midi laiteux de pluie, bleu de nuages bas, Paul Masson releva le petit col de son veston bordé, s'assit sur un escabeau de granit violet, tira de ses poches une écritoire, un porte-plume à capuchon et un petit paquet de fiches de carton sur lesquelles, en écriture de « ronde » moulée, il écrivit quelques mots.

« Qu'est-ce que tu fais, Paul? »

Il ne détourna pas, de sa besogne, ses yeux qu'il serrait entre des paupières plissées.

« Je travaille. Je travaille de mon métier. Je suis attaché au catalogue de la Nationale. Je relève des titres. »

J'étais déjà assez crédule, et je m'ébahis d'admiration :

« Oh!... Tu peux faire ça de mémoire? »

Il pointa vers moi sa petite barbiche d'horloger :

« De mémoire? Où serait le mérite? Je fais mieux. J'ai constaté que la Nationale est pauvre en ouvrages latins et italiens du XVe siècle. De même en manuscrits allemands. De même en lettres autographes intimes de souverains, et bien d'autres petites lacunes... En attendant que la chance et l'érudition les comblent, j'inscris les titres d'œuvres extrêmement intéressantes — qui auraient dû être écrites... Qu'au moins les titres sauvent le prestige du catalogue, du Kkatalogue...

— Mais, dis-je avec naïveté, puisque les livres n'existent pas?

— Ah! dit-il avec un geste frivole, je ne peux pas tout faire. »

J'insiste sur cet homme parce qu'il m'étonna, et aussi parce que je perdis, quand il mourut, mon premier ami, le premier ami de mon âge de femme. J'ai pensé, plus tard, qu'il s'était fort attaché à moi. De là à concevoir que je méritais cet attachement, il n'y avait qu'un pas : l'affection d'un célibataire, tôt vieilli, solitaire, autrefois voyageur, me donna un peu de confiance dans une enfant sitôt trompée qu'épousée, obstinée à demeurer dans son semblant de gîte et à y régner sur deux amis et une chatte. Grâce à lui je cotai un peu plus haut ce que j'avais d'insolite, de désolé, de secret et d'attrayant. Autocrate dans l'ombre et suivie de mes deux longues tresses, nourrie de bananes et de noisettes comme une guenon en cage, je n'étais au-dehors que mutisme et malaise... Si Paul Masson, parfois confident de M. Willy, souffrit de ce qu'il savait, et s'inquiéta pour moi, du moins il garda son silence honorable.

Il fit une fin classique d'homme facétieux : au bord du Rhin, il appliqua contre ses narines un tampon imbibé d'éther, jusqu'à perdre l'équilibre. Il tomba, et se noya dans un pied d'eau.

Ce qu'on appelle la vie de bohème m'a toujours convenu aussi mal que les chapeaux emplumés ou une paire de pendants d'oreilles. Je ne parle pas de la « bohème » que j'organisai moi-même, les temps venus. Cette bohème-là en eût remontré souvent, pour le travail et la ponctualité un peu maniaque, à n'importe quel économat.

L'autre vie de bohème, M. Willy y croyait encore et m'en fit quelquefois goûter la saveur banale et forte, jusqu'à ce que je m'y refusasse par manque d'aptitude et de gaîté. C'était bien assez que d'attendre une partie de la nuit à *l'Echo de Paris,* dans un coin de la salle de rédaction, les morasses de la « Lettre de l'Ouvreuse ». Jambes pendantes sur une banquette, et chancelante de sommeil, lasse d'apprendre par cœur les extraits, coquilles, mastics, coqs-à-l'âne découpés dans les journaux et épinglés au mur, lasse de suivre un demi-songe à travers une fumée qui se déplaçait lourdement par bancs horizontaux, autour des abat-jour brûlés par le gaz, rapiécés de papiers jaunis, lasse de n'avoir pas soupé, lasse d'avoir soupé, tant de lassitudes ont fixé, dans l'olfactif de ma mémoire, l'odeur du tabac, de l'encre grasse et de la bière qu'un garçon apportait, serrant dans une seule main les anses de cinq « demis ». Etranges lieux de labeur cérébral que ces anciennes salles de rédaction, où rien ne respectait, ne protégeait, ne facilitait le travail de la pensée! Chacun y offensait son voisin. Reporters claquant les portes, chefs de rubrique au verbe haut, collecteurs de faits divers revenant trempés des commissariats de police, personne n'était gai, digne, ni jeune, ni soucieux de le paraître.

Je ne me ranimais qu'à l'entrée de Courteline, ou de Mendès. Puissance de ceux qui méprisent la solitude! Mendès sur-le-champ écrivait. Il écrivait en parlant, en buvant, en fumant. Aux heures extrêmes le vieux Simond sortait de son bureau, montrait de l'inquiétude. Un metteur en pages à figure de soutier, les yeux jaunes, frisé, demi-nu, entrait à pas muets d'ours, se plantait devant Simond, retirait de son cou d'hercule une ficelle jalonnée de repères crasseux : « J'ai *ça* de trop », disait-il. Ou bien : « Il me manque ça. » Puis il attendait, inflexible, la fin des imprécations...

Volubile, blanc et fondant comme cire, Catulle Mendès ne cessait pas d'écrire. Courteline récriminait. Sa voix de chauve-souris râpait l'oreille, écorchait le plâtre des murs. Des jeunes femmes lumineuses venaient s'asseoir dans l'ombre de Catulle. En écrivant, il les saluait de noms caressants et compliqués : « Oiselet qui vous posez sur la branche sans qu'elle ploie... » « Blancheur qui humiliez la neige... » « Corbeille débordante de dons... »

Il n'était pas toujours aussi fleuri, aussi gonflé de langueur. Un jour que nous avions, M. Willy et moi, déjeuné chez lui, bu le café noir, chargé d'arôme, qu'il préparait lui-même, M. Willy sortit un instant de la pièce et Catulle me parla avec brusquerie :

« C'est vous, n'est-ce pas, l'auteur des *Claudine*... Mais non, mais non, je ne vous pose pas de questions, n'exagérez pas votre embarras... Dans... je ne sais pas, moi... Dans vingt ans, trente ans, cela se saura. Alors vous verrez ce que c'est que d'avoir, en littérature, créé un type. Vous ne vous rendez pas compte. Une force, certainement, oh! certainement! Mais aussi une sorte de châtiment, une faute qui vous suit, qui vous colle à la peau, une récompense insupportable, qu'on vomit... Vous n'y échapperez pas, vous avez créé un type. »

Là-dessus M. Willy rentra, et légèrement Catulle retomba d'aplomb, bavard, dans son paradoxe favori et antisémite : « Citez-moi, citez-moi un juif qui ait été un génie créateur! Un seul!... » Quelqu'un, un jour, dit : « Et Spinoza? » Mendès s'en tira par une médiocre pirouette : « Spinoza? » Ha... Je ne suis pas assez sûr de sa mère. »

Mais j'ai pensé souvent à la prédiction de Catuelle... Il parlait de vingt ans, de trente ans; nous sommes en 1935, et je viens de recevoir une lettre d'un chemisier pour hommes et dames, qui me propose trois modèles nouveaux (*sic*) de cols, récemment baptisés : *Claudine à l'école,* pour le matin, *Claudine à Paris* (organdi travaillé et piqûres), et (il faut songer aux lointaines randonnées!) *Claudine s'en va.*

Trente années n'ont donc pas encore éliminé, jeté aux chiffons le petit col blanc, la ronde écuelle de porcelaine qui nous servit, bouclée et riante, la tête brune de Polaire?... Je m'étonne, sincèrement, et Mendès, revenant, pourrait me dire que je n'ai pas encore compris...

Très sensible aux coquilles, M. Willy corrigeait minutieusement les épreuves des *Lettres de l'Ouvreuse.* L'abondance des noms propres exigeait une extrême attention. Enfin, nous partions, enfin nous respirions, au sortir de *L'Echo,* l'air noir, la poussiéreuse fraîcheur de la rue du Croissant...

« Vous ne mourez pas de soif? » disait M. Willy.

Mon Dieu, si, je mourais de soif. Soif de sommeil surtout. Au lieu de m'aller coucher je le suivais... La Brasserie Gambrinus, la reconnaîtrais-je? L'ai-je vue autrement qu'entre des paupières demi-fermées et rougies? Les barbes y abondaient, il me semble. Je n'aimais pas cette couleur jaunissante des barbes autour de l'orifice où s'engouffre la bière; un bel homme barbu, Belfort de la Roque, jetait des défis, pariait d'empiler les soucoupes en un pylône aussi haut que lui, un mètre quatre-vingt-dix, hélas! il gagnait, et riait dans une gerbe de barbe blonde. Il aidait la bière avec de l'absinthe, ne mangeait pas, restait beau et robuste d'une manière monstrueuse... Mais brusquement il mourut. Je le désigne en passant comme un des piliers nocturnes qui soutenaient des plafonds de fumées, de poutrelles gothiques, de moulures Louis XV et de caissons Renaissance, au-dessus de ma vie mal assurée et inutile.

Aux barbes des buveurs de bière, aux céramiques du « Pousset », si je préférai toujours le Quartier latin, le « d'Harcourt » et le « Vachette », ce n'est pas que ma limonade au sirop de groseille, mon anisette à l'eau m'y parussent meilleures. Mais ma jeunesse vacante, ma gaieté inhumée aimaient, sans le savoir, la jeunesse. Au « d'Harcourt », assis à la même table, Pierre Louÿs, Jean de Tinan, André Lebey nous faisaient accueil, et M. Willy commençait à guetter Jean de Tinan.

C'était une belle proie, à tous les points de vue. Fin et doux, la main un peu plus délicate qu'il n'est permis à un homme, et des cheveux noirs en boucles sur un front qui ennoblissait tout son visage, Jean de Tinan, promis aux lettres et à la mort, était tantôt affecté comme un enfant, tantôt d'une grâce naturelle qui pouvait passer pour de l'affectation. Ni lui, ni Pierre Louÿs, ni André Lebey ne rougissaient d'être poètes. Mais Jean de Tinan avait trop d'amoureuses, qui disposaient de son temps. Heureux de plaire, il était clément aux petites filles du « d'Harcourt », les appelait à notre table, où Pierre Louÿs les contemplait de tout près, d'un œil myope d'entomologiste. Je pense qu'en bons amis tous trois se partageaient une petite Loute de dix-neuf ans, en culotte et casquette de cycliste, plus riche de perfections que toutes les beautés célèbres. Quels longs yeux bleus entre les bandeaux « à la Cléo de Mérode », et comme Loute semblait heureuse, assise sur un genou de Pierre Louÿs, et peignant des doigts les cheveux de Tinan, qu'une autre femme avait parfumés... Je crois que c'est dans *Penses-tu réussir?* que Jean de Tinan me nomme « Jeannette ». Il ne faisait guère attention à moi, qui prenais grand plaisir à le voir. Je me taisais. J'écoutais les trois jeunes hommes parler, intolérants et gais. Mon mauvais départ, qui avait planté entre toute jeunesse et moi un homme pire que mûr, me séparait d'eux. Mais je suivais des yeux, avec un malaise bien agréable, le va-et-vient caressant des doigts impartiaux de Loute parmi une chevelure noire et douce, ou dans les gros cheveux ondés de Louÿs, moi qui n'avais — pour cause — jamais touché amoureusement une chevelure d'homme... Le front d'André Lebey foisonnait aussi de cheveux cendrés. Je ne m'étonnais pas que celui-ci fût poète, mais j'entendais pour la première fois un homme discourir d'ameublement et d'art décoratif, pendant que de sa main harmonieuse il dessinait dans l'air...

Loute amenait souvent une amie, une sombre jeune femme qui se taisait avec force et opacité, belle à sa manière. Tous les éléments de sa beauté comportaient une matérialité, une brutalité telles que je dessinerais, si je savais dessiner, le relief de sa grosse et pourpre bouche, ses yeux d'un bleu d'eau furieuse, ses cheveux emportés qui n'admettaient aucune contradiction. S'appelait-elle Sylvie, Stella ou Sabine? Un grand S révolté s'attache au souvenir de cette passante, solidement, inutilement peinte sur un panneau de ma mémoire. Elle gagna, Dieu sait où, une syphilis démesurée, et mourut violemment en moins de huit jours à l'hôpital, entourée d'oranges, de bouquets de violettes, de billets amicaux signés Pierre Louÿs, Jean de Tinan, Willy et même Colette... Elle fit une mort qui finissait bien sa vie, une mort sauvage, presque muette et d'humeur terrible. A peine avons-nous entendu le son, rauque et précipité, de sa voix...

Elle est un des portraits indélébiles assemblés par le hasard dans ma mémoire, album dont la documentation nette et colorée ne me mène à rien. Par là il confine à l'art, comme mes beaux tomes de « La Pomologie » ou ma constellation de presse-papiers de verre en forme de méduses. Ce qui est inutile est presque toujours inépuisable...

Si le temps n'a pas effacé le souvenir de ces soirées lointaines, c'est qu'elles étaient douces à mon obscurité et que peut-être je sentais qu'un lien, de l'un de ces jeunes hommes à moi, aurait pu, aurait dû se nouer, quelque chose comme une aventure voluptueuse, cachée, normale... Cette virile jeunesse inconnue, j'aimais sa rencontre et m'y blessais sans m'en plaindre. Pour ne point faire de ma privation un aveu public, j'ai créé dans *Claudine à Paris* un petit personnage de pédéraste. Moyennant que je les avilissais, j'ai pu louer les traits d'un jeune garçon et m'entretenir, à mots couverts, d'un péril, d'un attrait. Lorsqu'un peu plus tard je fis amitié avec Polaire, et que je la vis en larmes à cause d'un orage amoureux — son amant, Pierre L..., avait vingt-cinq ans — désolée pour une brouille de deux nuits, heureuse des coups donnés et reçus, elle me dit, les griffes encore prêtes, avec un abandon de chatte chaude : « Ah! Colette, ce qu'il peut sentir bon, ce salaud-là, et cette peau, et ces dents... Vous ne pouvez pas savoir... »

Non, je ne pouvais pas savoir.

Qui dit vie de bohème, ne dit pas vie nomade. Il semble que la bohème de tout temps stagne, et si elle s'ébat c'est sur des champs resserrés. Entre 1897 et 1900, d'une colline à l'autre, la bohème explorait à peine Paris. Mais il lui arrivait d'enfourcher la bicyclette que dédaigne la bohème 1930. M. Willy louait une bicyclette pour des « parties de campagne ». Je roulais sur une petite « bécane » de course, émaillée de bleu, sans frein ni garde-boue, que M. Willy avait gagnée à une tombola de centième représentation [1]. Le journalisme comptait des jarrets d'acier. Rue du Croissant, le dessous de l'escalier, à *L'Echo,* ressemblait souvent à un dépôt de vieux vélos. Seul le marquis de Bièvre, titulaire de la rubrique *Nécrologie,* satisfaisait aux exigences de son métier en voiture à âne, son rat blanc familier sur l'épaule...

Evoquerai-je quelques dimanches de canotage sur la Marne et la Seine ? Ils n'en valent pas la peine : à l'heure de canoter, tous les sportsmen cuvaient le déjeuner et les vins. L'homme du sport dominical se levait tard, et mangeait trop. Le sommeil s'abattait indistinctement sur les camarades de M. Willy — quelques fils d'imprimeurs et de fabricants d'encre, d'anciens sous-lieutenants du 31ᵉ d'artillerie, tournés en notaires, en avoués, des inconnus voués au genre artiste et à l'athlétisme, car Maupassant, musclé, sanguin, gras de l'estomac, enclin aux gageures d'après déjeuner, n'avait pas encore passé de mode...

---

1. La centième d'une opérette, *Bouton d'or.*

J'aurais bien voulu imiter la somnolence des convives écarlates, en maillot bleu et blanc et en corps de chemise. Mais déjà je souffrais du milieu du jour, de la lumière verticale, des berges d'herbes pelées, du gravier mêlé de bouts de cigares sous les tables des guinguettes, et je m'écartais, pour cultiver un mal du pays qui renaissait aigu sous les peupliers, à l'odeur de la rivière...

Un groupe nombreux nous engrena certain dimanche, jusqu'à Mantes-la-Jolie, où quelqu'un s'écria : « Tiens, je connais le sous-préfet, ici! » Sur quoi une soixantaine de roues, sous trente cyclistes trop sociables, franchirent la grille d'un beau jardin, usèrent, abusèrent d'un jeune sous-préfet inlassable, qui souriait dans une barbe brune... La journée finit par un concert improvisé sous les arbres et le Tout-Mantes applaudit Mme Tarquini d'Or, qui chanta passionnément. J'avais vingt-quatre ans, une culotte de zouave, une chemisette à pois et des manches ballon que soutenait une armature de gaze raide, un canotier bleu marine... Et je trouvais le sous-préfet de Mantes bien joli garçon, svelte et gai, avec l'œil de velours... Voyez si j'avais le goût juste : le sous-préfet de Mantes s'appelait Léon Barthou.

En une seule journée je gagnai deux amis; celle-là me fit connaître aussi un maigre petit jeune homme, poussiéreux d'avoir roulé en veston noir, le bas de son pantalon élégamment serré par des pinces. Tout le long de la journée je lui avais vu les yeux délicats et rouges, et l'air triste. De triste et grêle, il devint jovial, carré, barbu et gastronome, et plein d'une bonhomie assurée. Pour son nom le temps n'y changera rien. Il avait déjà choisi le pseudonyme de Louis Forest.

Mois d'hiver, mois d'été... Ceux-ci, qu'ils me semblaient lents à revenir, quand j'étais jeune... Mois d'hiver trempés de pluie et de musique dominicale, pendant lesquels je repâlissais. Mois d'été qui me rendaient la vie avec l'espoir qu'ils ne finiraient pas... Je me souviens que c'est Champagnole, dans le Jura, qui me sauva — 1896? 1897? — de la salamandre encore une fois, de la pénombre, de la résignation. A Champagnole, l'auberge coûtait cinq francs par jour.

Pour cinq francs par jour, on nous concédait une grande chambre déshonorée par un papier moisi, décollé, qui retombait en longues lianes, par deux lits de fer et de mauvais petits rideaux à emballer les fœtus... Mais la table d'hôte se couvrait, dès midi, d'écrevisses, de cailles, de lièvres et de perdreaux, le tout braconné. Les ruisseaux montagnards coulaient entre les cyclamens et les fraises sauvages et je reprenais mes couleurs d'adolescente...

Après Champagnole, nous descendîmes sur Lons-le-Saunier, où mes beaux-parents nous offraient l'hospitalité. De ma vie, avant mon mariage, je n'avais habité « chez quelqu'un », comme je disais, et je fus longue à briser la contrainte qui me retenait non pas d'aimer ceux qui me faisaient accueil, mais de m'abandonner au plaisir simple de me montrer telle que j'étais. Les enfants eurent raison de moi, heureusement. Trois enfants ici, quatre là, sans compter des petits parents du cru... Ils ne furent pas longs à reconnaître ce que je valais en tant que perceuse de flûtes, tresseuse d'herbes, cueilleuse de baies. Mon enfance, avec eux, ressuscita, je leur nommai les plantes, les pierres, allumai le feu avec un cul de bouteille et un rayon de soleil, pris l'orvet et le relâchai, menai sans faute le petit cheval Mignon, récitai à l'escargot la formule magique qui l'engage à darder ses cornes... Une chaîne d'enfants policés se ferma sur moi. M'aimèrent-ils? Ils me suivaient... Je ne leur avouai jamais combien je les trouvais sages, faciles, variés, combien je mesurais, étonnée, la profonde différence qu'il y avait entre leur enfance et mon enfance... Rompus à une obéissance de surface, j'admirais, à l'égal de la ployante et prompte déférence qu'ils savaient manifester, les boucles bien ordonnées, les ongles nets, l'odeur de savon anglais, le petit auriculaire levé au-dessus de l'œuf à la coque. Le son de leurs voix, sur les chemins de la fraîche petite montagne, le nom que pareillement ils me donnaient, le plaisir que j'eus d'être adoptée par eux, je retrouve un peu de tout cela lorsque j'entends dans le téléphone la voix de Paule qui est docteur en médecine, ou celle de sa sœur, la musicienne, ou celle de leur cousine qui est décoratrice : « Tante Colette, dites-moi, tante Colette... » Ces enfants m'étaient doux. Je n'étais tachée que de meurtrissures superficielles, et très jeune. Peut-être manquais-je, sans le savoir, d'un enfant qui fût sorti de moi...

J'ai connu des individus énormes. M. Willy n'était pas énorme, mais bombé. Le puissant crâne, l'œil à fleur de front, un nez bref, sans arête dure entre les joues basses, tous ses traits se ralliaient à la courbe. La bouche étroite, mignarde, agréable, sous les très fortes moustaches d'un blond-gris qu'il teignit longtemps, avait je ne sais quoi d'anglais dans le sourire. Quant au menton frappé d'une fossette, il valait mieux — faible, petit et même délicat — le cacher. Aussi M. Willy garda-t-il une sorte d'impériale élargie, puis une courte barbe. On a dit de lui qu'il ressemblait à Edouard VII. Pour rendre hommage à une vérité moins flatteuse, sinon moins auguste, je dirai qu'il ressemblait surtout à la reine Victoria.

Rondeurs, suavités, calvitie qui concentrait la lumière et les regards, voix et contours adoucis... Pour le peu que je perçais tant de défenses lenticulaires, j'avais déjà de quoi rêver, sombrement.

C'est un moment bien curieux, dans une vie, que le moment où naît, s'installe et se développe la peur.

La peur n'habite pas aisément les êtres jeunes quand ils sont sains d'esprit. Même un enfant-martyr (on dit maintenant enfant-martyr comme on dit agent-voyer ou belle-maman, et je ne trace pas volontiers ce trait d'union qui ressemble au galon d'un grade affreux), un enfant martyrisé n'a pas peur tout le temps de ses tourmenteurs, qui ont leurs heures de clémence et de gaîté. Peut-être la souris a-t-elle le loisir de trouver qu'entre deux blessures la patte du chat est douce.

Parmi les courages hors de saison, la bravoure des jeunes filles est insigne. Mais, sans elle, on verrait moins de mariages. On verrait encore moins de ces fugues qui oublient tout, même le mariage. Résignons-nous à dire que si mainte jeune fille met sa main dans la patte velue, tend sa bouche vers la convulsion gloutonne d'une bouche exaspérée, et regarde sereine sur le mur l'énorme ombre masculine d'un inconnu, c'est que la curiosité sensuelle lui chuchote des conseils puissants. En peu d'heures, un homme sans scrupules fait, d'une fille ignorante, un prodige de libertinage, qui ne compte avec aucun dégoût. Le dégoût n'a jamais été un obstacle. Il vient plus tard, comme l'honnêteté. J'écrivis autrefois : « La dignité, c'est un défaut d'homme. » J'aurais mieux fait d'écrire que « le dégoût n'est pas une délicatesse féminine ».

La brûlante intrépidité sensuelle jette, à des séducteurs mi-défaits par le temps, trop de petites beautés impatientes, et c'est à celles-ci, ma mémoire aidant, que je chercherais querelle. Le corrupteur n'a même pas besoin d'y mettre le prix, sa proie piaffante ne craint rien — pour commencer. Même elle s'étonne souvent : « Et que fait-on encore? Est-ce là tout? Recommence-t-on, au moins? » Tant que durent son consentement ou sa curiosité, elle distingue mal l'éducateur. Que ne contemple-t-elle plus longtemps l'ombre de Priape avantagée sur le mur, au clair de lune ou à la lampe! Cette ombre finit par démasquer l'ombre d'un homme, qui a déjà de l'âge, un trouble regard bleuâtre, illisible, le don des larmes à faire frémir, la voix merveilleusement voilée, une légèreté étrange d'obèse, une dureté d'édredon bourré de cailloux... Que de richesses contradictoires, que de pièges variés...

Protégée sur la colline aux chalets, en proie aux enfants bienveillants, j'ai passé deux ou trois étés de ma jeunesse dans une paix d'ouvroir. J'écoutais ma belle-mère, mes belles-sœurs, des tantes et cousines par alliance qui échangeaient des propos catholiques. La nuque au fauteuil d'osier, je délaissais un ouvrage féminin auquel j'étais maladroite, et je fermais les yeux. Des voix patientes parlaient diocèses, carêmes, pâtes sans œufs pendant la semaine de la Passion, petit poisson et grand poisson, blâmaient l'évêque tolérant qui autorisait le chocolat à la collation : « Du chocolat à l'eau, entendons-nous! » J'apprenais les restrictions d'une famille bien pensante, parmi l'odeur des prunes mûres et du gâteau quatre-quarts, j'écoutais les mandibules des ciseaux mâchant la toile...

« Quand mes filles seront plus grandes, disait Madeleine, je leur ferai apprendre le glaçage des chemises d'homme...

— Madeleine, tu exagères! protestait Valentine. Qu'en pensez-vous, ma mère? »

Le ton filial et cérémonieux me ramenait à « Sido » qui, au loin, dirigeait vers moi ses perplexes antennes...

« J'en pense, ma fille, que c'est bien tôt pour se donner tant de souci... Enfants!... regardez dans la longue-vue! Est-ce que ce ne sont pas nos cousins qui montent sur le petit chemin?

— Oui, grand-mère! Oui, grand-mère! Tante Marthe et petite Marthe sont avec eux! Il y a aussi Louis-Albert!

— Eh bien, allez prévenir Fanny qu'il faut de la bière, des verres en supplément, des assiettes à gâteaux... Gabrielle, ma fille, je crois que vous faites un petit somme?... Nous avons de la famille à goûter... »

« Gabrielle », habituée à son nom de « Colette », tressaillait, s'excusait, tirait dans sa ceinture sa chemisette à plis et redressait, sur son front, son nœud de ruban — ce même ruban que 1935 noue indifféremment autour de la tête des fillettes, des jeunes femmes, et des femmes moins jeunes.

« Nous serons au complet, disait la voix modérée de ma belle-mère. Pour une fois!... »

Mais en levant les yeux, elle constatait que son fils Albert, son fils Henry fondaient au loin sous les arbres, que son gendre avait fui magiquement, et que « Gabrielle », sous prétexte d'aller changer sa blouse, courait, sans chances qu'elle en revînt, vers le troisième chalet familial, sa tresse sur les jarrets...

Si je ne fais erreur, c'est au retour d'une villégiature franc-comtoise — car ce souvenir s'associa au regret d'un septembre roux, à grappes de raisins petits et sucrés, de pêches jaunes et dures dont le cœur était d'un violet sanglant — que M. Willy décida de ranger le contenu de son bureau. L'affreux comptoir peint en faux ébène, nappé de drap grenat, montra ses tiroirs de bois blanc, vomit des paperasses comprimées, et l'on revit, oubliés, les cahiers que j'avais noircis : *Claudine à l'école...*

« Tiens, dit M. Willy. Je croyais que je les avais mis au panier. »

Il ouvrit un cahier, le feuilleta :

« C'est gentil... »

Il ouvrit un second cahier, ne dit plus rien — un troisième, un quatrième...

« Nom de Dieu! grommela-t-il, je ne suis qu'un c... »

Il rafla en désordre les cahiers, sauta sur son chapeau à bords plats, courut chez un éditeur... Et voilà comment je suis devenue écrivain.

Je ne connus, d'abord, que l'ennui de me remettre à la besogne sur des suggestions pressantes et précises :

« Vous ne pourriez pas, me dit M. Willy, échauffer un peu ce... ces enfantillages? Par exemple, entre Claudine et l'une de ses camarades, une amitié trop tendre... (il employa une autre manière, brève, de se faire comprendre). Et puis du patois, beaucoup de mots patois... De la gaminerie... Vous voyez ce que je veux dire? »

Je voyais très bien. Je vis aussi, plus tard, qu'autour de ma collaboration M. Willy organisait quelque chose de mieux que le silence. Il prit l'habitude de me convier à entendre les louanges qu'on ne lui ménageait pas, de me poser sur la tête sa main douce, de dire :

« Mais vous savez que cette enfant m'a été précieuse? Si, si, précieuse! Elle m'a conté sur sa « laïque » des choses ravissantes! »

Il n'est pas coutumier que les jeunes femmes (les vieilles non plus) aient, en écrivant, le souci de la mesure. Rien d'ailleurs ne rassure autant qu'un masque. La naissance et l'anonymat de « Claudine » me divertissaient comme une farce un peu indélicate, que je poussais docilement au ton libre. La préface, je ne la lus qu'imprimée, et la couverture me fit bien rire : une fillette, déguisée en paysanne, écrit sur ses genoux croisés. A même ses bas elle porte des sabots jaunes d'opérette; le panier du Petit Chaperon Rouge est auprès d'elle, et les boucles de sa chevelure roulent sur un caban rouge...

« Pourquoi riez-vous? me demandait M. Willy.

— C'est ce dessin... Et puis cette préface... Comment veux-tu qu'on croie que c'est arrivé? »

Car il me disait bizarrement « vous », et je le tutoyais. Si fidèle que je fusse à une promesse de silence, je ne trouvais rien d'agréable, ni de naturel dans l'aventure de ce livre. Il fallut, pour m'y habituer, la camaraderie des Curnonsky, des Paul Barlet, des Vuillermoz, et le spectacle de leur résignation. J'en pourrais nommer bien d'autres qui avaient du talent et de la gaîté, et cette bonne grâce gaspilleuse des très jeunes écrivains qui se croient inépuisables. Ernest Lajeunesse — une curieuse correspondance en fait foi — montra tout de suite des exigences, voulut être payé, récrimina, enfin, après des menaces et des injures, renonça, dit-il, à « signer Willy comme tout le monde ». Pour Pierre Veber, je laisse à l'auteur véritable d'*Une passade* le soin de nous conter lui-même sa mésaventure de romancier dépossédé. Jean de Tinan n'est plus là pour nous parler de *Maîtresse d'esthètes* et d'*Un vilain monsieur*...

Habitude ne veut pas dire aveuglement : je ne trouvai pas mon premier livre très bon, ni les trois suivants. Avec le temps, je n'ai guère changé d'avis, et je juge assez sévèrement toutes les « Claudine ». Elles font l'enfant et la follette sans discrétion. La jeunesse, certes, y éclate, quand elle ne ferait que se marquer par le manque de métier. Mais il ne me plaît guère de retrouver, si je me penche sur quelqu'un de ces très anciens livres, une souplesse à réaliser ce qu'on réclamait de moi, une obéissance aux suggestions et une manière déjà adroite d'éviter l'effort. C'est une désinvolture un peu grosse, par exemple, que d'envoyer *ad patres* tel personnage dont j'étais excédée. Et je m'en veux que par allusions, traits caricaturés mais ressemblants, fables plausibles, ces *Claudine* révèlent l'insouciance de nuire. Si je me trompe, tant mieux... Mais je ne me trompe pas.

Dès son apparition, *Claudine à l'école* se vendit bien. Puis encore mieux. La série, paraît-il, se vend encore, après avoir épuisé des centaines d'éditions... Je n'en puis rien assurer que par ouï-dire : les *Claudine,* au moment de mon premier divorce, appartenaient déjà en propre à deux éditeurs, M. Willy les leur ayant cédés en toute propriété. Au bas des deux contrats, j'ai apposé conjugalement ma signature. Ce dessaisissement est bien le geste le plus inexcusable qu'ait obtenu de moi la peur, et je ne me le suis pas pardonné.

C'est à *Claudine à Paris,* et à *Claudine s'en va* que ma mémoire fait mauvais visage. Il y a là-dedans un personnage d'homme mûr et séduisant (Renaud) qui est plus creux, plus léger et vide que ces pommes de verre, filées pour orner les arbres de Noël et qui s'écrasent dans la main en paillettes étamées.

Dans *Claudine à Paris* éclôt un personnage qui se promènera désormais dans toute l'œuvre, si j'ose dire, de M. Willy. Henry Maugis est peut-être la seule confidence que M. Willy nous ait faite sur lui-même, et si je dis « nous », c'est que mon ignorance d'un homme aussi exceptionnel exige que je me range parmi la foule. D'avoir travaillé pour lui, près de lui, m'a donné de le redouter, non de le connaître mieux. Ce Maugis, « tout allumé de vice paternel », amateur de femmes, d'alcools étrangers et de jeux de mots, musicographe, hellénisant, lettré, bretteur, sensible, dénué de scrupules, qui gouaille en cachant une larme, bombe un ventre de bouvreuil, nomme « mon bébé » les petites femmes en chemise, préfère le déshabillé au nu et la chaussette au bas de soie, ce Maugis-là n'est pas de moi.

Je crois que M. Willy céda, en créant « le gros Maugis », à l'une de ses mégalomanies, l'obsession de se peindre, l'amour de se contempler. Elle ne le quitta plus guère, et prit des formes multiples, où le public ne vit qu'un sens débridé de la publicité.

Je garde là-dessus mon opinion, propre à excuser, dans une certaine mesure, des écarts singuliers, et la donne pour ce qu'elle vaut. Je crois que s'il n'eût été frappé d'un empêchement d'écrire, M. Willy n'aurait pas dépassé, pour faire connaître son nom et ses romans, les bornes de l'opportunité commerciale. Stérile, il devait tôt ou tard s'égarer. La manie de se mirer s'exaspéra chez lui. Caricatures de Sem et de Cappiello, effigies plus lourdes de Widhopff, crayons de Léandre... Sur une très grande toile de Pascau M. Willy, debout, domine une Colette assise, et sur mes traits on lit, comme sur la plupart de mes photographies de la même époque, une expression tout ensemble soumise, fermée, mi-gentille, mi-condamnée, dont j'ai plutôt honte...

M. Willy posa encore chez Jacques Blanche, pour un grand portrait que le peintre détruisit, après que notre double image se fut quasi dissipée d'elle-même. Blanche nous avait peints sur un ancien portrait, qu'il n'aimait pas, de Mlle Marie de Hérédia en robe blanche. Un été passa, et au travers de la nouvelle œuvre, inachevée, la jeune fille reparut. Ophélie immergée et visible...

Je vois encore des déformations sinistres, des « Willy » par Leal de Camara... Je me rappelle l' « Ouvreuse », signé Rip, un Valloton d'un noir-et-blanc compact de faire-part, quelques Rabier, cinquante dessins d'inconnus, un portrait très sérieux, signé d'un nom slave, des effigies innombrables... Le portrait de Boldini marque une apogée publicitaire. Qui l'a acheté? Je l'ignore. Il était flatté, typique et excellent. La canne, la main, le bords-plats en arrière, sur le bras un manteau doublé de soie, des touches lumineuses posées sur les bosses intelligentes du front, et l'hypertrophie des moustaches... Pour sa ressemblance, je la trouvais terrible, et telle que mes songes les plus exacts ne peignaient pas mieux, ni pire, le même modèle.

De Boldini nous tombons dans un délire photographique, en passant par des statuettes en pied, des modelages en carton, en caoutchouc, des silhouettes en bois découpé, des figurines batraciennes, des encriers haut-de-forme — le fameux chapeau retourné servant de réservoir — et des sculptures dont l'une au moins est significative : au centre d'une croix de marbre, le chef de M. Willy décollé repose, grandeur nature, et propage autour de lui des rayons en faisceaux, comme on voit aux saints sur des autels de style jésuite. J'ai oublié le nom du praticien qui tailla l'effrayant objet. Photographié et réduit, le chef rayonnant prit place dans la série des cartes postales dont M. Willy usait à profusion et qu'il faisait tirer par commandes de plusieurs milliers. Je ne perds pas le souvenir d'un dessin — qui courut quels journaux? — montrant un Willy mou, beaucoup plus boursouflé et vieux que nature, nimbé d'une auréole.

En cinq ou six formats différents, le papier à lettres est timbré, au coin d'une tête moustachue, coiffée du chapeau cylindrique...

Il faut reconnaître qu'en dehors de la littérature, notre auteur en vogue était un homme fort actif, ordonné, inspirateur. Je persiste à croire qu'un poste de rédacteur en chef lui eût, entre tous, convenu. Distribution du travail, juste estimation des capacités, une manière stimulante de critiquer, et l'habitude de juger sans trop récompenser, voilà, je pense, des dons rares, qui furent mal employés. Pour ma part, je recevais peu de louanges, et assez banales. « Délicieux, mon petit! Mais oui, mais oui, ça va très bien comme ça. Puisque je vous le dis! » En revanche, ses réprimandes, consignées aux marges de mes manuscrits que Paul Barlet sauva (il avait ordre de les détruire) sont directes, brèves, coupantes : « Pas clair. » « Trop tôt. » « L'avaient-ils convenu entre eux? Oui? Eh bien, dites-le! »

Il ne négligeait rien, et n'a jamais souffert, pendant un temps, qu'une Revue de fin d'année se privât de la scène sur Willy et Claudine... Avec les auteurs de revue, il agençait lui-même les sketches caustiques.

L'abondance de son courrier — celui qu'il expédiait — fut toujours déconcertante, et il n'en confiait la tâche à personne. Il ne classait pas une lettre sans avoir mentionné, de sa main, au coin gauche supérieur : « Répondu le... » Ce fut bien pis lorsque « Claudine » eut pris du renom. Lettres, portraits de mineures à col blanc et chaussettes glissaient de toutes les poches de celui qui se fit appeler « le père de Claudine ». Ces funestes adolescentes refluaient jusqu'à un domicile que je ne m'obstinerai pas à nommer conjugal.

Pour un peu, je n'aurais plus su où garer mon sous-main et mes cahiers de papier vergé, si, l'argent venant, nous n'avions déménagé. La rue de Courcelles nous offrit un logis ensoleillé au n° 93, puis un autre au n° 177 *bis*...

Là, mon mari avait déjà jaugé mon rendement, et c'est lui, dès notre troisième emménagement, qui veilla à ce que je disposasse d'une bonne table, d'une lampe à cloche verte, d'un confort de scribe. Pour atteindre mon étroit domaine, je traversais le salon, sorte de salle d'auberge stylisée, bancs et tables de bois poli. Un jour, j'y rencontrai M. Willy et une dame inconnue, fort près l'un de l'autre. Avec l'aisance que confère l'habitude, avec un humour, qui me venait, d'employée irremplaçable, je ne m'arrêtai qu'un moment et glissai à M. Willy, sur le ton de l'urgence : « Vite, malheureux, vite, la suivante attend depuis un quart d'heure! » Après tout, qu'est-ce que je risquais? Un an plus tôt pareil jeu m'eût coûté... oui, assez cher. Mais cette fois-là, M. Willy, figurez-vous, se trouva flatté.

Je n'avais donc plus à défendre, ni à déplacer un domaine de solitude qui n'excédait pas le cercle lumineux de l'abat-jour, les bords d'une table, les murs vert-sourd de mon petit salon-geôle. Plumes Flament n° 2, papiers réglés, vergés, colle parfumée, longs ciseaux strasbourgeois en forme de cigogne, inutiles crayons de couleur, appareil puéril d'un labeur un peu maniaque... A défaut d'aimer ma vie, j'aimai son décor, et l'après-midi je travaillais d'un air paresseux, cependant que l'activité de M. Willy l'entraînait au-dehors, en « locati » attelé d'un cheval. Un locati à deux attelées par jour, dans ce temps-là, ne coûtait même pas six cents francs par mois, car le loueur, Comoy, consentait des « prix d'artiste ». Mon chien et moi nous sortions à pied, le matin. Ainsi j'évitais les excentricités du cheval de la matinée, noir, superbe, emphatique, mais d'un emploi difficile parce qu'il était entier et qu'il poussait, en toute saison, des cris de fauve.

Opulence! Je touchai, éblouie, des « feux » de trois cents francs par mois, sauf pour les mois d'été, défalqués. Trois cents francs, s'il vous plaît, pour moi seule, qui ne devaient rien au « Livre ». Tout ce qu'on pouvait avoir pour trois cents francs! C'était mon tour de faire, à « Sido », des cadeaux qu'elle choi-

sissait elle-même : du cacao pur, en barres, de chez Hédiard, une
liseuse ouatinée... des bas de laine fine, des livres... Je lui faisais
présent surtout d'un mensonge : l'imitation du bonheur. Je résistais à la terrible envie de retourner à elle, de revenir tout écorchée, obscure et sans argent, peser sur la fin de sa vie. Et quand
je pense à la personne que je fus pendant ces longs jours d'obstination, de fourberie filiale, allons, allons, je ne me trouve pas si
mal que ça.

Claudine s'en va me donna bien du tracas. D'abord à cause d'une atmosphère bayreuthienne, qu'il fallut aller chercher à Bayreuth même, ce qui pouvait passer pour un voyage d'agrément, puisqu'aux frais de *L'Echo de Paris* j'accompagnais l'*Ouvreuse du Cirque d'été*. Mais j'avais peu de goût pour ce lieu de pèlerinage qui contraignait le pérégrin à loger chez l'habitant. Un lit-cercueil, les draps boutonnés sur la couverture, le « Gute Nacht! » de Frau Mader en papillotes, de Herr Mader en corps de chemise et bretelles, un boulanger nocturne sous le plancher, voilà pour la nuit. A l'actif des journées, je porte trois ou quatre heures de musique pieusement écoutée dans le « gazomètre », et le délice de quelques voix allemandes incomparables. Entre la représentation et la nuit, entre le lever et le déjeuner, je note l'heure brève et secouée, l'heure anxieuse pendant laquelle M. Willy attendait ses porteurs de documentation musicale : « Vite, mon petit, vite... Il est onze heures, vous deviez venir à dix... Vous me foutez les nerfs en pelote... »

Où est allé le stock inépuisable du bazar wagnérien, hanaps, Graals, billes de bois tourné dont les saillies composent un célèbre profil en casse-noisette, papiers, presse-papiers, bijoux et maroquinerie? La chaleur franconienne versait, sur les robes d'ange des fanatiques, une poussière charbonneuse...

« Prenez des notes, me conseillait M. Willy. Ce n'est jamais inutile. Je n'ai aucune mémoire. »

A défaut de l'énergie qui m'eût tirée de ma lâcheté, j'usais de la force d'inertie, et je ne prenais point de notes. Grâce à quoi les fêtes du culte wagnerolâtre flottent, brumeuses, hésitantes comme moi-même, bercées dans de vieilles voitures à deux chevaux tirées par un seul cheval, entre Mendès volubile, ballonné de bière, blond et roux comme Siegfried, le docteur Pozzi, vêtu de blanc, sultan par la barbe, houri par l'œil, des étrangères massives, à gros torons de cheveux d'or, et Wagner-le-fils, petit, à grande tête, bas du derrière et d'une ubiquité redoutable...

De retour à Paris, je pris mon travail avec ce courage lent et buté, bureaucratique, qui ne m'a point quittée...

« Si vous avez besoin de moi pour Maugis, me dit M. Willy, laissez des blancs. »

Je n'en laissai pas. Car la gageure est un divertissement commun à bon nombre de captifs et d'anonymes. Mon « à la manière de... » se tenait fort bien, mon Maugis parlait le pur Maugis d'origine...

« Bravo », dit froidement M. Willy.

Mais je ne recueillais pas toujours du premier coup l'applaudissement. Quelques pages un peu trop livrées à la poésie — ne les cherchez nulle part, elles n'existent plus — méritèrent que mon manuscrit me revînt, jeté par-dessus la table, avec cette critique de mon sévère lecteur :

« Je ne savais pas, ma chère, que j'avais épousé la dernière lyrique! »

Mot dur, sans doute juste, et qui ne me fut pas inutile.

Le deuxième acte de *Claudine à Paris* a pour décor le restaurant de la *Souris convalescente*. Au milieu de l'acte — moment traditionnellement réservé à l'apparition d'une vedette, cette vedette fût-elle un lit machiné, une femme nue ou un danseur acrobatique — un personnage entre par le fond, lance sa réplique, cependant que les autres acteurs présents, buveurs, soupeurs et maîtres d'hôtel, doivent manifester une familiarité, une curiosité mêlée d'ironie et de considération : « Maugis... Mais c'est Maugis!... Vous prendrez, monsieur Maugis?... », etc., etc.

Chapeau, canne, moustache et impériale, le Maugis des Bouffes n'était autre qu'un sosie de M. Willy. Un maquillage étudié aggravait la ressemblance et ajoutait à mon malaise, d'autant que le personnage, épisodique et inoffensif, ne tenait pas à l'action, proférait dix répliques quelconques, et rentrait dans la coulisse d'où il n'eût jamais dû sortir... Le mal est qu'il en sortait, tous les soirs. Une mascarade accidentelle m'eût laissée indifférente... Tous les soirs, le double de M. Willy prenait vie, parlait, imitait des gestes, une désinvolture, un port de tête, échangeait une carte, blessait en duel un adversaire pendant le deuxième entracte afin de survivre, dans l'esprit du spectateur, au deuxième acte révolu... Ce double, quand je ne le voyais pas, je savais à quelle heure il commençait à marcher et agir, coiffé d'un bords-plats dû à la munificence de l'auteur et à son respect du détail exact... Bien pis, le sosie usait, pour commander un *demi* et une choucroute, du vocabulaire apprêté qui fleurit sous la plume de Félix Fénéon, dépare Huysmans, complique de prétention la correspondance de Verlaine, et n'appartient en propre à personne, pas même à Alcanter de Brahm :

« Kellner! s'écriait Maugis. Que s'avancent par vos soins la choucroute garnie mère du pyrosis, et ce coco fadasse, mais salicylé, que votre imprudence dénomme bière de Munich! Bière de Munich, velours liquide, pardonne-leur, ils ne savent pas ce qu'ils boivent! »

Cette prose, qui fuyait la simplicité, même la clarté, cette phrase à volutes, jeux de syllabes, prétéritions, truffée de mots techniques, de calembours, qui fait parade d'étymologie, coquette avec le vieulx françois, l'argot, les langues étrangères mortes et vivantes, je crois qu'en trahissant une soif d'étonner, elle révèle le caractère de celui qui l'emploie. Si l'on tenait à forcer le secret de son maniérisme, ne devrait-on pas remonter jusqu'à une très vieille timidité, une mièvrerie de débutant, et le doute de soi?...

L'apparition de Maugis-Sosie sur la scène marque chez M. Willy la période véhémente d'une intoxication véritable. L'homme qu'entourait un succès croissant révérait, tout en les exploitant, ses propres symboles. A partir du moment où le sorcier nègre se met à croire aux vertus du méphitique remède qu'il compose, il faut trembler pour le sorcier plutôt que pour le malade. Peut-être aurais-je dû porter au compte du déséquilibre la griserie qui retirait, à M. Willy, une part de sa circonspection, le révélait enragé de notoriété, de n'importe quelle notoriété, plein d'une fébrilité, d'une hâte, « vite, mon petit, vite! » toutes deux inexpliquées.

Mais comme mon sorcier demeurait, dans le privé, semblable à lui-même — et je ne me sens tenue là-dessus à aucun commentaire — j'avais bien assez à trembler, chroniquement, pour moi-même. L'on ne voit guère changer ce qui ne s'éloigne point. Hanté de négoce dangereusement, dolent par calcul, hermétique et imprudent, désarmant dès qu'il le voulait, il n'omit jamais de ménager ma part de tourments précis et de plaisirs confus, pendant ces années que je rendis prospères. A un pareil régime j'acquis, je formai en moi, avec l'habitude de travailler, un caractère de raccommodeuse de porcelaines. Quel atelier qu'une geôle! Je parle de ce que je connais : la vraie geôle, et le bruit de la clef tournée dans la serrure, et la liberté rendue quatre heures après. « Montrez-moi patte blanche... » Il me fallait, au contraire, montrer pages noircies. Ces détails de captivité quotidienne ne sont pas à mon honneur, j'en conviens, et je n'aime pas à faire figure de brebis. Mais le respect de la vérité saugrenue, et une saveur un peu gothique, leur assignent une place ici. Après tout, la fenêtre n'était pas grillée, et je n'avais qu'à casser ma longe. La paix, donc, sur cette main, morte à présent, qui n'hésitait pas à tourner la clef dans la serrure. C'est à elle que je dois mon art le plus certain, qui n'est pas celui d'écrire, mais l'art domestique de savoir attendre, dissimuler, de ramasser des miettes, reconstruire, recoller, redorer, changer en mieux-aller le pis-aller, perdre et regagner dans le même instant le goût frivole de vivre... J'ai appris surtout à réussir entre quatre murs presque toutes les évasions, à transiger, acheter, et enfin, lorsque tombaient sur moi les « vite, bon Dieu, vite! » à insinuer :

« Peut-être que je travaillerais plus vite à la campagne... »

Si le « cas Willy » était seulement celui d'un homme ordinaire, qui appointait des écrivains et signait leurs œuvres, il ne mériterait qu'une brève attention. Il y aura toujours assez de faméliques dans notre métier, malheureusement, pour que l'emploi de « nègre » ne se perde point. Le « cas Willy » présente une singularité unique : l'homme qui n'écrivait pas avait plus de talent que ceux qui écrivaient en son lieu et place. Mon désir n'est pas de les nommer, ni de démêler ce qui revient à Maurice, à Paul, à Eugène, à Jean, à Raymond, etc., etc., il me faudrait pour cela les avoir tous connus.

Teinté de tout, caustique, vif, M. Willy « parlait » tel mince article, telle « fantaisie » à ras de terre — ou de peau — pour petits hebdomadaires, infiniment mieux que ne les rédigeait le jeune homme furtif qui lui livrait ses « papiers » par liasses de six. S'il avait écrit un roman, le roman eût passé en ingéniosité probablement, certainement en bon goût, des volumes dont je cèle les titres. Mais il n'a jamais écrit de roman. C'est dommage. Entre le désir, le besoin de produire une denrée imprimée et la possibilité d'écrire, s'élève, chez cet auteur étrange, un obstacle dont je n'ai jamais distingué la forme, la nature, peut-être terrifiantes. Sa correspondance ne révèle que le *refus* d'écrire. Un articulet de quelques lignes est l'objet de dix pages de correspondance fébrile, de cinq ou six lettres qui donnent, à l'exécutant habituel, des instructions détaillées, réclament, s'inquiètent, empruntent le pneumatique et le télégramme :

« *Construis-moi des chroniquettes dialoguées, aussi courtes que tu pourras, quinze lignes, sur un petit trou pas cher. Illustre-les de Marcel Ballot, marquis de Chasseloup-Laubat, Frank Richardson, célèbre essayiste anglais, Willy accompagnant Anglaises somptueuses dont l'une fait craquer son maillot et cliqueter les kodaks. Baccara anémique, bancos de deux louis, deux casinos rivaux. Important* : « *Son mari a filé avec une nommée Maud, elle l'a suivi. — Bravo! voilà un ménage à la Maud!* » (*ou* : *qui suit la Maud*). »

Cette suite d'instructions précises qui égale, sinon excède en longueur la chroniquette demandée, renseigne le curieux sur un état indiscutable de paresse morbide, et peut-être de cette *timidité* d'expression à laquelle j'ai fait allusion plus haut.

« *Ton* Maugis amoureux *est très, très bien. Quand comptes-tu l'avoir fini?* » A lire de tels billets, on les croirait dictés, par une amicale politesse, un peu indifférente... « *Vieux, quelque chose de délicat à faire! Quelque chose comme le* Quo vadis? *des familles ou l'*Aphrodite *du pauvre. Imbécillité grecque ou c....rie romaine? Cela dépendra des documents que je pourrai me procurer. Je fouine en Allemagne pour savoir s'il n'existe pas quelque chose que nous démarquerions avec subtilité. Quelques dialogues d'Hérondas pourraient servir, et toute cette chiée de romans grecs, Héliodore, Achille Tatius, tous semblables, tous idiots...* »

Voyage au-delà des frontières, compilations, prospections, tout valait donc mieux que quelques heures, quelques jours d'application, de tête-à-tête avec la feuille blanche? Tout cela demeure mystérieux et triste.

Les grands concerts dominicaux mobilisaient des estafettes, des observateurs très bien choisis qui s'élançaient de Colonne à Pasdeloup, de Pasdeloup au Conservatoire, échangeaient leurs fauteuils, cueillaient un siège sous le séant d'un affilié qui montait la garde : « *Mon cher monsieur, demain, au concert Risler, vous devrez fondre sur le fauteuil 26 qui encadrera le postérieur d'un monsieur noir, tout noir comme mon âme. Ce sombre monsieur (Aussaresses est son nom) vous foutra des notes (parbleu) sur le concert en échange d'un bock* », etc., etc...

Relèves, mots de passe, combinaisons, rassemblement au

G.Q.G., agencement du puzzle définitif; que de tracas... Et n'était-il pas plus simple, à un homme musicien d'oreille, capable de s'accompagner lui-même au piano, de chanter d'une voix de ténor, faible et agréablement voilée, n'était-il vraiment pas plus aisé d'écrire? Non. Tout lui sembla facile, tout lui sembla permis, hormis la tâche de l'écrivain.

Pour les romans, je fus longue à comprendre un système de substitutions successives, système dont la sécurité ne fut compromise que par l'inventeur lui-même. En l'expliquant, je ne lèse plus personne. Ceux qui lisent à travers mes pages une malveillance, une passion fielleuse et rancie se trompent. Chez une femme qui fut conduite à renaître plus d'une fois de ses cendres, ou simplement à émerger sans aide des tuiles, planches et plâtras qui lui churent sur la tête, il n'y a, après trente ans et plus, ni passion ni fiel, mais une sorte de pitié froide et un rire, sans bonté je l'accorde, qui résonne à mes propres dépens aussi bien qu'à ceux de mon personnage de premier plan. En outre, je trouve M. Willy beaucoup plus intéressant qu'un lot de héros — bâtards du sang, favorites occultes, magiciens et mages — gravitant péniblement autour de la petite Histoire, et qu'à tout moment des mains peu discrètes arrachent à leur périple ignoré pour les amener, clignotants et parés, en pleine lumière. Mon héros, contrebandier de la petite Histoire littéraire, je le trouve d'une taille et d'une essence à inspirer, et à supporter la curiosité.

L'idée romanesque, le plan succinct d'un roman, d'où lui venaient-ils? Peu importe. Le premier état s'arrêtait à peine chez lui. Flanquée d'une note manuscrite, l'Idée s'en allait au plus expert, qui n'était pas encore prince des Gastronomes, mais un grand garçon bien drôle, tout truffé d'esprit fin : « *Vieux Cur, que t'en semble? Il m'est poussé l'icelle-jointe idée, gentillette. Jette, sur cette larve, l'œil du connaisseur, et en cinquante pages trace-lui un avenir ou écrase-la, point née encore, sous ton fier talon.* »

Revenue, l'Idée purgeait sa nouvelle forme et les traces d'une écriture étrangère, ne repassait que dactylographiée, changeait d'enveloppe — et de destinataire : « *Petipol, au secours! Voici mon enfançon dernier-né. Peux-tu, en un mois, tirer de ça les éléments d'un volume léger, milieu petite plage du Nord, maillots de bains mal séchés, casino, boule à vingt sols, Maugis venu pour revigorer sa complexion désiodée, fillette à mollets drus, etc. »*

L'énigmatique Petipol ayant précipité à souhait lesdits « éléments », le manuscrit, une seconde fois dactylographié, endossait une chemise vierge et s'élançait, muni d'une lettre, vers un troisième thérapeute : « *Cher ami, non, ça ne va pas. Un état de prostration extraordinairement immérité. Lancinantes migraines, et ces absences qui m'angoissent. Ah! ces heures nocturnes qui ne finissent pas... Vous vouliez savoir où en est mon prochain livre? Le voici. Est-ce que ce n'est pas à se jeter la tête contre un mur? Seule votre adroite bonne grâce, cette légèreté de main, ce bonheur d'expression, auxquels je rends hommage sans les envier, seraient capables de transfuser à cet « enfant de pauvre » un sang riche et joyeux qui... »*, etc. « *Il va sans dire que je saurai rémunérer...* », etc.

Il arrivait, malgré des soins coopératifs, que l'œuvre fît encore une fois le tour de l'honorable société, revêtant après chaque arrêt la cagoule dactylographique...

D'après ce bref itinéraire, il n'est guère possible d'imaginer les soins, les soucis, la vigilance du signataire final, la nécessité pour lui de naviguer sur des eaux encombrées, non de récifs, mais de havres sauveurs. Comment supputer seulement le nombre de pneumatiques, celui des visites personnelles et des étages gravis? L'écriture microscopique de M. Willy, gladiolée, ascendante — on voit que je me souviens d'avoir travaillé la graphologie — révèle l'aristocratie du goût, le sens critique, l'aptitude à rebondir, le désir de plaire, et l'art de dissimuler au point que l'écriture, fine dès le début des lettres, parvient sans aucune déformation à une petitesse qui défie la loupe, comme ces manuscrits-gageures où l'on lit — si on peut — le *Credo* entier au dos d'un timbre-poste...

J'ai souvent songé que M. Willy souffrit d'une sorte d'agoraphobie, qu'il eut l'horreur nerveuse du papier vierge. Sa correspondance hante de préférence les pneumatiques, les cartes, les demis et les quarts de feuillets, les abattants d'enveloppes, détachés en forme de triangles, même les bandes de journaux. Encore sur ces bribes, son écriture se réfugie-t-elle dans les angles. Il écrit souvent dans les marges des lettres qu'il a reçues, et le tout retourne à la poste.

J'imagine qu'il mesura, trop souvent en proie à des défaillances pathologiques, le courage, la grave constance qu'il faut pour s'asseoir sans écœurement au bord du champ immaculé, du papier veuf encore d'arabesques, de jalons et de ratures, le blanc irresponsable, cru, aveuglant, affamé et ingrat... Peut-être aussi s'ennuyait-il, au travail, d'un ennui si cuisant — cela s'est vu, cela se voit, il n'y a guère de mortel que l'ennui — qu'il préféra échanger cet ennui contre des combinaisons et des risques de manager, au nombre desquels la question de qualité devenait, hélas! le plus léger de tous.

Peut-être aima-t-il l'amer prestige du pédagogue, les observations qu'il jetait, sèches et de haut, sur mon front incliné, ou bien qu'il inscrivait au long de mes manuscrits... Je persiste à croire que ce critique, qui empruntait à autrui ses arguments même de critique, était un censeur-né, incisif, prompt à frapper le point faible, à réveiller, d'une pointe un peu cruelle, l'amour-propre assoupi.

Il a dû fréquemment croire, autrefois, qu'il était sur le point d'écrire, qu'il allait écrire, qu'il écrivait... La plume aux doigts, une détente, une syncope de la volonté lui ôtaient son illusion :

« *Ton* Maugis amoureux *est bien, très bien. Le ton m'en plaît tout à fait. Excellent truc : Maugis, déçu dans ses appétences de fleur-bleue, plaque ce Bayreuth exécré, et Paris recouvré narre que* passus est. *Donc sobriété de descriptions bayreuthiennes, laisse en blanc.*

« *Comme le temps me manquera, ne me laisse pourtant pas trop de place pour Bayreuth, de quoi blaguer la musique et la ville.*

P.-S. — *Et puis non, ne me laisse rien. J'intercalerai dans ton texte la valeur de... mettons dix lignes. Maximum...* »

Entre ces deux alinéas, entre les mots « laisse en blanc » et les mots « et puis non, ne me laisse rien », il y a eu place pour un drame, une lutte, le redressement de l'amour-propre auquel succède ce que Balzac, dans un *Conte drolatique,* nomme en vieux français le « déflocquement », le phénomène affreux qui semble fondre les os, dénouer tous les ressorts de la volonté. S'agissait-il des abdications que connaissent, devant l'effort, beaucoup d'intoxiqués?... Je ne le crois pas. M. Willy, s'il usait de remèdes, ne faisait pas, que je sache, usage de poisons. Une de ses lettres parle de P.-J. Toulet et de l'opium avec une certaine ingénuité, semble confondre la morphinomanie et l'habitude de fumer, décrit Toulet en proie simultanément à la « fumée noire » et aux alcools.

Toutes conjectures et bizarreries auxquelles je n'ai pu donner une réponse. Mais je ne saurai pas davantage le motif de la hâte chronique : « Comme le temps me manquera... Vite, mon petit, vite... Trotte-toi, vieux... Faut-il vous redire, ma chère Colette, l'urgence... » Les êtres auxquels un mal progressif mesure le temps disent tout haut : « Je suis pressé », et tout bas : « Je suis poursuivi. » Robuste, quoique endommagé, M. Willy, qui mourut vers soixante-quinze ans, dut ignorer pareille angoisse, et son impatience n'être qu'un tic... Tic, petit nom badin des névroses...

Lorsque sonna pour moi l'heure de renâcler — bon mot qui rend bien le sursaut animal, le refus total et buté — je reçus de M. Willy, dans la petite retraite où j'avais emporté la chatte, le bouledogue et des livres naufragés, un billet qui, venant après un grand tintamarre de menaces, cliquetis d'armes, tonnerres et éclairs, m'étonna fort. Sur le ton précis auquel m'avaient habituée de longs rapports, mon mari me demandait pour son prochain roman vingt pages de paysages « tels que vous savez les écrire », et me promettait... mille francs. Mille francs d'avant-guerre, mille francs d'après séparation, mille francs pour vingt pages, quand, pour quatre volumes de « Claudine »... Je crus rêver. Le rêve prit forme de manuscrit dactylographié dès le lendemain... Mais... le roman se déroulait dans la Principauté de Monaco que je connaissais à peine, que je n'aimais pas, et je restituai le tout pour cause d'incompétence. « Si roman avait pour cadre Franche-Comté » télégraphia M. Willy, « accepteriez-vous? Si oui, lieu d'action émigre régions Est. »

Par la même voie télégraphique, j'acceptai. On verra plus loin pourquoi je préférais évoquer des paysages franc-comtois.

La suite donna lieu à un incident assez comique, dont je dois le récit à un brave type, qui, chez Willy, s'occupait du courrier, ficelait, portait les copies dactylographiées... Lourd de recommandations, maudit préventivement, engueulé par avance sur le ton cordial, chargé de « tuyaux » de courses, de lettres confidentielles, de trois, quatre messages libertins pour le « baby bouclé », la « gosse adorable », la « princesse-enfant » et autres conquêtes d'âge tendre, l'excellent X... transpirait hiver comme été.

Quand je restituai, grevé de quelques pages le roman bisontin-ex-monégasque, M. Willy vérifia les textes nouveaux, lança le tout à X...

« Chez l'imprimeur, et au trot. Qu'il envoie les placards ici, vite, bon Dieu, vite! »

Sous forme de placards, le roman revint, à la vitesse du boomerang, dans les mains de son maître.

« Grouillez, X..., grouillez! Corrigez et je donne le bon à tirer. Pas le temps d'attendre les secondes épreuves. »

X... obéit, moite. Après les corrections, ses mains, habituées, rhabillèrent l'objet. En nouant le bolduc rose, il risqua, vers le dos penché et soucieux de son maître, une question timide :

« On voit donc la mer, de Besançon? »

Il ne reçut, en réponse, que le haussement agacé des larges épaules, et n'insista pas.

« Patron, je me trotte », murmura-t-il.

Brusquement, M. Willy sortit de sa concentration :

« Au fait! Qu'est-ce que vous m'avez demandé?

— Oh! dit X..., empourpré, ça ne vaut pas la peine... Je me disais... Je trouvais drôle que... que de Besançon on voie la mer... »

M. Willy laissa tomber sur X... le sourire des bons despotes, et un chapelet d'injures amènes. Il n'attendait pas, certes, que X... se rebiffât :

« Ecoutez, patron, tout de même! Je ne l'ai pas inventé, moi, que Besançon... C'est au commencement de votre prochain roman : « Accoudé au balcon de sa coquette maison bisontine, « M. Tardot se divertissait à cracher dans la Grande Bleue. » Preuve que je ne mens pas! »

Avec une agilité d'homme gras, avec cette sécurité fondante et muette que je n'ai vues qu'à lui — je note, en passant, qu'il dansait à la perfection — M. Willy quitta son siège :

« Défaites-moi donc ce paquet, dit-il. Il faut que je revoie *encore* bien des petites erreurs. »

En corrigeant, il riait et parlait pour lui-même :

« A quoi tiennent les choses... C'est crevant. On en ferait une nouvelle... Je ne dis pas que je n'en ferai pas une nouvelle... »

A la moindre sollicitation de ma mémoire, le domaine des Monts-Boucons dresse son toit de tuiles presque noires, son fronton Directoire — qui ne datait sans doute que de Charles X — peint en camaïeu jaunâtre, ses boqueteaux, son arche de roc dans le goût d'Hubert Robert. La maison, la petite ferme, les cinq ou six hectares qui les entouraient, M. Willy sembla me les donner : « Tout cela est à vous. » Trois ans plus tard, il me les reprenait : « Cela n'est plus à vous, ni à moi. »

Le verger, très vieux, donnait encore des fruits, maigres et sapides. De juin à novembre, trois ou quatre années de suite, j'ai goûté là-haut une solitude pareille à celle des bergers. Solitude surveillée, cela va sans dire, et visitée par M. Willy lui-même. Il arrivait fourbu, repartait accablé, maudissant l'excès de ses « travaux » et l'obligation, en plein été, d'être « cloué » à Paris. Il déposait et confiait à ma garde (« Ces infects bouquins représentant une très grosse somme! ») des mallettes pleines de livres obscènes, parfois anciens, tant anglais que français, et les remportait ensuite...

Avec lui s'éloignaient mes tourments les plus réels, pourtant ces départs brusques blessaient encore en moi la vieille et normale chimère de vie en couple, à la campagne... Mais derrière lui je me sentais redevenir meilleure, c'est-à-dire capable de vivre sur moi-même, et ponctuelle comme si j'eusse déjà su que la règle guérit de tout.

A six heures en été, à sept heures en automne, j'étais dehors, attentive aux roses chargées de pluie, ou à la feuille rouge des cerisiers tremblant dans le rouge matin de novembre. Les rats d'argent s'attablaient à même la treille, la couleuvre géante, prise dans le treillage du poulailler, ne put échapper aux poules féroces... Le chat était durement gouverné par les hirondelles, qui lui défendaient à coups de bec, à grands sifflements guerriers, l'accès de la grange dont chaque poutre soutenait une rangée de nids. J'avais un bouledogue, Toby-Chien, qui vivait et mourait d'émotions, un long, opulent, subtil chat angora, Kiki-la-Doucette...

Une chatte pégotte — les chats pégots, en Franche-Comté, sont ceux qui suivent caninement — s'était vouée à moi. Inestimable compagnie de bêtes familières... Je leur parlais peu, puisqu'elles ne me quittaient pas. Un cheval prit place parmi nous, un demi-sang âgé, le pied fin, que j'achetai roué de coups, déchiré de vingt plaies, que je soignai de mon mieux et que je montai. Nous formions un groupe étrange, lui bardé de pansements, de bouts de chiffons gras en tampons entre la sangle et la peau, de vieux linges doux autour de ses boulets, moi à califourchon, dans une culotte de bicyclette genre zouave, à carreaux. Au manège militaire de Saint-Claude, je requis par prudence, pendant une huitaine, les conseils excellents de l'écuyer Calame, et je tournai et voltai, à la queue du dernier cheval, derrière quatre candidats à l'école de Saint-Maixent.

« Chassaî vos faîsses en avant! me criait Calame en pur comtois. Chassaî vos faîsses! Ma fouâ, vous me faîtes plus d'honneur que tous ces pétrâs! »

J'achetai aussi, la dernière année, pour deux ou trois cents francs, un charmant débris, un vieux petit-duc et son harnais à bouclerie d'argent. Le petit-duc est un véhicule qui tient le milieu entre le char des fées et la voiture d'enfant. Point de siège de cocher, et sa coquille à deux places se traîne au ras de la route. Sans arrêter ni inquiéter l'attelage, vous mettez pied à terre, vous cueillez l'églantine, le champignon, la scabieuse, la sinelle et la fraise sauvage, vous remontez... Le cheval muse, broute, rêve en même temps que vous. La place vide à côté de moi, je la chargeais de fleurs, de pommes, de châtaignes. Un jour, je rapportai mon plus beau butin, des bouteilles. Volnay, chambertin, corton, et un frontignan quadragénaire, tout feu, tout flamme... Des bouteilles d'âge, acquises pour quelques francs, dans une guinguette de campagne qui changeait de maître...

Le goût de toutes mes heures franc-comtoises m'est resté si vif qu'en dépit des années je n'ai rien perdu de tant d'images, de tant d'étude, de tant de mélancolie. En somme, j'apprenais à vivre. On apprend donc à vivre? Oui, si c'est sans bonheur. La béatitude n'enseigne rien. Vivre sans bonheur, et n'en point dépérir, voilà une occupation, presque une profession. Pendant que j'écrivais *La Retraite sentimentale*, petites aventures d'Annie, jeune femme qui aime beaucoup les hommes, et Marcel qui n'aime pas du tout les femmes, je développais des forces qui n'avaient rien à voir avec la littérature. Mais elles ployaient si je les bandais trop fort. Je n'en étais pas encore à vouloir fuir le domicile conjugal, ni le travail plus conjugal que le domicile. Mais je changeais. Qu'importe que ce fût lentement! Le tout est de changer.

Je m'éveillais vaguement à un devoir envers moi-même, celui d'écrire autre chose que les *Claudine*. Et, goutte à goutte, j'exsudais les *Dialogues de bêtes,* où je me donnais le plaisir, non point vif, mais honorable, de ne pas parler de l'amour. Autre récompense, la meilleure : j'eus la belle préface de Francis Jammes. Tous mes romans, après, ressassent pourtant l'amour, et je ne m'en suis pas lassée. Mais je ne me suis reprise à mettre l'amour en romans, et à m'y plaire, que lorsque j'eus recouvré de l'estime pour lui — et pour moi.

Nous tenons par une image aux biens évanouis, mais c'est l'acharnement qui forme l'image, assemble, noue le bouquet. Que me fût-il resté des Monts-Boucons, si M. Willy ne me les eût enlevés? Peut-être moins que je n'ai d'eux à présent. Comme de tout amour perdu dès sa fleur, j'ai dit : « Vivrai-je sans les Monts-Boucons? » Et puis... j'ai agrafé sur mon sein d'abord, à mon mur ensuite, le bouquet de feuilles jaunes, mêlé de cerises à demi confites par les féroces étés comtois, de grappes de guêpes engourdies, tirées à l'aube, par panerées, de leurs puissants nids souterrains; un panache de plumes tavelées, les rémiges de mes cinq autours chasseurs de serpents et de lézards, perchés, insolents, sur le plus petit cognassier. Ils soutenaient mon regard et mon

approche, puis épanouissaient dans l'air une grande roue d'ailes...
Tel est mon souvenir des Monts-Boucons. Avant eux, rien n'avait
compté vraiment que la Puisaye natale. Mon bouquet de Puisaye, c'est du jonc grainé, de grands butomes à fleurs roses plantés
tout droits dans l'eau sur leur reflet inversé; l'asile et la corne et
la nèfle, roussottes que le soleil ne mûrit pas, mais que novembre
attendrit; c'est la châtaigne d'eau à quatre cornes, sa farine à
goût de lentille et de tanche; c'est la bruyère rouge, rose, blanche,
qui croît dans une terre aussi légère que la cendre du bouleau.
C'est la massette du marais à fourrure de ragondin et, pour lier
le tout, la couleuvre qui traverse à la nage les étangs, son petit
menton au ras de l'eau. Ni pied, ni main, ni bourrasque n'ont
détruit en moi le fertile marécage natal, réparti autour des étangs.
Sa moisson de hauts roseaux, fauchés chaque année, ne séchait
jamais tout à fait avant qu'on la tressât grossièrement en tapis. Ma
chambre d'adolescente n'avait pas, sur mon froid carreau rouge,
d'autre confort, ni d'autre parfum que cette natte de roseaux. Verte
odeur paludéenne, fièvre des étangs admise à nos foyers comme
une douce bête à l'haleine sauvage, je vous tiens embrassée encore,
entre ma couche et ma joue, et vous respirez en même temps
que moi.

Ce que fit Polaire de *Claudine* est inoubliable. Ses erreurs même, ses résistances aux auteurs et au metteur en scène lui donnèrent raison devant le public, et elle ne s'est trompée qu'heureusement. Elle montra, à réclamer le rôle, une obstination d'illuminée. « Non, meussieur Vili, non, Claudine ce n'est pas Une-Telle, ni Madame Chose, ni Mademoiselle Truc ou Machin-Chouette... Non, meussieur Vili, Claudine, c'est moi. »

Elle habitait, lorsque je la connus, un petit hôtel conforme au gabarit des petits hôtels de dames, douillet, gentil. Je l'avais vue, comme tout Paris, dans son tour de chant où elle était célèbre. Mme Landolf prenait plaisir à composer, pour elle, des robes surprenantes. Une robe pour poupée-de-papier, à petits volets en échelle, en taffetas changeant bleu et vert... Une robe couleur peau-de-Polaire, avec un diadème d'Indien de la Prairie, violet... Une robe de mulâtresse, blanc de neige, battue en mousse... Une robe qui portait, sous sa jupe, l'arc-en-ciel, déployé autour de deux jambes de soie, minces, noires, dures, d'une élégance et d'une agilité exotiques... J'avais applaudi Polaire dans son épilepsie, au refrain d' « Hildebrand » :

> *Hildebrand,*
> *Hildebrand,*
> *Ah! qu'ton nom est excitant!*

et dans une petite chanson saugrenue dont les paroles, ô surprise, sont de Paul Leclerc :

> *Je raffole de*
> *Tous les animaux,*
> *Le singe, le chat, la grenouille et le vieux chameau...*
> *Je raffole aussi*
> *De mon ouistiti...*

En admirant l'accord, le parallélisme des grands yeux horizontaux et de la grande bouche de Polaire, j'avais supporté l'équivoque *Portrait du petit chat* :

> *Il est tout petit, frais et rond,*
> *Tout velouté comme une pêche...*

Je veux citer la fin de la chanson, qui est maniérée et choquante, libertine et sans franchise, comme certains dessus de boîtes à allumettes de la même époque :

> *Allons, mon p'tit matou,*
> *Viens vite, dis-moi tout,*
> *Pas possible?... Vraiment?*
> *Parole?... Ah! c'est charmant!*

> (au public)

> *Si vous voulez surprendre*
> *C'que sa pudeur cacha*
> *Faudrait, pour mieux m'comprendre,*
> *Donner vot' langue au chat!*

Polaire chantait cette pauvreté en crispant tout son corps, en frémissant comme une guêpe engluée, en souriant d'une bouche convulsive comme si elle venait de boire le jus d'un citron vert. Je l'avais vue aussi entrer en scène avec une corde à sauter, et « faisant vinaigre ». Un soir elle se prit le pied dans sa corde, s'étala en criant : « Oh! merde! » se releva d'un saut de carpe...

Ce fut une enfant épouvantée qui s'avança ensuite jusqu'à la rampe, la paume de la main muselant sa bouche coupable, et qui bégaya, en accentuant les *e* muets comme elle le fait encore : « Messieurs, mesdames, jeu vous demande bien pardon, ceulà m'a échappé... Jeu compte sur votre indulgence... »

Mais je n'avais jamais vu Polaire à la ville. Je m'en fus la voir chez elle, avec M. Willy. Elle était seule et portait sur son bras une petite toy-terrier en satin noir et feu, de laquelle je n'ai jamais pu savoir le nom exact : « C'est ma Gaguille », disait Polaire, ou bien : « Où es-tu, ma Lélette? » Ou bien : « Je suis sortie à pied, pour faire plaisir à Troutrouille », ou bien : « La-Poule-d'eau-mauve est encore constipée! »

Le jour de notre première rencontre, Polaire était habillée comme une jeune fille, de bleu marine, ou de vert foncé. Ses fameux cheveux courts — non point noirs mais d'un châtain naturel —, elle les laissait repousser, et les nouait en catogan. Sauf le bistre des paupières, la gomme des longs cils merveilleux, un rouge un peu violacé sur les lèvres, elle n'était fardée que de son propre éclat intermittent, d'une lueur proche des larmes dans ses yeux sans bornes, d'un sourire étiré, douloureux, de toutes les vérités pathétiques qui démentaient son diabolique sourcil circonflexe, sa cheville irritante de chèvre, les sursauts d'une taille-serpent, et proclamaient lumineuses, humides, tendres, persuasives, que l'âme de Polaire s'était trompée de corps.

Une telle erreur n'allait pas sans manifestations que l'on tenait pour comiques, par exemple une trépidation nerveuse, un sautillement d'un pied sur l'autre, comme si la terre eût brûlé les plantes agiles de Polaire. Pendant les répétitions de *Claudine à Paris,* M. Willy gourmanda sa principale interprète qui gambillait sur place dans sa robe en corolle de volubilis : « Polaire, lui dit-il, restez donc un peu tranquille! Vous avez l'air d'une fleur qui a envie de faire pipi. »

Polaire, suffoquée, rougit en brun sombre : « Oh! Vili, on neu dit pas ce mot-là... On dit : aller au petit jardin. »

Sa manière d'aborder le théâtre fut singulière : elle comprenait tout ce qui était nuance, finesse, arrière-pensée, et le traduisait à ravir. Les intentions lourdes la trouvaient gauche, et souvent le comique l'attristait... Mais où **Polaire** n'a-t-elle pas rencontré l'occasion d'être triste?

Son mot chronique, dont nous riions, c'était : « Ah! ceu que je souffre... » Elle l'exhalait en pétrissant de ses mains expressives, au-dessus de sa taille, son solide petit torse bombé, ses dernières côtes hautes et ouvertes : « J'ai les côtes en boléro Empire », disait-elle... Elle soupirait à cause du jour tombant, à cause de la pluie, s'attristait d'amour, de soupçon, d'ambition théâtrale, de soif universelle, de naïveté... « Et dire que j'ai les dents du bonheur! » s'écriait-elle en montrant ses fraîches gencives, ses dents sans tache, un peu écartées... Du bonheur, ô chère, ô triste Polaire de 1935...

Le succès que Polaire valut à la pièce, on ne l'a pas encore oublié.

Au mépris de toute vraisemblance elle habilla son personnage de seize ans en Poulbote : des chaussettes, un sarrau noir que l'héroïne échangeait, au deuxième acte, contre une robe blanche écumante, tout aussi injustifiable... Mais le public s'engoua de tout ce que faisait Polaire. Car au deuxième acte la scène de la griserie se rehaussait, grâce à elle, d'une fantaisie délicieuse, chaste et gaie; car au dernier acte Polaire se jouait des difficultés qu'elle n'apercevait même pas, des médiocrités qu'elle foulait en riant aux anges. De quelle passion elle aima, elle aime le théâtre! J'allais souvent voir dans sa loge cette inspirée. Lorsque nous n'allions pas, avec M. Willy, partager dans une taverne son souper préféré, qui était aussi le mien — un grand triangle de fromage, du pain boulot et un verre de vin rouge —, je la quittais à la sortie des Bouffes : déjà elle cessait d'être Claudine épanouie, et s'assombrissait :

« Au revoir, Colette, bonne nuit.

— Dormez bien, Polaire.

— Oh! moi, je ne dors guère, vous savez... j'attends.

— Qui donc?

— Personne. J'attends la représentation de demain. »

Elle ne mentait pas. Toute passion vraie a sa face ascétique. Polaire comédienne négligeait l'amour, et sa négligence humiliait le beau jeune « fils de famille » qui aimait « Popo » à sa manière, une manière simple, fraîche, un peu brutale quelquefois. Polaire allait jusqu'à bannir Pierre L... de « son » théâtre, lui permettait rarement de venir la chercher à minuit :

« Deu quoi j'ai l'air, qu'un monsieur vient me chercher ici? s'indignait-elle. Ça a l'air que jeu pense à la rigolade! »

Elle rentrait donc souvent seule, montait d'un saut léger dans sa victoria si le temps était beau, serrait contre elle sa chienne minuscule, et les deux chevaux pie — attelage de conte fantastique ou de cirque ambulant — emportaient cette jeune femme qui n'avait pas besoin de vraie beauté pour éteindre l'éclat des autres femmes, cette actrice improvisée à qui science et métier étaient superflus. Le bord de sa robe claire, comme une volute de vague, couvrait et découvrait ses chevilles gainées de hautes bottines blanches — chaussures de nymphe chasseresse ou de dompteuse foraine — et les passants de minuit s'arrêtaient, se retournaient pour voir « Claudine »...

Une nuit, la sonnerie du téléphone éclata aux oreilles de M. Willy, qui dormait. Il décrocha l'appareil, entendit des sanglots confus, des appels étouffés : « Venez, Vili, venez, vite, jeu meurs! »

Le temps de blasphémer, de passer un pardessus sur sa chemise de nuit à broderie russe, et M. Willy s'élançait, en me jetant des instructions brèves :

« Habillez-vous, rejoignez-moi, je ne sais pas ce qu'il y a chez Polaire, mais ça m'a tout l'air que la recette de ce soir est foutue... »

Il trouva, nous trouvâmes Polaire sur le tapis, et quasi sous le lit de sa chambre à coucher. Sur le lit se tenait assis, éclairé à souhait par une lampe de chevet à jupon rose, un jeune homme en pyjama, Pierre L... Sombre et les bras croisés, il respirait précipitamment par les naseaux, comme après un pugilat.

A terre pour le compte, Polaire gisait, si gésir est un mot qui convient au serpent coupé, au fauve en sa frénésie, à tout ce qui vivant sait se tordre, se nouer et dénouer, gratter le sol des talons, des ongles, sangloter, rugir... Immobile, le jeune homme la regardait, et ne lui portait aucun secours.

« Bon Dieu! soupira M. Willy. Qu'est-ce qu'elle peut bien avoir? »

Pierre L... ne desserra pas sa belle bouche, mais la réponse vint, inarticulée, de dessous le lit :

« Vîly! Il m'a battue. La brute! Là, et là... Et ici... Vîly! Jeu vais mourir! Qu'il s'en aille! Oh! la, la! oh! la, la! Que jeu souffre! La police, la police!... Jeu veux qu'on l'envoie aux galères!... »

M. Willy s'essuya le front, et s'enquit du plus pressé.

« Elle est blessée? »

Pierre L... secoua les épaules.

« Blessée? Vous me faites rigoler. Deux, trois marrons... »

La gisante sauta sur ses pieds. Couronnée de bigoudis gros comme des escargots de vigne, bouffie de pleurs, dilatée de cris, elle ne ressemblait pourtant, dans sa longue chemise, qu'à une brûlante sorcière de Java, car rien de ce qui était forcené n'arrivait à l'enlaidir.

« Deux, trois marrons! répéta-t-elle. Et ça? Et ça? »

Elle montrait ses bras, son cou, son épaule, ses cuisses faites pour serrer à cru les flancs d'une monture.

« Les gendarmes! Leu commissaire deu police!... » piaula-t-elle enfantinement.

Elle fondit en pleurs de vaincue et retomba. M. Willy s'essuya le front, s'assit, rassuré, sur le lit à côté de Pierre L...

« Mon vieux Pierre, c'est pas chic, ce que vous avez fait là, permettez à un ami de vous dire qu'un homme de cœur... »

Le vieux Pierre posa, sur son cœur insensible, sa forte main blanche et soignée :

« D'abord, je m'en fous d'être chic ou pas chic, déclara-t-il. Ensuite, ce qu'elle m'a dit, je n'ai pas pu le supporter... Non! cria-t-il à pleine voix, je ne le supporterai jamais! »

Il se leva, fourragea dans ses cheveux foisonnants, d'un blond cendré.

« Vous pouvez tout me raconter, insinua M. Willy avec ménagement.

— Elle m'a dit... commença Pierre L... à tue-tête, elle m'a dit... que je n'étais pas doux! »

Sur le tapis, Polaire s'agita faiblement, secoua son diadème d'escargots, gémit...

« Que-je-n'étais-pas-doux! assena Pierre L... Quand j'ai entendu ça, le sang m'est monté aux yeux... Pas doux? On me connaît, je crois!... »

Il frappa, de ses poings, le coffre sonore de sa poitrine.

« Pas doux! Moi, pas doux!!! »

Du sol montèrent des geignements, des mots entrecoupés :

« Non... Tu n'es... tu n'es pas doux... Tu neu comprends rien... Tu neu sais pas ce queu c'est queu la compréhension et la douceur. Ce qu'une femme a le plus beusoin en amour, ceu n'est pas ceu que tu crois, c'est...

— Vous l'entendez! tonna Pierre L... Elle recommence! Bon Dieu! »

Il jeta la veste de son pyjama, se pencha vers le tapis, et M. Willy déjà s'interposait... Mais deux bras bruns se levèrent, se nouèrent au cou sans pli de l'homme doux :

« Pierre... Que jeu souffre... Personne neu m'aime... Pierre...

— Mon petit coco... Mon mou-mour... Popo chérie... Qui est-ce qui a dit ça, que personne ne t'aime? »

Il l'enleva, la porta suspendue comme un chevreau noir, la promena dans la chambre autour du grand lit Louis XV en chantonnant, et M. Willy se tourna vers moi :

« Je crois que notre présence ici n'a plus rien d'urgent... J'ai eu chaud! Ils sont crevants, n'est-ce pas? »

Il s'essuyait le front, et riait, mais je n'arrivais pas à l'imiter. Inutile, à peu près muette, j'avais eu tout le temps de regarder un spectacle inconnu, l'amour dans sa jeunesse et sa brutalité, un amant offensé, son torse nu, la douce peau féminine sous laquelle jouaient ses muscles exemplaires, les creux et les saillies de son corps indifférent et fier, la manière assurée dont il avait enjambé, puis ramassé, le corps terrassé de Polaire...

Je voyais sa nuque pleine et tondue, la pluie de ses cheveux cendrés qui nous cachaient le visage de Polaire... Il berçait à son cou une victime qui ne pensait plus à nous.

« Jeune Pierrot, vous me promettez de ménager les nerfs de notre vedette? Et de ne plus lui prodiguer des avis si... convaincants? »

La jeune tête se releva, montra un visage florissant, féroce, une bouche mouillée du baiser interrompu :

« Seulement quand il le faudra, mon vieux, je vous le promets! »

Je me rangeai au côté de M. Willy qui affectait de marcher comiquement sur la pointe des pieds, et nous sortîmes.

Rassuré, M. Willy se divertissait de notre expédition nocturne. J'étais moins gaie.

« Vous avez froid? Vous ne voulez pas rentrer à pied, j'imagine? »

Non, je n'avais pas froid. Oui, j'avais froid. Pourtant j'aurais voulu rentrer à pied. Ou ne pas rentrer du tout. En marchant, je regardais au fond de moi la chambre nocturne que je venais de voir. Il m'en reste, sur un fond indistinct, des rehauts de bleu très pâle, des lumières roses, des petits abat-jour brodés et la blanche étendue bouleversée d'un lit d'amants... Il m'en reste le souvenir d'un long moment de malaise triste, peut-être devrais-je écrire : de jalousie...

A partir du jour où, obéissant aux suggestions de M. Willy, je coupai mes trop longs cheveux, maint observateur avisé me découvrit une ressemblance avec Polaire. L'observateur avisé ne se récrie sur la similitude de deux jumelles que si elles sont pareillement vêtues et coiffées. Polaire et moi nous avons l'oreille très loin du nez, c'est vrai, et les yeux horizontaux. Autant que ses yeux, que ses chevilles, que ses dents, j'ai pu envier sa délicate petite oreille...

Pour ne pas mentir, je ne demandais qu'à voir tomber ma grande corde incommode de cheveux qui se nourrissait de moi. Le coup de ciseaux donné, je goûtai un plaisir que seul gâta une lettre de « Sido ». Elle flétrit mon geste en termes étrangement graves : « Tes cheveux ne t'appartenaient pas, ils étaient mon œuvre, l'œuvre de vingt ans de soins. Tu as disposé d'un dépôt précieux, que je t'avais confié... »

Mais je secouais un front délivré du joug et des épingles, et je me répétais avec allégresse : « Je sens le vent passer sur la peau de ma tête ! » A côté de moi quelqu'un voyait beaucoup plus loin : M. Willy était en train d'inventer une paire de *twins*.

De par sa décision nous eûmes, Polaire et moi, trois « tenues » identiques, trois seulement, et c'était bien assez, et c'était bien trop : un costume tailleur écossais vert, noir et marron; une robe blanche, une « charlotte » en tulle blanc et bouquet de cerises; un autre tailleur gris-bleu à bandes gris-blanc, piqûres, pattes, et je ne sais plus quelles nervures appelées « straps », au sujet desquelles j'ouvre une parenthèse. Pendant un essayage, le coupeur expliquait :

« Le straps vient jusqu'ici, en mourant, avec les pattes piquées. »

Polaire, distraite à son habitude, sortit en sursaut de sa rêverie :

« Oh! pauvre peutite bête! On ne peut pas le laisser comme ça! Il faut le soigner! »

Mise au fait et revenue à la réalité, elle s'excusait :

« Le straps, je voyais ça un peu comme le fox-terrier, mais plus petit... »

Les jours où notre manager nous menait vêtues de pareil, au restaurant, elle pouvait difficilement cacher une gêne, une tristesse de bête affublée, qui n'attirait que mieux l'attention gouailleuse. Polaire a toujours mis toute son âme sur son visage... Ce n'est pas sur le mien qu'on eût surpris de telles marques d'un trouble honnête. Je dépassais trente ans, j'avais donc plus de dix ans d'école.

Polaire doit se souvenir encore d'un soir de générale au music-hall — Moulin-Rouge, Casino, Folies? — où nous étions « commandées de service ».

« Mettez vos robes blanches, conseilla M. Willy. J'aurai l'air de balader mes deux gosses. »

Quand nous entrâmes tous trois dans l'avant-scène, l'attention du public se fixa sur nous d'une manière si pesante, si muette et si unanime que les sensibles antennes de Polaire frémirent, et elle recula d'un pas, comme devant la trappe...

« Eh bien, Popo? » dit le manager.

Elle se cramponnait des deux mains à la porte de la loge, s'effaçait : « Non... non... Jeu ne veux pas... Jeu vous en prie... J'entends ce qu'*ils pensent*, c'est laid, c'est affreux... »

Naturellement, elle céda. Mais lorsque, assise à côté de moi en pleine lumière, elle soupira son : « Ce queu je souffre... » elle me fit, ce soir-là, beaucoup de peine.

Après *Claudine à Paris*, M. Willy, exploitant « à blanc » toute futaie, humant jusqu'au tarissement toute source, requit

Quel âge atteignais-je? Vingt-neuf ans, trente ans? Déjà l'âge où s'agrègent, s'organisent les forces qui assurent la durée, l'âge de résister aux maladies, l'âge de ne plus mourir pour personne, ni de personne. Déjà ce durcissement que je compare à l'effet des sources pétrifiantes... Un goutte-à-goutte tiède glisse du front aux pieds, et l'on s'effare : ah! c'est du sang, c'est mon sang... Mais non, c'est ce fluide qui laisse en séchant une cendre fine et croûteuse, peu à peu épaissie... Ainsi s'habillent de calcaire les vieux crabes, les très anciens homards, gris de pierre, rêveurs sous leur « quai », et presque invulnérables... J'étais loin de l'invulnérabilité, mais je ne songeais pas à mourir. Sido vivante, je n'ai jamais songé à la mort volontaire. En écartant, comme je le puis, l'idée de Sido, en essayant d'imaginer une jeunesse sans Sido, je crois que le suicide et moi nous ne nous serions jamais ni tentés, ni toisés. Je n'aime pas ce qui est facile, et quant à l'opportunité de notre mort, il n'est qu'autrui pour en savoir juger, dans des paroles confites en sagesse : « Il est mort à temps... La pauvre, elle a bien choisi son heure... »

Trente ans environ, et le goût, l'accoutumance de vivre grâce au cal qui se forme, aux défis quotidiens que je me portais... Dix années de Paris, et malgré les apparences, un isolement bien singulier. Isolement que nous étions deux à entretenir, à préserver : M. Willy et moi. M. Willy connaissait « pas mal de gens », plus de foule que de personnalités. On nous rencontrait beaucoup, on nous invitait peu, de quelle « bonne société » nous fussions-nous réclamés? Je n'en vois qu'une : la famille de mon mari, qui, pour nous, s'entrouvrait, se refermait, inquiète. La période mondaine de M. Willy commence plus tard.

Notre couple suscitait la curiosité, seule je ne suscitais rien du tout. Je n'aurais pas mis de noms sur deux cents visages. La sauvagerie native, commune aux enfants de Sido, y était pour quelque chose, il fallait compter aussi avec l'attention, l'intention voilées de M. Willy. Il me confiait, l'été, à une solitude gardienne, j'eus souvent à Paris l'occasion de constater qu'il prenait soin de brider l'élan de ma jeunesse vers des amis et amies de mon âge, élans d'ailleurs rares, qu'il assagissait péremptoirement, avec une extrême adresse. Si ma sympathie — qui s'habille encore aujourd'hui de rudesse, et ne parade pas pour plaire — se mêlait d'aller au-devant d'une coquetterie féminine, ou d'une sourde chaleur virile, M. Willy s'en avisait aussitôt : « C'est une amitié indigne de la vôtre », disait-il en grondant doucement, et il n'oubliait pas de mentionner les graves motifs de l'indignité. Au besoin, il insistait : « C'est que je suis un peu jaloux de ma fière petite fille », disait-il avec grâce. Ni petite fille, ni, hélas! fière, et quant à la jalousie... Il semblait savoir qu'une amitié serait, contre lui, une conseillère plus puissante que l'amour, mais aussi que l'amitié, d'essence fine, à croissance lente, se jugule aisément, ergote, boude, recule où l'amour, ce bon gros amour, passe outre et boule l'obstacle. Il arrive en contrefaisant la foudre, part souvent du même train. Mais nous n'avons pas trop de vingt ans pour former une amitié, assurer son présent et son avenir. Mes amis de vingt ans et davantage, mes amis de dix ans et moins, il ne sera pas, ici, question de vous. Nos rendez-vous n'aiment ni le bruit ni la lumière. Soignez-vous bien, durez plus que moi... Merci.

Notre jeunesse a souvent les amitiés qu'elle mérite. Ils crieront à l'injustice, les jeunes gens qui me liront et qui souffrent d'amitié saignante. Mais ce n'est pas pendant ma première jeunesse que s'est formulée en moi cette opinion critique.

En me mariant, je n'avais eu à trahir aucun de ces étroits attachements d'adolescentes, qui imitent le couple comme les animaux joueurs imitent l'acte amoureux, c'est-à-dire avec gaucherie, avec gaîté, et parfois une ignorante et vindicative violence de sentiment. La vie villageoise, qui n'admet guère le mystère, ne peut empêcher la formation de ces affections-là, mais elle les gêne, les raille, et, à la longue, les décourage. Pour celles que le hasard m'offrit après mon mariage, je les accueillis mal d'abord, non que je me sentisse particulièrement misogyne, mais j'étais garçonnière, assurée dans la compagnie des hommes, et je redoutais la fréquentation des femmes comme j'eusse été hostile à un luxe qui demandait ensemble des ménagements et une certaine méfiance...

La trentaine donc, et une exceptionelle disette d'amitiés féminines, de complicités, d'appuis féminins. La complice idéale, l'appui véritable, je les avais tous les deux dans « Sido », lointaine et proche, Sido à qui j'écrivais chaque semaine deux lettres, trois lettres, bourrées de nouvelles vraies et fausses, de descriptions, de vantardises, de riens, de moi, d'elle... Elle est morte en 1912. Après vingt-trois ans, un réflexe, qui ne veut pas mourir, m'attable à mon bureau, ou à un guéridon d'hôtel si je voyage, et je jette mes gants, et je demande « des cartes postales avec des vues du pays », comme elle les aimait... Et pourquoi cesser de lui écrire? M'arrêter à un obstacle aussi futile, aussi vainement interrogé que la mort?

Trente ans... Regrettais-je les premières années, les premières tanières, la bohème étrangement logée dans des meubles d'avoué, mes longs jours oisifs dans la pénombre, et ma convalescence sur le sommier-divan, brodé à gros points par la femme qui m'avait précédée... A cette inconnue, je ne faisais grief que de son goût de coudre, sur la grosse toile-canevas, de larges paillettes coupantes... Je regrettais les fous rires qui crèvent les jours tristes. Pierre Veber, brouillé avec M. Willy par l'affaire *Une passade,* me manquait, et j'évoquais son humour bondissant... D'ailleurs elle n'a qu'un temps, l'infatuation charmante qui improvise pour son propre compte autant que pour l'ébahissement d'autrui, la jeune folie qui précipitait Pierre Veber, à grand bruit, précédé de sa canne, du haut de l'escalier de la rue Jacob jusque dans la cour. D'en bas, il interpellait M. Willy, en vociférant :

« Il y a des juges, monsieur, pour les gens qui foutent leurs créanciers dans l'escalier au lieu de payer leurs dettes! »

Toutes les fenêtres du vieil immeuble s'ouvraient, y compris les deux nôtres, où se penchaient deux longues tresses, et un crâne nu, vaste et vernissé. M. Willy « enchaînait » et répliquait à tue-tête :

« Mes créanciers, monsieur, je les respecte et je les honore! Je suis un débiteur assidu, ponctuel, je tiens à mes créanciers! Mais je refuse ce titre à un petit salopiaud qui vient me relancer deux fois par semaine, sous prétexte que je lui dois trente-deux francs, en réalité pour pincer les fesses de ma bonne! »

La concierge conçue et réalisée d'après la tradition ancienne, le balai au flanc, le *caraco* hors de la ceinture, ivre de tafia et de chartreuse de ménage, applaudissait son locataire :

« Ça, c'est tapé! »

Tandis que Paul Masson, qui se glissait parmi la petite foule ameutée, tirait de sa serviette d'avocat des images qui n'étaient point de piété et les distribuait, impartial dans le crime, aux écoliers comme aux écolières. « Pour occuper les longues veillées d'hiver », leur murmurait-il...

Nous en étions, maintenant, au 177 *bis* de la rue de Courcelles, et je mettais au net *La Retraite sentimentale* en y retrempant mon regret tout vif de Casamène — traduisez : « Les Monts-Boucons ». Là, j'écrivais aussi le premier état de *Minne,* c'est-à-dire une nouvelle de cinquante à soixante pages, à laquelle j'avais donné des couleurs qui me plaisaient : rouge, rose, noir, un peu d'or pâle sur la petite héroïne... Ma nouvelle tenait du conte fantastique et du fait divers. Elle me venait — un peu frelatée et se moquant de sa propre littérature — des « fortifs » voisines, et je la voulais garder pour moi seule, la signer, comme les *Dialogues de Bêtes,* de mon nom... Mais M. Willy ne le voulut pas. D'une insistance sans répit, d'un siège à ruiner tous les courages, je sortis vaincue. J'étirai *Minne* en roman, je la rendis froidement infidèle dans *Les Egarements de Minne*. Depuis, j'ai bataillé pour la reprendre, mais j'avais lutté plus amèrement avant de l'abandonner... J'ai resserré en un seul, échenillé les deux volumes, et je ne retrouverai plus jamais la petite figure agréable qu'avait *Minne* avant sa « crise de croissance »... Encore heureux que, pour l'honneur du roman français, la fin de ma lâcheté ait abrégé son destin, et tué dans l'œuf Dieu sait quelles *Minne aux enfers, La Fille de Minne, Le Divorce de Minne*...

Singulier logis que ce second étage d'hôtel particulier, au 177 *bis*. Le premier abritait un silencieux, un unique voisin, le prince Alexandre Bibesco. Parfois je regardais la chevelure admirable, rousse et dorée, de la princesse Bibesco, née Hélène Réyé — créatrice touchante de Claudinet dans *Les Deux Gosses* — descendre l'étroit escalier tournant, comme une torche qu'on jette dans un puits... L'appartement ne ressemblait à rien de ce que j'avais habité. Au n° 93 de la même rue, nous avions laissé un petit atelier empreint de mauvais goût artiste, peint en vert clinique, meublé de peaux de chèvres blanches qui jouaient à l'ours, tout intoxiqué de couleur verte, de bibelots Bing, de prétention au glauque et au crapaudin, illustré de deux excommunications, lancées contre M. Willy par Erik Satie...

Une menace bourgeoise se levait de tous les coins, au 177 *bis*. Je la subissais avec une passivité bizarre, mais je perdais mon peu d'assurance, comme si je me fusse sentie visée personnellement.

D'un Saisies-Warrants, M. Willy avait acquis une chambre à coucher « complète », si complète en effet que le cannage de rotin y rencontrait le laqué blanc et les médaillons en faux Wedgwood, ovales, distribués sur les panneaux du lit, de l'armoire, les dossiers des fauteuils, la coiffeuse-triptyque... Celle-ci, à mi-corps, s'affublait de tiroirs à bijoux dans lesquels je serrais, n'ayant point de bijoux, une collection de billes en verre, collection qu'à travers tourmentes, vicissitudes, déménagements, modifications d'état civil et voyages, je n'ai pas cessé de posséder, et même d'enrichir.

Molle, avec les apparences de la distraction, je laissais le mobilier désolant s'installer chez moi, sans autre protestation, sans autre sursaut qu'une incrédulité secrète : « Ce n'est pas possible, ce n'est pas *vrai,* je n'habite pas ici. »

Une femme de chambre qui vint collaborer avec la cuisinière, revêtit à mes yeux le même caractère d'inauthenticité. Elle avait l'œil vairon, se servait familièrement du mot « incommensurable », démontait et remontait toutes les serrures, et se délectait visiblement de son propre mystère. Ce qu'elle cachait me parut anodin, et comique, au regard de ce que je craignais. Car des plaintes m'édifièrent : Louisa écrivait des vers obscènes en l'honneur de tout ce que les immeubles voisins comptaient de jeunes servantes, et notre cuisinière indignée nous mit entre les mains une odelette, qui célébrait avec concupiscence ses charmes de brune. Au-dessous de sa signature, la poétesse avait ajouté : « P.-S. — *J'irai jusqu'à cent francs, Antonine, et ce n'est pas une blague.* »

Louisa de Mitylène partit, toute honte bue, le sourire aux lèvres. Je regardais autour de moi les saisons et les êtres partir, venir, aller; je travaillais, je donnais des soins à un intérieur dont le pis que je puisse dire est qu'il manquait d'âme... L'âme fuyarde, c'était sans doute la mienne, qui cherchait son salut.

Une décision prompte et brutale, je n'aurais ni osé ni voulu la prendre. En acceptant, une fois, pendant le milieu de l'été, que mon séjour aux Monts-Boucons n'eût pas laissé veuf de femme le logis parisien, je m'étais donné la mesure de ma couardise, mais aussi la certitude de ma flexibilité, ainsi j'ai toujours nommé mon empire sur moi-même, estimant qu'il n'y a pas de résistance humaine qui dure, si nous ne savons ployer. Je n'aime certes pas ma longue attente, ma longue peur, mais je mentirais si, pour me donner l'air de battre ma coulpe, je les appelais temps perdu.

C'est à l'oiseux appel de l'amitié féminine que j'ai d'abord fermé mon oreille, me croyant, me sentant trop forte et mal façonnée pour la confiance. Un peu « fière » aussi, dans le sens que ma province assigne à ce mot-là. Les petites Loute et Moute et Touffe du Quartier latin, rien ne m'a été plus facile que de rire avec elles, de les écouter rire, autour d'un guéridon du Vachette. Mais M. Willy s'avisa d'amener chez nous un frais modèle de Léandre, la notoire Fanny Z..., et je ne ris plus du tout.

Cette année-là, les amateurs d'art se récriaient devant un panneau de Léandre (Gustave Lyon l'acheta), une Fanny de profil, debout dans sa robe noire d'ange des ténèbres. Quand j'eus devant moi, chez moi, la Fanny aux doux cheveux châtains qui roulaient libres sur ses épaules, quand je la vis jeter sur mon lit son toquet de page, porter sur tous objets ses belles mains aux doigts retroussés, ouvrir sa robe par habitude sur sa gorge impatiente, se tirer la langue devant mon miroir, que je l'entendis confier à M. Willy, à moi, aux oiseaux par la fenêtre ouverte, ses préférences voluptueuses, le sang de « la fille à Mme Colette » s'insurgea. Je fis la figure pincée que j'allais cacher en haut d'un arbre, autrefois, à l'arrivée des « visites », la même figure prude et pointue...

« Allons, jouez! Donnez-vous la main, embrassez-vous! » disent aux enfants les grandes personnes. Gourmés, silencieux, les enfants offensés rougissent, et restent de glace... La liante humeur de M. Willy n'arrangea pas les choses — du moins entre Fanny Z... et moi. Mais ce jour-là, tout occupée d'elle-même, Fanny ne s'aperçut de rien.

Le mariage — du moins le premier — ne suffit pas à calmer, chez une jeune femme, le romanesque de la pensionnaire. Un engouement bref me prit, à vingt-deux ans, pour une grande alezane teinte et reteinte, qui enseignait le piano. Toquade, attachement de l'élève au maître... Et puis la dame professeur n'était que rousses ténèbres, damas glauques de chez Liberty, béguins cousus de verroterie, et quant à son prénom, je préfère le celer, plutôt que d'avouer qu'elle se nommait Daffodyl, Aglavaine ou Ortrude.

Chaque époque façonne un type féminin d'après les suggestions d'un peintre, mais ce n'est jamais sur celles d'un très grand artiste. Ma dame en Liberty était un Rops. L'œil infaillible de la mémoire superflue, en la dépouillant de ses parures couleur d'aquarium, me la montre, la pommette haute, l'abatis énorme, et l'œil prasin, pareille aux blonds assommeurs que Jean Lorrain chérissait. Lorsqu'elle apprit que je connaissais Lorrain, elle éprouva ou feignit une sorte de pâmoison, et mendia la faveur de le rencontrer. Il y consentit, et se vengea. L'ayant vue chez moi cinq minutes, et toisée sans charité, il partit, en me faisant signe de le suivre jusqu'au palier. Là, il me prit sous le bras, mit sa bouche contre mon oreille :

« Imbécile! me dit-il. Vous n'avez pas vu que c'est un homme? »

Et il me planta là, effarée...

Quelques semaines plus tard, il se moquait de ma crédulité, et jurait qu'il avait voulu rire. Mais je m'étais servie de n'importe quel prétexte pour écarter la dame qui se prénommait Alladine, ou Joyzelle...

La force et la beauté quittaient déjà, lorsque je le connus, Jean Lorrain, gars normand qui tenait beaucoup à l'épithète de « gars », mais y renonçait facilement dans l'intimité. Lui voyant sur le front sa mèche travaillée, rougie au henné entre une marge blanchissante et une zone de cheveux foncés, je m'étais récriée devant cette coiffure tricolore et avais comparé Lorrain aux chattes à trois couleurs, dites « chattes portugaises ». Il rit beaucoup, et signa souvent « la chatte portugaise » les petits billets familiers qu'il m'écrivait dès qu'il m'eut prise en amitié. Sa camaraderie, à longues éclipses, m'était bonne, venue aux jours où je souffrais, dans le secret de moi-même, de n'être que moi, c'est-à-dire une petite jeune femme gentille, qui n'avait d'estime ni pour son travail anonyme, ni pour sa soumission. Rien qu'à me dire, en indiquant un détail de ma coiffure, et une petite cravate à mon cou : « Non, pas comme ceci ; là, c'est mieux. Et pas de rouge autour du cou, cherchez plutôt la même couleur que vos yeux », Jean Lorrain m'avait fait plaisir.

Tourmenté déjà d'usure, de misères physiques, il les avouait plus volontiers à une femme, en même temps que les défaillances d'un caractère resté jeune, frais, sensible aux jeux de couleurs, et qu'exaltaient les paysages, surtout les paysages méridionaux. Ce qu'il portait en lui de mauvais goût se satisfaisait de joyaux économiques, de gemmes troubles — calcédoines, chrysoprases, opales et olivines — de grosses bagues en or torturé, qui n'étaient pas montrables et qu'il montrait. Il aima les cannes d'écaille et les gourdins de « beutier » à lacet de cuir, les foulards bleus, les mouchoirs bleus, les chemises fleur-de-lin, l'iris bleu à la boutonnière, pour le tonique azur que versaient, à ses propres yeux bleus, tous ces colifichets. Il est vrai que sur une sclérotique jaunie, entre des paupières irritées, fleurissaient dans le visage de Lorrain les plus beaux yeux bleus dont pût se vanter un homme. Ces yeux insatiables ont eu soif de ce qui est beau. Le reste du visage ne les valait pas. Un peu taurin, le nez court et le menton enveloppé des gens qui jugent à la hâte, un teint vermeil que la couperose attaqua, que recouvrirent des artifices maladroits... Mais sous un fard blanc croûteux, sous des traits de crayon bleu-corbeau qui soulignaient, à la fin, les yeux gonflés d'humidité, à l'abri du grand chapeau de farinier qui effarait les passants, je cherche, je retrouve aisément la figure d'un homme.

Jean Lorrain n'a jamais, jusqu'à la fin, abdiqué le droit et l'envie d'être batailleur et même bretteur; dans les rencontres et les altercations il devenait entièrement viril, se jetait — type taurin! — tête baissée dans tous les mauvais cas et s'en tirait mal, mais belliqueusement.

Son écriture est tristement éloquente. Couchée, rasant l'horizontale, elle se redresse pour consigner des enfantillages et des vantardises. C'est aux lettres de Jean Lorrain que je prenais l'envie du Midi inconnu, et la titubante écriture qui dessinait le mot « Marseille » semait aussi, pour moi, ces étoiles larges et paresseuses qui dansent si mollement, au milieu du jour, sur l'eau sirupeuse du port. Lettres affectueuses, lettres pleines au commencement de coquetterie littéraire, appliquées au cynisme — lettres qui vont diminuant, s'éteignant — lettres qui me sont chères, croquis de Lorrain par lui-même...

« *Oui, le hâle fait les yeux bleus plus bleus, mais l'amour en Provence les cerne comme nulle part ailleurs!*

Poitrine dilatée de caresses,
Paupières gouachées de volupté,

C'est ainsi que je vous reviens, mais pour partir... encore! Ici, les nougats de l'Exposition après l'abside de Saint-Trophime, les dômes du Trocadderriero après le dôme d'Avignon, et la couperose de Mme X..., cette vieille fraise au champagne, après l'ivoire et l'ambre vert des carnations provençales... De rage vous désirerez ma mort, Colette, tant je rapporte en moi de bleu et de soleil. Mes plus lorraines tendresses. »

« J'ai fait la fête et toute la lyre! Et que de Claudines et de Claudins!... Il vous importe peu de savoir où j'ai passé la nuit? Je me vante, ma chère. Mais il faut cultiver sa légende. »

> *« Crevettes roses très cuites,*
> *Entrecôte béarnaise,*
> *Omelette aux confitures de coing,*
> *Banane (une seule),*
> *Et du Saint-Galmier.*

Voillà, Colette! Et la gaîté du Vieux-Port, et la sollicitude du Jeune Mistral, qui est de mes amis. Mais ce soir... eau de riz, et camomille, et coucher à huit heures... J'aimerais mieux vous guider parmi les enfers marseillais. Demain me verra sous les Allées qui, ombre et soleil, sont charmantes le matin. Your's. Ci-joint la chronique que me refuse Le Gaulois! *Ne me la perdez pas. Quelques matelots me font de l'œil. Et, ma foi, quelques poissonnières : je suis fiancé trois fois pour ce soir! Ah! si l'on avait de la santé!... Mais il faut pondre de la copie... Votre Lorrain-feu-Phocas.*
Comme je vais être ennuyeux! »

Un message sans date est une sorte d'adieu, un signe décoloré, la trace jaune, sur le papier, d'une encre d'hôtel ou de clinique :

« *... Je suis très atteint, très souffrant, très malade... J'ai lâché les* « Raitifs », *j'ai lâché les* « Poussières », *je puis à peine écrire. Se coucher par terre comme un chien... Je ne lis plus.*
Si vous saviez dans quel grand fond d'indifférence repose, ou plutôt glisse ma vie... vous plaindriez — ou envieriez — votre

Jean Lorrain. »

Sur la foi d'un tel message, déjà je le pleure... Et je le retrouve devant la boutique de Laffitte le libraire, à Marseille, je le retrouve dopé, fardé de frais, rajeuni, encore une fois ressuscité par un des crépuscules roses et verts qui délient l'âme, là-bas, de tous soucis.

Mais sa lèvre inférieure constamment se mouille et s'affaisse...

« Venez que je vous montre une jolie maison de Marseille! Un escalier!... »

Il pose les doigts, en baiser, sur cette pauvre bouche qui lui obéit mal... Et nous allons, par des rues étroites où de certains seuils on appelle, avec l'*assent* : « Jain! » jusqu'à un escalier à rampes et balustres de marbre blanc, italien, tourmenté, d'un blanc de sucre...

« Joli?

— Assez joli. Nous redescendons?

— Pas avant d'avoir pris l'apéritif. »

Il pousse au premier étage une porte de moleskine, derrière laquelle une gouvernante en faille noire s'écrie, elle aussi : « Jain! » en levant ses mains chargées d'or, or en bagues, or en bracelets, or en joncs, en gourmettes... Aux murs du salon bourgeois, quatre chromos identiques glorifient quatre fois la même « baigneuse » rose, et je m'en égaie, quand la porte s'ouvre sur l'entrée des dames...

De vraies « dames », que de temps en temps je rappelle à moi d'un signe, pour voir si quelque détail n'a point fondu, si elles ont toujours, au cimier de leur chignon-casque, les nœuds de rubans pareils et verticaux, aux couleurs du drapeau français, si leur étrange vêtement de tarlatane grossière, en forme de guérite épatée, les ensache toujours du col aux pieds.

Sous ce cilice raide d'empois, elles sont réglementairement nues, mais on ne fait que deviner les médaillons noirs et larges des seins, un triangle rêche, plus noir encore, et, sur les bas noirs, les jarretières bleu-blanc-rouge... Trois me font un petit salut guindé, la quatrième va s'asseoir contre le mur, mais je n'ai plus d'yeux que pour celle-là, qui porte dénouée et folle une crinière grande comme un nuage, et qui n'a pas de nez dans son visage fixe et épouvanté...

« Menthe verte? Picon-citron? » propose Jain.

Trois battent des mains :

« Menthe verte! Menthe verte! »

Pour la quatrième Jain insiste, mais elle regarde droit devant elle comme une aveugle.

« Eh! dis, Jain, laisse-la... »

Celle qui a parlé représente avec aisance l'élément autochtone et mondain. C'est une maigre à gros seins, à légère moustache, à petits yeux sévères d'ouvrière honnête.

« Elle est nouvelle? demande Jain.

— Nouvelle, si tu veux... T'occupes pas d'elle... C'est pas une personne pour vous... »

La mondaine étale, sous son derrière bas et modeste, sa cage à gros réseau, et fait des frais pour moi :

« Et madame est de passage? Et quelle belle ville, hé? Et même qu'il fait chaud, on a la brise de mer... Et c'est pas les beaux monuments qui manquent, on peut dire!...

— Comment s'appelle-t-elle? demande Jean qui ne quitte pas du regard, lui non plus, la fille sans nez... »

La dame bavarde perd un peu de sa dignité.

« Quand tu sauras qu'on lui dit des fois Mimi, des fois Augusta, tu seras bien avancé! Elle cause pas même le français! »

Elle sirote une gorgée de menthe verte, s'essuie la bouche du bout des doigts, daigne expliquer :

« C'est une qu'on a prise pour les équipages de couleur. »

Levant la main en signe de protestation, elle ajoute vivement :

« Elle ne travaille pas à l'étage, Bonne Mère! Seulement dans la salle d'en bas, sur la cour. Et vous voilà déjà partis?... Madame, à présent que vous connaissez le chemin... Jain, dis, tu me le feras avoir, le flacon de chypre? Tantôt un an que tu me le promets! Sans adieu, madame... Eh! Jain, laisse-la, celle-là... Un chien il donne la patte, elle n'en sait pas faire autant... »

Dans le bel escalier blanc, tendu de papier-velours rouge, je me souviens que Jean Lorrain m'assura, sans conviction, que le blanc et le rouge ont de tout temps incité l'homme à la joie et à l'amour...

« L'homme peut-être, lui dis-je en rechignant, mais, bon Dieu, pas la femme! »

J'avais envie de quelque chose d'acide, de frais, d'un endroit où il n'y eût ni lampes à gaz, ni chromos, ni dames à bonnes manières; envie de coquillages, de sauce au vinaigre et à l'échalote...

J'avais surtout envie d'oublier la fille hagarde et sans nez. Je n'en eus pas le loisir. Car, en dînant chez Basso, Lorrain y vit la matière d'un « triptyque » et volubile il la changea en ânier d'Egypte, puis en mangeuse de lézards, finalement en hermaphrodite, et m'en dégoûta complètement. Mais Lorrain parti, elle réintégra dans mon souvenir sa prison de tarlatane, resta fidèle à sa laideur pétrifiée, et retourna à son destin — dans la salle d'en bas, sur la cour.

Au-dessus de l'appartement, rue de Courcelles, l'escalier rétréci menait à un atelier, flanqué d'une chambrette. En ce temps-là, il y avait déjà plus d'ateliers que de peintres, mais les peintres ne trouvaient pas d'ateliers à louer à cause des amants mondains, des femmes excentriques, et des simples particuliers qui se les disputaient pour le plaisir de les meubler de bancs de jardins, de divans-lits, de ciboires, d'ombrelles japonaises et de stalles de chœur. Le mien ne fut décoré que d'un portique et de ses agrès : anneaux, barre, trapèze, corde à nœuds... Je me suspendais, je tournais autour de la barre, j'étirais mes muscles, presque clandestinement, sans passion et sans virtuosité particulière. En y songeant après, il m'a bien semblé que j'exerçais mon corps à la manière des prisonniers qui ne méditent pas nettement l'évasion, mais découpent et tressent un drap, cousent des louis dans une doublure et cachent du chocolat sous leur paillasse.

Car je ne pensais pas à fuir. Où aller, et comment vivre? Toujours ce souci de Sido... Toujours ce refus intransigeant de retourner auprès d'elle, d'avouer... Il faut comprendre que je ne possédais rien en propre. Il faut comprendre aussi qu'un captif, animal ou homme, ne pense pas tout le temps à s'évader, en dépit des apparences, en dépit du va-et-vient derrière les barreaux, d'une certaine manière de lancer le regard très loin, à travers les murailles... Ce sont là des réflexes, imposés par l'habitude, par les dimensions de la geôle. Ouvrez à l'écureuil, au fauve, à l'oiseau lui-même, la porte qu'ils mesurent, assiègent et supplient : presque

toujours, au lieu du bond, de l'essor que vous attendez, la bête
déconcertée s'immobilise, recule vers le fond de la cage. J'avais
tout le temps de réfléchir, et j'entendais si souvent le grand mot
dédaigneux, sarcastique, tout luisant de maillons serrés : « Après
tout, vous êtes bien libre... »

Fuir?... Comment fait-on pour fuir? Nous autres filles de province, nous avions de la désertion conjugale, vers 1900, une idée
énorme et peu maniable, encombrée de gendarmes, de malle bombée et de voilette épaisse, sans compter l'indicateur des chemins de
fer...

Fuir... Et ce sang monogame que je portais dans mes veines,
quelle incommodité... Ce n'est pas lui qui m'eût soufflé le mot fuite
et son bruissement de couleuvre. Je ne désertais que le salon dit
hollandais, la chambre Warrants pour cocotte économe, et la salle
de bain aménagée par le précédent locataire dans une ancienne
penderie triangulaire. Imaginez une baignoire pour mammouth, un
réservoir de cuivre comme un bastion et, pour marquer le niveau
de l'eau, des poids d'horloge comtoise... Avec Kiki-la-Doucette, je
gagnais l'atelier nu, dont le plâtre écorché me devenait de jour en
jour inexplicablement aimable. Boulestin et moi nous y tenions des
parlotes dont le ton tournait au chuchotement complice, encore
qu'il ne s'agît guère que de potins, d'anecdotes londoniennes et
d'élégance masculine. Il n'est jamais inutile à une femme de
savoir comment et pourquoi un homme s'habille mal ou bien.
Robert d'Humières grimpait les trois étages en quelques enjambées
qui semblaient nonchalantes, se laissait aller sur le mauvais petit
divan; mais d'un saut inattendu, il traversait la longueur de
l'atelier et se trouvait debout sur la barre du trapèze, prouesse
suivie, comme celle des chats, d'une humeur prude et pincée.
Quelques autres amis apprenaient le chemin de cet atelier sans
confort, biffaient la halte au second étage... Symptôme auquel je
ne pris pas garde, mais rien n'échappait à M. Willy, qui n'en
avait pas fini avec l'ère des *twins*, et n'aimait pas me voir gaspiller
mon temps avec des garçons. Par vocation, Polaire s'attachait davantage à son métier chéri; par instinct, appréhension et répugnance
saine, elle esquivait les sorties et les dîners en trio. Homme de principe et d'ingéniosité, M. Willy forma une figurante, une sous-*twin*.

Un élève du Conservatoire, Mlle R..., se vit élire parmi la cohorte des aspirantes-Claudine. Elle avait le goût de l'oisiveté, point d'avenir au théâtre, le cheveu cendré, les yeux très clairs et très beaux, le nez fort, et ressemblait à Louis XV adolescent plus qu'à Claudine ou à Colette. Mais deux ou trois robes, autant de chapeaux, firent le nécessaire, et l'opinion publique se chargea du reste. Vous trouverez d'ailleurs la jeune personne, cinquante fois, dans un volume signé Willy, intitulé — simplement — *En bombe,* et illustré par la photographie. Je ne l'ai pas lu. Mais j'ai regardé les images.

Dans l'atelier aux agrès, M. Willy envoya, afin, disait-il, qu'elle déboulât un peu, la jeune fille, qui était sans malice aucune et le fit bien voir. Lorsque M. Willy nous emmenait toutes deux en victoria, il assignait à Mlle R... la place des enfants, sur le strapontin, où elle boudait vaguement. Un jour, elle donna la raison de sa contenance offensée : « Pourquoi est-ce que c'est toujours moi qui vais sur le strapontin? C'est pas juste. On pourrait au moins changer! » Je ris de bon cœur, mais M. Willy, chose étrange, se fâcha : « J'en ai assez de cette charrette à bras, qui a le nez triste! » s'écria-t-il.

Le rassortiment des *twins,* après la mise à pied de Mlle R... devint-il difficile? Je n'eus plus, de mes sosies d'occasion, que des nouvelles indirectes. « La fille de M. Willy a acheté le même chapeau que vous », me dit un jour ma modiste. Pourvue déjà d'un beau-fils, allais-je chicaner une belle-fille de fantaisie? Une autre *twin* me resta à jamais lointaine et dépareillée, et cependant celle-là avait emprunté jusqu'à mon nom, puisque je reçus, après des ricochets postaux, la tendre lettre d'un sergent-fourrier, toute frisée de boucles et de paraphes, dont l'auteur ne voulait pas, écrivait-il, attendre davantage avant de « renouveler les instants divins vécus dans le chemin de fer de ceinture ». Il m'attendait « comme la première fois » à la brasserie de l'Espérance, avenue de la Grande-Armée.

La destitution et le banissement de Mlle R... me rallièrent à l'atelier. Entre un déménagement et un nouveau domicile, Marcel Boulestin campa quelques semaines dans l'étroite chambre attenante. Notre amitié y prit du corps; elle est encore, comme lui et moi, de complexion robuste. Cette liaison affectueuse ne fut pas la seule à se nouer sans que je l'eusse quêtée. Autour de moi, choses et gens s'émouvaient. Un peu plus de confiance et de fatalisme m'aidant, un peu plus de télépathie, et j'aurais pu ressentir des chocs favorables, un langage percuté comme celui qu'échangent les mineurs ensevelis. L'un des « coloured-secrétaires », comme disait drôlement Boulestin — je ne vous les nomme pas tous, et il s'en trouvait de spécialisés —, un de ceux que je voyais le plus rarement, me souffla un jour : « Si M. Willy vous parle d'un projet X..., refusez de vous en mêler. » Puis il s'éloigna, les yeux bas, avec la figure d'un homme qui vient de jeter un avis anonyme dans la boîte aux lettres. Une autre fois, Paul Barlet, nègre en chef, sortit de la timidité chronique que je lui voyais depuis deux lustres, et me dit, en tremblant de la voix et du genougauche : « Madame, tout ce que j'ai pu sauver de vos manuscrits des *Claudine* est en sûreté chez moi, rue La Fontaine. »

La voyante Freya, alors jeune et aux premiers jours de sa renommée, regarda mes paumes, s'étonna :

« C'est... Oh! c'est curieux... Je n'aurais jamais cru... Il va falloir en sortir.

— De quoi?

— D'où vous êtes.

— Déménager?

— Aussi, mais c'est un détail. Il va falloir en sortir... Vous avez beaucoup tardé. »

En quoi je fus, malgré les termes sibyllins de sa consultation, de son avis. Depuis, j'ai accepté l'idée que nous nous trompions toutes deux, et que je n'avais pas trop tardé. Il est bon de ne pas regarder à dix ans de sa vie — j'ai fait bonne mesure avec trois de plus — pourvu que ces dix ans soient prélevés sur la première jeunesse. Après, il convient de liarder.

Aimais-je encore, pour demeurer malgré les signes, attendre, et encore attendre? Le oui, le non que j'aventurerais ici me seraient suspects. Lorsqu'un amour est véritablement le premier, il est malaisé d'affirmer : à telle date, de tel forfait, il mourut. Le songe qui nous restitue, pendant le sommeil, un premier amour révolu, est le seul à rivaliser en ténacité avec le cauchemar qui poursuit adolescents et octogénaires, le songe de la rentrée au collège et de l'examen oral.

Un point est certain : l'homme extraordinaire que j'avais épousé détenait le don, exerçait la tactique d'occuper sans repos une pensée de femme, la pensée de plusieurs femmes, d'empreindre, de laisser, d'entretenir une trace qui ne se pût confondre avec d'autres traces. Celles du bonheur ne sont pas indélébiles... Je connais des femmes qui, après lui, n'ont plus eu qu'une vie heureuse à leur disposition. Un peu plus elles diraient, comme l'amateur de grande musique, porté par erreur dans le paradis selon Gounod : « Toujours des harpes! Toujours des harpes! Père Eternel, donnez-nous du triangle et de la clarinette, et quelques dissonances bien cruelles, par charité... »

Fuir, c'eût été organiser déjà un temps futur. Mon père l'imprévoyant ne m'a légué aucun sens de l'avenir, et Sido la fidèle n'a jeté qu'un regard effrayé sur les voies étroites par lesquelles ses enfants s'avanceraient jusqu'à l'âge de mourir. Comme elle j'ai manqué d'imagination, et aussi de la foi qu'exprimait Polaire, attachée aux formules conjuratoires : « C'est quand on est au fond deu cent pieds deu mouscaille qu'il vient quelqu'un pour vous en reutirer... »

Pour moi, personne n'était encore venu. D'ailleurs j'étais plus lourde à remuer qu'une montagne... On ne l'eût pas cru à me voir le matin, deux fois par semaine, sur une monture à dix francs l'heure, que je ne chargeais guère, car je maigrissais. La perte de poids sans diète, la volatilisation mystérieuse de notre substance, je ne lui donnais pas encore l'importance qu'elle mérite. Je serrais d'un cran la ceinture de cuir, tirais jusqu'au bout le lacet du petit corset de rubans. Je m'étonnais de maigrir, mais ne sentais pas encore la fin de mes réserves, attentive que j'étais à des secours prématurés, utiles, qui portaient à découvert leur belle forme humaine; — je pense à vous, visages, esprits... Passages lumineux, trop rares, de Marguerite Moreno; pudeur et familiarité de Robert d'Humières; amitié d'une petite-fille du marquis de Saint-Georges, qui signait « Henri de Lucenay » les romans d'aventures lointaines qu'elle écrivait, résignée, pauvre, au coin d'un feu maigre de pension de famille... Et vous, jeune fille blonde, qui ressembliez si radieusement à Bonaparte et vous destiniez au théâtre... Renée Parny se souvient de notre entente rude et bonne, de la pareille intolérance qui nous poussait à la discussion véhémente, à l'agitation physique, comme deux garçons à l'étroit dans un préau... M. Willy, rentrant chez lui, trouva sur le tapis une sorte de boule, poings, pieds mêlés, deux corps jaloux de se nuire, combattant à la manière femelle, à coups rapides, maladroits, griffus...

Nous nous étions disputées, « pour rien, pour le plaisir », en outre Renée Parny avait mal parlé de ma chatte.

Secours aussi, porteur de conseils contradictoires, le langage de la musique. Les premières années, je subissais la musique comme une épreuve. Elle est au nombre des plaisirs que le découragement secret supporte mal. Je lui prêtais des nerfs disciplinés que l'assaut des cordes, le choc des masses orchestrales obligeaient à une tension qui me demandait toutes mes forces. Comme ma mémoire musicale est vive (celle de mes deux frères ne l'était pas moins), je ne me délivrais pas aisément de la rumeur, de la mélodie, de l'investissement. Couchée, regardant voleter au plafond la tache pâle et ailée du gaz de la rue, je chantais au fond de moi, je battais des rythmes avec mes orteils et les muscles de mes mâchoires.

La tache voletante, l'aile de musique, le fragment mélodique et nocturne qui m'échappait, peu à peu le mot, plus urgent, les a supplantés. Le dessin musical et la phrase naissent du même couple évasif et immortel : la note, le rythme. Ecrire, au lieu de composer, c'est connaître la même recherche, mais avec une transe moins illuminée, et une récompense plus petite. Si j'avais composé au lieu d'écrire, j'aurais pris en dédain ce que je fais depuis quarante ans. Car le mot est rebattu, et l'arabesque de musique éternellement vierge...

Consentir, comme je le fis enfin, à ce que chaque orage de musique — de musique aimée — fût une défaite heureuse, fermer les paupières sur deux larmes faciles et imminentes, je ne comptai pas, d'abord, ce desserrement comme un progrès. Mais j'en sus faire une réconciliation avec un monde vivant, au milieu duquel je végétais sans parentés, pour certains invisible et nulle, pour d'autres trop évidente et vaguement déshonorée. Dans des dialogues qui s'échangeaient, entre élus de la musique, par-dessus ma tête, j'osai intervenir, simplement afin de dire : « Je suis là, j'écoute... » et qu'ils ne me tinssent pas pour sourde, opaque et bannie...

Les plus grands sont toujours les plus simples : je ne puis froidement me rappeler Fauré, ni manier et relire les vifs billets qu'il m'écrivait. Des billets joueurs et gais, tendres... Tendre, il l'était facilement, à dessein de séduire, à dessein de se laisser séduire... L'amitié sans but et sans exigence, avec lui, n'en devenait que plus précieuse. Je regarde ces petites pages jaunes, maintenant, et je m'étonne : il m'a donné tant de fois une pensée? Tant de fois, cette main, à peau fine et plissée comme un gant trop large, a quitté pour m'écrire son travail auguste ou son loisir? Pour me faire rire il a laissé paraître, en vingt lignes, de l'enfantillage, de la raillerie, caricaturé Tiersot à la plume, raconté que par caprice il a lâché la présidence d'un concours à Saint-Claude, noté musicalement des « oh! oui!... » au-dessous de « baisers dans l'oreille », promis un « fort coup de sonnette précédant un fort coup de fourchette »? En ayant l'air d'oublier qu'il était Fauré, je me pliais à un usage de discrétion délicate qu'observaient ses disciples : Louis de Serres, Pierre de Bréville, Bagès qui chantait, Déodat de Séverac — et le noir Debussy...

Ma mémoire, quand je les nomme, retourne à un soir ancien, le soir où l'on donna pour la première fois *Schéhérazade*. Le concert achevé, Claude Debussy n'était pas rassasié de Rimsky-Korsakow. Il bourdonnait des lèvres, nasillait à la recherche d'un motif de hautbois, demandait à un couvercle de demi-queue le son grave des timbales... Pour imiter un pizzicato de contre-basses, il se mit debout, saisit un bouchon, le frotta contre une vitre... Dressé, l'œil sauvage sous des cornes torses, ainsi le chèvre-pied arrache à la haie sa ronce préférée... Debussy ressemblait au peuple de Pan. Je lui chantai ce qu'il cherchait, en m'aidant du piano, et son œil hanté s'humanisa, sembla m'apercevoir pour la première fois : « Bonne mémoire! Bonne mémoire! » s'écriait-il. Emue, j'entendais : « Bonne nouvelle! Bonjour! »

Mais l'heure venait toujours où s'éteignaient les présages, et je réintégrais, sans qu'il fût besoin de menace ni de prière, ma vie mal assise et bien dissimulée. Une pareille obstination n'eût-elle pas dû décourager les ouvriers de mon destin et leurs messages? Ceux-ci, comme s'ils savaient par où me frapper et me plaire, recouraient, déjà, à des cocasseries d'un mauvais goût précurseur, des propositions de caravaniers. A brûle-pourpoint l'un m'apostropha :

« Voulez-vous prendre un numéro de treize lévriers russes dressés? La dresseuse propriétaire se meurt à l'hôpital. C'est du tout cuit, tout prêt, l'itinéraire de la tournée, les contrats, tout... Et ça ferait bien un genre pour vous... »

Je n'ai pas retenu le nom de l'ambassadeur qui laissa tomber sur moi cette rosée, cette tentation, ce souffle de grande route, cette odeur de cirque... Je haussai les épaules, je me refusai même la vue des lévriers. Treize lévriers, leurs cous de chimères, leurs ventres creux qui boivent l'air, et treize cœurs à conquérir... Anxiété, anxiété! J'eus beau retourner à ma sagesse de scribe, à ma vieille peur fidèle, l'anxiété travaillait pour moi... Treize lévriers, un rempart, une famille, un pays... Comment ai-je pu les laisser passer? Mon regret les suivit dans leur gloire circulaire : « Une autre fois... »

Mais on ne retrouve jamais treize lévriers, quand on les a laissés passer devant soi, taillés à l'image du mouvement et de la vitesse. Faute d'avoir osé rassembler, sous une main qui certes était digne d'eux, les treize lévriers désemparés, j'ai dû accepter d'autres seconds — le ridicule, par exemple. C'est un concours puissant. Sans lui, par quoi me fussé-je signalée?

Un bel après-midi, sur une pelouse de Neuilly, dans le jardin de Miss Nathalie Clifford-Barney, j'interprétai le *Dialogue au soleil couchant,* de Pierre Louÿs. L'autre actrice improvisée s'appelait Eva Palmer, américaine, rousse à miracle et les cheveux jusqu'aux pieds. Je n'ai vu qu'à ma demi-sœur aînée l'abondance qui accablait le front d'Eva. Pour notre *Dialogue,* elle avait roulé en câbles son exceptionnelle parure et revêtu une tunique à peu près grecque d'un bleu verdissant tandis que je me croyais un parfait Daphnis, en vertu d'un crêpe de Chine terre cuite, fort court, de cothurnes à la romaine, et d'une couronne empruntée à Tahiti.

Eva Palmer, pâle, balbutia son rôle. A force de trac, les *r* roulants de mon accent bourguignon devinrent russes. Pierre Louÿs, invité, écoutait. Peut-être n'écoutait-il pas, car nous étions meilleures à voir qu'à entendre. Mais nous croyions que Paris, sous ses ombrelles, sous ses chapeaux très grands cette année-là, ne pensait qu'à nous... Enhardie, après, j'osai demander à Louÿs si « ça n'avait pas trop mal marché ».

« Je viens d'avoir une des plus fortes émotions de ma vie, dit-il gravement.

— Oh! cher Louÿs!

— Je vous assure. L'impression inoubliable de m'entendre interprété par Mark Twain et par Tolstoï. »

Eva Palmer rougit sous sa rouge couronne de tresses croisées et recroisées, et Pierre Louÿs ajouta des paroles consolantes, joignit de bénignes louanges à celles de Nathalie Barney et de ses amis. Mais soudain tous cessèrent de faire attention à la bergère de Boston et au pâtre de Moscou, à cause de l'entrée, par les coulisses de verdure, d'une femme nue sur un cheval blanc harnaché de turquoises, une danseuse dont le nom neuf connaissait déjà une célébrité de coterie, d'ateliers et de salons : Mata-Hari.

Chez Emma Calvé, devant un « autel » qui constituait, avec quelques figurants et musiciens de couleur, son décor amovible, Mata-Hari, danseuse qui dansait peu, mais suffisamment ophidienne et énigmatique entre les colonnes d'un vaste vestibule blanc, avait produit grand effet. Ceux qui à l'époque ont écrit, sur l'art et la personne de Mata-Hari, des dithyrambes, se demanderaient aujourd'hui de quelle illusion collective ils ont été les bénéficiaires... Sa naïve légende et sa danse ne dépassèrent, à aucun titre, les pièges ordinaires des « numéros hindous » de music-hall. La seule et agréable certitude qu'elle donnait aux publics mondains, c'étaient un torse délié dont elle cachait prudemment les seins, un dos fier et mouvant et des lombes bien musclées, de longues cuisses et des genoux fins. Le nez, épais comme la bouche, certain éclat huileux de l'œil ne modifiaient point, au contraire, l'idée que nous nous faisons de l'Asiatique. D'ailleurs la fin de sa « danse », libérant Mata-Hari de sa dernière ceinture, au moment où elle tombait avec modestie sur le ventre, menait tous les spectateurs — et bon nombre de spectatrices — à la limite décente de l'attention.

Sous le soleil de mai, à Neuilly, en dépit des turquoises, de la crinière noire dénouée et du diadème en clinquant, de la longue cuisse, surtout, contre le flanc de l'arabe blanc, elle surprit par la coloration de sa peau qui n'était pas brune et savoureuse comme aux lumières, mais d'un violacé faux et inégal. La parade équestre finie, elle mit pied à terre, s'enveloppa d'un sari. Elle salua, parla, déçut un peu... Ce fut bien pis, lorsque Miss Barney l'invita, en tant que personne privée, à une seconde garden-party...

« Madame Colette Willy? »

A la voix fortement accentuée qui m'appelait par mon nom de fantaisie, je me retournai. Une dame, cuirassée de baleine, la gorge haute dans un tailleur à damier blanc et noir, la voilette à pois de velours sur le nez, me tendait une main étroitement gantée de chevreau glacé blanc, brodé de noir. Je me souviens aussi d'une blouse chemisier, à jabot, à col raide, d'une paire de chaussures jaune d'œuf — je me souviens de mon étonnement.

La dame rit à fortes et belles dents, se nomma, étreignit ma main, exprima le désir de me revoir, et ne sourcilla pas lorsque la voix nette et sans ménagement de lady W... s'éleva, à côté de nous:

« Elle, une Asiatique? Vous me faites rire... Hambourg, Rotterdam, oui, Berlin, peut-être... »

Un autre jardin, la même saison, me vit, presque aussi gauche que la première fois, sur une autre scène improvisée. Du haut d'une estrade, je me présentais, en vers, aux auditeurs égaillés sous des charmilles:

> *Je suis un faune, un tout petit*
> *Faune, robuste et bien bâti.*
> *Au doux regard, au fin sourire,*
> *Je le sais, car dans les ruisseaux,*
> *Parmi les iris, les roseaux,*
> *Parfois, quand j'ai bu, je me mire.*

Attribuée à Willy, due au plus rapide de ses collaborateurs, — un poète qui compte, à son actif, des vers beaucoup meilleurs —, la saynète avait été commandée, écrite, livrée, répétée en une semaine.

— Si cela vous amusait de jouer sur un vrai théâtre, j'ai un autre acte en prose, me dit, peu après, M. Willy. Je suis même persuadé qu'il vous serait facile d'organiser une série de représentations agréables, de déplacements... Bruxelles, tenez, est curieux de certains spectacles, de personnalités...»

Le style de « communiqué », l'accent prudent de la voix neutre, en fallait-il davantage pour me donner l'alarme? Je me fis tout entière silence, ouïe, pour recueillir la suite :

« Ce serait d'autre part une occasion excellente de liquider cet appartement mortel, de trouver une combinaison plus adéquate à un genre d'existence différent, — oh! un peu différent... Rien ne presse... »

A ne pas m'y tromper, ce que j'entendais constituait un congé. Quand je rêvais évasion, à côté de moi on méditait de me mettre commodément à la porte, à ma porte? Mais cette fois-ci, on ne réclamait pas ma complaisance. Je délibérai brièvement, et en désordre. Ce peu de bruit, ce peu de paroles, allais-je m'en contenter? Au fond, nous aimons toutes les grands cris et les gestes qui cognent le plafond...

Je me souviens d'une chaleur qui me monta aux joues, de ma stupidité. Dépouillée par supercherie de ce que je voulais par ruse délaisser, je tournais et retournais une bribe du Code, « déserter le domicile conjugal... ». Mots que je trouvais non point déplaisants, mais gros d'un désarroi vaguement militaire, avant-coureurs d'abandon de poste, de pansements hâtifs, mots, gestes, devant lesquels j'hésitais... L'esprit de contradiction chez la femme est aussi fort que l'instinct de propriété. Si elle n'a pour tout bien qu'un malheur, elle se colle à son malheur. Elle enfouit un sou de cuivre, se retient à des murs sans toit...

« Rien ne presse... »? J'entends : « Tout est fini. » C'est moi qui aurais voulu dire ce « tout est fini ». Puisque je ne l'ai pas dit, je n'ai plus qu'à me taire. Les heures, à dater de « rien ne presse », je les ai distinctement vues courir. Je m'accroche à ce que je concertais de trancher... En dix années je n'ai pas autant attendu, ni si honteusement. J'attends encore une semaine, encore deux semaines; j'attends une fin, en sachant que ce n'est pas moi qui mettrai un terme à ma pleutrerie, mais l'homme qui le premier disposa de moi. Et toujours cette modération, ce peu de bruit... Un silence comme par temps de neige. Avant ce moment-là, j'avais été capable, comme tout le monde, d'imaginer une évasion : le panache de vapeur sinon le cheval à tous crins, une lettre d'adieux en forme de traité de paix, et bien noble; une écharpe dont le vent s'empare, tout le romanesque de la fuite seule ou à deux. Mais je n'arrivais pas à inventer le lyrisme de l'expulsion. Il existe cependant. Je m'en suis aperçue après, dans le petit rez-de-chaussée de la rue de Villejust.

C'est là que j'ai affronté les premières heures d'une vie nouvelle, entre la chatte et le chien. J'avais emmené aussi ma vieille peur fidèle, qui ne devait pas de sitôt me quitter. Là, je sautais sur mes pieds à tout coup de sonnette, — une vraie sonnette, en calice avec une langue battante, qui tintait d'une manière aiguë et intolérable, une sonnette d'orphelinat. Souvent elle m'annonçait qu'une main venait de glisser, sous la porte, une lettre. J'ouvrais le message en prenant la résolution de ne plus ouvrir celui du lendemain, que j'ouvrais pourtant. Ce que j'y lisais m'était fastidieux, et comme pâli par un long emploi, malgré les mots-cabochons signalés par des capitales au-dessus d'un paraphe en lame de sabre : « Je suis ainsi fait que la RANCUNE est l'ardent revers de ma reconnaissance... » « Voyons, ma chère amie... » « Votre vaudevillesque diplomatie, qui consiste à ne pas me rendre ce manuscrit... » « Nous avons été des associés, ne devenons pas des ennemis. Vous n'auriez rien, je vous le jure, à y gagner... Vos conventions, qui jouent encore, j'y compte... »

Mais aucune des lettres ne me demanda, jamais, de rebrousser le chemin qui m'avait, avec ma malle, quelques meubles, le chien et la chatte, menée de la rue de Courcelles à la rue de Villejust. Aussi m'accoutumai-je, dans le petit rez-de-chaussée, à penser que je touchais le lieu où il faudrait bien que toute ma vie changeât de goût, comme change le bouquet du vin selon le versant qui porte le cep.

J'eus bien raison de me fier à ce que je connaissais le moins, mes semblables, la sollicitude humaine... Si j'écrivais quelque jour mes souvenirs de « l'autre versant », il me semble que par contraste le « han » d'effort, le cri de douleur y rendraient un son de fête, et je ne saurais m'y plaindre qu'avec un visage heureux.

Mes apprentissages 333

TABLE DES MATIÈRES

Préface de Claude Mauriac 9

La maison de Claudine 17

Sido 165

Les vrilles de la vigne 231

Mes apprentissages 333

LA COMPOSITION, L'IMPRESSION ET LE BROCHAGE DE CE LIVRE
ONT ÉTÉ EFFECTUÉS PAR FIRMIN-DIDOT S.A.
POUR LE COMPTE DES ÉDITIONS HACHETTE
ACHEVÉ D'IMPRIMER LE 4 JUIN 1976

Imprimé en France
Dépôt légal : 2ᵉ trimestre 1976
Nº d'édition : 2615 — Nº d'impression : 8821
23.63.2770.01
ISBN 2.01.003490.2